Scherz Krimis
Die mit den Streifen

Die dunklen Seiten des Lichts

Die besten Kriminalgeschichten aus Italien

Michelangelo Antonioni · Giancarlo de Cataldo
Carlo Lucarelli · Giorgio Scerbanenco
Leonardo Sciascia · Sebastiano Vassalli u.a.

Scherz

Herausgegeben von
Leonardo La Rosa

Sonderausgabe 2001

Umschlaggestaltung: Atelier Seidel, Altötting (MEV)
Umschlagbild: Bavaria Bildagentur, Gauting
Gesamtherstellung: Ebner Ulm

Inhalt

Luigi Malerba
Mafia-Huhn 7

Sebastiano Vassalli
Von Sciara nach Palermo 8

Nino Filastò
Neumond 24

Leonardo Sciascia
Ein einfacher Fall 48

Mario Soldati
Flocks Ende 91

Federico Zeri/Carmen Iarrera
Die Fälscher 134

Pier Paolo Pasolini
Vita violenta 166

Giorgio Scerbanenco
Der Mann, der nicht sterben wollte 199

Giancarlo de Cataldo
Cassandra 223

Carlo Lucarelli
Commissario De Luca steckt in Schwierigkeiten 265

Alberto Moravia
Der Kirchenraub 291

Michelangelo Antonioni
In Grenznähe 303

Andrea Camilleri
Neujahr 325

Peppe Lanzetta
Rache in Napoli 349

Über die Autoren 375

Quellenverzeichnis 379

Mafia-Huhn

Luigi Malerba

Ein kalabresisches Huhn beschloss, Mitglied der Mafia zu werden. Es ging zu einem Mafia-Minister, um ein Empfehlungsschreiben zu bekommen, aber dieser sagte ihm, die Mafia existiere nicht. Es ging zu einem Mafia-Richter, aber auch dieser sagte ihm, die Mafia existiere nicht. Schließlich ging es zu einem Mafia-Bürgermeister, und auch dieser sagte ihm, die Mafia existiere nicht. So kehrte das Huhn in den Hühnerhof zurück, und auf die Fragen seiner Mithühner antwortete es, die Mafia existiere nicht. Da dachten alle Hühner, es sei Mitglied der Mafia geworden, und fürchteten sich vor ihm.

Von Sciara nach Palermo

Sebastiano Vassalli

1. Februar 1893

Ein kurzer Pfiff, ein Ruck, ein langes knirschendes Geräusch unter den Füßen der Reisenden, und der Eilzug nach Palermo setzte sich wieder in Bewegung, knarrend und quietschend in sämtlichen Verbindungsteilen zwischen seinen klapprigen Waggons, während von der Lokomotive her das Keuchen des im Kessel gefangenen Dampfes drang und das Stampfen der Kolben immer rascher und hektischer wurde, je mehr der Zug an Fahrt gewann.

Der Commendatore Emanuele Notarbartolo setzte sich, und nachdem er eine der Armstützen hochgeklappt hatte, streckte er sich, so gut es ging, auf der roten Plüschbank des Erster-Klasse-Abteils aus, dessen einziger Passagier er war. Er fühlte sich müde, aber zufrieden. Auch in diesem Jahr – dachte er – hatte er es geschafft, sich (wie es ihm von seinem Vater, Gott hab ihn selig, immer eingeschärft worden war) persönlich um die Frühjahrsarbeiten auf den Familiengütern zu kümmern: Er hatte das Schneiden der Obstbäume und Reben und den jungen Wein kontrolliert, hatte sich davon überzeugt, dass Quantität und Qualität des Saatgutes dem dafür ausgegebenen Kaufpreis entsprachen, hatte die Fässer ausbessern lassen, hatte ein kleines Guthaben aus einem Pachtrückstand kassiert ... Mit einem Blick nach oben vergewisserte er sich, dass die doppelläufige Flinte, aus der er – wie er es immer machte, wenn er in den Zug stieg – vorsichtshalber die Patronen herausgenommen hatte, so im Gepäcknetz verstaut war, dass sie nicht herunterfallen konnte. Er schaute hinaus, um zu sehen, wo er war: Aber die Scheibe des Zugfensters, vom Regen schräg gestreift und fast undurchsichtig, ließ ihn nur schattenhafte Umrisse von Feigenkakteen, Steinmäuerchen und Pfahlrohrfeldern wahrnehmen, die dem Reisenden entgegensprangen und sogleich wieder im späten Licht eines grauen, regnerischen Tages verschwanden, der sich bereits anschickte, seinen Platz der Nacht zu überlassen. Notarbartolo zog die silberne Uhr aus der Westentasche. Es war zwanzig Minuten nach fünf, und der Commendatore machte eine ärgerliche Bewegung, er schüttelte den Kopf und dachte an seine Frau und seine Tochter, die wahrscheinlich gerade jetzt das Haus verließen, um ihn am Bahnhof abzuholen, wo er, wenn alles gut ging, mit einer halben Stunde Verspätung eintreffen würde ... »Dass man auch nicht ein einziges Mal pünktlich ankommt!«, brummte er. »Verdammte Eisenbahn!«

Er lehnte sich wieder in den roten Plüsch seines Sitzes zurück und überließ im Halbdunkel des Abteils Beine und Arme, ja sogar den Kopf den rüttelnden Bewegungen des Zuges. Sein Blick richtete sich jetzt auf die kleinen dichten Regentropfen an der

Fensterscheibe und die Olivenhaine und Zitruspflanzungen des Torto-Tals dahinter, aber seine Gedanken weilten woanders: in Palermo, in den Büros des Hauptsitzes ebenjener Bank von Sizilien, deren Generaldirektor er, Emanuele Notarbartolo, dreizehn Jahre lang gewesen war und die er 1890 auf Veranlassung des damaligen Ministerpräsidenten Francesco Crispi und dessen sizilianischer Freunde hatte verlassen müssen ... Eine Bande von Verbrechern! Ein Verein von Dieben, großen und kleinen, die sich nach seinem Weggang sofort darauf gestürzt hatten, mit den Geldern der Bank an der Börse zu spekulieren, mit Wechseln, ausgestellt auf Verstorbene, große Summen zu kassieren und auf jede überhaupt erdenkliche Weise Geld zu scheffeln, ohne sich auch nur die Mühe zu machen, die Fehlbeträge mit irgendeinem Trick in der Buchhaltung zu vertuschen. Dieses Räubern – dachte der Commendatore – währte nun schon über zwei Jahre, doch seit in Rom die Regierung gewechselt hatte, fingen in ganz Italien und selbst in Palermo die anständigen Menschen an zu hoffen, sie könnten auf die Posten zurückkehren, von denen man sie vertrieben hatte, und endlich wieder Ordnung in der öffentlichen Verwaltung schaffen. Der neue Ministerpräsident, Marchese di Rudiní, hatte ihm, Notarbartolo, bestellen lassen, dass man auf ihn zähle, um das Diebsgesindel aus der Bank von Sizilien zu verjagen; und ihm wiederum, der sich nichts Besseres wünschen konnte, war es gelungen, einen davon auf frischer Tat zu ertappen und bei der zuständigen Stelle anzuzeigen. Das war vor zwei Monaten gewesen, Ende November: Ein Abgeordneter, zugleich Mitglied des Vorstands der Bank, der Onorevole Raffaele Palizzolo, hatte nach einer Börsenspekulation mit dem Geld der Sparer den Fehler begangen, den Gewinn auf seinen eigenen Namen gutschreiben zu lassen, anstatt sich eines Strohmanns oder einer Aktiengesellschaft zu bedienen; und die Zahlungsanweisung lag nun in Rom, auf dem Schreibtisch des Ministers ...

Der Waggon rumpelte über die Weichen. Bei der Einfahrt in den Bahnhof Cerda hörte man das Quietschen der Bremsklötze, die sich um die Räder pressten; die Häuser jenseits der Straße tauchten auf und die vom Regen glänzenden Bahnsteige mit den schemenhaften Gestalten der Reisenden, die, unter Regenschirmen oder die Kapuzen ihrer *Scappulari* übergezogen, auf den Zug warteten. Schließlich kam der Zug in einer schneeweißen Dampfwolke zum Stehen, und der Commendatore Notarbartolo, dessen Blick immer noch zum Fenster gerichtet war, hatte Gelegenheit, Zeuge einer kleinen Episode zu werden, die ihn überraschte und die seine Neugier weckte: Ein großer Mann mit Bart und Brille näherte sich, die Hand bereits ausgestreckt, um die Tür zum Abteil zu öffnen, in dem er saß. Und bestimmt wäre er auch eingestiegen, wenn ihm der Schaffner, der auf dem Bahnsteig stand, nicht durch ein Zeichen bedeutet hätte, das Nebenabteil zu nehmen; es fielen auch ein paar Worte, die Notarbartolo aber wegen des Lärms, den die Lokomotive machte, nicht verstehen konnte. So unbedeutend der Vorfall auch war, er irritierte ihn. Seit wann – fragte sich der

Commendatore – stand es denn im Ermessen eines Eisenbahnschaffners, den Fahrgästen vorzuschreiben, welches Abteil sie wählen sollten? Wer sein Billett bezahlt hat, muss das Recht haben, sich hinzusetzen, wo es ihm beliebt! Doch der Zug fuhr mit dem üblichen Krach von zugeschlagenen Wagentüren und übermäßig strapaziertem alten Eisen wieder an, und auch der Commendatore Notarbartolo schüttelte sein Problem mit einem Schulterzucken ab und murmelte: »Umso besser! Auf diese Weise bleibt mir die Unannehmlichkeit erspart, mich mit einem Unbekannten unterhalten zu müssen!« Immerhin nahm er sich vor, den Schaffner, wenn er käme, um die Fahrkarte zu lochen, nach diesem Mann mit der Brille zu fragen – nur so aus Neugier! –, wer er sei und warum man ihn in ein anderes Abteil verfrachtet habe, wo er doch bereits mit einem Fuß auf dem Trittbrett zu dem seinen gestanden hatte . . .

Der Zug fuhr jetzt am Meer entlang, und es an diesem Winterabend gegenwärtig zu wissen, beschwichtigte die Gedanken unseres Reisenden erster Klasse, brachte sie wieder in Einklang mit dem Keuchen der Lokomotive und mit dem blau abgetönten Licht im Innern des Abteils, das er selbst eingeschaltet hatte. Er drückte die Stirn ans Wagenfenster. Dort unten lag das Meer, grau wie Blei und von Segeln verlassen, aber Notarbartolo sah es einen Augenblick lang wieder so, wie es in der schönen Jahreszeit war, mit der Sonne, die den Sand golden funkeln ließ, und dem Wasser zwischen den Klippen, das von Leben wimmelte wie am fünften

Tag der Schöpfung ... Hierher, an die Orte seiner Kindheit, wollte er sich in ein paar Jahren zurückziehen: wenn auch die jüngere Tochter verheiratet wäre und sich Palermo und die Bank von Sizilien in Händen einer ehrlichen und fähigen Verwaltung befänden. Das mochte freilich noch dauern, und die Gedanken des Commendatore wanderten erneut zur Bank, wo haarsträubende Dinge vor sich gingen, neben denen die Börsenspekultaionen und die Darlehen an Verstorbene wie ein Kinderspiel erschienen. Seit einem Monat, vielleicht sogar schon seit zweien, wurden in der Münze der Bank von Sizilien in aller Heimlichkeit Geldscheine mit Seriennummern gedruckt, die bereits in Umlauf waren: Falschgeld! Und dieses Geld, das es eigentlich gar nicht geben dürfte, dieses verfluchte Geld, das Hunger, Elend und Auswanderung nach sich zog, diente den Herrn Politikern da oben in Rom dazu, die Wechsel über Hunderttausende von Lire für ihre Wahlkampagnen und die ihrer Freunde zu bezahlen: die Schand- und Skandalwechsel der Banca Romana, von denen alle Zeitungen auf der ersten Seite berichteten und derentwegen es bereits Verhaftungen und Selbstmorde gegeben hatte ... Jetzt, wo der Skandal endlich publik geworden war, zeigte sich jemand in Palermo eifrig darum bemüht, alles zu vertuschen und alle mit dem Falschgeld der Bank von Sizilien zu befriedigen: Aber er, Notarbartolo, würde das nicht zulassen!

Er richtete sich auf und schaute hinaus in die Dunkelheit; in der Scheibe gespiegelt sah er das Abbild eines Mannes, den zu erkennen er im Moment

Mühe hatte: ein finsterer Mann, mit Augen, die jedem, der ihn anblickte, zu drohen schienen, und mit einer tiefen Falte auf der Stirn. »Bin ich wirklich so hässlich, wenn ich wütend werde?«, fragte er sich. Und sogleich glättete sich die Miene des Mannes, sein Spiegelbild geriet in Bewegung, entspannte sich bis zur Andeutung eines Lächelns. Der Commendatore Notarbartolo erinnerte sich daran, wie sein Sohn Leopoldo, als er ihn einmal ausschimpfte, als Kind zu ihm gesagt hatte: »Papa, nicht wütend werden, das macht dich so hässlich!« Er fuhr sich mit der Hand über die unrasierte Wange. Als guter Sizilianer dachte er, dass das im Grunde die einzigen Dinge seien, die im Leben zählten: die Familie, die Kinder ...

Nach und nach, und ohne dass er es richtig bemerkt hätte, hatte sich das Dunkel vor den Fenstern wieder mit Lichtern erhellt, und im Zug war aufs Neue der Lärm erwacht. Eine Stimme rief von Waggon zu Waggon: »Termini Imerese! Termini Imerese!«, und dann sah man die Lampen des Bahnhofs und das eiserne Bahnsteigdach und die Reklamen für die Zahnpasta *Kalodont* (»Weltmarke«) und für die Bertelli-Lakritzen, die mit dem Adler, der die Schachtel mit den Pastillen in seinen Fängen hält. Im Bahnhof von Termini dauerte der Aufenthalt für gewöhnlich mindestens zwanzig Minuten, weil die Eisenbahner hier die beiden Züge nach Palermo, den aus Catania und den aus Messina, aneinanderkuppeln mussten; auf den Bahnsteigen standen die Verkäufer und priesen ihre Waren in einem an Klagetöne erinnernden Singsang an: *acqua e limone* (Zitronenwasser), *lupini* (Lupinenkerne), *frittele calde di farina di ceci* (heiße Erbsmehlfladen) . . . Der Commendatore Notarbartolo stand auf und machte ein paar Schritte im Abteil, um sich die Beine zu vertreten. Er schaute aus dem Fenster, und zu seiner Überraschung sah er ebenjenen Schaffner, der in Cerda den Mann mit der Brille in ein anderes Coupé dirigiert hatte, vor sich auf dem Bahnsteig: Unbeweglich stand er mit der Signallaterne in der Hand da, und es sah aus, als stünde er Wache vor dem Wagen der ersten Klasse. Notarbartolo kurbelte das Fenster herunter und rief: »He, Sie!«

Der Schaffner wandte sich um. Es war ein Mann um die fünfunddreißig, mager und von kleiner Statur, mit einem dünnen Schnurrbärtchen und einem Gesichtsausdruck zwischen verschlagen und verblüfft: wie jemand, der bei etwas ertappt wird, das er eigentlich nicht tun dürfte. Er sah zu dem Reisenden hin, der ihn gerufen hatte, und dann schaute er hinter sich, zum Bahnhofsgebäude, um sicher zu sein, dass nicht eine andere Person gemeint sei. »Mit wie viel Verspätung werden wir in Palermo ankommen?«, fragte Notarbartolo.

Der Mann in Uniform schien zusammenzuschrecken. Er kramte in seiner Tasche nach der Uhr und starrte lange darauf, als ob er Schwierigkeiten hätte, die Zeit abzulesen. »Wir fahren in zehn Minuten ab«, sagte er endlich, ohne dem Adressaten der Information ins Gesicht zu sehen. »Wir werden gegen sieben in Palermo sein.« Der Commendatore hätte ihn gern noch wegen des Herrn gefragt, der in Cerda zugestiegen war; aber man hörte den Pfiff der

Lokomotive, die die Wagen aus Messina heranschob, und der ganze Zug machte einen Satz und bewegte sich ein paar Meter nach vorn. Eine Stimme unter dem Bahnhofsvordach, vielleicht die eines Gepäckträgers, fing ein *stornello* zu singen an, das sich mit seiner Melodie gegen das Schnauben der Lokomotive und die anderen Geräusche des Bahnhofs durchsetzte. Die Worte lauteten:

Amuri, amuri, amuri, amuri, amaru!
l'amuri s'assumigghia a lu citrolu:
na punta è duci e l'autra punta è amara!

Von der anderen Bahnhofsseite, von einem Gleis, auf dem ein Güterzug im Dunkeln stand, erwiderte eine nicht minder melodiöse Stimme der ersten:

Amuri, amuri, amuri, amuri è focu!
Amuri è dinta e nun vi n'addunati:
lu vuliti cacciari e nun putiti!

Notarbartolo schloss das Fenster wieder und setzte sich auf seinen Platz. Wer weiß – kam es ihm in den Sinn –, ob es andere Länder auf der Welt gibt, in denen die Menschen so singen, ohne ersichtlichen Grund, auf die gleiche Weise wie die Vögel: einfach um dem, was in ihnen ist, Ausdruck und Stimme zu verleihen! Und er dachte, dass »sein« Sizilien eigentlich ein Paradies sei, in dem die Menschen glücklich leben könnten, wenn nicht irgendwo, zwischen Minze und Salbei, eine giftige Schlange lauerte: vielleicht dieselbe, von der in der Genesis die

Rede ist, jene, die unsere Stammeltern in Versuchung führte ... Er schaute wieder auf die Uhr. Die Reise fing an, ihn nervös zu machen, und er fragte sich, worauf der Bahnhofsvorstand eigentlich noch warte, um zur Abfahrt zu pfeifen, jetzt, wo die Wagen aus Messina angehängt waren: Warum versuchte man nicht, wenigstens ein bisschen von der entstandenen Verspätung einzuholen?

Durch das Fenster sah er, dass der Schaffner immer noch auf dem Bahnsteig stand und jetzt mit einem anderen Mann redete: einem Bremser mit der blauen Mütze der Bahnarbeiter und einem großen gezwirbelten Schnauzbart. Der Arbeiter deutete in Richtung Wartesaal, und der Schaffner schien ihn, den Gesten nach zu urteilen, zur Geduld aufzufordern: Man müsse warten ... Dann wandten sich die beide zum Waggon der ersten Klasse, und erst als sie merkten, dass sie ihrerseits beobachtet wurden, taten sie so, als gelte ihre Aufmerksamkeit den Männern vom Postdienst, die gerade vorbeikamen. Was ging hier vor? Ein plötzliches und akutes Gefühl von Gefahr durchzuckte wie ein Blitz den Kopf des Commendatore Notarbartolo: Aber es gab keinerlei Anzeichen von Gefahr hier herum, nur die gleichmäßigen Rufe der Verkäufer von Lupinenkernen und Fladen, die Eintönigkeit des Regens, die Reklamen, die Gaslaternen ... Als die Glocke, die die Abfahrt der Züge ankündigte, zu läuten begann, trat der Bahnhofsvorstand aus seinem Büro unter dem Bahnhofsdach und ging zur Lokomotive. Schnaubend wie immer setzte sich der Zug in Bewegung. Genau in diesem Augenblick kamen aus dem Wartesaal erster Klasse zwei dunkel gekleidete Männer, die steifen Hüte bis zu den Ohren heruntergezogen, und Notarbartolo begriff, dass das seine Mörder waren. Mit vor Schreck aufgerissenen Augen sah er, wie sie sich auf den Zug zubewegten, der langsam an ihnen vorbeifuhr, wie sie ihren Schritt beschleunigten, ohne dabei zu rennen; er sah den Schaffner, der auf ein Abteil wies – sein Abteil! –, und dann sah er auch die Wagentür, die sich öffnete, und die beiden Männer, die sich im Schimmer des bläulichen Lichts hereinzwängten. Einer der beiden, der dickere, mit einem pockennarbigen Gesicht, ließ sich auf die Polsterbank ihm gegenüber fallen und musterte ihn, als wolle er den Widerstand abschätzen, den das Opfer beim Abgeschlachtetwerden leisten würde. Der andere Mann dagegen, der mit dem breiten Gesicht und den tief liegenden Augen, blieb, nachdem er die Coupétür geschlossen hatte, vor dem Fenster stehen und wandte Notarbartolo den Rücken zu, während der Zug über das Gewirr von Weichen und regennassen Gleisen rumpelte, die letzten Gaslaternen des Bahnhofs eine nach der anderen hinter sich ließ und ins Dunkel der Nacht und des freien Feldes eintauchte – ohne Möglichkeit einer Umkehr ...

Notarbartolo war allein und verzweifelt, so wie jeder Mensch allein und verzweifelt ist im Angesicht des Todes. Schreien hätte ihm nichts genützt; selbst wenn ihn die anderen Reisenden gehört hätten, hätten sie ihm nicht zu Hilfe kommen können: Denn der Wagon, in dem er sich befand, bestand aus drei großen Einzelabteilen, die nur von außen zugänglich waren. Wenn er das Gewehr nicht entladen hätte – dachte er –, wäre diese seine letzte Partie mit dem Schicksal nicht gar so ungleich gewesen! Aber die Flinte lag dort oben im Gepäcknetz, völlig harmlos, und es gab weder Zeit noch Möglichkeit, sie neu zu laden. Man konnte nur versuchen, sie am Lauf zu packen und als Keule zu benutzen ...

Die Lokomotive hatte mittlerweise das Tempo erhöht. Gleich nach der Brücke über den Fluss San Leonardo gibt es einen Tunnel, und der Zug nach Palermo stürzte sich hinein, rauchspeiend und heulend wie ein Dämon. Nun wandte sich der Mann, der bis zu diesem Moment vor dem Fenster gestanden hatte, um und gab dem anderen mit dem Kopf ein Zeichen, worauf dieser aus seiner Jacke ein *feddapani* zog, ein Brotmesser mit einer über zwanzig Zentimeter langen gezackten Klinge. Notarbartolo schnellte hoch, um die Flinte aus dem Gepäcknetz zu reißen, und wahrscheinlich kostete ihn schon diese Bewegung das Leben, denn der erste Messerstich traf ihn in den Unterleib, während er noch beide Arme über dem Kopf erhoben hatte; er klammerte sich an das Gepäcknetz, das zerriss, und fiel nach vorn. Mit der Kraft der Verzweiflung versuchte er, die Coupétür zu erreichen, um sie zu öffnen und sich hinauszustürzen: Aber er wurde an den Armen festgehalten und mit Gewalt wieder hochgezogen, während seine Schreie im Dröhnen des durch den Tunnel rasenden Zuges untergingen und der Mann mit dem Pockengesicht im bläulichen Licht des Abteils das Messer herauszog und von neuem zustieß. Wie im Traum sah Notarbartolo das *feddapani*, das mindestens dreimal blutig aus seinem Körper gezogen wurde: Dann schien es ihm, als ob das Wagenabteil und der Zug und die ganze Welt von einer Explosion aus Licht überschüttet würden; seine Beine gaben nach, seine Augen verdrehten sich, und er sah nichts mehr. Er lag eingeklemmt zwischen den Bänken, zuckend und mit den Fingernägeln über den Samt der Polster fahrend, in einem verzweifelten letzten Versuch, sich an das Leben zu klammern. Da zog der zweite Mann, der sich bis zu diesem Moment darauf beschränkt hatte, dem Mörder die Arbeit leichter zu machen, indem er das Opfer festhielt, ein Klappmesser aus seiner Jackentasche, ließ es aufschnappen und stieß es dem Sterbenden dreimal in den Rücken, in Höhe des Herzens; dann packte er ihn, und mit einem letzten Stich – bei dem viel Blut spritzte – schnitt er ihm die Kehle durch. Erst als er absolut sicher war, dass sich in dem Körper, den er da vor sich hatte, auch nicht mehr ein Hauch von Leben befand, entschloss sich Don Piddu facci di lignu (Holzgesicht) – so Name und Spitzname des Grausamen –, seine blutverschmierte Hand an der Jacke des Opfers abzuwischen und das Messer, nachdem er es wieder zugeklappt hatte, in die Tasche zu stecken.

Bei der Ausfahrt aus dem Tunnel drosselte der Zug das Tempo, um auf die Gleise zu wechseln, die in den Bahnhof von Trabia führten. Don Piddu bedeutete dem Pockennarbigen, die Leiche des Commendatore Notarbartolo aufzuheben und in eine Ecke der Bank zu setzen, wo er sie mit dessen eigenem Mantel zudeckte, so dass es aussah, als ob der

Tote schliefe. Dann stellte er sich an die Wagentür, für den Fall, dass es irgendeinem unbedachten Reisenden in den Sinn käme, ausgerechnet in dieses Abteil steigen zu wollen; aber als der Zug hielt, sah man auf dem verlassenen und regenglänzenden Bahnsteig nur den Bahnhofsvorstand und den Schaffner, der, nachdem er zweimal »Trabia!, Trabia!«, ausgerufen hatte, am Wagen der ersten Klasse vorbeiging und Don Piddu auf eine bestimmte Art ansah, die besagen sollte: Hat alles geklappt? Habt ihr ihn erledigt? Don Piddu nickte unmerklich mit dem Kopf und schloss die Augenlider, und der Schaffner zeigte ihm daraufhin die zur Faust geschlossene Linke mit dem nach oben gestreckten Daumen: Wir haben's geschafft!

Aufs Neue pfiff die Lokomotive, der Zug fuhr wieder an. *Facci di lignu* trat vom Fenster zurück, während sein Helfer hinter ihm fragte: »Und was machen wir jetzt, Don Piddu?« Ohne einen einzigen Muskel seines Gesichts zu bewegen, beugte sich der Angesprochene über den Toten: Er nahm ihm ein goldenes Kreuzchen ab, das er um den Hals trug, zog ihm die Brieftasche aus der Jacke und nahm auch die Uhr, wobei er das silberne Kettchen zerriss, um die Vermutung eines Raubüberfalls plausibler zu machen. Dann betrachtete er geringschätzig den Mann, der gerade geredet hatte: ein gewisser Peppi Lauriano, ein *malacarne*, ein abstoßender Kerl, der mit diesem Mord an einer hochgestellten Persönlichkeit sein eigenes Todesurteil unterschrieben hatte und so blöd war, es nicht einmal zu merken! Er antwortete ihm mit einen Satz im Dialekt, mit dem man früher einen beschied, der dumme Fragen stellte, und der auch heute noch in Gebrauch ist: *»Fecemu iddu chi ficiru l'antichi, ca si livaru li panzi e si misiru li viddichi.«* (»Wir machen es wie die Alten, die sich ein Loch in den Bauch geschnitten und dafür den Nabel eingesetzt haben.«) Er ging wieder zur Tür, öffnete sie mit einiger Vorsicht, da der Zug zwischen zwei Stationen seine Höchstgeschwindigkeit erreichte und die Gefahr bestand, hinausgeschleudert zu werden. Ein Schwall von Rauch, gemischt mit Regen, drang ins Abteil, aber *Facci di lignu* verzog keine Miene: Mit einer Geste forderte er den anderen auf, ihm zur Hand zu gehen und genau das zu tun, was auch er tue. Nun packten die beiden dunkel gekleideteten Männer die Leiche an den Armen: Sie hoben sie hoch und zerrten sie aufrecht an die Tür, als der Zug auf seiner Fahrt durch die Nacht gerade ein beleuchtetes Bahnwärterhaus passierte, vor dem eine Frau mit Eisenbahnermütze auf dem Kopf beide Hände zum Gesicht hob, den Mund zu einem Schrei geöffnet. Die beiden versetzten dem Ermordeten von hinten einen Stoß – genauer gesagt war es nur Don Piddu –, so dass er hinausflog und einen kleinen Abhang hinunterkollerte, während man in der Ferne bereits die Lichter des Bahnhofs von Altavilla sah.

Nachdem es ihm endlich gelungen war, die Abteiltür wieder zu schließen, fuhr Don Piddu Peppi Lauriano an: »Zum Teufel mit dir! Darf man wissen, was in dich gefahren ist? Du hast mich alles allein machen lassen, und dabei sind wir fast schon im Bahnhof!« Aber Lauriano war zu Tode erschrocken.

»Die Frau . . .«, stammelte er, »die Frau vor dem Bahnwärterhäuschen . . . die hat den Toten gesehen . . . und die hat uns gesehen, wie wir ihn aus dem Zug gestoßen haben! Wir müssen zurück und sie aus dem Weg räumen!«

Facci di lignu bückte sich, um die Flinte des Toten aufzuheben, die in dem Durcheinander unter einer der Bänke gelandet war. Er setzte seinen Hut wieder richtig auf und machte sich zum Aussteigen bereit, wobei er sich in demselben Fenster ansah, in dem sich eine Stunde vorher auch sein Opfer betrachtet hatte. »Diese Frau«, erwiderte er gelassen, »hat gar nichts gesehen.«

Neumond

Nino Filastò

Nach der Begegnung mit Scalzi brannte ihm der Boden unter den Füßen. Giovancarlo sah nichts als Schatten, die darauf warteten, ihn zu überfallen und in die Männerabteilung des Gefängnisses zu schleppen, wo, wie Guido gesagt hatte, die verhungerten Langzeitinsassen, Mafiosi, Vergewaltiger und nach Desinfektionsmittel stinkenden Mörder nur auf ihn warteten. Er wäre am liebsten sofort losgefahren, mit dem Zug, mit irgendeinem, er wollte nachts reisen und verschwinden.

Doch Guido war ein Spieler, der das Risiko liebte. So hatte er ihn nachts in Angelicas Wohnung begleiten müssen. Sie hatten zunächst in einer Bar in ihrer Straße Stellung bezogen, dann hatte er, Giovancarlo, anrufen müssen, um sicherzugehen, dass niemand die Wohnung überwachte, und schließlich hatte Guido gesagt, dass sie »fast« sicher sein könnten – wegen dieses »fast« zitterten Gionvancarlo immer noch die Knie. Guido war in die Wohnung gegangen, um die Zeichnung zu stehlen, während Giovancarlo im Hauseinang Wache schob.

Der Bus kämpfte sich die kurvenreiche, hügelige Straße bergan. Giovancarlo hatte einen schweren

Kopf, ihm war übel, und er verstand nicht, warum Guido ihn allein losgeschickt hatte, dieses Geschäft abzuschließen. Er versuchte, sich das wahre Motiv zu erklären. Mit Guido war es immer das Gleiche: man musste sich in einem Berg von Lügen und Andeutungen zurechtfinden.

Gründe hatte ihm Guido einige dargelegt. Er, Giovancarlo, habe ein gewandteres Auftreten, er sei vertrauenerweckender, bei ihm sei es weniger wahrscheinlich, dass der Kunde Verdacht schöpfte, dass die Zeichnung gestohlen war. Und wenn er den Preis sofort zahlen würde, wäre das Geld in seinen Händen auch besser aufgehoben (eine Begründung, die, von Guidos Standpunkt aus betrachtet, sicher nicht ehrlich, aber durchaus vertretbar war). Giovancarlo war nicht vorbestraft, und wenn etwas schief gehen würde oder wenn Angelica sie anzeigen würde, käme er mit wenig davon, vielleicht ein paar Monaten auf Bewährung. Und so hatte Guido ihm die Zeichnung anvertraut, die jetzt in einer Mappe auf seinen Knien lag; die letzte Entscheidung über den zu verhandelnden Preis hatte er ihm zugestanden. Die Summe war bar zu entrichten, falls das Geschäft zu einem guten Ende gelangen sollte.

Ein Antiquitätenhändler, der, wenn man Guido Glauben schenken wollte, während der ersten Kontakte so interessiert gewesen war, sich die Zeichnung im Auftrag eines unbekannten Kunden zu sichern – wobei er sorgfältig vermieden hatte, irgendetwas zu erwähnen, was dessen Identität aufdecken könnte –, war ihnen in dem Moment, als sie dann mit Angelicas Zeichnung bei ihm erschienen waren, seltsam zurückhaltend vorgekommen. Er hatte einen flüchtigen Blick auf den Füssli geworfen und gesagt, er sei schwer unterzubringen und dass er nicht mit Stücken handle, die kein Echtheitszertifikat besäßen. Als Guido ihn auf die Unterschrift, das Datum, auf einen Aphorismus von der Hand des Künstlers auf der Rückseite des Blattes hinwies, alles Dinge, die eine Fälschung ausschlossen, war er mit folgendem Satz gekommen: Von Füssli habe er die Nase voll, und auch von der Person, die ihn gebeten hatte, ihr eine Zeichnung dieses Malers zu beschaffen; von keinem der beiden wollte er noch irgendetwas hören. Guido hatte sich auf peinlichste Art angebiedert: Er möge ihm doch wenigstens sagen, wer dieser interessierte Kunde sei, und ihm seine Adresse geben. Und dann war etwas geschehen, was außerhalb jeder üblichen Praxis auf dem Kunstmarkt war: Der Händler hatte einen Namen und eine Adresse auf einen Zettel gekritzelt und ihn Guido ausgehändigt. Dabei musste ihm doch klar sein, dass er auf diese Weise auf das Geschäft und seine Provision verzichtete, obwohl Guido ihm einen beträchtlichen Anteil vom Verkaufspreis versprochen hatte. Wer Guido kannte, der in diesem Ambiente einen sehr schlechten Ruf genoss, brauchte nicht zu hoffen, dass er von dem Moment an, wo er die Möglichkeit erhielt, unabhängig von Zwischenhändlern direkt mit dem Käufer in Kontakt zu treten, auch nur eine Lira locker machen würde. »Ich will nichts davon wissen«, hatte der Makler bekräftigt und das Angebot gereizt abgelehnt, »und sagt ihm nicht, dass ihr von mir kommt. Ich ziehe es vor, mit einer solchen Person nichts zu tun zu haben. Ich hatte ihm eine Arbeit in Auftrag gegeben, für diese Arbeit brauchte er die Zeichnung, aber jetzt habe ich die Beziehung zu ihm abgebrochen. Ich hoffe nur, dass er seinen Fuß nie wieder in meinen Laden setzt. Daher habe ich euch auch die Information gegeben – damit er keinen Grund mehr hat, seine Nase hier reinzustecken.«

Der Makler zog es also vor, sich diesen seltsamen Kunden vom Hals zu halten, der in einem ganz abgelegenen Bauernhaus ohne Telefon im Gebirge wohnte. »Ihr solltet ihn am späten Abend aufsuchen, tagsüber trifft man ihn selten an. Und wundert euch nicht, dass er sich wie ein Penner kleidet. Auch der Zustand des Hauses, das aussieht wie ein Schweinestall, darf euch nicht stören. Es ist halb zerfallen und ekelerregend dreckig. Er hat Geld, und zwar sehr viel, das hält er unter der Matratze versteckt, wie die Bauern und Bettler. Ihr solltet euch auch nicht über die unhöfliche und brüske Art wundern, mit der er euch behandeln wird. Er verhält sich anderen gegenüber wie ein tollwütiger Hund. Und wenn er Nein sagt, dann versucht nicht, ihn zu überzeugen. Dem Kerl ist mit Dialekt nicht beizukommen.«

Ein solcher Lump sollte bereit sein, für eine obszöne Zeichnung eines zwar berühmten Malers, der aber nur einem gebildeten, kunstsinnigen Publikum bekannt war, achtzig Millionen Lire hinzulegen? Eine kaum kommerzialisierbare Zeichnung, fast mehr das Werk eines Literaten als eines Malers, eine

Sache, die wohl kein normaler Bürger sich je in seine Wohnung hängen würde. Füssli war ein Künstler, der das Interesse eines Psychoanalytikers wecken mochte, eines Forschers, der sich mit den irrationalen Gestalten befasste, die gegen Ende des achtzehnten Jahrhunderts ganz Europa zu bevölkern begannen, und nicht das eines verwilderten Bauern, als den der Antiquitätenhändler ihn beschrieben hatte. Wenn er auf Pornographie aus war, hätte er eine Menge Geld sparen können, indem er sich ein Videogerät und alle Pornokassetten kaufte, die ihn interessierten.

Der Antiquitätenhändler hatte noch eine weitere sibyllinische Warnung folgen lassen.

»Und egal, ob er euch die Zeichnung abkauft oder euch zum Teufel schickt, ihr müsst ihn vergessen. Ich kenne manch einen, der zu spät bereut hat, ihn herausgefordert zu haben. Er bringt Unglück.«

Giovancarlo saß über der Wagenachse hinter dem Fahrer, er spürte jeden Schlag, der Bus war alt und die Stoßdämpfer abgenutzt. Aber von diesem Platz aus konnte er den Fahrer hören, der ihn rufen sollte, wenn sie bei seiner Haltestelle angekommen wären. Es war die letzte Fahrt in die Dörfer in Mugello, bis zur Endhaltestelle in Borgo San Lorenzo. Die Neumondnacht war klar, der Bus fast leer. Auf der Rückbank saßen zwei Mädchen und unterhielten sich laut in der Sprache der Comics.

Der Bus kam langsam voran und hielt an jeder der zahlreichen Haltestellen. Selten stieg jemand ein oder aus. Der Fahrer lud Pakete aus oder nahm einen Stapel Briefe entgegen, wobei er immer auch ein paar Worte mit den Leuten wechselte. Einmal verließ er den Bus, der mit geöffneten Türen stehenblieb, um in eine Bar zu gehen. Das Licht aus ihrem Innern beleuchtete eine verschlafene Piazetta. Schießlich stieg er wieder ein, gleichgültig gegenüber den schiefen Blicken der Passagiere, die ihn beobachtet hatten, während er an der Theke ganz gemächlich seinen Kaffee schlürfte.

Auf einem dunklen Abschnitt der Straße, einige Kilometer hinter dem letzten Dorf, an einer Stelle, an der man überhaupt kein Licht sah – auch das Haus aus roten Backsteinen lag dunkel und verlassen da –, hielt der Fahrer neben einem Schild mit der Aufschrift »Bedarfshaltestelle«, das wie eine weiße Pflanze aus einem Brombeergestrüpp ragte.

»Da wären Sie«, sagte er und drehte sich nach Giovancarlo um.

»Hier?« Giovancarlo sah aus dem Fenster. Das Land jenseits des Lichtkegels der Scheinwerfer kam ihm wie der Boden eines tiefen Brunnens vor.

»Sie haben doch gesagt, Sie müssen zum Kastell von Trebbio? Die Straße zum Kastell ist die da.« Der Fahrer deutete auf einen unbefestigten Weg, der sich im Wald verlor.

Giovancarlo steckte den Kopf durch die Tür wie ein Fallschirmspringer vor dem Absprung.

»Dort lang? Über diesen Trampelpfad?«

»Genau.« Der Fahrer fasste wieder das Lenkrad.

»Wie weit ist das denn?«

»Bis nach Trebbio? Ungefähr zehn Kilometer.«

»Zehn Kilometer!« Giovancarlo trat von der Tür

zurück und wieder in das tröstende Licht des Busses.

»Entschuldigen Sie«, meinte der Fahrer, »ich will mich ja nicht in Ihre Angelegenheiten einmischen, aber was wollen Sie denn zu dieser Uhrzeit am Trebbio? Da ist schließlich kein Hotel, da wohnt eine Familie. Und sollten Sie die Absicht haben umzukehren: Der Bus von Borgo San Lorenzo hält hier ungefähr um Viertel vor zwölf, in zwei Stunden. Sie müssten also die zwanzig Kilometer hin und zurück im Laufschritt machen. Auf dem Hinweg geht es übrigens nur bergauf.«

»Ich muss eigentlich gar nicht direkt zum Kastell. Das heißt, ich muss zu einem Bauernhaus, das am Weg dahin liegt. Man hat mir gesagt, es sei ziemlich nah an der Landstraße, das erste, auf das man trifft.«

»In der Nähe der Landstraße gibt es meines Wissens keine bewohnten Bauernhäuser. Zu wem wollen Sie denn genau?«

»Hallo!«, kreischte eines der Mädchen vom Rücksitz. »Wie wär's denn, wenn wir mal weiterfahren?«

»Einen Augenblick, ja?«, erwiderte der Fahrer beleidigt. »Ich kann schließlich nicht zulassen, dass mein Fahrgast sich in Gefahr bringt!«

»Ich müsste zu einem gewissen Narcisse Ori«, sagte Giovancarlo.

»Hmm!« Der Fahrer drehte sich mit dem ganzen Körper zu den Sitzen um. »Weiß hier jemand, wo ein gewisser Narcisse Ori wohnt?«

»Ich«, sagte eine alte Frau nach einer Pause.

Der Fahrer deutete auf Giovancarlo. »Dann erklären Sie ihm mal den Weg.«

Die Frau sah Giovancarlo auf seltsame Art an.

»Da gibt es nicht viel zu erklären. Gehen Sie diesen Weg hoch, ungefähr drei oder vier Kilometer weit. Dann kommt ein Platz mit einer Scheune, und hinter der Scheune steht das Haus. Man kann sich gar nicht verlaufen.«

»Danke.« Giovancorlo stieg aus. Unsicher wandte er sich noch einmal um. Der erleuchtete Bus war seine Zuflucht im Märchenwald, und er musste ihn verlassen.

»Hallo, Sie!« Erneut die Stimme des Mädchens. »Jetzt hat er seine Information aber gekriegt, oder nicht?«

Giovancarlo ließ den Bus abfahren. Die alte Frau warf ihm durch das Fenster einen gleichzeitig besorgten und misstrauischen Blick zu.

Der Fiat 126 stand am Straßenrand, Scatizzi hatte sich über das Lenkrad gelegt.

»Ich hätte eine Idee.«

»Lass hören«, sagte Tartaro.

»Wir lassen ihn noch ein paar Minuten zu Fuß vorgehen. Dann fahren wir hinterher und nehmen ihn mit.«

»Sehr gut. Eine schöne Art, jemanden zu beschatten.«

»Wir können ihm schließlich nicht im ersten Gang diesen steilen Weg da hinterherfahren. Da weicht ja der Motor auf. Und mit dem Scheinwerferlicht merkt er doch ohnehin, dass wir ihm auf den Fersen sind, oder? Also können wir genausogut ...«

»Wer hat denn gesagt, dass wir mit dem Wagen hinter ihm herfahren müssen?«

»Wie denn sonst?«

»Zu Fuß. Los, steig aus.«

»Zu Fuß? Du hast doch keinen blassen Schimmer, wo der hin will, vielleicht müssen wir eine ganze Stunde lang marschieren.«

»Dann marschieren wir eben. Der bringt uns zum Versteck der Alberetti, begreifst du das nicht? Los, steig aus, sonst verlieren wir ihn!«

»Das kann ich nicht. Ich habe Asthma. Warum machen wir es nicht so, wie ich sage?«

»Ja, bist du denn vollkommen blöd?«

Der Pfad war dunkel und still, vor ihnen hörten sie keinerlei Geräusch von Schritten.

»Komm, beweg dich«, knurrte Tartaro, »wir haben ihn verloren, verdammt noch mal!«

»Scheiße«, keuchte Scatizzi, als er ihn eingeholt hatte, »Scheiße! Was ich vorgeschlagen habe, wäre so einfach gewesen . . .«

»Einfach? Hast du vergessen, dass er uns kennt?«

»Quatsch, der doch nicht . . . Die andere Schwuchtel kennt uns. Der nicht. Er hat uns nur einmal gesehen . . . Außerdem ist es dunkel . . . Wir wären an ihn herangefahren und hätten freundlich gefragt: Können wir Sie irgendwohin mitnehmen? . . . Und er hätte uns ganz bequem zur Alberetti geführt . . .«

»Ach, lass mich doch in Ruhe. Und beeil dich. Wer weiß, wo der jetzt schon ist!«

»Geh du vor.« Scatizzi drehte sich entschieden um. »Ich laufe zurück und hole den Wagen. Ich schaffe das nicht. Ich habe Asthma.«

Die Straße mündete auf einen kleinen Platz, der auf einer Seite von der Böschung, auf den anderen beiden von einem Wald und einer zerfallenen Scheune begrenzt war, und es schien, als sei sie hier zu Ende. Doch in Wirklichkeit ging sie hinter dem Wald nach einer engen Kurve weiter. Was früher einmal die Tenne gewesen sein mochte, war in einen Schuttplatz verwandelt worden. Er war von Unkraut, Brombeersträuchern und einem Haufen Abfall bedeckt. Tartaro stand hinter einem Olivenbaum und ahnte mehr, als er sehen konnte, wie Giovancarlo Quagliotti in diesem Schutt vorsichtig hin und her stieg. Der Schatten taumelte, stolperte über einen Gegenstand, ein Waschbecken, das das zarte Licht der Sterne reflektierte. Tartaro hörte ihn fluchen. Zehn Schritte weiter hatte er ihn aus den Augen verloren, er war im Dunkel eines Mauervorsprungs verschwunden.

Ein leichtes metallisches Schimmern hinter den ersten Bäumen am Waldrand erregte Tartaros Aufmerksamkeit. Er verließ den Platz und drang in einen von Felsbrocken übersäten Weg ein, ein ausgetrocknetes Flussbett, so schien es. Nach wenigen Schritten entdeckte er neben einem Felsblock einen Fiat, dessen vordere Stoßstange verbeult war. Tartaro zündete ein Streichholz an, um das Nummernschild zu lesen. Die Nummer, die ihm die Mietwagenfirma gegeben hatte, hatte er sich eingeprägt. »Wer hat der Alberetti bloß den Führerschein gegeben«, murmelte er. Dann kehrte er eilig zur Tenne zurück, unter der Quagliotti verschwunden war. In der Ferne sah er die Scheinwerfer eines Autos die

Wipfel der Bäume streifen, das mit dröhnendem Motor den Berg heraufkroch. »Mein Gott, wie der aufdreht, dieser Idiot«, sagte Tartaro zu sich selbst.

Giovancarlo hatte zweimal an die verschlossene Tür geklopft. Das Haus schien völlig unzugänglich, es war niedrig wie eine Kasematte und ohne jedes Licht. Auch die Fenster waren alle verrammelt. Nicht ein Laut drang nach außen. Das Bauernhaus beherrschte den ganzen Hügel. Auf einer Seite grenzte es an den Wald und war dort durch eine Brombeerhecke, so kompakt wie eine Mauer, geschützt. Auf der anderen Seite fiel das Gelände zu einer steilen Böschung hin ab, an deren Ende eine aus grob behauenen Steinen aufgeschichtete Mauer stand. Er stolperte über einen Gegenstand. Er kniff im Dunkeln die Augen zusammen und erkannte, es war ein verrostetes Dreirad und so vor die Tür gelegt, als sollte es den Eingang versperren. Es erschien ihm bedrohlich, das Spielzeug, der eiserne Sattel war durchlöchert, und die zerbrochenen Speichen des Vorderrads standen wie die Stacheln eines Igels ab. Giovancarlo versuchte, durch einen Spalt im Fensterladen einen Blick ins Innere zu werfen. Ein Geruch von Feuchtigkeit und abgestandener Luft schlug ihm entgegen. Auf dem Fensterbrett standen vier ganz gleiche, pyramidenförmige Steine in einer Reihe. Auch vor dem anderen Fenster, jenseits der Tür, stand eine Reihe von diesen schwarzen Steinen, geschliffen wie riesige, matte Diamanten. »Was zum Teufel«, sagte Giovancarlo laut, um sich Mut zu machen, »hier läuft's einem ja kalt den

Rücken runter ...« Dann machte er kehrt. Bevor er wieder bei der Scheune war, stand plötzlich ein Mann vor ihm, dessen Gesicht sich im Dunkel hell abzeichnete.

»Nun«, sagte Tartaro, »geht es der Tante gut?«

»Welcher Tante?«, stieß Giovancarlo hervor.

»Ach ja, richtig. Ihre Tante ist es ja gar nicht. Sie ist ja die Tante von dem andern. Wie geht es der Signora Degli Alberetti?«

Angelica erwachte aus dem Schlaf, in den sie versunken war. Sie erinnert sich vage, dass sie auch vorher schon mit einem furchtbaren Durst wach geworden ist und der alte Kuli ihr freundlich etwas eingeflößt hat, das er mit dem Löffel aus einem tiefen Teller schöpfte. Eine lauwarme Brühe, die nach einer Tütensuppe schmeckte. Als sie wieder aufwacht, ist sie auf einem Holzstuhl mit Armlehnen festgebunden. Ihre Unterarme sind bis zu den Ellbogen mit Klebeband umwickelt, ebenso die Beine von den Knöcheln aufwärts bis zum Knie. In der Taille drückte ein Ledergurt ihren Körper gegen die Rückenlehne. Der Druck, den die Klammer des Geräts an ihrem Oberschenkel ausübt, ist unerträglich.

Angelica sieht ihr Abbild in einem Spiegel, der durch eine Reihe von Kerzen, die vor ihm auf dem Boden stehen, wie ein Altar erscheint. Der Spiegel zeigt auch den Maler, er steht neben dem Stuhl. Angelica hat das Gefühl, außerordentlich klar im Kopf zu sein. Ihr fällt eine Daguerreotypie aus dem vergangenen Jahrhundert ein, auf der ein Ehemann mit

Melone sehr gerade neben seiner Gattin stehend abgebildet ist.

»Ich warte darauf, dass du hinsiehst. Schon seit einer Weile warte ich darauf.« Seine Stimme hat etwas Flehendes. »Kannst du dich bitte entschließen, es anzusehen?«

Das Bild könnte die Kopie eines Meisterwerks von Füssli sein, doch gibt es etwas, das anders ist. Die manieristische Perfektion geht in Ironie auf, einer kühlen Ironie, die an Horror grenzt. Hinter dem Rücken des Schlafenden tritt eine Figur aus dem dunklen Hintergrund hervor. Sie hat den Körper eines Affen, aber das faltige Gesicht des alten Kuli, mit diesem pathetischen Körbchen auf dem Kopf.

Angelica erkennt sich selbst auf diesem Bild, mit dem Kopf, der über den Rand der Chaiselongue hängt: ja, das ist sie, aber das Gesicht ist mädchenhaft. Der Maler hat ein junges Mädchen mit dem Körper einer Frau gemalt. Angelica erkennt das kleine Mädchen aus dem Internat wieder, die Tochter des Kaufmanns auf dem gefälschten Paolo Uccello. Dann betrachtet sie sich selbst im Spiegel. Er hat ihre Beine an der Außenseite des Stuhls festgebunden und sie damit in eine obszöne Stellung gezwungen. Angelica wendet die Augen von ihrem welken Gesicht, das von tiefen Ringen unter den Augen gezeichnet ist, von der über die Knie hochgeschobene Tunika, von den wirren Haaren, die vom Kopf abstehen wie bei einer Kranken, die viele Tage im Bett verbracht hat. Sie erkennt sich nicht wieder, sie sieht sich wie eine Fremde, das erschreckt sie, er ist im Begriff, sie den Verstand verlieren zu lassen, alles ist so verworren. Wer ist die da? Wer bin ich?, fragt sich Angelica. Der Kuli betrachtet abwechselnd das Bild und den Spiegel, die an den Stuhl gebundene Frau und sich selbst, mit einem fragenden und erregten Ausdruck. In seiner rechten Hand hält er einen Gegenstand, den er ständig dreht. Ein dunkler Stein, so sieht es aus. Die linke Hand und die Hälfte der Gestalt sind von der Rückenlehne des Stuhls verdeckt, die linke Schulter zuckt krampfhaft, rhythmisch. Der Kuli grummelt und keucht, er scheint zu leiden, einen Augenblick lang empfindet Angelica Mitleid mit ihm; doch als sie begreift, was er da macht, wird sie von tiefem Ekel erfasst. Der Kuli gibt eine Art Litanei von sich, flüsternd und sabbernd, fast ohne dabei die Lippen zu bewegen:

»Er hat sie ergriffen ... er hält sie fest ... eeh! ... der Kobold ... er ist der Stärkere ... der Hüpfer ... stärker als die ganze Welt ... mächtiger als die Feen ... gegen ihn kommt sie nicht an ... eeh! ... der große Affe hat sie ergriffen, er hat mit ihr den Inkubus gezeugt ... der große Affe mit dem grauen Fell ... er ist der Chef ... er kommandiert den ganzen Affenstamm ... er hat sich mit ihr wie mit einem Püppchen vergnügt ... eeh! ... sie haben Lust ... die ekligen Neidhammel und Drecksäcke ... sie haben Lust ... aber er ist auf ihr ... da kommt keiner ran ... wer holt ihn da wieder weg ... wer kann ihn von da runterholen ... sieh hin ... sieh hin ... sieh dich an ... sieh mich an ... sieh mich an ... jetzt ... eeh! ooh! ... Nein! sieh in den Spiegel ... sieh dich an ... jetzt ... ooh! sieh das Bild an ... wie schön das Bild ist ... ooh! ...

Ohi, ohi ... was für ein schönes Bild ... wasfürein-BildwasfüreinBild ... ooh ... oh ... Aaah ...!«

Angelica sieht, wie er in die Knie geht, er hat sich ganz in seinen Morgenmantel zusammengezogen, er verschwindet darin, er kauert auf dem Boden, hinter der Reihe der Kerzen, die vom Spiegel reflektiert werden, ein Häufchen grauer Lumpen, auf dem das Körbchen liegt.

Plötzlich steht er wieder, ganz wachsam, das Ohr nach draußen gerichtet. Angelica meint, einen Motor im Leerlauf zu hören

Die Stimme des Kuli ist kalt: »Sie haben die Beeinflussmaschine in Gang gesetzt. Dreckige Neidhammel, sie haben ihr ekliges Gerät wieder eingeschaltet. Sie brummen und brummen ... was denken die sich eigentlich?«

Das Auto steht nun bei laufendem Motor und ausgeschaltetem Licht hinter dem Volkswagen. Scatizzi wischt sich mit einem Taschentuch den Schweiß von seinem kahlen Schädel.

»Mach das Licht wieder an«, befiehlt ihm Tartaro, der mit Giovancarlo am Arm auf ihn zukommt. »Ich will ihn nach allen Regeln der Kunst identifizieren.«

»Also«, Scatizzi sieht aus dem Wagenfenster, »was ist hier eigentlich los?«

»Hier ist los, dass dieser junge Mann mir weismachen will, dass die Alberetti nicht in dem Haus da ist. Dass er hierhergekommen ist, um wer weiß mit wem zu reden. Dass aber niemand da ist und er gerade wieder gehen wollte. Aber ich habe den Wagen gefunden, den Angelica gemietet hat. Er steht da mitten auf dem Weg, zur Abwechslung mal zerbeult.«

»Aber wenn ich Ihnen doch sage, dass ich nichts von Angelica weiß«, protestiert Giovancarlo. »Ich habe sie seit drei Wochen nicht mehr gesehen.«

»Und warum bist du nicht ins Haus reingegangen?« Scatizzi windet seinen massigen Körper aus dem kleinen Wagen. Er hat das Fernlicht eingeschaltet, es bestrahlt die Ruinen der Scheune, hinter der man das Dach des Bauernhauses erkennt.

»Du weißt nicht, warum?« Tartaros Toupet ist ihm ein wenig in die Stirn gerutscht, doch ist er zu beschäftigt, um sich jetzt darum zu kümmern.

»Nein.«

»Wenn uns dieses Arschloch von Alberetti nicht aufmacht, die da in dem Haus ist, können wir nicht mit Gewalt eindringen. Dazu haben wir kein Mandat. Willst du, dass Orlandi uns Schwierigkeiten macht?«

Scatizzi stöhnt, schlägt die Wagentür zu und macht sich auf den Weg zum Haus.

»Wo willst du denn jetzt hin?«

»Wir haben doch den Mietwagen, oder nicht? Also. Der ist der Beweis, dass sie hier ist! Es gibt eine Weisung von Richter Lembi, einen . . . wie heißt das noch mal . . . Sicherungsgewahrsam! Und was brauchen wir mehr?«

»Da hast du Recht!«, sagt Tartaro und folgt dem Kollegen, »Sie, kommen Sie mit!«

Vor der Tür nimmt Scatizzi Anlauf, dann wirft er sich mit seinem ganzen Gewicht dagegen. Er reißt die Tür aus den Angeln, sie bricht nach innen auf.

Gestank schlägt ihnen entgegen. Giovancarlo hält sich die Mappe mit der Zeichnung vor die Nase.

»Ach, du lieber Gott!« Scatizzi zieht eine Grimasse. »Wer wohnt denn in diesem Scheißhaus?«

Der Maler stürzt sich auf die Kerzen, löscht mit der Hand eine Flamme nach der anderen. Dann macht er die Gaslampe aus. Angelica spürt, dass er hinter ihr steht. Er bewegt sich ruckartig wie eine Maus. Vom oberen Stockwerk hören sie Geräusche. Zuerst einen Knall, in dem Moment hat der Maler die Lichter ausgemacht, jetzt Schritte und Stimmen. Die Treppe im Hintergrund des Kellers wird beleuchtet, das Licht, das von oben kommt, wirft den Schatten der Stufen wie die Zähne einer riesigen Säge auf das Mauerwerk.

»Signora! Wir wissen, dass Sie hier sind. Lassen Sie uns keine Zeit verlieren: kommen Sie heraus!«

Angelica beißt vor Wut die Zähne zusammen. Tränen steigen ihr in die Augen. Kommen Sie heraus, sagt dieses Arschloch, als ob ich die Kriminelle wäre. Dreckiger Feigling. Sie meint zu ersticken, versucht zu sprechen, atmet, die stinkende Luft des Kellers tritt in ihre Lungen. »Kommt runter! Hier bin ich!«, schreit sie. Da nimmt sie eine Bewegung hinter ihrem Rücken wahr, und instinktiv wirft sie sich mit dem ganzen Gewicht ihres Körpers zur Seite. Der Stuhl wackelt. Der Schlag streift ihre Schulter und trifft die Rückenlehne. Man hört das Splittern von Holz, Angelica spürt, wie der Stuhl unter ihr schwankt. Noch ein Schlag, diesmal trifft er ihre rechte Schulter und dann die Armlehne. Schon wieder das Geräusch von Holz, das in Stücke bricht. Angelica verliert das Gleichgewicht, sie hat keinen Halt mehr, für den Bruchteil einer Sekunde schwebt sie. Der Stuhl ist zerbrochen, die Rückenlehne hängt durch den Gurt noch an ihrer Taille, aber ihre Arme kann sie bewegen, wenn sie auch noch mit dem Klebeband an die Stuhllehne gebunden sind. Mit einer schnellen Bewegung rollt sich Angelica auf den Boden und entfernt sich so weit wie möglich. Ein feines Pulver dringt ihr in Nase und Augen, die Holzstücke behindern sie, sie bewegt sich ungelenk wie eine Marionette. Der Gurt, der die Elektroplatte an ihrem Bein festhielt, hat sich gelockert, Angelica zieht das Knie ruckartig bis zum Kinn hoch. Man hört einen Knall: Im Fallen entlässt das Gerät ein winziges Firmament sprühender blauer Funken, doch die Drähte sind gelöst, die Marionette hat sich befreit. Auf der Suche nach einer Höhle kriecht sie über den Boden.

»Was ist denn da unten los?«

Scheißkerle, sie sind auf der Treppe stehengeblieben. Diese verdammten Angsthasen, sie bewegen sich keinen Schritt. Ihre Augen beginnen sich an die Dunkelheit zu gewöhnen, sie glaubt einen Unterschlupf zu sehen, an der Wand da ist ein dunkler Schatten, die Fragmente des Stuhls, die noch an ihr kleben, klack-klack, begleiten ihre Bewegungen. Sie erkennt einen grauen Umriss, der sich über sie beugt, sie stellt sich ihn eher vor, als dass sie ihn wirklich sieht, mit der ausgestreckten Hand wählt er den richtigen Winkel, um einen weiteren Schlag niedergehen zu lassen. Sie fasst ein Tischbein, zieht sich darunter. Der Tisch steht auf Böcken, die Platte gerät ins Wanken, dann rutscht sie nach vorn und fällt auf sie drauf, doch schützt sie sie, eine ölige Flüssigkeit rinnt Angelica über den Nacken, sie spürt dichten Staub in ihrer Kehle, er schmeckt nach Blei.

»Machen Sie wenigstens das Licht an«, sagt die spöttelnde Stimme von oben.

Angelica kauert unter der Tischplatte, sie möchte schreien, doch wagt sie es nicht, um sich nicht zu verraten. Sie weint leise und versucht die Gefahr zu erkennen, die ihr aus dem Dunkel droht. Zögernde Schritte auf den Stufen. Die Flämmchen eines Feuerzeugs und eines Streichholzes bewegen sich auf der Treppe nach unten.

»Hast du die Taschenlampe nicht dabei?«

»Verdammt, die habe ich im Auto gelassen!«

»Dann mach doch endlich diesen Stummel da an, worauf wartest du?«

Eine Silhouette huscht durch den Raum, wie eine Kakerlake in einer Badewanne, und verschwindet aus dem Lichtkreis der Kerze.

»Ergreift ihn! Ergreift ihn!«, schreit Angelica. »Er will mich umbringen! Ergreift ihn!«

Scatizzi hebt die Tischplatte an, die aussieht wie eine Leinwand von Pollock. Auf dem Boden Glas- und Tonscherben, mit farbiger Erde vermischt. Angelica hockt mit über dem Kopf verschränkten Armen da, die gesplitterten Enden der Stuhllehne ragen unter ihrem Ellbogen hervor. Auch Tartaro hält jetzt eine Kerze in der Hand, das Licht beleuchtet das Gemälde, den Spiegel, Angelica, die von oben bis unten mit Farbe beschmiert ist, blau, rot, und ein weißes Pulver, das immer noch aus ihren Haaren über ihren halbnackten Körper rieselt.

»Wer will Sie umbringen?«

Angelica deutet in eine Ecke, neben dem Fenster. Dort steht der alte Kuli, starr gegen die Wand gelehnt, mit geschlossenen Augen, und seine ausgestreckte linke Hand beschreibt seltsame Serpentinen in der Luft. Mit der Rechten hält er einen dunklen Gegenstand an die Brust gepresst. Als Tartaro mit gezogener Pistole auf ihn zugeht, zeigt er das allmächtige Objekt mit beiden Händen – stellt er den diamantförmigen Stein wie einen Talisman zur Schau.

Angelica, halb ohnmächtig und notdürftig in eine alte Decke gehüllt, saß auf dem Vordersitz des Fiat neben Tartaro. Giovancarlo saß hinten. Sie nahmen den Waldweg auf der Suche nach dem nächstgelegenen Telefon. Scatizzi war in dem Bauernhaus geblieben, um Narcisse Ori zu bewachen.

»Da haben Sie aber wirklich eine schwierige Arbeit«, bemerkte Giovancarlo.

»Das kann man wohl sagen«, entgegnete Tartaro.

»Ihr seid gerade zur rechten Zeit eingetroffen.«

»Eh, ja, genau. Es war ein kritischer Moment ... Diese Subjekte drehen bis zu einem bestimmten Punkt auf, und dann explodieren sie.« Tartaro senkte höflich die Stimme und drehte sich zu Giovancarlo um. »Die Signora ist ein schönes Risiko eingegangen. Ihnen hat sie es zu verdanken, wenn sie noch am Leben ist.«

»Wieso mir?«

»Aber sicher. Wenn Sie nicht gewesen wären, der uns zu diesem Haus geführt hat ...«

»Aber nein«, wehrte Giovancarlo ab, »was hab ich denn schon getan? Sie haben den Wagen gefunden. Wissen Sie, dass Sie mir gefallen haben? ... Ich meine, die Art, wie Sie auf ihn zugegangen sind und ihm die Handschellen angelegt haben, so blitzschnell.«

»Nun, äh, ich hatte ja den Revolver ...«

»Aber Sie haben ihn nicht benutzt. Das hat mir gefallen, dass Sie ihn nicht benutzt haben. Ich hatte solche Angst, Sie könnten ihn benutzen.«

»Nun ja, wissen Sie, das ist Berufserfahrung.«

»Wie auch immer: mir jedenfalls hat es gefallen. Ich meine, aus der Perspektive des Bürgers. Ich habe mich, wie soll ich sagen ... beschützt gefühlt.«

Scatizzi hatte Narcisse Ori im Kamin untergebracht, nachdem er dort eine stabile Vorrichtung gefunden hatte, an der er ihn festmachen konnte. Er hatte die Handschellen an einer Kette eingehakt, die ohne Kochtopf aus dem Abzug herabhing. Der Kamin war typisch für ein toskanisches Bauernhaus – groß wie ein kleines Zimmer, mit Sitzbänken zu beiden Seiten. Auf einer dieser Bänke saß Narcisse, noch winziger als sonst, in seinen langen grauen Mantel gehüllt, unbeweglich wie der abblätternde Putz an der rußgeschwärzten Wand. Scatizzi rauchte eine Zigarette, vor ihm auf dem Tisch lag in Reichweite die Pistole und, in ein Stück Zeitungspapier eingewickelt, der kleine dunkle Obelisk. Als er bemerkte, dass der Gefangene die Lippen bewegte, ging Scatizzi auf ihn zu. Vielleicht wollte er ja ein Geständnis ablegen. Er schob seinen Stuhl nach vorn und steckte den Kopf in den Kamin.

»Sie sind Polizist, eh? Sie sind Polizist?«

»Ja«, bestätigte Scatizzi hoffnungsfroh. »Ich bin von der Polizei, sagen Sie mir ruhig alles, was Sie zu sagen haben.«

»Also, dann nehmen Sie zur Kenntnis, dass ich alle anzeige, die die Kirche in der Via Calzaioli, gegenüber von Orsanmichele, ihrer Fresken, Leinwände und Holzschnitzereien beraubt haben. Sie haben daraus ein modernes Gebäude gemacht, das aussieht wie eine Bankfiliale, doch in Wirklichkeit ist es die Zentrale der Sekte sechs-sechs-sechs. Und wissen Sie, wozu der Palast am anderen Arnoufer verwendet wird, der hinter dem Ponte alle Grazie? Aber sicher wissen sie es, nicht wahr? Als ich ihn entdeckt habe, liefen Beamte in Zivil in der Gegend herum, um mich daran zu hindern, mit irgendeiner Person Kontakt aufzunehmen, um ihr meine Entdeckung mitzuteilen. Und wissen Sie, dass sich über dem Portal von Santa Maria Maggiore Skulpturen befinden, die die Landung einer Rakete darstellen? Und wissen Sie, dass diese Rakete sich auf der Piazza Santa Elisabetta befindet? Und dass sie in den USA versuchen, die wirklichen Macher des Zweiten Weltkrieges wiederzubeleben: Freud und Einstein? Und dass Hitler in einem Keller in einer Schweizer Bank überwintert? Und wissen Sie, dass sie in den Gebäuden, die wie Lagerhallen aussehen, ein wenig außerhalb von Florenz, an der südlichen Peripherie, die als Sport- und Tennisplätze und so weiter dienen, versuchen, eine Maschine zu konstruieren, die die zehnfache Potenz von der hat, über die sie heute schon verfügen? Ich zeige die Scheißärzte an, die mir flüssige und feste Halluzinogene in den Rücken und in meine Handgelenke gespritzt haben: die Creme dringt ganz allmählich in den Organismus ein, aber auf jeden Fall dringt sie ein. Dank der chemischen Substanzen, die in meine Schuhe und in meine Kleider gerieben werden und die sie meinem Trinkwasser beimischen, haben sie mich der Fähigkeit beraubt, Gerüche wahrzunehmen, und sie versuchen auch, mich daran zu hindern, Farben zu erkennen. Ich zeige die männlichen und weiblichen Diebe an, die mir alles stehlen, männliche und weibliche Diebe, die mehr oder weniger uniformiert sind, die sich an den Hintern der Feen hängen, die meine Werke kopieren, meine Zeichnungen und meine Ideen. Ich kann mir nicht weiterhin an eurer Stelle selbst Gerechtigkeit verschaffen, ich kann mich nicht mehr allein verteidigen. Sie haben versucht, meine Werke aus den Museen Europas zu entfernen; das ist der einzige Ort, wo meine Werke sein dürfen, in den Mussen; sie haben versucht, sie auszuschließen, sie wer weiß wo zu verstecken, sie diffamieren sie, um sie ungestraft zerstören zu können, und sie warten nur darauf, auch mich mit Paraffininjektionen unter die Haut zu liquidieren, um mich so steif wie eine Wachsfigur zu machen. Sie haben es geschafft, dass ich vor dem Spiegel einen Schreck bekomme, ich erschrecke auch schon vor dem Wasser. Zwei meiner Theorien wurden von

Ministern Päpstinnen Päpsten und anderen gestohlen die tot sind wie viele die ich nicht sehe und sie rufen mich sie wissen nicht was sie tun sollen nachdem sie in eine Welt zurückgekehrt sind in der sie wie blinde Fliegen umkommen wie schreckliche weiße Fliegen ...«

Scatizzi kehrte an den Tisch zurück, spielte mit dem Obelisken, doch wickelte er ihn wieder in das Zeitungspapier, als ihm einfiel, dass er die Fingerabdrücke verwischen könnte. Er war von diesem seligen Blick, von dieser ruhigen und freundlichen Stimme und dem kalten Lächeln ganz verwirrt.

Ein einfacher Fall

Leonardo Sciascia

Der Telefonanruf kam um neun Uhr und siebenunddreißig am Abend des 18. März, dem Samstag vor dem übermütigen und lärmenden Fest, das die Stadt zu Ehren des Schreiners und Heiligen Josef veranstaltete. Ihm waren auch die Scheiterhaufen aus alten Möbeln gewidmet, die an jenem Abend in den Armeleutevierteln entzündet wurden – als Versprechen gewissermaßen für die wenigen noch tätigen Schreiner, dass es ihnen an Arbeit nicht mangeln werde. Die Amtsstuben waren, mehr noch als an anderen Abenden um diese Uhrzeit, fast leer, jedoch beleuchtet: die abendliche und nächtliche Beleuchtung, die für die Büros der Polizei stillschweigend angeordnet war, um den Bürgern vorzugaukeln, dass man in diesen Büros stets über ihre Sicherheit wachte.

Der Telefonist notierte den Namen des Anrufers: Giorgio Roccella. Er besaß eine gepflegte, sanfte und überzeugende Stimme. Wie alle Verrückten, dachte der Telefonist, denn Signor Roccella verlangte den Questor. Eine Verrücktheit, vor allem um diese Uhrzeit und an diesem besonderen Abend.

Der Telefonist bemühte sich um den gleichen Tonfall, brachte jedoch nur eine Karikatur zuwege, die durch das Wortspiel, mit dem er antwortete, noch deutlicher wurde: »*Ma il questore non è mai in questura a quest'ora.*«; ein fauler Witz über die häufigen Abwesenheiten des Polizeipräsidenten, der in den Büros die Runde machte und nur unzureichend durch den Satz übersetzt wird: »Aber der Polizeipräsident ist um diese Uhrzeit nie im Polizeipräsidium.«

Er fügte hinzu: »Ich verbinde Sie mit dem Kommissariat«, und freute sich, dass er dem Kommissar eins auswischen konnte, der in diesem Augenblick wahrscheinlich gerade dabei war, das Büro zu verlassen.

Tatsächlich zog der Kommissar bereits seinen Mantel an. Der Brigadier, dessen Tisch mit dem des Kommissars einen rechten Winkel bildete, nahm ab. Er hörte zu, suchte auf dem Schreibtisch einen Bleistift und ein Stück Papier und antwortete, während er schrieb, ja, sie würden so bald wie möglich kommen, so bald wie möglich, wobei er das »möglich« betonte, damit man sich über das »bald« keine Illusionen machte.

»Wer war das?«, fragte der Kommissar.

»Jemand, der behauptet, er müsse uns dringend eine Sache zeigen, die er bei sich zu Hause entdeckt habe.«

»Eine Leiche?«, scherzte der Kommissar.

»Nein, er hat wörtlich gesagt ›eine Sache‹.«

»Eine Sache . . . Und wie heißt er, dieser Jemand?«

Der Brigadier nahm das Stück Papier, auf dem er Namen und Adresse notiert hatte, und las vor: »Giorgio Roccella, Contrada Cotugno, bei der Abzweigung nach Monterosso vier Kilometer auf der Straße, die rechts abgeht; fünfzehn Kilometer von hier.«

Der Kommissar kam von der Tür zurück zum Tisch des Brigadiers, nahm das Stück Papier und las es, so als hoffte er, etwas darauf zu finden, was der Brigadier nicht vorgelesen hatte. Er sagte: »Das ist nicht möglich.«

»Was?«, fragte der Brigadier.

»Dieser Roccella«, sagte der Kommissar, »ist ein Diplomat, ein Konsul oder Botschafter, ich weiß nicht wo. Er kommt seit Jahren nicht mehr hierher. Das Haus in der Stadt ist verschlossen und das Landhaus, eben das in der Contrada Cotugno, steht leer und ist fast baufällig ... Man sieht es von der Straße aus: Oben am Hang. Es wirkt wie eine kleine Festung ...«

»Ein alter Gutshof«, sagte der Brigadier. »Ich bin oft dort vorbeigekommen.«

»Innerhalb der Einfriedung, durch die es wie ein Gutshof aussieht, liegt ein sehr zierliches Landhaus; oder lag jedenfalls ... Große Familie, die Roccella, aber inzwischen reduziert auf diesen Konsul oder Botschafter oder was immer ... Ich dachte nicht, dass er noch lebt, so lange habe ich ihn nicht mehr gesehen.«

»Wenn Sie wollen«, sagte der Brigadier, »überprüfe ich das.«

»Aber nein, ich bin sicher, dass es sich um einen Scherz handelt ... Morgen vielleicht, wenn du Zeit und Lust hast, fahr hin und schau nach ... Was mich betrifft, braucht ihr morgen nicht nach mir zu suchen; egal was passiert. Ich fahre zu einem Freund aufs Land, um den heiligen Josef zu feiern.«

Anderntags fuhr der Brigadier mit zwei Beamten auf Streife in die Contrada Cotugno. Die beiden Beamten und er waren in Ausflugsstimmung, denn nach dem, was der Kommissar gesagt hatte, waren sie sicher, dass der Ort unbewohnt und der Anruf am Vorabend ein Scherz gewesen war. Das Flüsschen, das am Fuß des Hügels verlief, war nurmehr ein steiniges Bett voller knochenbleicher Kiesel, aber der Hügel mit dem Gutshof oben grünte. Sie hatten vor, nach beendetem Lokalaugenschein den Feiertag mit dem Sammeln von wildem Spargel und Zichorien zu begehen, da sie als ehemalige Bauern alle drei die guten wilden Gemüse zu schätzen wussten.

Von unten betrachtet war das Landhaus von einfachen Mauern umgeben. Jetzt, beim Betreten der Anlage, zeigte sich, dass die Einfriedung aus Wirtschaftsgebäuden bestand, deren Türen mit glänzenden Schlössern gesichert waren. Das Landhaus, das in der Mitte stand, wirkte tatsächlich zierlich, wies jedoch etliche Anzeichen des Verfalls auf. Sie gingen rundherum. Alle Läden waren fest geschlossen bis auf einen, sodass man durch die Fensterscheibe hineinschauen konnte. Zuerst erkannten sie das Innere nur undeutlich, da die gleißende Vormittagssonne sie blendete. Dann sahen sie Einzelheiten, und als sie die Hand über die Stirn legten, um sich gegen die Sonne abzuschirmen, schien es allen dreien, als sähen sie einen Mann mit dem Rücken zum

Fenster an einem Schreibtisch sitzen; vornübergesunken.

Der Bridagier fällte die Entscheidung, die Scheiben des Fensters einzuschlagen, es zu öffnen und hineinzusteigen. Der Mann konnte wegen eines Unwohlseins zusammengebrochen sein, und vielleicht war es noch nicht zu spät, um ihm zu helfen. Aber der Mann war tot, und nicht aufgrund eines Schlaganfalls oder eines Infarktes. Über sein Gesicht, das auf dem Schreibtisch ruhte, zog sich von der Schläfe bis zum Kinn eine schwärzliche, geronnene Blutspur.

Der Brigadier rief den zwei Beamten, die ebenfalls durch das Fenster hereingeklettert waren, zu: »Nichts anfassen!«, und um das Telefon, das auf dem Schreibtisch stand, nicht zu berühren, befahl er einem der beiden, ins Präsidium zurückzufahren, Meldung zu erstatten und den Arzt, den Fotografen und jene zwei oder drei Leute herzuschicken, die im Präsidium das Privileg genossen, für wissenschaftliche Experten gehalten zu werden, was nach Ansicht des Brigadiers wirklich nur ein Privileg war, da es bisher nicht einen Fall gab, wo sie einen entscheidenden Beitrag geleistet und nicht eher für Verwirrung gesorgt hätten.

Nachdem er diese Befehle gegeben hatte, begann er mit der Besichtigung des Tatortes, wobei er den noch anwesenden Beamten mehrfach aufforderte, nichts zu berühren. Diese Besichtigung diente dem Rapport, den er anschließend zu schreiben hatte und der immer eine recht unangenehme Aufgabe war, da weder seine Schulzeit noch sein Leseeifer ausgereicht hatten, ihn mit dem Italienischen vertraut zu machen. Aber seltsamerweise erzeugten die Tatsache, dass er die Dinge, die er sah, aufzuschreiben hatte, und das Kopfzerbrechen, der Widerwille fast, die daraus resultierten, in seinem Kopf eine Fähigkeit zu abstrahieren, das Wesentliche zu erkennen und zu beachten, die alles, was schließlich im Netz des Geschriebenen hängenblieb, klar und deutlich machte. So geht es wahrscheinlich allen italienischen Autoren des Südens und besonders den Sizilianern: Trotz Gymnasium, Universität und vieler Lektüre.

Der erste Eindruck war, dass der Mann Selbstmord begangen hatte. Die Pistole lag auf dem Fußboden, rechts vom Stuhl, auf dem der Mann saß. Eine alte deutsche Waffe aus dem 1. Weltkrieg, eines jener Souvenirs, das die Kriegsteilnehmer mit nach Hause brachten. Aber es gab ein Detail, das den ersten Eindruck des Brigadiers, es habe sich um Selbstmord gehandelt, widerlegte: Die rechte Hand des Toten schwebte nicht, wie es hätte sein müssen, über der zu Boden gefallenen Waffe, sondern lag auf dem Schreibtisch und hielt ein Blatt Papier fest, auf dem zu lesen war: »Ich habe entdeckt.« Dieser Punkt hinter dem Wort »entdeckt« flammte im Kopf des Brigadiers auf wie ein Blitz und verwandelte die nicht sonderlich genaue Konstruktion eines Selbstmordes für einen flüchtigen Augenblick in die dahinter liegende Szenerie eines Mordes. Der Mann hatte zu schreiben begonnen »Ich habe entdeckt«, so wie er dem Präsidium mitgeteilt hatte, er habe etwas in seinem Haus entdeckt, das zu entdecken er nicht erwartet hatte. Er hatte zu beschreiben begonnen, was er entdeckt hatte, da er zweifelte, dass die Polizei rechtzeitig käme oder vielleicht, weil er sich in der Einsamkeit und Stille zu fürchten begann. Aber dann hatte es an der Tür geklopft. Die Polizei, dachte er, doch es war der Mörder. Vielleicht hatte er sich als Polizist ausgegeben, der Mann hatte ihn hereingebeten, sich wieder an den Schreibtisch gesetzt und zu erzählen begonnen, was er entdeckt hatte. Die Pistole lag vermutlich auf dem Tisch. In seiner wachsenden Furcht war sie ihm wieder eingefallen, und er hatte sie aus ihrem Versteck geholt. Der Brigadier glaubte nicht, dass der Mörder sich mit einer derart alten Waffe ausgerüstet hätte, aber als er sie auf dem Tisch liegen sah, hatte er sich wahrscheinlich nach ihr erkundigt, sich überzeugt, dass sie funktionierte, sie plötzlich auf den Kopf des anderen gerichtet und geschossen. Danach der grandiose Einfall, den Punkt zu machen nach dem »Ich habe entdeckt«: »Ich habe entdeckt, dass das Leben nicht wert ist, gelebt zu werden«, »Ich habe entdeckt, was die einzige und letzte Wahrheit ist«, »Ich habe entdeckt«, »Ich habe entdeckt«: Das Alles und das Nichts. Er ergab keinen Sinn, aber vom Standpunkt des Mörders aus betrachtet, war es dennoch kein Fehler. Für die These des Selbstmords, die sich natürlich aufdrängen würde (dessen war der Brigadier gewiss), ließen sich aus dem Punkt existenzielle und philosophische Erwägungen herleiten und das vor allem, wenn die Person des Getöteten irgendwelche Anhaltspunkte dafür bot. Auf dem

Schreibtisch befanden sich ein Schlüsselbund, ein altes Tintenfass aus Zinn und die Fotografie einer großen, gut gelaunten Gesellschaft, die man vor mindestens fünfzig Jahren vielleicht sogar draußen im Garten aufgenommen hatte, als um das Haus Schatten spendende Bäume in schöner Harmonie standen, wo jetzt nur Gestrüpp wucherte und Reisig herumlag.

Neben dem Blatt mit dem »Ich habe entdeckt«, der verschlossene Füllfederhalter: Eine Raffinesse des Mörders (der Brigadier wurde immer sicherer, dass es sich um einen Mord handelte), um den Eindruck zu erzeugen, der Mann habe mit jenem Punkt auch hinter sein Leben einen Schlusspunkt setzen wollen.

An den Wänden des Zimmers standen Regale, in denen sich fast keine Bücher mehr befanden. Die verbliebenen Bände waren jahrgangsweise gebundene juristische Zeitschriften, landwirtschaftliche Nachschlagewerke und Einzelhefte einer Zeitschrift mit dem Titel »Natur und Kunst«. Ferner gab es einige alte Wälzer, die aufeinander lagen und auf deren Rücken der Brigadier das Wort CALEPINUS las. Er hatte stets geglaubt, ein CALEPINUS sei ein Büchlein, das man in der Tasche trug, ein Notizbuch, ein Handbuch, und es kam ihm komisch vor, die Bezeichnung auf jenen Wälzern zu finden, deren jeder mindestens zehn Kilo wog. Die Sorge, ja keine Fingerabdrücke zu hinterlassen, obwohl er nicht daran glaubte, überwog seine Neugier, einen dieser Bände aufzuschlagen, und aus derselben Sorge druchstreifte er, gefolgt von dem Beamten, das

Haus, ohne Möbel oder Klinken zu berühren, und durchschritt nur jene Türen, die geöffnet waren.

Das Haus war weitläufiger, als es von außen den Anschein hatte. Es gab ein großes Speisezimmer mit einem massigen Eichentisch und vier Anrichten aus dem gleichen Holz, die Teller, Suppenterrinen, Gläser und Kaffeekannen, aber auch altes Spielzeug, Karten und Tischwäsche enthielten. Schlafzimmer gab es zwei, in denen Berge von Matratzen und Kissen auf den Sprungrahmen lagen, eines mit einem Bett, in dem jemand geschlafen zu haben schien und eventuell weitere hinter den Türen, die er nicht öffnete. Das Haus war unbewohnt, Möbel, Bücher, Bilder und Porzellan fehlten (man sah nur noch Zeichen der entfernten Dinge), und doch hatte man das Gefühl, es werde benutzt. Zigarettenstummel lagen in den Aschenbechern, und in den fünf Weingläsern, die man in die Küche gebracht hatte, um sie auszuspülen, befanden sich Weinreste. Die Küche war geräumig, hatte Holzfeuerstellen, einen Backofen und war rundum mit valenzianischen Kacheln verkleidet. Kupferne Töpfe und Pfannen hingen an den Wänden und verbreiteten einen gewissen Glanz in dem dämmerigen Raum, obgleich sie bereits mit Grünspan überzogen waren. Von der Küche öffnete sich eine kleine Tür zu einer aufwärtsführenden Treppe, die eng und dunkel war, sodass man nicht sah, wo sie endete.

Der Brigadier suchte nach einem Lichtschalter, um die Treppe zu beleuchten. Da er keinen anderen Schalter fand als den für die Lampen über den Feuerstellen, versuchte er, im Dunkeln hinaufzugehen.

Doch schon nach fünf oder sechs Stufen musste er Streichhölzer anzünden und ging zögernd weiter. Er brauchte viele, bevor er eine Art Dachboden erreichte. Der Raum war so niedrig, dass jemand von normaler Körpergröße mit dem Kopf fast das Dach berührte, jedoch so geräumig wie der Speisesaal unten. Er war mit Sofas und durchgesessenen Stühlen, Truhen, leeren Bilderrahmen und verstaubten Drapierungen angeräumt. Verstreut standen an die zehn vergoldete Heiligenbüsten. Eine Büste fiel durch ihre Größe auf. Sie hatte eine silberne Brust, ein schwarzes Mäntelchen und ein Bulldoggengesicht. Die vergoldeten Büsten trugen auf einem barocken Sockel die Namen des betreffenden Heiligen. Um den großen Finsteren als heiligen Ignatius zu identifizieren, reichten die Erfahrungen des Brigadiers mit Heiligen nicht aus.

Der Brigadier zündete das letzte Streichholz an und stieg rasch hinunter. »Ein Dach voller Heiliger«, erklärte er dem Beamten, der ihn am Fuße der Treppe erwartete. Ihm war, als hätte es Staub, Spinnweben und Muff geregnet. Er stieg durch das Fenster hinaus und kehrte zurück in den kalten und strahlenden Vormittag. Die Sonne schien, und das Gras war mit Raureif benetzt.

Sie umkreisten abermals das Haus, der Beamte immer zwei Schritte hinter ihm. Zwischen Reisig und Gestrüpp fand sich ein Platz, der offensichtlich dazu gedient hatte, Autos zu rangieren, vielleicht Lastwagen. »Hier ist gefahren worden«, sagte der Brigadier. Dann fragte er den Beamten mit einer Handbewegung: »Was hältst du von diesen Türschlössern?« Er meinte die an den Lagerräumen oder Ställen, die das Haus wie ein Wildwest-Fort umgaben.

»Sie sind neu«, sagte der Beamte.

»Bravo«, sagte der Brigadier.

Binnen weniger als zwei Stunden kamen alle, die kommen mussten: Polizeipräsident, Staatsanwalt, Arzt, der Lieblingsreporter des Polizeipräsidenten und ein Schwarm Beamte. Die Kriminaltechniker waren an ihrem eitlen Gehabe zu erkennen. Sechs oder sieben Autos, die auch noch nach ihrer Ankunft genauso lärmten, hupften und heulten, wie sie aus der Stadt gefahren waren und nicht nur die Neugier der Anrainer, sondern – ein Nebeneffekt, den der Polizeipräsident so lange wie möglich hinauszuzögern wünschte – auch die der Carabinieri erregt hatte. Der Oberst der Carabinieri erschien eine halbe Stunde später, rot im Gesicht, höchst verärgert und, bei allem Respekt vor dem Polizeipräsidenten, streitsüchtig, als sämtliche Türen bereits aufgeschlossen waren, die Abnahme der Fingerabdrücke auf gut Glück begonnen hatte und man den Toten von allen Seiten fotografiert hatte. Der Oberst zügelte seinen Zorn und sagte: »Einen Hinweis hättet ihr uns schon geben können.« – »Sie müssen entschuldigen«, sagte der Polizeipräsident, »aber es ging alles so überstürzt, innerhalb weniger Minuten.« – »Ja, ja . . .«, sagte der Oberst ironisch.

Die Pistole wurde aufgehoben, indem man einen Bleistift zwischen Griff und Abzug schob, dann wurde sie vorsichtig auf ein schwarzes Tuch gelegt und eingeschlagen. »Die Fingerabdrücke sofort«, sagte der Polizeipräsident. Die des Toten hatte man bereits genommen. »Eine unnötige Maßnahme«, urteilte er, »aber sie ist erforderlich.«

»Wieso unnötig?«, fragte der Oberst.

»Selbstmord«, antwortete der Polizeipräsident feierlich und erreichte damit ungewollt, dass der Oberst eine gegenteilige Ansicht erwog.

»Herr Präsident ...«, unterbrach der Brigadier.

»Was du zu sagen hast, kannst du in deinen Rapport schreiben ... Vorerst ...« Aber er wusste vorerst nicht, was noch zu tun oder zu sagen gewesen wäre und wiederholte: »Selbstmord, klarer Fall von Selbstmord.«

Der Brigadier versuchte es abermals: »Herr Präsident ...«

Er wollte von dem Anruf am gestrigen Abend berichten und von diesem Punkt hinter dem »Ich habe entdeckt«. Aber der Präsident fertigte ihn ab: »Wir erwarten den Bericht.« Er wies auf den Staatsanwalt und sah auf die Uhr. »Am frühen Nachmittag.« Dann, zu Staatsanwalt und Oberst: »Der Fall ist einfach, da gibt es nichts zu deuteln. Wir wollen die Sache so rasch wie möglich erledigen ... Geh und schreib deinen Bericht, aber sofort.«

Automatisch fand der Oberst, dass der Fall verwickelt sei und deshalb nicht so rasch wie möglich erledigt werden dürfe. Unabhängig von der Person ihrer Repräsentanten und nur vom Vorurteil genährt, brach der unversöhnliche Gegensatz zwischen den beiden Institutionen aus: der Truppe der Carabinieri und dem Korps der Polizei. Ein langer historischer Streit, der sie entzweite, und alle Bürger, die zwischen die Fronten gerieten, waren ihm ausgeliefert.

Der Brigadier sagte: »Zu Befehl!«, und ging, um den Streifenwagen zu suchen, der ihn hergebracht hatte und der inzwischen zurückgekehrt war. Aber da der Präsident ihn gekränkt hatte und ihm fast völlig jene Eigenschaft fehlte, die man Korpsgeist nennt – das heißt, das Korps, dem man angehört, über alles zu stellen, es für unfehlbar zu halten, im Falle von Fehlbarkeit für unantastbar und jedenfalls voller Weisheit, auch dort, wo es irrte –, hatte er einen listigen Einfall.

Am Steuer des Wagens, in dem der Oberst gekommen war, saß der Brigadier (der Carabinieri), der ihn fuhr. Unser Brigadier ging hin und setzte sich neben ihn, denn er kannte ihn gut, wenngleich er ihm misstraute, und berichtete ihm alles, was er über den Fall wusste; alle seine Vermutungen. Er zeigte ihm auch die neuen, glänzenden Schlösser an den Türen der Lagerräume und kehrte dann erleichtert ins Büro zurück, um in gut zwei Stunden all das aufzuschreiben, was er dem dienstmäßig Gleichstehenden in fünf Minuten erzählt hatte.

So erfuhr der Oberst, als er in die Stadt zurückkehrte, von seinem Brigadier alles, was notwendig war, um den Fall komplizierter zu machen, als es dem Polizeipräsidenten lieb war.

Obwohl Sonntag war und der heilige Josef gefeiert wurde, trafen im Polizeipräsidium und im Hauptquartier der Carabinieri schon bald die Auskünfte der Meldebehörde, des Grundbuchamts und anderer mehr oder weniger vertraulicher Informanten ein. Sie lauteten gleich oder fast gleich und stammten alle von den gleichen oder fast den gleichen Stellen. Zumindest eine der beiden Ermittlungsbehörden hätte sich deshalb Zeit und Mühe sparen und diese anderweitig verwenden können, wenn sie zusammengearbeitet hätten. Aber spekulieren wir nicht über etwas so Undenkbares, wie die Zusammenarbeit zwischen einem Baumeister und einem Sprengstoffattentäter (und es versteht sich, dass keiner der beiden Parteien die eine oder andere Rolle unterstellt werden soll).

Die Identität des Opfers: Giorgio Roccella aus Monterosso, geboren am 14. Jänner 1923, ebenda, Diplomat im Ruhestand. Er war italienischer Konsul in verschiedenen europäischen Städten gewesen und hatte sich schließlich in Edinburgh niedergelassen, wo er mit einem zwanzigjährigen Sohn wohnte. Von seiner Frau lebte er getrennt. In Italien war er etwa fünfzehn Jahre nicht gewesen und erst am 18. März 1989 hierher zurückgekehrt, um noch am gleichen Tag auf tragische Weise umzukommen. Er war der Alleineigentümer der Reste eines ehemals reichen und vielfältigen Familienbesitzes, um den er sich aber nicht kümmerte: Ein halb verfallenes Haus in der Stadt, das Landhaus und ein wenig Grundbesitz drumherum. An seinem Ankunftstag hatte er im Restaurant »Le tre candele« gegessen, wo er Spaghetti in schwarzer Soße vom Tintenfisch und Tintenfischsalat bestellt hatte, und war dann in einem Taxi zum Landhaus gefahren. Dem Taxichauffeur sagte er, er wolle sich erst vergewissern, ob seine Schlüssel noch passten und die Tür sich öffnen ließe. Danach hatte er ihn weggeschickt und gebeten, am nächsten Morgen um elf wiederzukommen. »Ich leide unter Schlaflosigkeit«, erklärte er, »und werde die ganze Nacht arbeiten.« Aber als der Taxifahrer am nächsten Vormittag um elf den Auflauf von Polizei und Carabinieri sah, kehrte er um, ohne zum Haus hinaufzufahren. Vielleicht, so dachte er, war der Mann ein gefährlicher Krimineller. Und warum sollte er sich Scherereien machen?

Der Rapport des Brigadiers, der auf Mord hinwies, irritierte den Polizeipräsidenten ebenso wie die Information, dass das Opfer sich von seiner Frau getrennt hatte (oder, was ihm lieber war: die Frau sich von ihm). Beides betrachtete er deshalb als Bestätigung seiner Selbstmord-These. Die Frage, warum Roccella zuvor die Polizei gerufen hatte, musste er sich zwar stellen, aber sie beunruhigte ihn nicht: Vermutlich wollte Roccella einfach nur Aufsehen erregen und sich interessant machen, indem er die Polizei praktisch einlud, zu seinem Selbstmord zu kommen. Eine Wahnsinnstat, kurz gesagt. Der Brigadier, der dem Inhalt der Informationen mehr Aufmerksamkeit schenkte, wies den Präsidenten jedoch darauf hin, dass die Trennung von der Frau bereits vor zwölf Jahren erfolgt sei. Auch wenn ein solches Ereignis schmerzlich erfolgt sei. Auch wenn ein solches Ereignis schmerzlich sein mochte, so sei doch kaum vorstellbar, dass die Verzweiflung erst zwölf Jahre später ihren Höhepunkt erreichen sollte. Stattdessen erreichte die Verärgerung des Präsidenten über den Brigadier ihren Höhepunkt. »Solche Bemerkungen stehen dir nicht zu«, sagte er. »Lass den Kommissar kommen, wo immer er auch sein mag.«

Der Kommissar war, wie er am Samstag angekündigt hatte, bis Montagmorgen unauffindbar. Der Brigadier war schon da, als dieser um acht das Büro betrat, behutet, bemantelt, behandschuht und in einen Schal gehüllt, der den Mund bedeckte. Er schüttelte sich und zitterte am ganzen Körper: »Eine Kälte hier drin, fast wie draußen. Die Vögel würden tot vom Himmel fallen.«

Er habe von der Sache durch Radio und Zeitungen erfahren, sagte er, las den dürren Bericht des Brigadiers ohne ein Wort zu sagen und ging, um mit dem Präsidenten zu reden.

Als er wiederkam, schien er über den Brigadier verärgert zu sein. »Mach bloß keine Geschichten«, warnte er. Aber die Geschichte lag schon in der Luft. Sie wurde genährt durch Professor Carmelo Franzò, einen alten Freund des Opfers, der zwei Stunden später das Büro betrat. Er berichtete, dass Giorgio Roccella am Samstag, dem 18., völlig unerwartet in seinem Haus erschienen sei. Erklärung für diese plötzliche Reise: Er hätte sich daran erinnert, dass in einer Truhe, die noch auf dem Dachboden des Landhauses stehen müsse, zwei Bündel mit alten Briefen lägen: Eines von Garibaldi an seinen Urgroßvater, das andere von Pirandello an seinen Großvater (sie hatten zusammen das Gymnasium besucht), und ihm sei der Gedanke gekommen, ein wenig darüber zu arbeiten. Er fragte, ob der Professor ihn ins Landhaus begleiten wolle, aber der musste ausgerechnet an diesem Nachmittag die regelmäßige und unaufschiebbare Dialyse machen, um nicht an seinen Körpergiften zu Grunde zu gehen. Er wäre nach all den Jahren gerne mitgefahren, um sich an der Suche zu beteiligen. Beim Auseinandergehn verabredeten sie sich für den nächsten Tag, den Sonntag, aber am Abend des Sonntags brachte das Radio schon die Nachricht vom Tod des Freundes.

Doch der Professor hatte weitere und schwerwiegende Informationen. Am Abend des Samstag ein Telefonanruf des Freundes. Er telefonierte aus dem Landhaus und sagte als erstes: »Ich wusste nicht, dass sie hier ein Telefon gelegt haben.« Dann sagte er, dass er auf der Suche nach den Briefen auf dem Dachboden ein berühmtes Bild entdeckt habe. Jawohl: entdeckt. »Was für ein Bild?«, hatte der Professor gefragt. »Das vor einigen Jahren verschwunden ist. Erinnerst du dich nicht?«, hatte Roccella geantwortet. Der Professor war nicht sicher, ob er verstanden hatte, um welches Bild es sich handelte, aber er riet ihm, auf jeden Fall die Polizei zu rufen.

»Was für eine verworrene Geschichte«, sagte der Kommissar, halb ungläubig, halb besorgt. »Das Bild, das Telefon; zwei Dinge, die Signor Roccella, in dem Augenblick, als er Sie anrief, soeben erst entdeckt hatte . . .«

Und noch etwas ungläubiger zum Professor: »Haben Sie ihm geglaubt?«

»Ich habe ihm das ganze Leben lang geglaubt.

Warum hätte ich ihm ausgerechnet vorgestern nicht mehr glauben sollen?«

Der Brigadier hatte unterdessen das Telefonbuch genommen, blätterte, suchte und las: »Roccella Giorgio, Monterosso, Contrada Sotugno, 342260 ... im Telefonbuch steht er.«

»Danke«, sagte der Kommissar säuerlich. »Aber das ist nicht der Punkt, der mich interessiert. Was mich verwirrt, ist die Tatsache, dass er nichts davon gewusst haben soll.«

»Wir könnten ...«, begann der Brigadier.

»Du kannst, und zwar sofort ... Geh zum Telegrafenamt und notier dir die Einzelheiten des Antrags, Datum der Einrichtung, wer die Rechnungen bezahlt ... Lass dir von allem Fotokopien machen ...«, und zum Professor: »Kehren wir zu diesem berühmten Bild zurück: Erst war es verschwunden, dann hat Ihr Freund es wiedergefunden und jetzt ist es vermutlich abermals verschwunden. Ich hatte den Eindruck, Sie könnten sich denken, was für ein Bild Ihr Freund gemeint haben könnte ...«

»Sie etwa?«, gab der Professor zurück.

»Ich nicht«, sagte der Kommissar. »Ich verstehe nichts von Bildern. Und was die verschwundenen betrifft, von denen es in Italien viele gibt, so habe ich einen Kollegen in Rom, der darauf spezialisiert ist. Wir werden ihn konsultieren ... Aber bis dahin sagen Sie mir, um was für ein verschwundenes Bild es sich Ihrer Ansicht nach handelt ...«

»Ich bin kein Spezialist für verschwundene Bilder«, sagte der Professor.

»Aber eine Meinung werden Sie haben.«

»Es ist dieselbe, die Sie haben sollten.«

»Himmel: Immer das gleiche mit den Professoren.«

»Auch mit den Kommissaren«, gab der Professor bitter zurück.

Der Kommissar hielt an sich. Einen anderen hätte er in die Arrestzelle gesteckt, doch Professor Franzò war in der ganzen Stadt bekannt und hochverehrt. Generationen von Schülern erinnerten sich warm und dankbar an ihn. Deshalb sagte er nur: »Wiederholen Sie mir bitte so genau wie möglich, was Ihr Freund Ihnen persönlich und telefonisch gesagt hat.«

Der Professor war nervös, so nervös, dass er stotterte, als er alles zu wiederholen begann.

»Haben Sie auch nichts ausgelassen?«, stichelte der Kommissar.

»Ich habe ein gutes Gedächtnis und die Angewohnheit, nichts auszulassen.«

»Gut, gut«, sagte der Kommissar, »aber denken Sie daran, dass Sie demnächst alles noch einmal bestätigen müssen. Vor dem Staatsanwalt.«

Der Professor lächelte zugleich mitleidig und verächtlich. Der Polizeipräsident, der ein Schüler des Professors gewesen war, trat ein und machte dem Wortwechsel ein Ende.

»Sie hier, Professor?«

»Ja, und mit einer interessanten Geschichte«, sagte der Kommissar.

Doch die Rückkehr des Brigadiers sorgte für neue Aufregung. »Der Antrag ist da, vor drei Jahren gestellt, aber mit gefälschter Unterschrift ... Die Carabinieri sind schon dahintergekommen.«

»Verflucht!«, rief der Präsident. Er meinte die Carabinieri.

Nachdem die Selbstmordthese, die der Polizeipräsident zunächst verfolgt und der Oberst der Carabinieri sofort verworfen hatte, infolge der Aussage des Professors hinfällig war, wurden die beiden Streithähne von ihren Vorgesetzten aufgefordert, sich zu treffen und Informationen und Mutmaßungen auszutauschen. Sie trafen einander, wie man so sagt, mit zusammengebissenen Zähnen, doch es gelang ihnen nicht, völlig unbestimmt und unvernünftig zu bleiben.

Sie rekapitulierten: Signor Roccella, den die Laune überkam, die Briefe von Garibaldi und Piranello wiederzufinden, war nach langen Jahren unerwartet zurückgekehrt. Er hatte seinen Freund besucht und war ins Restaurant essen gegangen. Er holte aus seinem Stadthaus die Schlüssel oder hatte sie schon bei sich und ließ sich mit dem Taxi zum Landhaus fahren. Dort ließ er sich absetzen, nachdem er festgestellt hatte, dass die Schlüssel noch passten, und begann mit seiner Suche. Aber was hatte sich anschließend ereignet? Er hatte einen Telefonanschluss entdeckt, schien darüber jedoch nicht sonderlich überrascht zu sein, nach dem, was der Professor berichtet hatte. Das bedeutete, dass er sich denken konnte, wer das Telefon einleiten hatte lassen. Was ihn dagegen sehr überrascht und vielleicht sogar geängstigt hatte, war die Entdeckung des Bildes auf dem Dachboden, wo er nach den Briefen suchen wollte. Deshalb der Anruf bei dem Freund und der Anruf bei der Polizei. Und da die Polizei nicht kam, hatte er zu schreiben begonnen: »Ich habe entdeckt . . .« Dass er sich fürchtete, ging auch daraus hervor, dass er die alte Mauser hervorgeholt hatte. Und genau in dem Moment hörte er es vermutlich klopfen. Endlich die Polizei. Er ging, um aufzumachen. Doch es war sein Mörder.

Punkte, die überprüft werden mussten: War das Telefon wirklich ohne sein Wissen errichtet worden? War er wirklich nur ins Landhaus gefahren, um die Briefe von Garibaldi und Pirandello zu suchen? Hatte er tatsächlich *jenes* Bild gefunden oder handelte es sich vielleicht um ein Familienporträt, an das er sich nicht mehr erinnerte und das zwischen dem ganzen Plunder auf dem Dachboden aufgetaucht war?

Die Villa musste noch einmal und gründlicher durchsucht werden. Aber während sie dies vereinbarten, ereignete sich eine Geschichte, die für weitere Verwirrung sorgte.

Ein Personenzug, der um diese Zeit – zwei Uhr nachmittags – im Allgemeinen voll von Schülern war, war durch das Streckensignal vor dem Bahnhof von Monterosso angehalten worden. Er hatte gewartet, dass das Signal umgeschaltet wurde, aber eine halbe Stunde lang stand die Ampel schon unverändert auf Rot.

Neben der Strecke lief die Bundesstraße, Schüler und Eisenbahner stiegen aus und verwünschten den Bahnhofsvorsteher, der entweder vergessen hatte, die Strecke freizugeben oder eingeschlafen war.

Auf der Straße verkehrten um diese Zeit kaum Autos, und nur einer hielt an, um zu fragen, was mit dem Zug geschehen sei. Ein Volvo. Der Zugführer bat den Fahrer um eine Gefälligkeit. Er solle am Bahnhof von Monterosso aussteigen und den Bahnhofsvorsteher wecken. Der Volvo fuhr zum Bahnhof hinauf. Sie sahen ihn anhalten und danach verschwinden. Offensichtlich war er über einen anderen Seitenweg wieder hinuntergefahren.

Da die Ampel weiter auf Rot stehen blieb, lief der Zugführer, gefolgt von ein paar Fahrgästen, zu Fuß die fünfhundert Meter zum Bahnhof, wo sie mit Entsetzen feststellten, dass der Bahnhofsvorsteher und der Gehilfe tatsächlich schliefen, jedoch den ewigen Schlaf. Sie waren ermordet worden.

Diesmal wurden sowohl die Carabinieri als auch die Polizei alarmiert, die sich beide sofort auf die Suche nach dem Mann mit dem Volvo machten. Es war keine schwierige Suche, wenn man davon ausging, dass es in der ganzen Provinz nicht mehr als dreißig Volvos gab – ein Gedanke, der auch dem Mann im Volvo kam, als er aus dem Radio erfuhr, dass die Polizei ihn suchte. Er begriff, dass man ihn bald finden würde und begab sich deshalb ins Polizeipräsidium: unfreiwillig und beklommen, jedoch, wie es im Rubrum des Protokolls hieß: spontan. Name, Vorname, Geburtsort und -datum, Wohnsitz, Beruf. Ob er jemals mit der Justiz zu tun gehabt habe.

»Nicht einmal eine Geldstrafe«, sagte der Mann.

Aber die Berufsangabe verschaffte dem Kommissar das unsägliche Vergnügen, ein scharfes Verhör durchzuführen: Arzneimittelvertreter.

»Sie besitzen den Volvo?«

»Offensichtlich.«

»Sagen Sie nicht offensichtlich, wenn ich Sie etwas frage ... So ein Volvo ist ziemlich teuer.«

Der Mann bejahte.

»Gehören zu den Arzneimitteln, die Sie vertreiben, auch Heroin, Kokain, Opium?«

»Hören Sie«, sagte der Mann und ließ sich seinen Ärger und seine Furcht nicht anmerken, »ich bin freiwillig hergekommen, um Ihnen zu erzählen, was ich gestern Nachmittag gesehen habe.«

»Dann erzählen Sie mal«, sagte der Kommissar mit skeptischer Miene.

»Ich bin zum Bahnhof hinaufgefahren, nachdem mich der Zugführer darum gebeten hatte und habe am Fenster des Bahnhofvorstehers geklopft. Er hat mir aufgemacht ...«

»Wer?«

»Der Bahnhofsvorsteher, nehme ich an.«

»Sie kannten ihn also nicht.«

»Nein. Ich habe ihm ausgerichtet, was der Zugführer mir aufgetragen hatte. Es war nicht viel zu sehen von seinem Büro. Außer ihm waren noch zwei Männer im Raum, die einen Teppich zusammenrollten ... Ich bin dann gefahren.«

»Eine andere Strecke«, sagte der Kommissar, »man hat Sie nicht zurückkommen sehen ... Nun gut: Jemand hat also einen Teppich zusammengerollt.«

»Das Bild«, entfuhr es dem Brigadier.

Der Kommissar blitzte ihn mit einem Blick an: »Vielen Dank, da wäre ich auch ohne deine Hilfe draufgekommen.«

»Aber nein«, sagte der Brigadier, »ich würde mir nicht erlauben ...« Arglos und verwirrt fügte er hinzu: »Sie haben einen Doktortitel.«

Die Bemerkung wirkte ironisch und reizte den Kommissar, der seine Wut jedoch gegen den Volvo-Fahrer richtete. »Es tut mir Leid, aber ich muss Sie hierbehalten. Wir haben eine Menge zu überprüfen.«

Der Brigadier Antonio Lagandara stammte aus dem Bauerndorf, das so nahe bei der Stadt lag, dass es inzwischen eingemeindet war. Sein Vater hatte als Tagelöhner angefangen, sich bis zum Okulierer hinaufgearbeitet und war ein begehrter Fachmann gewesen. Er starb durch einen Sturz von einem Baum, den er von trockenen Zweigen befreite, als sein Sohn das letzte Jahr zur Fachschule für Wirtschaft und Handel ging. Der Junge hatte den Abschluss gemacht, aber da er nicht wusste, was er tun sollte und nichts fand, hatte er sich bei der Polizei gemeldet und war nach fünf Jahren zum Unteroffizier befördert worden. Der Beruf machte ihm Spaß, und er wollte Karriere machen. Deshalb hatte er sich an der juristischen Fakultät eingeschrieben und besuchte die Universität, wann immer er konnte. Der Doktor der Rechte war der Traum seines Lebens. Aus reiner Naivität machte er deshalb jene Bemerkung, die der Kommissar für boshaft hielt. Dieser war noch immer beleidigt, als der Brigadier den

Volvo-Fahrer in die Arrestzelle begleitet hatte und zurückkam. Die Protestschreie des Mannes waren im ganzen Haus zu hören. »So, ich habe einen Doktor, was? ... Ich begreife nicht, ob du wirklich so naiv bist oder nur so tust ... Doktor! In einem Land, wo inzwischen sogar Amtsdiener, Kellner und selbst Straßenkehrer einen Doktor haben.«

»Verzeihen Sie«, sagte der Brigadier trotzig.

»Lassen wir das ... Ich gehe jetzt zum Präsidenten. In einer Viertelstunde bringst du den Volvo-Fahrer in sein Büro.«

Im Büro des Polizeipräsidenten saß der Oberst der Carabinieri, den der Kommissar ebenfalls benachrichtigt hatte. Als der Volvo-Fahrer mit dem Brigadier hereinkam, fragte der Polizeipräsident: »Sie haben also im Büro des Bahnhofvorstehers drei Männer gesehen, die einen Teppich einrollten. Befand sich darin eine Leiche?«

»Eine Leiche? Nein, bestimmt nicht.«

»Wie breit war der Teppich?«

»Ich weiß nicht ... Vielleicht eineinhalb Meter.«

»Wie können Sie behaupten, dass es ein Teppich war?«, fragte der Oberst.

»Ich behaupte gar nichts. Es schien mir ein Teppich zu sein.«

»Beschreiben Sie ihn.«

»Ich glaube, sie rollten ihn umgedreht ein. Raue, grobe Leinwand ...«

»Aber die Rückseite eines Teppichs sieht anders aus. Halten Sie es für möglich, dass es ein Gemälde war, das eingerollt wurde?«

»Das ist möglich«, sagte der Mann.

»Reden wir über etwas anderes. Diese Männer ... Sie sagten, sie seien zu dritt gewesen.«

»Ja, drei.«

Der Präsident zeigte ihm zwei Fotografien: »Hier sind zwei von ihnen. Erkennen Sie sie?«

Er wollte ihm eine Falle stellen, und der Mann verwünschte ihn insgeheim. »Was heißt, erkennen? Die zwei habe ich nie gesehen!«

»Wissen Sie, wer das ist? Der Bahnhofsvorsteher und sein Gehilfe. Die zwei, die ermordet worden sind.«

»Aber ich habe sie noch nie gesehen!«

»Sie haben aber behauptet, Sie hätten den Bahnhofsvorsteher gesehen und mit ihm geredet.«

»Mit jemand, den ich für den Bahnhofsvorsteher gehalten habe.«

»Es tut mir Leid«, sagte der Präsident, »aber wir müssen Sie noch hierbehalten.«

Der Pechvogel begann wieder lauthals zu protestieren.

Polizeipräsident und Oberst erörterten mit dem Staatsanwalt das Ergebnis ihrer Ermittlungen. Der Staatsanwalt verfiel in tiefes Brüten, dann sagte er: »Wisst ihr, was ich denke? Ob zufällig oder nicht, der Mann mit dem Volvo betritt das Büro des Bahnhofsvorstehers, sieht das Bild, bringt die zwei um und nimmt es mit.«

Präsident und Oberst wechselten einen mitleidigen Blick. »Dieser Volvo-Fahrer ist mir gleich ans Herz gewachsen. Ich irre mich selten, wenn ich eine Ahnung habe. Gebt gut auf ihn Acht.«

Er verabschiedete sich, da er mit dem alten Professor Franzò verabredet war.

Draußen sagte der Präsident: »Mein Gott!«; und der Oberst: »Entsetzlich!«

Der Staatsanwalt erhob sich, um seinen alten Lehrer zu empfangen. »Wie ich mich freue, Sie wiederzusehen, nach so vielen Jahren!«

»Zu viele, und sie wiegen schwer«, räumte der Professor ein.

»Was reden Sie da? Sie haben sich nicht im geringsten verändert, rein äußerlich.«

»Sie schon«, sagte der Professor mit der gewohnten Freimütigkeit.

»Diese verfluchte Arbeit... Aber warum siezen Sie mich?«

»Schon immer«, sagte der Professor.

»Aber jetzt...«

»Nein.«

»Kennen Sie mich nicht mehr?«

»Selbstverständlich erinnere ich mich an Sie.«

»Darf ich Ihnen eine Frage stellen? Bevor wir zu den anderen Fragen kommen... In Italienisch gaben Sie mir immer nur schlechte Noten, weil ich abschrieb. Aber einmal kriegte ich eine bessere. Warum?«

»Weil Sie von einem intelligenteren Autor abgeschrieben hatten.«

Der Staatsanwalt brach in Gelächter aus. »Das Italienisch. Ich war ziemlich schwach in Italienisch. Aber das war nicht weiter schlimm, wie Sie sehen. Jetzt bin ich italienischer Staatsanwalt...«

»Die Frage ist, ob man die Sprache zum Denken

benutzt. Mit weniger Italienisch wären Sie vielleicht noch weiter oben gelandet.«

Die Bemerkung war ätzend. Der Staatsanwalt erbleichte. Und begann ein forsches Verhör.

Aus Edinburgh kam der Sohn des Opfers, aus Stuttgart die Ehefrau, und beide am gleichen Tag. Das Treffen zwischen Mutter und Sohn war auch für die anwesenden Ermittler unfreundlich. Die Ehefrau war offensichtlich gekommen, um so viel als möglich von der Erbschaft zu ergattern; der Sohn, um es zu verhindern, vor allem jedoch, um zu erfahren, warum und von wem sein Vater ermordet worden war.

Die Begegnung fand im Büro des Präsidenten statt. Sie grüßten einander nicht. Der Gruß des Sohnes bestand aus einem trockenen: »Du kannst nach Stuttgart zurückfahren, hier ist nichts zu holen.«

»Das hast du nicht zu bestimmen.«

»Das bestimme ich nicht, sondern die Dokumente, die mein Vater schon vor Jahren hat registrieren lassen.«

»Ich bin mir nicht sicher, ob diese Dokumente etwas wert sind. Sie könnten anfechtbar sein. Einigen wir uns. Wir verkaufen alles und gehen wieder.«

»Ich verkaufe nicht. Vielleicht bleibe ich. Vor vielen Jahren, als meine Großeltern noch lebten, war ich eine Weile hier. Ich habe schöne Erinnerungen an die Zeit . . . Ja, vielleicht bleibe ich . . . Mein Vater und ich hatten uns oft überlegt, zurückzukommen und hier zu leben.«

»Dein Vater!«, sagte die Frau sarkastisch.

»Willst du behaupten, er war nicht mein Vater? ... Hör zu: Seine Mutter kann man sich nicht aussuchen, und ich hätte dich bestimmt nicht genommen ... Du hättest gewiss auch lieber einen anderen Sohn gehabt ... Aber den Vater, den kann man sich aussuchen, und ich habe mich für Giorgio entschieden. Ich habe ihn geliebt und beweine seinen Tod. Er war mein Vater. Du nimmst es zu wichtig, dass du mit einem anderen Mann im Bett gewesen bist, oder mit mehreren.«

Die gelackte und beringte Hand der Mutter klatschte auf die Wange des Sohnes. Der Junge wandte ihr den Rücken zu und betrachtete das Bücherregal, als ob es ihn wirklich interessierte. Er weinte.

Der Präsident sagte: »Das ist Ihre Angelegenheit. Mich interessiert, ob Sie irgendwelche Vorstellungen oder Anhaltspunkte haben, die die Ermordung Ihres Mannes betreffen.«

Die Signora zuckte die Achseln. »Er war Sizilianer«, sagte sie, »und die Sizilianer bringen sich seit Jahren gegenseitig um. Ich weiß nicht warum.«

»Ein unwiderlegbares Urteil«, sagte der Sohn ironisch und wandte sich wieder dem Schreibtisch des Präsidenten zu.

»Und Sie, was glauben Sie? Wissen Sie etwas?«, fragte ihn der Präsident.

»Über die Gründe für seine Ermordung nichts, aber ich hoffe, früher oder später von Ihnen etwas darüber zu erfahren ... Ansonsten ...« Er berichtete von der Entscheidung seines Vaters herzukommen, um die Briefe von Garibaldi und Pirandello zu suchen, von seinem Kummer, ihn nicht begleiten zu können und dem Telefonanruf seines Vaters, der ihm versichert hätte, er habe eine angenehme Reise gehabt. Sonst nichts.

»Erzählen Sie mir etwas über seinen Besitz hier. Hatte Ihr Vater ihn tatsächlich aufgegeben?«

»Ja und nein. Mein Vater schrieb von Zeit zu Zeit an jemand, ich glaube an einen Pfarrer, um sich nach dem Zustand zu erkundigen.«

»War der Pfarrer denn mit der Erhaltung betraut?«

»Nicht richtig, glaube ich.«

»Schickte Ihr Vater ihm Geld?«

»Ich glaube nein.«

»Antwortete er auf die Briefe Ihres Vaters?«

»Ja, er schrieb immer, es wäre alles in gutem Zustand.«

»Hatte der Pfarrer die Schlüssel für das Stadthaus und das Landgut?«

»Ich weiß nicht.«

»Erinnern Sie sich an den Namen?«

»Cricco, glaube ich . . . Pater Cricco. Aber ich bin mir nicht sicher.«

Pater Cricco – ein stattlicher und würdiger Mann im Talar – bestätigte, dass er keine Schlüssel gehabt habe. Er überwachte das Stadthaus und das Landgut von außen, und seine Nachrichten beschränkten sich darauf, zu versichern, dass sie noch standen und keine sichtbaren Zerstörungen oder irreparablen Schäden aufwiesen.

Der Kommissar vernahm ihn mit diskreter Umständlichkeit, und der Brigadier protokollierte. »Sie gehören zu den wenigen Pfarrern, die sich noch kleiden wie ein Pfarrer«, begann er. »Ich weiß nicht warum, aber es rührt mich irgendwie.«

»Ich bin ein Geistlicher vom alten Schlag, und Sie sind ein Katholik vom alten Schlag. Das ist gut für uns beide, möchte ich in aller Überheblichkeit sagen.«

»Wie beurteilen Sie diesen Fall? Als Geistlicher, als intelligenter Mann, als Freund des Toten.«

»Trotz des Aufhebens, das um die Sache gemacht wird, muss ich gestehen, dass ich die Hypothese des Selbstmordes für nicht so abwegig halte. Giorgio war in seinem Innersten kein zufriedener Mensch.«

»Ja, diese Frau; dieser Sohn, der nicht sein Sohn war . . .«

»Aber wie es scheint, hat die kriminaltechnische Untersuchung ergeben . . .«

»Ja, man hat die Fingerabdrücke des Toten an der Waffe gefunden, aber dort, wo er sie anfassen musste, um sich zu erschießen, sind sie wie weggewischt. Als ob jemand, der einen Handschuh trug, sie in der Hand gehabt hätte . . . Aber ich gebe nicht viel auf solche Untersuchungen, bei allem Respekt vor den Experten.«

Der Brigadier, der seine Unart, dazwischenzureden, nicht unterdrücken konnte, sagte: »Ich halte auch nicht viel von ihnen. Aber es ist kaum vorstellbar, dass ein Mann, der mit einer Pistole hantiert hat, sich einen Handschuh überzieht, um Selbstmord zu begehen, sich erschießt, und dann noch die Zeit findet, sich den Handschuh wieder auszuziehen und ihn verschwinden zu lassen. Das ist Hellzapoppin'.«

»Das amüsiert dich, äh? Amüsier dich nur weiter«, sagte der Kommissar verkniffen.

Polizeiliche und gerichtliche Dienststellen beschlossen, Ehefrau und Sohn sowie Professor Franzò zu begleiten und das Landhaus noch einmal zu durchsuchen. Die Abordnung bestand aus dem Kommissar, dem Brigadier und einem Haufen Polizisten. Pater Cricco lehte die Einladung ab: es würde ihn zu sehr aufregen und seine Anwesenheit sei völlig überflüssig.

Der Brigadier holte den Professor zu Hause ab und war erfreut, die kurze Fahrt mit ihm allein im Wagen zurückzulegen. Das Gespräch mit einer Person, die im Ruf stand, intelligent zu sein und Kultur zu besitzen, versetzte ihn in eine Art Rauschzustand. Doch der Professor sprach nur von seinen Krankheiten, und dem Brigadier blieb lediglich der Satz im Gedächtnis, von einem bestimmten Punkt des Lebens sei der Tod nicht das Letzte, worauf man hofft, sondern die letzte Hoffnung; eine Ansicht, die er im Saft seiner dreißig Jahre nicht zu würdigen wusste.

Der Professor kannte den Ort. Viele Stunden seiner Kindheit und Jugend hatte er hier mit seinem Freund verbracht. Er deutete auf die Lagerräume, nachdem sie die Einfriedung betreten hatten, und sagte, dies seien früher die Ställe gewesen. Mit Erstaunen sah der Brigadier, dass sie offenstanden und die Schlösser verschwunden waren. Er überlegte, ob es die Carabinieri gewesen seien, sprach mit dem Kommissar, und als sie im Haus waren, wurden die Carabinieri angerufen. Sie waren es nicht gewesen und wussten auch nichts davon.

Aufgeregt untersuchte der Brigadier die Lagerräume. Es roch unmerklich nach verbranntem Zucker, gemahlenen Eukalyptusblättern und Alkohol. Kurz: nach etwas Undefinierbarem. Er sagte zum Kommissar: »Merken Sie was? Diesen Geruch?«

»Ich rieche nichts. Ich bin stark erkältet.«

»Man sollte ein paar Experten kommen lassen. Die Chemiker; und die Suchhunde der Finanzpolizei.«

»Der beste Spürhund bist du«, sagte der Kommissar. »Aber meinetwegen, lassen wir die Experten und Spürhunde kommen.«

Die anderen warteten vor der Tür des Landhauses. Der Kommissar hatte die Schlüssel, gab sie dem Brigadier und sagte:

»Mach auf und geh vor. Ich bin zum ersten Mal hier.« Alles drängte hinein. Die Polizisten stürmten los, als wollten sie einen Einbrecher überraschen, der Junge schaute sich um und seine Augen glänzten vor Erregung, und nur die Ehefrau wirkte unbeteiligt, fast gelangweilt. Im Erdgesschoss gab es nichts, was die Beamten nicht schon gesehen hätten. Sie stiegen in den ersten Stock hinauf und betraten die Küche. Die kleine Tür zum Dachboden war offen und man sah nichts. Alles blieb stehen. Der Kommissar drängte sich vor und eilte mit sicherem Schritt das Holztreppchen hinauf. Als er oben war, erstrahlte der Dachboden in hellem Licht. Nun stiegen auch die anderen hinauf.

Der Brigadier tappte vorsichtig durch den aufgehäuften Trödel und ließ den Blick rundum über die Wände streifen.

»Was suchst du?«, fragte der Kommissar.

»Den Lichtschalter.«

»Den hast du noch nie gefunden. Aber es ist ganz einfach. Er ist hinter der Büste des heiligen Ignatius.«

»Aber man sieht ihn nicht«, sagte der Brigadier.

»Intuition«, sagte der Kommissar und witzelte: »Jetzt sag nicht wieder, ich hätte ihn gefunden, weil ich Doktor bin.« In seinen Augen stand das blanke Entsetzen.

»Das werde ich nicht sagen«, antwortete der Brigadier finster.

Alles war von einer dicken Staubschicht bedeckt, und auf der Truhe zeichneten sich im Staub die Umrisse von etwas ab, das dort gelegen hatte. Das eingerollte Bild, dachte der Brigadier. Der arme Roccella hatte es gesehen, noch bevor er die Truhe geöffnet hatte, um die Briefe zu suchen: die von Garibaldi und die von Pirandello. Sie lagen noch darin und waren verpackt. Vor fernen Jahren hatte auch der Professor sie einmal gesehen. Er blätterte die Briefe Pirandellos durch und las gelegentlich einen Satz. Im Alter von achtzehn Jahren hatte Pirandello sich darüber Gedanken gemacht, was er bis über sein sechzigstes Jahr hinaus schreiben sollte.

Auf der Rückfahrt sagte der Professor zum Brigadier: »Diese Briefe von Pirandello würde ich gerne etwas gründlicher durchsehen.«

»Ich glaube nicht, dass es schwierig sein wird, sie Ihnen anzuvertrauen.« Aber seine Gedanken waren woanders. Er war ärgerlich, unruhig und nervös und hatte das Bedürfnis, sich jemand anzuvertrauen und sein Herz auszuschütten. Er stellte den Wagen ab und begann haltlos zu weinen. »Seit drei Jahren sitzen wir zusammen, im gleichen Büro.«

»Ich verstehe. Der Schalter?«

»Der Schalter ... Sie haben selber gehört, wie er gesagt hat, er sei noch nie in diesem Haus gewesen. Ich habe eine Schachtel Streichhölzer gebraucht und ihn nicht gefunden. Die anderen haben mit Taschenlampen danach gesucht ... Und er findet ihn auf Anhieb, mit sicherem Griff.«

»Ein unverzeihlicher Fehler«, sagte der Professor.

»Aber wie konnte ihm das passieren? Was ist in dem Augenblick in ihm vorgegangen?«

»Vielleicht eine momentane, plötzliche Schizophrenie. Er war in dem Augenblick der Polizist, der sich selber jagt.« Und als spräche er mit sich selbst, fügte er geheimnisvoll hinzu: »Pirandello.«

»Ich würde Ihnen gerne erzählen, ausgehend von diesem Lichtschalter, wie der Fall für mich rein arithmetisch aussieht.«

»Rein arithmetisch ...«, lächelte der Professor.

»Da bleiben noch einige Fragen offen.«

»Deshalb bitte ich Sie, mir zu helfen.«

»So weit ich das kann ... Kommen Sie mit zu mir nach Hause. Da ist es gemütlicher.«

Sie sprachen stundenlang miteinander und kamen zu dem Schluss, dass das verschwundene Bild nur eine unerhebliche Nebensächlichkeit gewesen sei; eine Art Laune dieser Verbrecherbande. An jenem Ort wurde etwas ganz anderes gemacht, und deshalb war der arme Roccello, als er überraschend auftauchte, ermordet worden.

Als sie sich an der Tür verabschiedeten, fragte der Professor: »Haben Sie die Absicht . . .«

»Ich weiß es nicht«, sagte der Brigadier. »Ich weiß es nicht.« Er war verstört und erschüttert.

Tags darauf kam der Kommissar zur üblichen Zeit ins Büro und verbreitete die übliche gute Laune, die an Euphorie grenzte. Er legte Hut, Handschuhe, Mantel und den bunten, aber eleganten Schal ab, steckte die Handschuhe in die Manteltasche und verstaute alles im Spind. Die Handschuhe. Während der Kommissar zitterte, weil es im Büro angeblich so kalt war, und wie jeden Morgen betonte, dass die Vögel tot vom Himmel fallen würden, zitterte der Brigadier, der bereits an seinem Schreibtisch saß, aus anderen Gründen. Die Handschuhe, genau, die Handschuhe.

»Schon bei der Arbeit?«, sagte der Kommissar zur Begrüßung.

»Von wegen Arbeit, ich überfliege die Zeitungen.«

»Und was schreiben sie Gutes?«

»Nichts Gutes, wie üblich.«

Unter all den alltäglichen und banalen Sätzen, die sie wechselten, verbargen sich Unruhe und Angst.

Befangenheit und Kälte hatten sich zwischen sie gedrängt.

Der Schalter. Die Handschuhe. Der Brigadier kannte den berühmten Zyklus »Ein Handschuh« vom Max Klinger nicht, und er hätte ihn auch nicht gemocht, doch durch seinen Kopf geisterte der Handschuh des Kommissars, wie in den fantastischen Radierungen Klingers.

Ihre Schreibtische standen im rechten Winkel zueinander. Jeder saß an seinem, der Kommissar tat so, als wäre er in die Lektüre der Akten vertieft, die vor ihm lagen, und der Brigadier in die Lektüre der Zeitungen.

Mehrfach war der Brigadier nahe daran, aufzustehen, zum Polizeipräsidenten zu gehen und ihm alles zu berichten, aber er verwarf den Gedanken wieder. Alles, was er zu berichten hatte, wäre dem Präsidenten unhaltbar vorgekommen. Dann bemerkte der Brigadier, dass der Kommissar seinen eigenen, tödlichen Entschluss gefasst hatte.

Der Kommissar stand auf, ging zum Spind, nahm ein Fläschchen Öl heraus, ein Stück Wollstoff, eine Laufbürste und sagte: »Seit Jahren habe ich meine Pistole nicht mehr gereinigt.« Er zog sie aus dem Halfter, das er am Gürtel trug, und legte sie auf den Tisch. Dann öffnete er sie und ließ die Patronen herausfallen.

Der Brigadier begriff. Die Buchstaben der Zeitung, die vor ihm lag und die er zu lesen vorgab, verwischten sich, liefen ineinander und setzten sich zu der Schlagzeile zusammen, die der Kommissar in den Zeitungen des nächsten Tages zu lesen hoffte: *Polizeikommissar erschießt versehentlich Untergebenen.*

Er sagte: »Ich reinige meine regelmäßig ... Sind Sie ein guter Schütze?«

»Ein ausgezeichneter«, sagte der Kommissar.

Und der Brigadier, der ihn warnen und zugleich sein Gewissen entlasten wollte: »Geben Sie Acht. Um ein guter Scharfschütze zu sein, reicht es nicht aus, ins Schwarze zu treffen. Man muss wendig und schnell sein ...«

»Ich weiß.« O nein, dachte der Brigadier, du weißt es nicht. Du weißt jedenfalls nicht, was ich weiß.

Er legte seine Pistole jeden Morgen in die rechte obere Schreibtischlade. Langsam und leise öffnete er sie mit der Rechten, während er mit der Linken die Zeitung vor sich hielt. Seine Finger schienen sich vervielfältigt zu haben, waren flinker geworden und seine Sinne schärfer. Alles in ihm vibrierte, wie eine dünne, gespannte Metallschnur. Der atavistische Instinkt des Bauern, misstrauisch und wachsam zu sein, Verdacht zu schöpfen und immer das Schlimmste vorauszusehen und zu erkennen, war in ihm erwacht und erregte ihn aufs äußerste.

Der Kommissar hatte die Reinigung seiner Pistole beendet, lud durch, legte an und tat so, als zielte er auf die Lampe, den Kalender, die Türklinke. Doch in dem Augenblick, in dem er sie mit unerwarteter Geschwindigkeit auf den Brigadier richtete und abdrückte, hatte dieser sich schon samt Stuhl auf die Erde fallen lassen, hatte die Zeitung vor der Pistole weggezogen und einen Schuss direkt ins Herz des

Kommissars gefeuert, der auf die Papiere fiel, die vor ihm lagen, und sie mit Blut überschwemmte.

»Er war ein guter Schütze«, sagte der Brigadier, als habe er einen Wettkampf gewonnen, und betrachtete die Einschussstelle hinter seinem Schreibtisch. »Aber ich habe ihn gewarnt.« Doch sofort danach begann er zu weinen, und seine Zähne klapperten.

»Fassen wir zusammen«, sagte der Polizeipräsident. »Fassen wir zusammen und entscheiden wir uns ... Das heißt, entscheiden muss der Herr Staatsanwalt. In Kürze haben wir die Journalisten vor der Tür.«

Sie saßen im Büro des Präsidenten. Auch der Oberst der Carabinieri war anwesend, und vor ihnen saß, wie ein Angeklagter vor dem Schwurgericht, der Brigadier.

»Fassen wir also zusammen. Entsprechend dem Bericht des Brigadiers, der nicht ohne plausible Argumente und Indizien ist, die ich fälschlicherweise nicht so berücksichtigt habe, wie ich es hätte tun sollen, sieht die Sache etwa so aus, wie ich kurz darstellen möchte. Am Abend des achtzehnten geht im Präsidium ein telefonischer Anruf von Signor Roccella ein. Er bittet, jemand zu ihm zu schicken, um sich eine bestimmte Sache anzuschauen. Der Brigadier antwortet, dass so bald wie möglich jemand vorbeikommen werde. Er teilte den Inhalt des Gesprächs dem Kommissar mit und bietet sich an, hinauszugehen. Aber der Kommissar sagt, er glaube nicht, dass Signor Roccella nach so vielen Jahren zurückgekehrt sei. Er äußerte die Ansicht, es handle sich um einen Scherz, sagte zum Brigadier, er solle am nächsten Tag einen Abstecher dorthin machen und geht mit den Worten, er werde den ganzen folgenden Tag wegen des Festes des heiligen Josef nicht erreichbar sein, was wirklich der Fall war. Der Verdacht liegt nahe, dass er seine Komplizen von der unerwarteten Rückkehr des Signor Roccella unterrichtet hat. Noch wahrscheinlicher ist, dass er selber hingegangen ist, als Polizeikommissar eingelassen wurde und sich zu Roccella an den Schreibtisch gesetzt hat, wo dieser gerade über das Bild zu schreiben begann, das er entdeckt hatte. In einem günstigen Moment muss er dann mit der Pistole, die für ihn unerwartet auf dem Schreibtisch lag, Roccella erschossen haben, wobei ihm zu Gute kam, dass er Handschuhe trug. Anschließend hat er hinter die Worte ›Ich habe entdeckt‹ einen Punkt gesetzt, und die Tür, die ein Schnappschloss hat, hinter sich zugezogen. Ich muss selbstkritisch zugeben, dass mich dieser Punkt nach dem ›Ich habe entdeckt‹, auf den mich der Brigadier als Unstimmigkeit hingewiesen hat, damals nicht beeindruckt hat. Ich glaubte, Roccella sei geistig verwirrt gewesen und habe vorgehabt, unter den Augen der Polizei Selbstmord zu begehen. Da der Tote am nächsten Morgen mit Sicherheit entdeckt worden wäre, war es erforderlich, alles wegzuschaffen. In der Nacht wurde deshalb die ganze Bande zusammengerufen, um aufzuräumen. Das Gemälde und die Hilfsmittel für die illegale Tätigkeit wurden abtransportiert.«

»Wohin?«, fragte der Staatsanwalt

»Nach Ansicht des Brigadiers und auch meiner

Ansicht nach in den Bahnhof von Monterosso. Der Bahnhofsvorsteher und sein Gehilfe gehörten bereits zu der Bande, wenn auch nur als Randfiguren; als Verteiler und Weiterverkäufer ... Zweiffellos bekamen die beiden es mit der Angst zu tun, als die umfangreiche und gefährliche Ware auf sie zukam. Sie protestierten, drohten vielleicht sogar und wurden ermordet. Als der Mann mit dem Volvo kam, waren sie bereits tot. Er sah nicht den Bahnhofsvorsteher und seinen Gehilfen, sondern ihre Mörder. Wir haben das festgestellt, indem wir ihm Fotografien des Bahnhofvorstehers und seines Gehilfen gezeigt haben. Er hatte sie noch nie gesehen ... Zum Schluss die Episode mit dem Lichtschalter, die nicht nur dem Brigadier zu denken gab.«

»Dieser Idiot!«, sagte der Staatsanwalt, als Nachruf auf den Kommissar. Und dann: »Aber, lieber Präsident, lieber Oberst, das sind doch alles keine Beweise! Wir können die Geschichte auch umdrehen und uns vorstellen, dass der Brigadier lügt und dass er der Drahtzieher aller dieser Handlungen ist, die der Kommissar begangen haben soll.«

Der Präsident und der Oberst wechselten einen Blick, der dem »Mein Gott!« und »Entsetzlich!« entsprach, das sie einige Tage zuvor laut ausgesprochen hatten.

»Unmöglich«, sagten beide. Dann bat der Präsident den Brigadier hinauszugehen: »Warte im Vorzimmer. Wir rufen dich in fünf Minuten wieder herein.«

Mehr als eine Stunde später wurde er hereingerufen.

»Ein Unfall«, sagte der Staatsanwalt.
»Ein Unfall«, sagte der Präsident.
»Ein Unfall«, sagte der Oberst.

Und so stand in den Zeitungen: *Brigadier tötet beim Reinigen seiner Pistole versehentlich Kommissar der Kriminalpolizei.*

Während im Präsidium die Aufbewahrungskammer für den Kommissasr hergerichtet wurde (die Beisetzung sollte feierlich werden), brachte man den Volvo-Fahrer aus dem Gefängnis, um die notwendigen Formalitäten zu erledigen und ihn endlich freizulassen.

Als die Formalitäten erledigt waren und er zerzaust, beklommen und dennoch heiter hinausging, kam ihm Pater Cricco in vollem Ornat entgegen, um den Leichnam zu salben.

Pater Cricco hielt ihn mit einer Handbewegung auf und sagte: »Mir scheint, wir kennen uns. Gehören Sie nicht zu meiner Gemeinde?«

»Was für eine Gemeinde? Ich habe keine Gemeinde«, sagte der Mann und ging mit fröhlichem Zorn hinaus. Sein Volvo stand noch auf dem Parkplatz, hatte jedoch einen Strafzettel an der Scheibe stecken. Doch er war so froh, dass er darüber nur lachen konnte.

Singend verließ er die Stadt. Doch nach einiger Zeit hielt er seinen Wagen an, sein Gesicht verdüsterte sich und die Beklommenheit überfiel ihn erneut. Dieser Priester, dachte er, dieser Priester ... Ich hätte ihn sofort erkannt, wenn er nicht wie ein Priester gekleidet gewesen wäre. Das war der Bahnhofsvorsteher oder der, den ich für den Bahnhofsvorsteher gehalten habe.

Er überlegte, ob er ins Präsidium zurückfahren sollte. Doch einen Augenblick später dachte er: Soll ich mich vielleicht noch einmal ins Unglück stürzen, und in ein noch größeres diesmal?

Singend fuhr er weiter heimwärts.

Flocks Ende

Mario Soldati

Es ist nicht immer so, dass die Jahre in ihrem Ablauf unser ganzes Leben mitreißen und allmählich zerstören, was ihm an Jugend übrig bleibt. Die Jahre, die vergehen, bewirken manchmal auch das Gegenteil: Sie geben einen Teil des Lebens zurück, sie bringen ein Geschenk, sie gewähren endlich eine Freiheit des Sprechens; das heißt, sie gewähren uns jene Erleichterung, die wir verspüren können, wenn wir einem Freund eine Geschichte erzählen, die uns in der Erinnerung quälte, aber die wir gezwungen waren geheimzuhalten. Stellen wir uns vor, welche Erleichterung erst ein Polizeikommissar verspürt, wenn er das Schweigen brechen kann!

Ich hatte Gigi seit einigen Monaten nicht mehr gesehen. Und dies war der Inhalt – wenn auch nicht wörtlich – dessen, was er der Geschichte von gestern Abend im gewohnten Esszimmer der »Drei Eberzähne« vorausschickte; er schien entschlossen, sie zu erzählen:

»Nur in Bezug auf einen Punkt musst du mir deine Verschwiegenheit zusichern: Wenn du schreibst, musst du gewisse Namen ändern, diejenigen der Orte und der in die Angelegenheit verwickelten Personen. Es sind seither zehn Jahre vergangen, und die Hauptpersonen leben nicht mehr. Aber es sind noch Nachkommen und Verwandte da. Verändere also die Namen!«

»Mach dir keine Sorgen, ich bin es gewöhnt.« Ich erklärte Gigi, dass diese Notwendigkeit der Namenänderng mit dem wichtigsten Moment in der Arbeit eines Roman- oder Novellenautors übereinstimmt: Mit dem magischen Moment, wo der Eifer und das Denken nichts mehr nützen und die Inspiration alles ist. Die Namen müssen die Vorstellungskraft des Schriftstellers tatsächlich viel früher und viel stärker anreizen als diejenige des Lesers; sie müssen gewissermaßen ein Echo des Klanges richtiger Namen sein, sich aber auch davon unterscheiden, damit dem Schriftsteller eine größere Freiheit seinen eigenen Erfindungen gegenüber bleibt, und damit das eigenmächtige und vollständige Leben der Personen gewährleistet ist... Ich fragte Gigi, wie das Dorf heiße, in welchem sich seine Geschichte ereignet habe.

»Es war in V., einer großen Ortschaft in der Provinz Turin, wo ich vor zehn Jahren den Polizeiposten leitete. Und von den Personen sind zwei aus Turin, die Dritte aus Novara. Halt, da war ja noch einer: der einzige nette Kerl. Eigentlich hat er die ganze Sache ausgelöst. Es war ein Hund, ein bergamaskischer Schäferhund. Groß wie ein Kalb. Mit ganz langem, üppigem Fell, das über den ganzen Körper flatterte; seine hauptsächliche Farbe war rötlichblond, aber da und dort waren, wie's gerade kam, weiße und braune Flecken hingestreut. Seinen Namen kannst du unverändert lassen. Vielmehr, du sollst ihn gar nicht ändern. Flock hieß er. Er war so sympathisch, wie sein Herr unsympathisch war. Und die Zuneigung zum einen wie die Abneigung gegen den anderen waren, glaube ich, in Bezug auf mich gegenseitig.

Flock hatte mich sofort kennen gelernt. Jedes Mal, wenn ich zufälligerweise an der Villa vorbeiging, hörte er mich, auch wenn er sich gerade auf der andern Seite des Parkes befand. Er bellte. Dann sah ich ihn von ganz weitem aus dem Wäldchen hervorkommen. Er sprang mit großen Sätzen über die Wiese in der Mitte geradewegs auf das Gartentor zu. Beim Rennen wallten und flatterten die langen blonden Haare wie eine ausgefranste Pelerine. Fast immer war das Tor verschlossen. Flock stürmte darauf los, stieg hinauf, stemmte die Vorderpfoten gegen die Gitterstäbe und jaulend vor Freude steckte er die Schnauze durch die Zwischenräume, weil er mich ablecken wollte. Ich schäme mich nicht, dir zu sagen, dass ... nun, dass ich das mochte: Ich liebte Flock wie einen Menschen. Ganz selten einmal war das Tor bloß angelehnt. Es war ein sehr schweres Tor. Aber Flock öffnete es mit der Kraft einer einzigen Pfote sofort. Und dann musste ich auf die Uniform Acht geben. Besonders wenn ich die schwarze trug. Denn Flock warf sich mir vor Begeisterung entgegen und beschmutzte sie arg.

Die Villa, ein zu Ende des 18. Jahrhunderts entstandenes Gebäude, hatte seinerzeit irgendeiner vornehmen Turiner Familie gehört. 1938 war sie Besitz eines gewissen Carlo Emanuele Carutti, eines Industriellen und in der Gegend sehr bekannten faschistischen Bonzen geworden. Dieser Carutti war zuerst, das heißt, bis in die ersten Jahre des Faschismus, Schneider gewesen, und zwar speziell für Reit- und Sportbekleidung. Nach und nach hatte er sich auch auf Uniformen für die Parteispitzen spezialisiert, und so hatte er sich offenbar mit einigen führenden Persönlichkeiten der Partei befreundet. Er war im Grad eines Obmanns der Miliz als Freiwilliger nach Ostafrika gegangen und zum Konsul befördert zurückgekehrt; und schließlich hatte er am Stadtrand von Turin ein großes Konfektionsgeschäft eröffnet, in welchem nur Militäruniformen hergestellt wurden. Als Anhänger und Funktionär des faschistischen Staates war er im Frühjahr 1945 im Gebirge um den Ortasee, als er versuchte, in die Schweiz zu entkommen, von den Partisanen hingerichtet worden. So lautete jedenfalls die offizielle Version. Denn in V. und in den umliegenden Ortschaften glaubte man weiterhin an eine andere Geschichte: Es ging das Gerücht um, Carutti sei noch am Leben und irgendwo versteckt; und das feierliche Begräbnis mit der Überführung der Leiche – zwei Jahre nach dem Tod – sei reines Theater gewesen, das die Witwe inszeniert habe, um jene Gerüchte zu beseitigen und um in Ruhe einen gewissen Ingenieur Mark Midana-Marazi heiraten zu können, der schon zu Lebzeiten ihres Mannes ihr Geliebter gewesen sei, der jedoch vom Beginn des Krieges an bis zur Befreiung schlau genug gewesen sei, sich auf die günstige Seite zu schlagen – auch wenn es nur diejenige der monarchistischen Liberalen war.

Der Leichnam des ehemaligen Schneiders fand sich auf dem Friedhof von Invorio Superiore, einem Dörfchen zwischen dem Orta- und dem Langensee. Er wurde also auf den Friedhof von V. ins großartige Familiengrab der Carutti gebracht, das man hatte herrichten lassen. Dies hinderte die boshaften Leute nicht daran, weiterhin zu zweifeln: Ihrer Meinung nach waren die Überreste, die der Sarg enthielt, nicht diejenigen Caruttis. Und man durfte der Identifizierung des Leichnams, die stattgefunden hatte, bevor er im Sarg verschlossen worden war, nicht so leicht Glauben schenken. Denn diese Identifizierung hatte – auch wenn alle vom Gesetz vorgeschriebenen Formalitäten erfüllt waren – im April 1945 stattgefunden, in Invorio, wo kein Mensch Carutti je zu Lebzeiten gesehen hatte; und sie hatte also gezwungenermaßen auf Grund einer einzigen Aussage, eben derjenigen der Ehefrau, stattgefunden. Und wenn nun die Frau – so sagte man sich – ein Interesse daran hatte zu lügen? Und wenn nun dieses Interesse mit einer genauen Abmachung, einem heimlich zwischen ihr, Carutti und Midana-Marazi vereinbarten Betrug zusammenhing? Carutti – das wussten alle – war einer der fanatischsten Faschisten gewesen, einer der wenigen, die bis zuletzt an Hitlers Geheimwaffe geglaubt hatten. Er hatte deshalb nicht gezögert, mit der SS zu kollaborieren, auch als die andern sich schon wohlweislich davor hüteten. Und es schien, dass diese schändliche Kollaboration Caruttis mit einem Gemetzel im Zusammenhang stand, von dem man ganz genau wusste, wo und wann es stattgefunden hatte. Was hätte es für eine bessere Gelegenheit gegeben, sich vor der gerechten Strafe zu retten, als diejenige, welche die Schlauheit der Frau – und das Zusammenwirken günstiger Umstände – anbot: die Gelegenheit, sich tot zu stellen, indem man die eigene Identität mit derjenigen der Leiche eines Unbekannten auswechselte? Als Belohnung dafür oder als Vorbedingung konnte die Frau die Erlaubnis verlangt haben, dass sie eines Tages den Mann, den sie liebte, heiraten könne ...

Und so war es auch – wie eben die bösen Zungen behaupteten – geschehen. Carutti musste noch gesund und lebendig sein: in Venezuela, in Brasilien; oder vielleicht steckte er unter falschem Namen in irgendeinem Irrenhaus. Die Witwe, besser gesagt, die angebliche Witwe, hatte sich drei Jahre darauf mit Midana-Marazi verheiratet; als Mitgift brachte sie die Villa in V. und die Konfektionsfabrik und weitere ansehnliche Kapitale in die Ehe, welche Carutti übrigens rechtzeitig auf den Namen der Frau hatte überschreiben lassen, auch in Form von Aktien. Der Ehe mit Midana-Mazari entsprossen zwei Söhne, und zwei weitere Kinder, deren Vater Carutti war, wurden von Midana-Marazi adoptiert und nannten sich mit drei Geschlechtsnamen: Carutti-Midana-Marazi.

Ich hatte Ingenieur Mark Midana-Marazi gleich in der ersten Woche nach meiner Ankunft in V. kennen gelernt. Die Villa war wunderschön, und sie lag genügend nahe bei Turin, dass sie von Leuten wie dem Ingenieur, welcher beruflich oder geschäftlich den Tag in der Stadt verbringen musste, ständig bewohnt werden konnte. Aber es gab keine Zentralheizung, gerade damals hatte sich der Ingenieur entschlossen, sie einrichten zu lassen, damit er vom nächsten Herbst an endgültig nach V. ziehen konnte. Der Aufseher der Villa überwachte die Arbeiter während ihrer Tätigkeit im Innern des Hauses. Trotzdem hatte man einige Diebstähle festgestellt ... nicht schwerwiegende: eine Bettvorlage von gewissem Wert, einige Ziergegenstände. Es gab gegen keinen der Arbeiter Beweise noch Verdächtigungen. Deswegen war ich gerufen worden. Und so begann meine Freundschaft mit Flock und – ich muss sagen – auch meine Abneigung gegen seinen Herrn.

Der Ingenieur gehörte zu jener Art von Leuten, die ich am allermeisten hasse ... das heißt – um genau zu sein – zur einzigen Art von Leuten, die ich hasse, denn die gewöhnlichen Verbrecher, die Übeltäter, die Mörder hasse ich nicht, nein: Ich bekämpfe sie, ich tue mein Möglichstes, um ihre Tat aufzudecken und sie ins Gefängnis zu bringen, wenn sie es verdienen, damit sie der Gesellschaft nicht mehr schaden können; aber ich hasse sie nicht. Ich weiß, dass sie zum großen Teil nicht aus eigener Schuld zu dem geworden sind, was sie sind; es ist die Schuld der Eltern, der genossenen Erziehung, des Elends, des Hungers, der Krankheiten, der erb- oder umweltbedingten Verschrobenheiten. Ich hasse sie nicht, nein, sie tun mir nur sehr

Leid. Aber jene andern wie den Ingenieur, die von der Familie und vom Schicksal all das erhalten haben, wessen ein Mensch bedarf, um recht aufzuwachsen und sich zu entwickeln, und die trotzdem so hartnäckig Befürworter der Ungerechtigkeit und der Bevorzugung geworden sind, indem sie noch den eigenen schmutzigen Egoismus mit dem Namen Gottes, der Kirche, der Heiligen, des göttlichen Rechts überdecken, eines Rechts, wonach – wie sie meinen – der Reiche reich sein soll und immer reicher ... Nun, diese verabscheue ich aus ganzem Herzen. Midana-Marazi war in der Referendumskampagne einer der feurigsten Monarchisten gewesen. Dann war er zur liberalen Partei übergegangen: Und nun war er bei den letzten Administrativwahlen tatsächlich gewählt worden. Er behandelte alle Einwohner des Dorfes mit geheucheltem Wohlwollen und tat so, als spreche er nur Dialekt; sein Gesichtsausdruck indessen zeigte die vollkommenste Verachtung, die er für diese Leute hatte, und die stärkste Überzeugung von seiner eigenen Überlegenheit. Um die Leute einigermaßen für sich zu gewinnen, hatte er während des Wahlkampfes feierlich versprochen, dass er, falls man ihn zum Gemeinderat ernenne, persönlich für die Finanzierung der Blasmusik aufkommen werde, indem er neue Instrumente kaufen und ein für die Proben notwendiges Lokal mieten werde. Er hielt das Versprechen. Aber der Bau des neuen Rathauses, welches das alte, von den Bomben beschädigte und unbrauchbar gewordene ersetzen sollte, war einer Firma in Casale anvertraut worden, die mit der Firma, welche den Einbau der Zentralheizung in der Villa besorgte, identisch war. Es gab selbstverständlich keinen Beweis dafür, dass Midana-Marazi auf die Arbeit an der Zentralheizung eine Ermäßigung erhielt. Und die Rechnungen waren zweifellos vollkommen in Ordnung. Die Rechnungen sind bei diesen Leuten immer ›in Ordnung‹. Und gegen sie gibt es nie auch nur den geringsten ›Beweis‹. Das gehört zu ihrem Spiel. Du wunderst dich, dass ein Kriminalkommissar so sprechen kann? Ich meine, du solltest dich eher über das Gegenteil wundern. Die Zeiten ändern sich eben!

Jedenfalls war mir der Ingenieur sofort unsympathisch, und zwar nicht nur auf Grund dessen, was ich im Dorf über ihn gehört hatte, sndern auch wegen der Art und Weise, wie er sich im Zusammenhang mit den kleinen Diebstählen benommen hatte. Er verlangte, dass ich an alten Arbeitern, Technikern der Hydraulik, deren ganzes Leben ein Spiegel der Anständigkeit war, am Ausgang der Villa nach der Arbeit Leibesvisitationen vornahm. Und meiner Aufforderung, den ungefähren Wert der fehlenden Gegenstände für das Protokoll anzugeben – was ja vom Gesetz vorgeschrieben ist – wollte er nicht nachkommen. Dies offenbar aus dem Grund, weil jene Bettvorlage und jene wenigen Ziergegenstände viel weniger kostbar waren, als er mich glauben lassen wollte.

›Es geht nicht um den Wert, verstehen Sie, Kommissar?‹ – Er sprach das R auf französische Art aus – ›Es geht ums Prinzip. Es geht um die Gerechtigkeit. Ich kann nicht dulden, dass Arbeiter, die in meinem

Haus beschäftigt sind, mir etwas entwenden ..., auch wenn es nur eine Sicherheitsnadel wäre! Verstehen Sie?‹

Schließlich aber wurden nach dem dritten oder vierten Mal, da ich in die Villa ging, die fehlenden Gegenstände in einem Verschlag unter der Treppe wiedergefunden; sie lagen unter einem Haufen alten Papiers. Der Ingenieur behauptete, die Arbeiter hätten sie – durch meine Besuche aufgeschreckt – rasch zurückgebracht, oder sie hätten die Sachen in der Absicht, sie später wegzubringen, dort versteckt.

Ein einziger Blick genügte, um festzustellen, dass das Zeug wertlos war und dass die Verdächtigungen des Ingenieurs nur ein wütender und angstvoller Ausbruch seines Geizes waren. Gab es also gegen ihn, ihn, der so sehr an den Prinzipien festhielt, der so viel über Gerechtigkeit sprach, gab es gegen ihn nie ›wahre Beweise‹? Handelte er also immer nach dem ›Gesetz‹? Ach, ich wusste, vielmehr ich fühlte, dass dem nicht so war; dazu brauchte ich ihn nur anzuschauen: diese spitze Mardernase, diese Selbstzufriedenheit in seinen Augen, dieser schmale Kahlkopf, dieser überlange, aber wohlgenährte Körper, diese leicht gebeugten Schultern mit ihrem Ausdruck der Bereitschaft, etwas an sich zu reißen, es sich anzueignen ...

Ich hasste ihn, und ich hätte meine Beförderung zum Adjutanten der Gefechtseinheit hingegeben, wenn es mir gelungen wäre, ihn zu erwischen. Aber wie konnte ich hoffen, auf eine solche Gelegenheit zu stoßen, ich, ein armer Kriminalkommissar im

Dorfe V., der ich ohne weiteres abkommandiert werden konnte, sobald meine Vorgesetzten dies für notwendig erachteten? Die Tätigkeit des Ingenieurs Midana-Marazi wickelte sich in Turin, in Mailand, in Genua, in Rom, im Ausland ab, in Gebieten, die von meinem kleinen und unbedeutenden Revier zu weit entfernt lagen!

Ich musste es eben aufgeben.

Doch nein. Ich blieb länger als vorgesehen in V., und zwei Jahre nach meiner Ankunft, zwei Jahre nach den angeblichen Diebstählen in der Villa, geschah genau das, was für mich nur eine verrückte Hoffnung gewesen war.

Der Anlass war traurig. Es war ein Tag wie heute, ein Aprilsonntag, und gerade um die Jahrestage der Befreiung. Ich saß kurz nach ein Uhr in der Wohnung im ersten Stockwerk der Wache mit meiner Familie beim Mittagessen. Es war heiß, und die Fenster standen offen. Da hörten wir plötzlich mit aller Deutlichkeit einen Knall. Es war bestimmt kein Revolver- oder Gewehrschuss. Eher schien es die Explosion einer, sagen wir, geringen Tritolladung zu sein. Ich dachte sogleich an die Sprengung der alten Brücke bei der Provinzstraße nach Casale; seit zwei Monaten fuhr man nämlich schon über die neue Brücke. Aber es war ja Sonntag. Niemand beginnt sonntags mit einer neuen Arbeit – und zu dieser Stunde, ohne die Polizei zu verständigen! Außerdem lag die Brücke fast zwei Kilometer außerhalb von V., und der Knall, den wir gehört hatten, schien im Gegensatz dazu aus nächster Nähe zu kommen. Ich schaute aus dem Fenster, in der Hoffnung, etwas sehen zu können.

Die Wache stand an der Ecke des großen Marktplatzes, der zu dieser Stunde völlig menschenleer war; an seinem Ende, auf der rechten Seite, begann die Straße, die den Platz mit der Provinzstraße Richtung Turin verbindet und die am Haupteingang – das heißt am großen Tor – der ehemaligen Carutti- und jetzigen Midana-Marazi-Villa vorbei führt. Aber von meinem Fenster aus sah ich von der Villa nur ein Stück Mauer und die hohen Bäume des Parkes.

Ich bemerkte jedoch sofort, dass der Knall eine gewisse Anzahl Leute aus den Häusern oder an die Fenster rund um den Platz gelockt hat. Besonders beim ›Goldenen Löwen‹ sind alle herausgetreten. Und sie schauen geradewegs zur Villa hinüber. Ein Polizist, der die Wache verlassen hat und mitten auf den Platz geeilt ist, läuft zurück und ruft, als er mich am Fenster sieht:

›Herr Kommissar, der Rauch dieser Explosion ist dort, gerade vor dem Tor der Villa!‹

Zwei Minuten später sind wir dort. Eine Ecke des rechten Torpfeilers – ein älterer Bau, teilweise aus Stein, teilweise aus Ziegeln errichtet – ist ganz zertrümmert: Man sieht so etwas wie einen Riss, drei oder vier der alten Backsteine sind frisch zerschlagen, ihre Farbe ist zart, ungefähr wie die der Aprikosen, in der Luft nimmt man Pulvergeruch wahr, der Rauch ist noch nicht abgezogen. Auf der andern Seite des Tors, auf dem Kies ausgestreckt, mit dem weißen Bauch nach oben, all die schönen blonden

Haare hingestreut, unbeweglich, tot, zweifellos tot: der arme Flock!

Es war tatsächlich nicht möglich, dass er schlief. Er hätte mich kommen hören, um so mehr, als hinter mir und dem Gehilfen gut zwanzig Leute ans Tor getreten waren: die mutigsten im Dorf. Sie sprachen alle aufgeregt durcheinander und sagten ihre Meinung über das Ereignis. Es handle sich um eine Bombe, sagten sie, oder um eine kleine Ladung Dynamit. Wer war es gewesen? Sie stellten sogleich alle Vermutungen an: die Partisanen? Persönliche Rache gegen den Ingenieur oder gegen die Frau wegen ihres ersten Gatten? Ein Unglück? Aber wie ließ sich unter diesen Umständen – zu dieser ruhigen Stunde, zur Zeit des sonntäglichen Mittagsschmauses, und am Gartentor der Villa Midana-Marazi – ein Unglück erklären? Und da war auch einer, der sich, während die andern redeten, umschaute, als fürchte er, hinter den Fensterläden der Häuschen an der andern Seite der Straße einen Arm auftauchen zu sehen: einen Arm, der eine zweite Bombe warf. Eine lächerliche Furcht, denn wir wussten ja alle, wer die Bewohner jener Häuschen waren, und wir wussten, dass es die ruhigsten Leute auf der Welt waren. Aber ein anderer ging gebeugt der Gartenmauer der Villa entlang und schaute in die grasbewachsene Rinne, vielleicht um eine weitere Bombe, eine Zeitbombe, zu suchen oder Teile derjenigen, die explodiert war und Flock getötet hatte.

Inzwischen hatte ich versucht, das Tor aufzustoßen. Es war verschlossen. Und einen Augenblick lang waren mir, während ich all das wirre Gerede der Leute vom Dorf um mich herum hörte, die Gedanken wie entschwunden; ich schaute nur schmerzerfüllt auf den armen Flock, der mir nie wieder entgegenspringen würde, und auf die große, verlassene Wiese, und auf die stumme, verschlossene Fassade der Villa, die kein Lebenszeichen von sich gab. Die großen türkisfarbenen Storen waren jedoch an allen Glastüren heruntergelassen, und dies bedeutete, dass die Herrschaften in der Villa weilten. Weshalb nur waren sie nicht herbeigeeilt? Weshalb nur hatte sich noch niemand blicken lassen, nicht einmal der Gärtner und Aufseher, der mit seiner Frau ein Gartenhaus in der Nähe des Tores bewohnte? Diese Frage, die ich an mich selbst richtete, nahm der Chor der Neugierigen hinter mir auf; auch jetzt gingen die Meinungen auseinander: ›Der Ingenieur und Madame sind nach Turin zur Messe gefahren und noch nicht zurückgekehrt . . .! Nun ja, aber der Gärtner . . .? Der Gärtner, der ist taub . . .! Und der Kammerdiener, und der Koch, und die Magd: alle taub? Weshalb sieht man denn die nicht?‹

Es war zweifellos seltsam. Ich versuchte zu läuten; aber die Klingel war ausgerechnet im Innern einer Rille des bei der Explosion beschädigten Pfeilers angebracht; höchstwahrscheinlich war die elektrische Leitung unterbrochen. Da versuchte jemand mit lauter Stimme zu rufen: ›Herr Ingenieur! Herr Ingenieur!‹ Wir warteten einige Sekunden, schwiegen, starrten auf die Villa. Aber niemand antwortete, und niemanden sah man herauskommen. ›Wer weiß, vielleicht sind alle tot‹, sagte einer leise und erhielt ein allgemeines Gelächter zur Antwort. Aber ich hatte inzwischen meinen Polizisten in die Wache geschickt, er solle anrufen. Ein Bursche war auf das Gitter gestiegen und wollte schon auf der anderen Seite hinunter. Ich befahl ihm, herunterzukommen. Und da rennt endlich der Gärtner und Aufseher – in der weißen Jacke eines Dieners und weißen Handschuhen – herbei.

Er sei vom Telefonanruf des Polizisten geweckt worden, sagte er; denn sonntags habe das Personal, das heißt der Koch und der Kammerdiener, gewöhnlich freien Ausgang, sie gingen nach Turin, während er und seine Frau sie vertreten würden; und gleich nach dem Essen, wenn der Ingenieur und die Dame sich zur Ruhe begaben, benützten sie die Gelegenheit, um auch ein wenig auszuruhen; aber sie gingen jeweils nicht ins Gartenhaus, sondern ruhten dort, in der Küche, denn nachher müssten sie noch Geschirr abwaschen ... Nein, sie hätten keinen Knall gehört, weder er noch seine Frau. Und auch die Herrschaften nicht, sonst hätte der Ingenieur ihn ja sofort gerufen. Alle diese Erklärungen schienen mir zu zahlreich und zu überstürzt und außerdem nicht befriedigend zu sein; das ganze Dorf hatte den Knall, der ja sehr laut gewesen war, gehört. Wie war es dann möglich, dass die Bewohner der Villa, die ja viel näher beim Explosionszentrum waren, nichts gehört hatten? Der Wächter hatte inzwischen mit dem Schlüssel das Tor geöffnet. Ich war allein eingetreten und hatte wieder abschließen lassen; bei der Menschenmenge, die von

Minute zu Minute größer wurde, hatte ich den von der Kaserne zurückgekehrten Polizisten und den Gehilfen gelassen. Ich beugte mich über Flock und untersuchte ihn äußerst sorgfältig, um zu sehen, ob er irgendeine Verwundung aufwies. Doch er war unverletzt. Der Tod musste einfach durch die Heftigkeit des Luftstoßes beim Knall eingetreten sein. Die Annahme war, meiner eigenen Erfahrung nach, fast eine Gewissheit. Denn der arme Flock befand sich wenige Meter von der Bombe entfernt, die gegen die Basis des Pfeilers geschleudert worden sein musste.

Ich behaupte nicht, ein Sachverständiger der Ballistik zu sein. Aber wie du weißt, war ich während des Krieges in den Jahren 1935 und 1936 in Ostafrika. Nun, als ich Flock betrachtete, erinnerte ich mich daran, dass ich Äthiopier und sogar einen meiner Gefährten gesehen hatte, die auf dieselbe Weise umgekommen waren, ohne Blutspur und ohne die geringste Verletzung. Sie waren gestorben wegen des Luftstoßes, den unsere gewöhnlichsten und am häufigsten verwendeten Handgranaten verursachten: die sogenannte Oto-Bombe, die kleiner war als ein Ei, halb schwarz, halb rot, und die aussah wie ein Spielzeug. Es war eine Bombe, die mehr Furcht einflößte als Schaden anrichtete. Ihr riesiger Knall stand in keinem Verhältnis zur Zerstörungskraft. Aber wenn jemand das Unglück hatte, in die Nähe der Explosion zu geraten, wie es eben meinem Kameraden während einer Übung zugestoßen war, konnte er durch die Heftigkeit des Luftstoßes getötet werden. Ich erinnerte mich nun auch, dass die

Oto-Bombe eine besondere Sicherheitsvorrichtung besaß: ein Kartonzünglein, das man wegreißen musste, bevor man sie warf. Wenn also die gegen das Gartentor geworfene Bombe gerade eine Oto-Bombe oder eine ähnliche Waffe gewesen war, konnte man möglicherweise – wenn man das Kopfsteinpflaster geduldig absuchte – das Zünglein finden. Im Krieg und bei den Übungen ließ man es immer achtlos fallen; es war denkbar, dass auch der Attentäter, als er die Bombe gegen das Tor der Villa geschleudert hatte, sich so verhielt – aus bloßer Unachtsamkeit oder wegen der Aufregung. Nur ein kaltblütiger Verbrecher, der seine Nerven vollständig beherrscht, erinnert sich daran, dass er das Zünglein sogleich nach dem Abreißen in die Tasche stecken sollte.

Ich befahl den Polizisten, sie sollten die Leute bis zum Platz zurücktreiben, das heißt, weiter von der Stelle weg, von wo aus der Attentäter die Bombe geworfen haben konnte. Fast sicher hielt er sich hinter der Ecke der Hausmauer auf der dem Tor gegenüberliegenden Straßenseite versteckt, um sich so den Blicken jener, die trotz der Tageszeit noch auf dem Platz waren, zu entziehen. Ich sagte den Polizisten, sie sollten das Kopfsteinpflaster in jenem Abschnitt gut absuchen. Dann ging ich mit dem Aufseher zusammen auf die Villa zu.

Der Aufseher versuchte mich zwar aufzuhalten: ›Aber der Herr Ingenieur ruht, ich habe es Ihnen schon gesagt. Es ist mir absolut verboten, ihn zu wecken.‹

›Das ist gleich, wecken Sie ihn trotzdem. Ich übernehme die Verantwortung. Jetzt befehle ich.‹

Im Wohnzimmer des Erdgeschosses musste ich einige Minuten warten, bis der Ingenieur auftauchte; er trug die Pyjamajacke und rieb sich die Augen, als wollte er mir ohne Worte beweisen, dass er eben aufgewacht wäre. Diese zur Schau gestellte Verschlafenheit rief mir jedoch das Gerede des Aufsehers in Erinnerung, der kurz vorher, nachdem ihn der Anruf aus der Wache alarmiert hatte, ebenfalls noch geschlafen haben wollte. Er und seine Frau hatten den Knall angeblich auch nicht gehört.

Es war sehr seltsam – und dieser Gedanke kam mir erst jetzt, mit einer Verspätung von fünf Minuten, gerade im Augenblick, da der Ingenieur aufgehört hatte, die Augen zu reiben, und mir die Hand hinstreckte – es war sehr seltsam, dass der Aufseher eingeschlafen sein sollte, ohne auch nur die weißen Baumwollhandschuhe auszuziehen, mit denen er offenbar am Tisch serviert hatte; am Sonntag ersetzte er ja eben den Diener.

Lieber Mario, im Beruf eines Detektivs ist nicht alles logisch ... nun ja, diesmal ist sich dein Freund, der Kommissar, tatsächlich wie ein Detektiv vorgekommen ... Also, ein richtiger Detektiv ist so etwas wie ein Spürhund, und der Spürhund arbeitet ganz mit der Nase, nicht wahr? Als der Ingenieur mir die Hand reichte, indem er mich schlau und fast misstrauisch aus seinen Marder- und Fuchsaugen ansah und seine aristokratischen R, die so sehr nach altem Piemontesisch klangen, in der Kehle rollte – ›Lieber Kommissar, entschuldigen Sie, wenn ich Sie habe warten lassen . . .‹ –, da strömte sein ganzer Körper den Geruch eines Menschen aus, der vom Essen kommt und die Mahlzeit genau nach dem Braten und den Pommes frites unterbrochen hat.

›Eine Bombe? Am Gartentor? Flock tot? Wegen des Luftstoßes? Aber was erzählen Sie mir da, Kommissar! Wenn Sie es nicht wären, würde ich es nicht glauben . . .‹

›Wenn Sie es nicht glauben, kommen Sie mit mir und sehen Sie . . .‹

›Doch, doch, ich glaube es natürlich. Auch der Aufseher hat es mir gesagt. Nein, ich gehe nicht schauen. Zumindest nicht jetzt. Was wollen Sie – die Sache schmerzt mich allzu sehr. Armer Flock. Armer Flock.‹

›Es ist nicht nur wegen Flock. Sie müssen sofort einen Augenschein nehmen: Die Bombe hat am rechten Torpfeilfer Schäden verursacht, im Ganzen gesehen gewiss leichte Schäden; aber Sie müssen sie auf jeden Fall feststellen . . .‹

›Das werde ich tun, zweifeln Sie nicht daran, lieber Kommissar; aber ich begreife nicht, weshalb diese ganze Eile. Nun ist doch der Schaden schon angerichtet, leider . . .‹

›Ja, aber es ist auch wegen der Anzeige. Je rascher Sie dafür sorgen, Herr Ingenieur, desto besser.‹

›Die Anzeige?‹ Er tat so, als falle er aus allen Wolken, als denke er einen Augenblick lang nach, indem er ins Leere starrte. Zum Schluss wandte er den Blick wieder auf mich, schüttelte gutmütig den

Kopf und legte mir eine Hand auf die Schulter (und wiederum roch ich den frischen Braten und die Frites): ›Unter uns gesagt, lieber Kommissar ... glauben Sie, eine Anzeige sei tatsächlich notwendig? Sei angebracht? Denn schließlich – unter uns gesagt, wenn wir frei miteinander reden können – unter uns gesagt wissen wir ja sehr wohl, wer es gewesen sein kann ...‹, und er schloss das eine Auge zu einem tiefen Zwinkern.

Ich beantwortete das Gezwinker nicht. Ich lächelte nicht. Ich sagte Ernst, ich hätte nicht die geringste Ahnung, wer der Schuldige sein könne. Ich sei seit zwei Jahren in V., kenne alle und hätte gar keinen Verdacht. Ich würde einfach meine Untersuchungen anstellen, und wenn es mir gelinge, etwas aufzudecken, würde ich auf niemanden Rücksicht nehmen. Gewiss, der Herr Ingenieur könne, ja er müsse mir sogar die Indizien mitteilen, die er besitze – auch bloße Verdächtigungen. Ich würde äußerst zurückhaltend davon Gebrauch machen, niemand werde erfahren, wer mir sie verraten habe; an solche Geheimhaltungspflichten sei ich nachgerade gewöhnt. Aber gerade deswegen sei eine offizielle Anzeige notwendig.

›Nun gut, ich werde es mir überlegen und Sie benachrichtigen‹, sagte er, als er mich zur Tür begleitete. ›Schließlich kann es auch sein, dass Sie Recht haben. Aber sehen Sie – in diesem Augenblick ist mein Seelenzustand, wie soll ich sagen?, eher auf Nachsicht eingestellt, aufs Laufenlassen. Es sind die Jahrestage der Befreiung und ... und diese tapferen, ein wenig heftigen Burschen, die in mir den

Feind sehen – oder geradezu einen, der dem vergangenen Regime nachtrauert, vielleicht wegen meiner persönlichen oder familiären Erlebnisse, während doch ganz klar und erwiesen ist, dass ich sogar zum Befreiungskomitee gehörte –, kurzum: diese tapferen Burschen haben sich vielleicht austoben wollen. Und ich lasse sie austoben, indem ich Unserm Herrn danke, dass das Unheil nicht schlimmer gewesen ist. Gewiss, falls das Ereignis sich wiederholen sollte, würde ich nicht zögern ...‹

Da kam gerade die Frau herein. Sie war noch immer schön: schlank, fein, elegant. Sie weinte um Flock, zum Glück hätten die Osterferien schon begonnen, so dass alle vier Kinder mit der Gouvernante zum Skifahren auf dem Monte Rosa seien. ›Wissen Sie, sie hatten das Tier so lieb, so lieb! Aber ich hatte es dir doch gesagt, Mark ...‹, fügte sie, zum Ingenieur gewandt, lebhaft hinzu, › ... ich hatte dir doch gesagt, dass ich einen Knall hörte, ich versuchte sogar, dich zu wecken. Aber du ... Wissen Sie, was ich gedacht habe, Kommissar? Dass es die Proben zum Feuerwerk für das Fest ... das Fest ...‹

› ... das Fest der Befreiung‹, half ich ihr. Ich verabschiedete mich und ging.

Unterwegs zum Tor begegnete ich dem Aufseher, der einen Karren vor sich herschob, auf welchem Flocks Leiche, ein Spaten und eine Hacke lagen. Der Aufseher sagte mir, der Herr Ingenieur habe befohlen, Flock sofort im Park hinten, an der am weitesten entfernten Stelle des Wäldchens, zu begraben. Ich verbot es ihm strikte; er könne mein Verbot dem

Herrn Ingenieur ruhig mitteilen. Es sei Sonntag, ich könne den Tierarzt der Gemeinde nicht erreichen, der die Todesart des Hundes feststellen und ein formelles Protokoll abgeben müsse. Wenn dann der Herr Ingenieur noch immer darauf beharre, solle er ihm sagen, er möge mich sofort in der Wache anrufen.

Vor dem Tor standen nun keine Leute mehr. Und der Wachtmeister hatte den schwarzen Karton des Sicherheitszüngleins gefunden; es sah – so erinnere ich mich – gleich aus wie dasjenige an den Oto-Bomben.

Wenn diese Erzählung nicht wie all die vorhergehenden, die du gehört hast, auf tatsächlich geschehenen Ereignissen beruhte, könnte ich dir jetzt ohne die geringste Schwierigkeit einen kleinen Kriminalroman mit allen Zutaten zusammenbasteln: mit einer Anzahl falscher Indizien, vermischt mit ein paar richtigen, und indem ich dir, einen nach dem andern, zahlreiche Schuldige vorführen würde, unter welchen du natürlich nach und nach den wahren antreffen und selbst entdecken würdest. Aber ich würde dich bis Mitternacht damit hinhalten. Und ich will nichts erfinden.

Ich folgte wie immer meinem Instinkt. Dieser berief sich auf die deutliche Lüge des Ingenieurs, dass er im Augenblick, da es knallte, geschlafen habe, während er in Wirklichkeit noch bei Tisch saß; er berief sich noch stärker auf seinen Widerstand gegen die Unterzeichnung einer Anzeige. Dieser Widerstand war dem herrsch- und rachsüchtigen Wesen des Ingenieurs so sehr entgegengesetzt, dass er allein schon genügte, mir eine Ahnung zu geben, wie das Problem zu lösen sei. Und zwar so: Die Bombe war eine Drohung, deren Sinn dem Ingenieur und seiner Frau nur allzu deutlich war; derjenige, der die Bombe geworfen hatte, musste ein ihnen bekannter Mensch sein oder ein von einem solchen Angestifteter, und er war aller Wahrscheinlichkeit nach kein Bewohner von V., sondern kam von auswärts.

Als ich wieder in der Kaserne war, gab ich dem Wachtmeister den Auftrag, einen Rundgang durchs Dorf zu machen und sich nach der Identität der wenigen Auswärtigen zu erkundigen, die an jenem Tag und am Abend zuvor unterwegs gesehen worden waren. Heutzutage fährt man zwar rasch von einem Ort zum andern. Aber die Geschichte ereignete sich vor zehn Jahren, und das Dorf V. lag abseits der großen Verbindungsstraßen und war den Touristen völlig unbekannt. Vor zehn Jahren hatte der ›gastronomische‹ Tourismus, der heute so beliebt ist, noch nicht begonnen. Heute sind wahrscheinlich die beiden Restaurants in V. samstags und sonntags immer mit Durchreisenden gefüllt, die von Turin, Casale, Alessandria, Genua, Mailand herkommen …

Den Anmeldezetteln im ›Goldenen Löwen‹, dem einzigen Hotel von V., entnahm ich jedoch, dass am Vorabend sich ein gewisser Albino Sirombo hier einquartiert hatte; er stammte aus Caltignaga, aus der Provinz Novara, war neununddreißig Jahre alt und montierte für eine Firma in Borgomanero Fernseh- und Radioapparate. Ich ging sofort weg, mit der Absicht, im ›Goldenen Löwen‹ einen Blitzbesuch zu machen und nachzuschauen, ob Sirombo noch dort war; mein Besuch konnte keinen Verdacht erwecken. Oftmals ging ich am Sonntagnachmittag dort vorbei und trank einen Kaffee. Und es kam auch vor, dass ich sitzen blieb und Karten spielte.

Vor dem ›Goldenen Löwen‹ sah ich einen leuchtendgelb bemalten Lieferwagen stehen, einen *Cerbiatto*. Als ich sogleich nach dem Knall aus dem Fenster geschaut hatte, stand er noch nicht dort: Ich hätte es beschwören können. Der Lieferwagen hatte ein Nummernschild von Novara und war mit dem Namen der Firma aus Borgomanero und der Bezeichnung ›Radio- und Fernsehapparate‹ beschriftet.

Drinnen, in einer Ecke des Restaurants, welches ein einfacher Bogen von der Bar trennte, saß ein einziger Gast: ein magerer Mann mittleren Alters, mit schwarzem, gelocktem Haar, das über der Stirn aufragte, wie es nach dem Zweiten Weltkrieg bei den Jungen Mode war: der sogenannte ›Bürstenschnitt‹. Er hatte soeben zu essen begonnen. Vom Wirt erfuhr ich sofort, dass dies eben Albino Sirombo war. Offensichtlich hatte er mit seinem Lieferwagen am Morgen irgendeinen andern Ort, irgendein Dorf in der Nähe besucht; und deshalb aß er mit so großer Verspätung. Ich schaute auf die Uhr: Es war halb drei; für ein Dorf wie V. vor zehn Jahren eine riesige Verspätung im Verhältnis zur gewohnten Essenszeit. Der Wirt sagte mir auch, dass das Feuer in der Küche schon gelöscht gewesen sei und dass man es wieder habe anzünden müssen; das ärgerte ihn, denn gekocht wurde natürlich noch auf Holzfeuer. Es gab keine Gelegenheit zum Kartenspiel, und ich machte mich deshalb, nachdem ich den Kaffee getrunken hatte, auf den Weg. Aber nachdem ich einen letzten Blick auf Sirombo geworfen hatte, der mit äußerster Gier, ganz über den Teller gebeugt, aß, bat ich den Wirt, sich höflich zu erkundigen, wo Sirombo am Morgen mit seinem Lieferwagen gewesen war, und mich in der Wache anzurufen, sobald er es erfahren habe; doch er solle gut aufpassen, dass die Kabinentür hermetisch verschlossen sei, während er spreche ... Ich glaube nicht, lieber Mario, dass ich dir etwas Neues enthülle, wenn ich dir erzähle, dass Wirte, Kellner, Serviermädchen und Dirnen traditionsgemäß die selbstverständlichen Informanten der Polizei sind.

Kaum eine Stunde danach rief der Wirt mich an. Sirombo hatte gesagt, er sei in C., einem wenige Kilometer weit entfernten Dörfchen, gewesen. Nun sei er hinaufgegangen, um zu ruhen, und er habe gesagt, man solle ihn nicht wecken, außer wenn jemand ihn am Telefon verlange. Ich rief sofort meinen Kollegen in C. an, um die Bestätigung zu haben. Und die Bestätigung kam fast sogleich: In C. war weder am Morgen jenes Sonntags noch an irgendeinem andern Tag je ein Lieferwagen gesehen worden, der der Beschreibung des *Cerbiatto* aus Borgomanero entsprach.

Ich saß wiederum bei Tisch, es war abends, da rief der Wirt mich nochmals an. Ich hatte ihn natürlich gebeten, mich über Sirombos Kommen und Gehen auf dem Laufenden zu halten. Der Wirt teilte mir – nicht ohne eine gewisse Aufregung – mit, dass vor zwei Minuten der Aufseher aus der Villa im Auftrag des Herrn Ingenieur hergekommen sei. Der Fernsehapparat in der Villa sei kaputt. Der Aufseher sagte offenbar, er habe seit dem Vorabend den Lieferwagen vor dem ›Goldenen Löwen‹ stehen sehen; falls der Chauffeur – wie anzunehmen – auch Techniker sei, möge er sich bitte in die Villa begeben und sehen, ob er die Reparatur vornehmen könne. Normalerweise komme der Techniker aus Turin, aber sonntags seien alle Firmen geschlossen. Sirombo, *der es anscheinend schon wusste* (dies waren die Worte des Wirts am Telefon), war sofort aufgestanden, war herausgekommen, hatte den Aufseher in den Lieferwagen einsteigen lassen und war in die Richtung der Villa vom Platz weggefahren.

Ich ließ zum zweiten Mal das Essen stehen und eilte mit einem Polizisten fast im Laufschritt zur Villa. Aber beim Gehen sagte ich mir, ich sei eigentlich ein Dummkopf. Mit welchem Vorwand wollte ich denn die Villa betreten? Und selbst wenn ich den Vorwand gefunden hätte, was hätte ich schon ausrichten können? Meine Absicht war, den *Cerbiatto* zu durchsuchen: um zu sehen, ob noch eine Handgranate zum Vorschein kam. Aber wie hätte ich, bereits im Park der Villa, die Durchsuchung vornehmen können, ohne dass Sirombo und der Ingenieur es merkten?

Der Zufall hat mir geholfen. Im Gegensatz zu meiner Annahme war der *Cerbiatto* draußen gelassen worden: etwas vom Tor entfernt an der Gartenmauer. Die Straße ist an jener Stelle eng und weist an Feiertagen einen gewissen Verkehr auf; es steht deshalb eine Tafel mit einem Anhalteverbot dort. Ich zögerte keinen Augenblick. Ich brach das Schloß auf, und der Polizist setzte den Lieferwagen sofort in Gang. Wir brachten ihn in den Hof der Wache. Nachdem das Tor geschlossen war, nahmen wir eine rasche, doch gründliche Durchsuchung vor. Und eine halbe Stunde später stand der Lieferwagen wieder an seinem Ort – wo man nicht anhalten durfte. Als wir am Gartentor vorbeifuhren, waren wir natürlich vorsichtig; ein Blick auf die Villa: Die Fenstertüren des Wohnzimmers im Erdgeschoss waren alle erleuchtet. Der Polizist, ein Römer, sagte lachend in seinem Dialekt: ›Nun, was sein muss, muss sein ... Reparaturen an Fernsehapparaten dauern eben ziemlich lange ...‹

Auch ich musste lachen, ich war fröhlich. Jetzt hatte ich den Beweis, den ich gesucht hatte. Im Innern des *Cerbiatto* war mir zwischen den Fernsehapparaten, den Radios, den Widerständen, den Batterien und einer Menge Teufelszeug fast sofort eine Kartonschachtel in die Augen gesprungen; sie war zwischen zwei Wandbrettern gut eingeklemmt. Im Innern der Schachtel befand sich ein Zellophanpäckchen, und in diesem Päckchen lagen ganz nahe beieinander und mit einer Schnur gut zusammengebunden vier dicke Päckchen Watte, wie man sie in den Apotheken verkauft; und inmitten dieser vier Päckchen, die sie verstecken und vor Stößen schützen sollten: rotschwarz und eiförmig eine richtige Oto-Bombe.

Am nächsten Morgen fuhr ich mit dem Postauto um ein Viertel vor acht Uhr nach Casale. Zuvor war ich im ›Goldenen Löwen‹ vorbeigegangen. Ich erfuhr, dass Sirombo am vergangenen Abend bis zum Sendeschluss in der Villa geblieben sei; danach sei er ins Hotel zurückgekehrt und habe sich zur Ruhe begeben; man sollte ihn um acht Uhr wecken und die Rechnung vorbereiten, weil er am Morgen abreisen wolle.

Um halb neun Uhr war ich in Casale bei meinem direkten Vorgesetzten. Ich erzählte ihm alles, bis in die geringsten Einzelheiten, ausführlicher und besser, als ich es jetzt bei dir getan habe. Ich erwartete Befehle. Mein Vorgesetzter, der sehr klug, aber auch sehr menschlich war, sagte mir darauf:

›Und wenn es von Ihnen abhinge, Kommissar? Nehmen wir einmal an, Sie hätten in dieser Angelegenheit freie Hand: Wie würden Sie sich verhalten? Sagen Sie. Reden Sie ganz frei heraus.‹

Das tat ich. Ich hatte eine Idee, gleichsam einen Plan. Ich legte ihn meinem Vorgesetzten ungeniert vor. Und er sagte, nachdem er einen Augenblick lang darüber nachgedacht hatte, er müsse ein paar Anrufe erledigen; ich sollte unten warten.

Nach einer halben Stunde rief er mich. Er empfing mich mit einem Lächeln und lobte meine ›Nase‹. Er hatte mit dem Polizeirevier von Caltignaga gesprochen, und die Auskünfte stimmten genau mit meinem Verdacht überein: Albino Sirombo war ... die rechte Hand des berühmten Funktionärs Carlo Emanuele Carutti gewesen, zuerst in Ostafrika, dann im Geschäft für Militärkleidung, und schließlich während der ganzen Zeit des Faschismus. Doch vielleicht – weil seine Stellung zu unbedeutend gewesen war – gab es keine Beweise gegen ihn; er war auch nicht angeklagt worden. Und jetzt hatte er in der Firma für Radio- und Fernsehapparate eine bescheidene Anstellung als Reisender und auch als Techniker. Er war ledig und in Borgomanero zu Hause, wo er bei seiner alten Mutter lebte. Jeden Montag ging er ins Geschäft, und die übrige Woche reiste er mit dem Lieferwagen im Piemont und in der Lombardei umher.

Mein Plan sei deshalb perfekt, schloss der Vorgesetzte. Ich könne ihn ohne weiteres in die Tat umsetzen, und vor allem ohne Zeit zu verlieren. Er habe schon angeordnet, dass ich in V. – solange es notwendig sei – ersetzt würde, und er habe selbst dafür gesorgt, dass meine Familie benachrichtigt würde: Es sei tatsächlich unumgänglich, dass ich nicht nach V. zurückkehrte, sondern mich geradewegs an den Ort begebe, den ich genannt hätte. Zivilanzug? Ich würde ihn mir in Casale bei einem Kollegen, der ungefähr meine Figur habe, besorgen können. Auch der Kollege sei bereits benachrichtigt worden.

Ich hatte drei oder vier Tage Zeit verlangt. Mein Vorgesetzter gab mir eine Woche. Sollte es länger dauern, brauchte ich ihn nur telefonisch zu benachrichtigen. Aber mit all dem war eine Bedingung verknüpft.

Es war eine absolute Bedingung. Ich durfte auf gar keinen Fall meine wahre Identität enthüllen, ausgenommen natürlich gegenüber Vorgesetzten,

Kollegen oder Angehörigen der Armee; aber auch ihnen gegenüber nur, wenn ich Hilfe benötigen sollte. Sirombo hatte mich zwar einen Augenblick lang an der Bar des ›Goldenen Löwen‹ gesehen, aber aus einer gewissen Entfernung – und er hatte mit mir kein einziges Wort gewechselt. Außerdem war ich in Uniform; unmöglich konnte er mich wiedererkennen!

Ich durfte meine Identität nicht enthüllen; ich konnte also keine Verhaftungen vornehmen – nicht einmal Durchsuchungen, höchstens heimliche – wie diejenige im *Cerbiatto*. Noch weniger konnte ich Verhöre durchführen, die nicht ganz und gar den Anschein normaler und zufälliger Gespräche hatten. Ich musste schlimmstenfalls so tun, als sei ich ein etwas neugieriger und schwatzhafter Mensch, von denen es ja so viele gibt. Die zweite Persönlichkeit, die ich mir zulegen sollte, war meinem eigenen Gutdünken überlassen. So musste ich auch selbst entscheiden, wann der Auftrag als erfüllt betrachtet werden konnte. In dem Fall musste ich mich sofort wieder nach Casale begeben und meinem Chef Bericht erstatten, nur ihm persönlich. Entsprechende Beschlüsse würden, nachdem er mich angehört hatte, ausschließlich von ihm gefasst.

Dann konnte ich gehen.

Ich kleidete mich in Zivil, mietete einen Wagen, sorgfältig darauf achtend, dass ich den schnellstmöglichen wählte, mit dem Nummernschild einer andern Provinz als derjenigen, zu welcher die Gemeinde V. gehörte. Ich hatte das Glück, einen *Ap-*

pia mit dem Schild von Vercelli zu finden. Vor zwölf Uhr war ich schon in Borgomanero in der Fabrik für Radio- und Fernsehapparate. Da standen zwei weitere *Cerbiatto*, die gleich aussahen wie der von Sirombo; aber derjenige von Sirombo, den ich jetzt bereits auch ohne auf das Nummernschild zu schauen leicht erkennen konnte, stand nicht dort. Einen Augenblick lang dachte ich, ich könne mich sehr wohl beim Portier des Gebäudes erkundigen, oder bei einem von Sirombos Kollegen, von denen ich einen gerade in jenem Augenblick zwischen dem Eingang der Fabrik und den Lieferwagen hin- und hereilen und Apparate befördern sah. Ich brauchte mich ja nur als einen Kunden von Sirombo vorzustellen. Es war ein Montagmorgen, ich wollte nur wissen, ob man Sirombo von seiner Rundreise zurückerwartet, und um welche Zeit genau. Aber dann dachte ich, dass Sirombo sogleich nach seiner Ankunft bestimmt davon benachrichtigt worden wäre, dass jemand ihn gesucht habe. So lief ich Gefahr, meinen ganzen Plan auffliegen zu sehen. Außerdem konnte er das aufgebrochene Schloss an der Tür des Lieferwagens nicht übersehen haben; und vielleicht hatte er auch schon das Verschwinden der zweiten Oto-Bombe festgestellt.

Ich beschloss deshalb, mich mit Geduld zu wappnen. Auf der andern Seite der Straße, nicht weit von der Fabrik entfernt, lag ein Café. Ich ließ meinen Wagen etwas weiter hinten stehen, trat ins Café und aß ein paar Brötchen, ohne je die Fassade des Gebäudes aus dem Auge zu lassen, vor welcher ich von einem Augenblick auf den anderen das Erscheinen von Sirombos Lieferwagen erwartete, obschon er sich gut verspäten konnte. Er fuhr, auch wegen der empfindlichen Ladung, nicht rascher als sechzig bis siebzig Stundenkilometer. Wenn Sirombo, wie durchaus anzunehmen war, gegen neun von V. weggefahren war, würde er, auch wenn er unterwegs nie anhielt, erst gegen halb ein Uhr in Borgomanero ankommen, unmöglich früher.

Er kam um drei Uhr nachmittags. Er betrat die Fabrik, und bereits zehn Minuten später kam er wieder heraus. Ohne etwas ein- oder auszuladen stieg er wieder in den Lieferwagen und fuhr los. Ich war kaum schnell genug, um die Spur nicht zu verlieren. Ich war zu meinem *Appia* gerannt und hatte zur Verfolgungsjagd angesetzt. Zum Glück war der *Cerbiatto* groß, hoch und ganz gelb, sodass man ihn aus sehr großer Entfernung sah. Er hatte die Gozzano-Straße in Richtung Ortasee eingeschlagen.

Ich gratulierte mir innerlich zu dieser gelben Farbe. Es gelang mir, sie nicht aus den Augen zu verlieren, ohne den Sicherheitsabstand zu missachten – also den Abstand, der notwendig ist, damit der Verfolgte nicht merkt, dass er verfolgt wird. Natürlich hat der Ausdruck noch eine zweite Bedeutung: Der Sicherheitsabstand muss dem Verfolgenden gleichzeitig erlauben, die gegenteilige Gefahr zu vermeiden: dass nämlich die Spur verloren geht.

Als wir durch Gozzano fuhren, ahnte ich Schlimmes. Wie du ja besser als ich weißt, sind dort zwei Bahnübergänge.«

»Jetzt ist es nur noch einer«, sagte ich lachend.

»Nun gut, aber vor zehn Jahren waren es noch zwei. Der *Cerbiatto* fuhr mehr als einen Kilometer weit vor mir. Während er über die Geleise fährt, sehe ich, dass die Barrieren sich zu senken beginnen. Ich schieße los, drücke so stark wie möglich aufs Gas; aber ich schaffe es nicht. Ich bin verloren: zumindest momentan. Meinen Vermutungen nach, die mein Vorgesetzter übrigens voll und ganz bekräftigt hatte, war Sirombo bei Midana-Marazi und dessen Frau der Überbringer einer Drohung und einer Erpressung.

Sein Auftraggeber konnte nur derjenige sein, dem es gelungen war, sich offiziell für tot und begraben auszugeben, und der immer noch lebte, genau wie die Leute behaupteten. Aller Wahrscheinlichkeit nach war er irgendwo versteckt, und vielleicht verlangte er durch Sirombo von Midana-Marazi und der Frau Geld: Geld, viel Geld, so viel, wie notwendig war, um das Versteck verlassen und endlich nach Südamerika auswandern zu können. Möglicherweise wollte Midana-Marazi, weil er ja so geizig war, trotz der schwierigen Situation die Summe nicht bezahlen, die der ehemalige Funktionär verlangte. Daher die Diskussionen, der Streit, Sirombos Auftrag zu drohen. Meinen Vermutungen nach musste also Sirombo an jenem selben Montag Carutti in seinem Versteck aufsuchen, um ihm alles zu berichten. An jenem Tag seine Spur zu verlieren, bedeutete, ihn eine ganze

Woche lang und sogar noch länger verfolgen zu müssen.

Obwohl ich verzweifelt war, stieg ich sogleich aus dem Wagen und ging zu Fuß über die Geleise: Jenseits des Bahnübergangs war eine Kurve; ich wollte schauen, ob es mir gelang, wenigstens festzustellen, welche Richtung der *Cerbiatto* eingeschlagen hatte. Gozzano ist ein Verkehrsknoten.

Aber der *Cerbiatto* war, Gott sei Dank, weder links zum Sorisohügel noch rechts zur Unterführung gefahren; er stand, nur fünfhundert Meter weit, vor dem zweiten Bahnübergang, der inzwischen ebenfalls geschlossen worden war.

Ich folgte ihm mit Leichtigkeit bis zum Beginn der absteigenden Straße, an deren Ende der See auftaucht. Da sah ich von weitem, dass der *Cerbiatto* von der Asphaltstraße in eine kleine, mit Kies bestreute Landstraße abbog, die im Wald verschwand. Es blieb mir nichts anderes übrig, als auch dort hinein zu fahren. Aber auch wenn ich die gelbe Farbe nicht mehr sah, so führte mich doch der von der Straße aufgewirbelte Staub.

Am Waldausgang, bei einer Höhle, gabelt sich die Straße: nach links führt sie auf halber Höhe dem See entlang, nach rechts schlängelt sie sich zu einem Hügel hinauf, auf dessen Kuppe ich einen von den Kastanienbäumen halb verdeckten Glockenturm und das Dach mit dem letzten Stockwerk eines langen, rechteckigen Gebäudes auftauchen sah; das konnte nur ein altes Kloster sein.

›Wohin führt diese Straße?‹, fragte ich einen Alten, der unbeweglich mitten auf der Lichtung vor der Höhle stand und den ich vorher überhaupt nicht gesehen hatte, vielleicht weil seine Kleider grau und weiß waren wie die Steine.

›Zum Kloster des ...‹, und er nannte einen Namen, den ich nicht wiederholen darf.

›Ich habe verstanden. Aber dann? Wohin führt die Straße dann?‹

›Nirgendwohin, sie führt um das Kloster, auf die Kuppe hinauf, und kehrt zurück ... Es ist immer dieselbe ...‹

›So kann man also nach dem Kloster nicht weiterfahren?‹

›Mit dem Auto nicht. Es gibt einen Fußweg nach Invorio hinunter ... den Ziegenweg!‹

Ein Ziegenweg! Ich durfte also ruhig sein: Sirombo konnte mir nicht mehr entkommen. Ich fragte den Alten, ob das Kloster bewohnt sei.

›Gewiss‹, sagte er, ›die Mönche sind dort, und diejenigen, die in der Schule arbeiten.‹

›Was für eine Schule?‹

›Die Nähschule; sie machen dort ... wie sagt man? die Kutten, ja, die Kleider für die Mönche, auch für die der anderen Klöster. Sie haben Nähmaschinen und alles Notwendige. Es werden etwa zwanzig Lehrlinge sein, Buben, kleine Buben, die so etwas wie Novizen sind und später, wenn sie alt genug sind, Brüder werden: Laienbrüder nennen sie sie. Ich hatte vor einem Jahr auch einen kleinen Neffen von mir hingeschickt, aber nach einigen Tagen ist er ausgerissen. Man begreift es, dort haben sie zu essen und ein Bett zum Schlafen, aber sonst ist es wie in einem Gefängnis. Man muss nicht Hunger leiden, und im Haus herrscht nicht gerade Elend, aber ein normaler Knabe hält das nicht aus.‹

Ich ließ den Wagen unter den Nussbäumen stehen, so dass er jenseits der Gabelung auf der Seestraße versteckt war; wenn Sirombo mit seinem Lieferwagen wieder hinab fuhr, konnte er ihn nicht sehen. Und ich stieg zu Fuß zum Kloster hinauf. Das Sträßchen ist sehr bequem und malerisch: Alle fünfzig Schritte steht eine kleine Stationenkapelle, ein Gehäuse mit einem farbigen Bild im Innern und einer an der Vorderseite, unten, angebrachten gemalten Aufschrift, vier Verse. Die Fresken sind sehr gut erhalten. Und die Verse – ich verstehe zwar nichts davon – schienen mir sehr schön zu sein. Ich hatte anderes im Kopf, sonst hätte ich sie abgeschrieben.

Oben auf dem Gipfel, auf dem Platz vor der kleinen Kirche, die an das Klostergebäude angebaut ist, genießt man eine der schönsten Aussichten, die ich je in meinem Leben gesehen habe. Der *Cerbiatto* war vor dem Klostertor geparkt, und auf dem Kirchplatz war niemand. Das Gras wuchs zwischen den Steinen des ländlichen Kopfsteinpflasters. In den Wäldern ringsum sangen die Vögel ihre Frühlingslieder; vor allem die Amseln und die Kuckucke verkörperten eine Fröhlichkeit ... eine Fröhlichkeit, dass man schon nach kurzem Zuhören den Eindruck bekam, das Leben, das man führe, sei verfehlt, schau, ich spreche von meinem Leben, das ja wie das Leben der großen Mehrzahl aller andern Menschen ist, die in den großen und kleinen Städten leben und arbeiten ... Wenn man den Vögeln zuhörte – im Frieden des Kirchplatzes auf der Hügelkuppe –, kam einem der Gedanke, dass eigentlich sie recht hatten, dass auch für den Menschen das einzig lebenswerte Leben dasjenige auf dem Land, in den Wäldern, auf den Bergen, in der Einsamkeit und Freiheit ist. Es war bereits später Nachmittag. In der Sonne sah der Dunst über der lombardischen Ebene, die sich gegen Osten im Unendlichen verlor, wie leichter Goldstaub aus. Als ich mich umwandte und vor der Steinmauer stand, sah ich in der Tiefe, zwischen dem dunklen Grün der fernen Ufer, den großen blauen Spiegel des Sees. Und in der Höhe, die schwarzen Berge überragend, die riesigen glitzernden Gletscher und Spitzen des Monte Rosa.

Aber während ich schaute und alles bewunderte, überlegte ich mir, wie ich das Kloster betreten und es fertig bringen könnte, festzustellen, ob sich tatsächlich hier der Ex-Funktionär versteckt hielt. Ich kam zum Schluss, dass es nur einen sichern Weg gab, wenn ich die Instruktionen meines Vorgesetzten beachten wollte. Und ich bereitete mich darauf vor, dass ich mich bis zum andern Morgen gedulden musste. Ich ging wieder zu meinem Wagen hinunter. Dort wartete ich auf den *Cerbiatto*, den ich auch nach einigen Stunden vom Kloster herabfahren sah. Ich folgte ihm auf der Rückfahrt bis nach Borgomanero. Ich übernachtete in Borgomanero. Ich hätte in der Wache schlafen können, aber ich zog vor, nicht aufzufallen, und ging in ein Hotel; ich besaß eine alte gefälschte Identitätskarte, auf welcher ich als Agrartechniker figurierte. Am nächsten Morgen früh wartete ich wiederum auf Sirombo und seinen *Cerbiatto* – bis ich ihn gegen elf Richtung Novara abfahren sah. Da ließ ich ihn endlich sein und kehrte zum Kloster zurück. Von Borgomanero aus war ich mit dem *Appia* – nun, da ich meine Geschwindigkeit nicht mehr derjenigen des *Cerbiatto* anpassen musste – in etwa zwanzig Minuten dort.

Der Bruder Pförtner, der mir öffnete, sah nicht gerade sehr intelligent aus; er war jung, seine Lippen schwollen rot aus dem kastanienbraunen Bart, er hatte blaue, wässrige, unruhige Augen, ein Sopranstimmchen und ein Lächeln, das im ersten Augenblick sehr nett wirken mochte – aber dann merkte man sofort, dass das absolut unbegründet war. Ich sagte ihm, ich wolle den Pater Prior sprechen; Herr Sirombo, der aus der Firma von Borgomanero, schicke mich.

›Aha, der von der Fernsehfabrik!‹, sagte der Bruder; er war anscheinend selig, sofort begriffen zu haben, worum es ging. ›Herein, herein ... Aber schauen Sie, Sie dürfen nicht mit dem Pater Prior sprechen ... Er gibt sich nicht mit diesen Dingen ab ... Sie müssen mit Bruder Nazzàro sprechen ...?‹

›Mit Bruder Nazzàro?‹

›Ja, mit dem Bruder Schneidermeister ... kommen Sie, ich begleite Sie ...‹

Wir durchquerten zwei Klosterhöfe und dann einen langen Gang. Im Hintergrund ging ein quadratisches Fensterchen direkt auf den Wald, der wie ein weiter Mantel zur Mulde von Invorio hinabfloss.

Weiter drüben war die Ebene; und in der Ferne sah man zwischen den Streifen der Felder und Wiesen, die sich ins Unendliche hinzogen, alle Dörfer – vielleicht bis Novara – hineingestreut; das eine da, das andere dort, jedes mit seinem feinen Kirchturm und seinen niedrigen Häusern.

›Schön, nicht?‹, sagte der Bruder hinter mir. ›Wissen Sie, dass man an Tagn, da ein Wind geht, sogar ohne Fernrohr die Kuppel von San Gaudenzio sieht? Bitte, wollen Sie so gut sein!‹ Er ließ mich in ein riesiges Zimmer eintreten, in welchem zwölf oder vielleicht fünfzehn Fenster, die ebenso klein und quadratisch waren wie dasjenige im Gang, sich ebenfalls gegen die Ebene zu öffneten. Sodass Sonne, Licht und Luft von allen Seiten hereindrangen und die traurige Wirkung, welche das Zimmer sonst gehabt hätte, milderten: ein Riesenzimmer, in dem ausgerichtet, mit grauem Filz bedeckt, große Tische standen, an welchen jene Knaben in den braunen Kutten und mit den geschorenen Haaren in vollkommenem Schweigen über ihre Arbeit gebeugt saßen, die darin bestand, braune Gewänder – alle aus demselben Stoff und von derselben Farbe – zuzuschneiden und zusammenzuheften. Links im Hintergrund führte eine große Tür in einen andern Raum, aus welchem ein mechanisches Getöse kam und wo ich tatsächlich die Nähmaschinen versammelt sah. Der Bruder Pförtner sagte mir, ich solle hier warten, und entfernte sich rasch in einen andern Raum.

Ich wartete in einer Ecke. Die Knaben arbeiteten weiter, ohne auf meine Gegenwart zu achten. Zum

Glück waren die Fenster geöffnet. Denn auch so entströmte den Tischen und jenem Stoff ein übler, stickiger Geruch.

Der Bruder kam fast sogleich zurück. Es folgte ihm ein kahler, bärtiger Mann, dem der kurze, graue Bart trotz des Alters ein außergewöhnlich kräftiges Aussehen verlieh. Auch er trug, genau wie der Bruder Pförtner, die Ordenskutte. Es war zweifellos Bruder Nazzàro, der Schneidermeister. War es Carutti? Das konnte ich noch nicht sagen.

Er empfing mich sehr unwirsch, stieß mich sofort wieder in den Korridor hinaus, woher ich gekommen war.

›Wer sind Sie? Was wünschen Sie?‹

›Entschuldigen Sie die Störung‹, sagte ich und versuchte, seinen Blick festzuhalten; aber seine kleinen grauen Augen entwischten mir. Und zudem hatte er mich, um mir nicht ins Gesicht schauen zu müssen, weiterzugehen gedrängt.

›Der Bruder hätte Sie nicht hereinlassen dürfen. Wir haben hier Klausur. Außerdem wird, wie Sie gesehen haben, gearbeitet; und ich bin sehr beschäftigt. Sprechen Sie, sprechen Sie, während wir gehen.‹

Ich sagte, ich sei neu in der Gegend und hätte kürzlich im Gebiet der Steinbrüche von Ameno, nicht allzu weit vom Kloster entfernt, eine Villa gekauft; und ich wolle einen Fernsehapparat einrichten lassen, fürchte jedoch, das Fernsehen funktioniere noch nicht richtig in dieser Gegend. Ich hätte am vergangenen Abend in Borgomanero Herrn Sirombo kennen gelernt, der mir gesagt habe, er habe hier einen Fernsehapparat eingerichtet, und der funktioniere ausgezeichnet, was ich persönlich feststellen könne, falls ich wolle ...

›Es ist nicht möglich, dass Sirombo Ihnen gesagt hat, Sie sollen hierherkommen!‹, schnitt mir der sogenannte Bruder Nazzàro das Wort ab, ›denn er weiß sehr wohl, dass hier Klausur ist und dass keine Fremden eintreten können. Bruder Cosma‹ – er wandte sich an den Pförtner – ›begleite den Herrn in den Speisesaal und stell den Fernsehapparat ein, es reicht, wenn er einen Augenblick lang hinschaut, um festzustellen, dass der Apparat läuft. Dann führst du ihn sofort aus dem Kloster. Du weißt, dass der Pater Prior keine Fremden will. Guten Tag.‹

Und ohne mir die Hand zu reichen, ohne mich überhaupt anzuschauen kehrte er mir den Rücken zu und ging in die Schneiderei zurück.

Die Härte, mit der er den Bruder Pförtner gescholten hatte, war eindeutig die eines Menschen, der zu befehlen gewohnt ist. Aber das war kein Beweis. Der Beweis ...

Das Erste, was ich sagte, als ich wieder bei meinem Vorgesetzten in Casale war – kaum hatte ich ihm einen knappen Bericht erstattet – das Erste, was ich sagte, war Folgendes:

›Ich will jetzt nach Turin gehen und versuchen, mir eine Fotografie von Carutti zu verschaffen ... vielleicht in einem Archiv ... vielleicht in alten Veröffentlichungen des Regimes.‹

Er hielt mich mit der Hand auf; lächelnd öffnete er

eine Mappe, die vor ihm lag, und drehte sie zu mir hin:

›Schauen Sie mal, erkennen Sie ihn wieder?‹

Es waren verschiedene Bilder von Carutti. Ein einziges hätte schon genügt. Auf den Fotografien hatte er noch Haare, aber wenige. Und er besaß keinen Bart. Aber die grobe Form des Gesichts und die kleinen Schweinsäuglein ... Es waren keine Zweifel möglich. Bruder Nazzàro, das war er. Was sollte ich jetzt tun?

›Nichts‹, antwortete mein Vorgesetzter. ›Sie haben genau Ihre Pflicht erfüllt, und das gereicht Ihnen zur Ehre. Ich werde Sie nicht vergessen. Sie schreiben mir jetzt ein schönes Protokoll, für mich persönlich. Tun Sie das in aller Ruhe, und dann, wann es Ihnen gerade passt, kommen Sie zu mir und übergeben es mir. Danach sollen Sie die Sache vergessen. Sie, Sie haben in dieser ganzen Geschichte nichts entdeckt, nichts davon gewusst, nie etwas davon geahnt. Verstanden? Ach, und natürlich werde ich Sie so bald als möglich versetzen lassen. Fassen Sie diese Versetzung nicht als Strafe auf; ganz im Gegenteil. Um Ihnen das zu beweisen: Sagen Sie, wohin Sie versetzt sein möchten, und wir werden unser Möglichstes tun, Sie zufrieden zu stellen. Denken Sie darüber nach und lassen Sie es mich wissen. Aber lassen Sie mir wenn möglich eine Wahl zwischen drei oder vier Stellen. Und jetzt: alles Gute, und auf Wiedersehen.‹

Zwei Wochen später ging ich von V. weg. Ich war versetzt worden. Jetzt, da der gute Flock nicht mehr lebte, wäre es für mich sehr traurig gewesen zu bleiben. Schon nur beim Gedanken, dass ich an jenem Tor vorbeigehe . . .«

Gigi erhob das Glas. Er war gerührt:

»Trinken wir auf das Wohl von Flocks Seele!«

»Weshalb?«, fragte ich lachend. »Du glaubst also, dass die Hunde eine unsterbliche Seele haben?«

»Nun! Ich glaube jedenfalls, es ist wahrscheinlicher, dass eine unsterbliche Seele in einem Hund wie Flock ist als in einem Menschen wie dem Ingenieur Midana-Marazi.«

Die Fälscher

Federico Zeri/Carmen Iarrera

Es war beinahe Zeit fürs Mittagessen. Sollte er eine Bar aufsuchen und ein paar Sandwiches essen, oder sollte er heimgehen und sich etwas Gutes kochen? Natürlich war das nur eine rhetorische Frage.

Maresciallo Merulla nahm den Bus, der wie durch ein Wunder plötzlich an der Haltestelle aufgetaucht war. Zwanzig Minuten später stand er schon mit aufgerollten Hemdsärmeln an seinem Herd. Er konnte sich eine Pause erlauben, bevor er die Befragungen in Angriff nahm, die für den Nachmittag vorgesehen waren. Er sollte sich die Pause sogar gönnen, denn sie würde ihm Gelegenheit geben, wieder etwas Ordnung in seine Gedanken zu bringen.

Was hatte er in der Hand? Nichts oder fast nichts. Ein Opfer, das anscheinend alles Erdenkliche getan hatte, um umgebracht zu werden; eine Prinzessin am Rande des Bankrotts, die Hunderte von Millionen spendete; ein schwer einzuschätzender Antiquitätenhändler; ein seltsamer Pfarrer; ein junger Priester, der so naiv war, dass er unecht wirkte; ein Milieu, in dem er sich nicht auskannte, und ein Staatsanwalt, der ihn wohl bald um seinen letzten Lungenflügel bringen würde. Genug Trübsal, um bei zwei verlorenen Eiern nach sizilianischer Art Trost zu suchen.

Typisch sizilianisch, dachte er vergnügt, einem ziemlich komplizierten Gericht einen so einfach klingenden Namen zu geben. Es war ein pikantes Süppchen, das er sich da kochte; er gab reichlich Tomaten und kleine Pfefferschoten hinein, außerdem viel Petersilie und Knoblauch; und in der appetitanregenden Brühe schwammen schließlich tatsächlich zwei verlorene Eier.

Die Vollkommenheit dieses Gerichts wirkte sich positiv auf seine Stimmung aus; mit jedem Löffel voll wurde er optimistischer. Am Nachmittag wollte er vier Personen befragen, die relativ enge Beziehungen zu der Ermordeten gehabt hatten. Der Professor für Kunstgeschichte, dessen Assistentin sie gewesen war; der Herausgeber der Zeitschrift, für die sie geschrieben hatte; die reiche Contessa, deren Gemäldesammlung sie inventarisiert hatte; und der Restaurator, mit dem sie oft zusammengearbeitet hatte.

Und – warum nicht? – auch den Stadtkonservator. Alles Leute, die Verbindungen irgendeiner Art zu ihr unterhalten hatten und die sie möglicherweise ausgenutzt und vielleicht sogar erpresst hatte. Mit etwas Glück war der Mörder darunter.

Alles in allem, dachte er, während er mit einem Bissen Brot das letzte Stück Tomate auftunkte, alles in allem war es wirklich besser, dass Blasi sich um die Konten kümmerte und er bei den Verhören seine Ruhe hatte.

Wenn der Staatsanwalt nicht dabei war, fühlte er

sich freier, die Dinge auf seine Art in Angriff zu nehmen. Er atmete freier – im übertragenen wie im wörtlichen Sinn.

Er rollte die Hemdsärmel hinunter, knöpfte die Manschetten zu, zog seine Jacke an und rief nach Apolloni.

»Zu Befehl, Maresciallo!«, meldete sich der Brigadiere fast augenblicklich zum Dienst.

»Hol das Auto, wir werden ein paar Leute ausfragen.«

»Viele?«

Merulla sah ihn überrascht an. »Vier, vielleicht auch fünf, wenn wir es schaffen. Warum?«

Der Brigadiere trat verlegen von einem Fuß auf den anderen. »Nichts. Es ist nur, weil ich heute früher aufhören wollte. Ich habe um sieben eine Verabredung.«

»Apropos.« Der Maresciallo schmunzelte unter seinem Schnurrbart. »Ich habe dir noch nicht zu deinem Erfolg von heute Vormittag gratuliert. Wie du der Briefträgerin genau die richtigen Informationen entlockt hast! Wie hieß sie doch gleich noch?«

»Luisa«, murmelte Apolloni. »Das heißt, Luisa Nencioni«, verbesserte er sich und wurde knallrot.

Die Contessa Della Gioia wohnte in einem herrlichen Renaissance-Palast, dessen herrschaftliches Tor auf die Via dei Coronari hinausging und der die berühmten Geschäfte in dieser Straße wie schäbige Kramläden aussehen ließ.

Ein häubchengeschmücktes Dienstmädchen führte den Maresciallo und den Brigadiere durch hell beleuchtete, mit kostbaren Teppichen ausgelegte Korridore zu einem kleinen Arbeitszimmer, in dem die Contessa sie lächelnd empfing.

Alles an ihr drückte eine große innere Ruhe aus: der Blick der blauen Augen, das gepflegte Gesicht, die hochgesteckten weißen Haare, die gemessenen Bewegungen.

»Man sagte mir am Telefon, dass Sie wegen dieses schrecklichen Verbrechens kommen würden«, eröffnete sie das Gespräch. »Fragen Sie mich ruhig, was Sie wollen. Ich fürchte nur, ich werde Ihnen keine große Hilfe sein können.«

»Dottoressa De Gherarducci legte einen Katalog für Sie an, nicht wahr?«

»Ja, das ist richtig. Sie war eine hoch geschätzte Expertin, und ich hatte mich entschlossen, ihr diese Aufgabe anzuvertrauen.«

»Wollten Sie etwas verkaufen?«

»O nein, um Gottes willen. Ich wollte nur einen Katalog für die Familie und vielleicht als Geschenk für ein paar Freunde. Ein Dokument der glorreichen Vergangenheit, wenn Sie so wollen. Sehen Sie, heutzutage ist alles so ... so verfallen. In meiner Welt oder in der Welt, die früher die meine war, gibt es berühmte Geschlechter, deren jüngste Nachfahren heute Frauen mit zweifelhafter Vergangenheit heiraten. Es gibt Salons, zu denen Leute Zutritt haben, die man vor vierzig Jahren, als die Alten noch lebten, nicht einmal über die Schwelle gelassen hätte. Es ist alles so armselig geworden, so gewöhnlich.«

»Ich verstehe.«

»Wirklich?« Ihre Augen leuchteten auf. »Aber sicher, man sieht Ihnen an, dass Sie ein intelligenter Mensch sind. Ach, es ist so traurig, was die Architekten aus den schönen Palazzi machen. Sie restaurieren und renovieren, alles wird neu und modern und verliert dabei völlig seinen Charakter. Man kann gar nicht mehr sehen, dass früher darin gelebt wurde. Die fleckigen Tapeten, die ausgefransten Teppiche, die verblassten Fresken verbreiten so viel Atmosphäre.«

»Tja.« Der Maresciallo schüttelte andeutungsweise den Kopf. »Die Zeiten ändern sich.«

»Wie Recht Sie haben. Sehen Sie, auch wir Della Gioia haben schwere Zeiten durchgemacht, vor allem in finanzieller Hinsicht. Es wäre unsinnig, es zu leugnen. Das Schloss in Tivoli haben wir verloren, und auch die Villa in Frascati. Sie wurde 43 von Bomben zerstört. Wir mussten uns ... wie soll ich sagen ... einschränken. Zum Glück haben wir uns in moralischer Hinsicht nichts vergeben. Der Familie sind nur noch an die zwanzig Bilder geblieben. Landschaften von Gaspar Dughet, ein Bildnis der heiligen Verdiana auf goldenem Hintergrund, ein schöner Pietro da Cortona. Aber ich langweile Sie mit meinem Altweibergeschwätz, Signor Maresciallo.«

»Nein, überhaupt nicht«, log Merulla und nutzte die Unterbrechung, um zum Thema zurückzukehren. »Sie sagten gerade, dass Dottoressa De Gherarducci ...«

»Ja, sie kümmerte sich um den Katalog. Sehen Sie, es sind wenige Bilder, aber sie sind wertvoll. Jetzt mache ich mir Sorgen, weil ich nicht weiß, wer ihre Arbeit zu Ende führen könnte.«

Kam die Dottoressa oft zu Ihnen?«

»In letzter Zeit ein paar Mal die Woche.«

»Ist Ihnen an ihrem Verhalten irgendetwas aufgefallen?«

»Nein. Sie war immer sehr akkurat, immer sehr ... wie sagt man heute: professionell? Nur manchmal war sie etwas nervös.«

»Hat sie Ihnen nie erzählt, dass sie irgendein Problem hatte? Hat sie Ihnen nie irgendetwas anvertraut?«

»Nein«, erwiderte die Contessa, die offensichtlich über den Gedanken des Maresciallo verwundert war. »Niemals. Und ich werde ihr immer dankbar dafür sein.«

Zu jedem anderen Zeitpunkt hätte er sich sehr geehrt gefühlt, von Paolo Turris zum Mittagessen eingeladen zu werden; nicht nur das: die Einladung hätte bei ihm auch gewisse Erwartungen ausgelöst. Nach dem schwierigen Telefongespräch mit Carlotta aber versetzte ihn die plötzliche Einladung in einen Gemütszustand, der irgendwo zwischen Angst und Unbehagen angesiedelt war. Und darauf legte Tullio Fachetti de Rubellis keinerlei Wert.

Er war aus gesellschaftlichen wie auch aus beruflichen Gründen schon oft im Hause Turris gewesen. Manchmal hatte er Turris wegen eines Ankaufs beraten, manchmal hatte er ihn wegen eines bereits getätigten Ankaufs beruhigt; vor allem aber hatte er ihn wieder und wieder überzeugt, weitere Ankäufe ins Auge zu fassen. Es ging immer um Kunstgegenstände und Bilder, die er ihm beschaffte, meistens auf Turris Bitte hin.

So hatte Turris sich einmal in das *Martyrium der Heiligen Primo und Feliciano* verliebt. Die beiden waren die Schutzpatrone von Mentana und gehörten zu den ältesten Märtyrern des Latium. Das Gemälde hing in einer Seitenkapelle von San Giacinto alle Fontanelle, und Turris wollte unbedingt und um jeden Preis auch ein Werk von Giacinto Geminiani besitzen.

Es war nicht einfach, einen Geminiani zu finden. Alle seine Bilder waren, ebenso wie die von Nicolas Poussin und Claudio Di Lorena, im Lauf der letzten beiden Jahrhunderte von reichen Franzosen und Engländern aufgekauft worden, die auf ihrer Grand Tour Italien bereist hatten.

Die Suche nach etwas Geeignetem kostete Zeit und Mühe. Fündig wurde er schließlich in Wien, auf einer kleinen Versteigerung. Mit Hilfe von Clara, von Isabellas Gutachten und der Kunstfertigkeit ihres erfahrenen Restaurators hatte er schließlich ein ausgezeichnetes Geschäft machen können.

Turris war einer von jenen Sammlern, die über ungeheure Mittel verfügen, die ihre Unternehmen mit höchster Sorgfalt leiten und die nie im Leben einen Diamanten, der letztlich nur zwanzig Millionen Lire kostet, bei jemand anderem als bei Bulgari oder Cartier kaufen würden. Wenn es aber darum ging, wesentlich höhere Summen für Bilder auszugeben, dann verließen sie sich nur auf sich selbst. Sie wähnten sich im Besitz eines unfehlbaren Kunstverstands, während ihnen tatsächlich jegliche Vorkenntnisse fehlten. Sie waren felsenfest davon überzeugt, dass den Italienern die Malerei, ebenso wie der Belcanto, im Blut lag.

Ohne mit der Wimper zu zucken, gaben sie Unsummen aus und verließen sich auf den eigenen Instinkt (und auf den Antiquitätenhändler, dem es gelungen war, ihr Vertrauen zu erringen); nur sehr selten ließen sie sich zusätzlich von einem Experten beraten. So wurden sie zu stolzen Besitzern ganz gewöhnlicher Schinken, die in ihren Augen einzigartig und kostbar waren.

Es entzückte sie, Gemälde zu besitzen, die sich angeblich jahrhundertelang im Besitz alter Adelsfamilien befunden hatten und die nur aus bedauerlichen finanziellen Notlagen heraus um die Hälfte ihres eigentlichen Wertes abgegeben wurden.

Die Kunst dabei war, das Bild fachgerecht zu »veredeln«. Man musste etwas Geeignetes finden und es, wenn nötig, restaurieren lassen. Dann brauchte man einen Experten, der es einem mehr oder weniger bekannten Künstler zuschrieb, sowie die Unterstützung eines heruntergekommenen Adeligen, der – natürlich gegen Entlohnung – schwor, dass das Gemälde aus Familienbesitz stammte.

Tullio Fachetti war ein Meister in dieser Kunst. Darüber hinaus genoss er die freundliche Unterstützung der Principessa Papazzurri.

Er verdankte ihr alles. Er hatte sie vor langen Jahren kennen gelernt, als er auf einem der letzten Überseeschiffe als Kellner arbeitete. Damals war er sehr jung gewesen, sehr ehrgeizig und sehr schön. Es hatte nicht lange gedauert, und er war ihr Liebhaber geworden.

Eine Verbindung zwischen einer Prinzessin und einem Kellner ist völlig unmöglich, während eine Verbindung mit jemandem, der in irgendeiner Weise der Welt der Kunst angehört, heutzutage von der Gesellschaft akzeptiert wird. So war die Principessa zu seinem Pygmalion geworden. Sie hatte ihn auf ihre Kosten Kunst studieren lassen und ihn dann nach Florenz geschickt, wo er bei einem bekannten Antiquitätenhändler in die Lehre ging, einem Freund ihrer Familie. Als er fertig war, hatte sie ihn in ihre Welt eingeführt. Sie fand sogar einen Marchese, der dringend Geld brauchte und bereit war, ihn zu adoptieren und ihm gegen eine entsprechende Summe seinen Namen zu geben.

Tullio Fachetti de Rubellis wurde auf diese Weise zu einem renommierten, vermögenden Mann. Darüber hinaus war es ihm im Lauf der Jahre gelungen, seine Beziehung zur Principessa so zu gestalten, dass er zwar ihr Komplize und Freund blieb, aber doch die Freiheit hatte, sich anderen Geliebten widmen zu können und schließlich sogar eine ungeheuer lukrative Ehe anzustreben; die Principessa hatte ihren Segen dazu gegeben.

Er war im Leben gut vorangekommen, aber Turris Vertrauen und die Gunst seiner Tochter bildeten den Höhepunkt seiner bisherigen Karriere.

Er hatte außerordentlich gute Geschäfte gemacht, Milliardengeschäfte. Carlotta behandelte er mit größter Behutsamkeit, und wenn Turris ihm einen

Scheck unterschrieb, dann schien ihm, als schwebe er über dem Boden, auf dem gewöhnliche Sterbliche gehen müssen.

Doch er ahnte, dass sich bei diesem Mittagessen das Gespräch nicht um Gemälde drehen würde. Noch bevor der Butler ihm die Tür öffnete, war aus seinem diffusen Unbehagen nackte Angst geworden.

In der Eingangshalle hing über der Treppe ein gewaltiger Kristalllüster, der, wie Turris seinen Gästen gerne erzählte, aus dem achtzehnten Jahrhundert stammte und einer großen russischen Familie gehört hatte.

Aber an diesem Tag war Paolo Turris nicht in der Stimmung, Anekdoten zu erzählen. Auch von der Herzlichkeit, die angeblich ein fester Bestandteil von Turris Charakter war, war nichts zu merken.

»Ich freue mich, dass Sie pünktlich sind. Ich habe nicht viel Zeit«, begann er und gab ihm mit einer Geste zu verstehen, dass er sich an den Tisch setzen sollte. »Wir essen etwas Kaltes, damit die Kellner nicht herumstehen und zuhören.«

Diese Eröffnung ließ nichts Gutes ahnen, dachte der Antiquitätenhändler und lächelte verbindlich. Der Tisch war mit einem alltäglichen Service gedeckt, nicht mit dem berühmten venezianischen Gozzi aus dem achtzehnten Jahrhundert, das Turris auch beim kleinsten gesellschaftlichen Anlass gern zur Schau stellte. Aber das hier war kein gesellschaftlicher Anlass.

»Ich habe heute Nacht mit meiner Tochter telefoniert. Sie hat mich sofort nach dem Gespräch mit Ihnen angerufen.« Turris nahm sich eine Scheibe gekochten Schinken und kam sofort zur Sache. »Sie wissen, dass ich mich nicht in Carlottas Privatleben einmische. Sie trifft ihre eigenen Entscheidungen. Aber ich habe ihr verboten, nach Italien zurückzukehren, bevor dieses absurde Verbrechen aufgeklärt ist.«

»Das habe ich ihr auch –«

»Weil«, fuhr Turri fort, ohne die Unterbrechung zu beachten, »die Zeitungen früher oder später nähere Einzelheiten herausfinden werden, und ich will auf gar keinen Fall, dass bekannt wird, dass Carlotta Turris ein Verhältnis mit dem Ex-Geliebten eines Mordopfers hat.«

Es kostete Fachetti de Rubellis einige Überwindung, einen Bissen in den Mund zu stecken, und noch wesentlich mehr Überwindung, ihn hinunterzuschlucken.

»Aber Carlotta –«

»Carlotta erzählt mir immer alles. Und sie tut gut daran. Ich sage nicht, dass ein Mann vor der Hochzeit mit meiner Tochter keine Geliebte haben darf – die Betonung liegt auf ›vor‹. Aber dass seine Geliebten niedergestochen werden, ist etwas anrüchig, finden Sie nicht?«

»Aber ich kann doch nichts dafür, dass –«

»Nein, das behauptet ja niemand. Trotzdem bleibt Carlotta auf jeden Fall in New York, bis der Fall restlos aufgeklärt ist. In Ordnung?«

»Selbstverständlich.« Dem Antiquitätenhändler fiel es außerordentlich schwer, dieses eine Wort auszusprechen.

Das Mittagessen war noch katastrophaler verlaufen, als er befürchtet hatte.

Er konnte sich nicht erklären, warum er den Eindruck hatte, dass es hier muffig roch.

Natürlich hatte Maresciallo Merulla sich die Wohnung des Professors Pacci-Lombardi, Dozent für Kunstgeschichte, ganz anders vorgestellt. Sie war auf gewöhnliche, ja nahezu bescheidene Art eingerichtet. Das einzige Bemerkenswerte war ein Foto eines Mitglieds des früheren italienischen Königshauses Savoyen mit einer Widmung für einen Pacci-Lombardi, vermutlich ein Vorfahre des Kunstprofessors. Die Wohnung war sehr sauber und ordentlich, und durch die offenen Fenster, die auf den Tiber hinausgingen, strömten Licht und Luft herein. Hier konnte es im Grunde gar nicht muffig riechen.

War dieser Geruch, vielmehr der Eindruck eines Geruchs, auf den Professor selbst zurückzuführen? Er hatte bleiche, gepflegte Hände, an denen Altersflecken und hervortretende Venen auffielen. Er trug grüne Samthosen und einen Rollkragenpullover im gleichen Farbton, der über dem Bauch etwas spannte. Die weißen Haare waren ordentlich nach hinten gekämmt und ließen eine hohe Stirn mit drei waagerechten Falten frei. Als er von seiner ehemaligen Schülerin zu erzählen begann, war ihm deutlich anzusehen, wie sehr ihr Tod ihn schmerzte.

Rings um die Pupille waren seine Augen noch klar und blau, während sie zu dem dunklen Kreis hin, der die Iris begrenzte, eine wässrige Farbe angenommen hatten.

Es waren die Augen eines alten Mannes, und sie erinnerten den Maresciallo an die Augen seines alten Onkels, der zuerst herzkrank und dann paranoid geworden war und sich in sein Haus eingeschlossen hatte, um dort das Ende seiner Tage abzuwarten. Er hatte sich nicht nur geweigert, das Haus zu verlassen, sondern auch die Fenster zu öffnen, und im Haus hatte sich mit der Zeit ein ganz eigenartiger Geruch ausgebreitet.

Merulla dachte, dass man die beiden nicht miteinander vergleichen konnte, und schob den Gedanken beiseite.

»Isabella war ein wunderbares Mädchen«, sagte der Professor gerade. »Ein Arbeitstier und hochintelligent. Sie ist mir sofort aufgefallen, als sie in mein Seminar kam, und ich habe sie zu meiner Lieblingsschülerin erkoren. Nach ihrer Doktorarbeit und der Promotion ist sie meine Assistentin geworden.«

»Wie lange war sie es?«

»Fünf Jahre. Dann habe ich ihr bei der Habilitation zur Seite gestanden. Ja, ich weiß, ich sollte es nicht erzählen, aber es ist doch bekannt, wie es an der Universität zugeht. Ich hatte Einfluss, und meine Meinung hat den Ausschlag gegeben. Aber Isabella verdiente es, in jeder Beziehung. Nie habe ich eine intelligentere und fähigere Frau getroffen. Wollen Sie die Fotos von ihrem ersten Tag als Dozentin sehen?«

Er stand auf, ohne eine Antwort abzuwarten, und kehrte mit einem ledergebundenen Fotoalbum zurück, in das alte Polaroid-Fotos eingeklebt waren.

»Schauen Sie.«

Isabella De Gherarducci sah auf dem Foto jünger aus, weniger blond und eindeutig glücklich.

»Sie hat fantastisch ausgesehen, finden Sie nicht?«

Brigadiere Apolloni, der dem Maresciallo über die Schulter sah, gab ihm insgeheim Recht.

»Sie können sie alle anschauen.«

Alle Fotos zeigten Isabella. Isabella im Auto; Isabella in einem Restaurant, der Kamera zuprostend; Isabella im Bikini am Strand; Isabella, die von einem Skilift winkte; Isabella, die sich im Licht eines längst vergangenen Morgens im Bett räkelte.

Der Maresciallo sah Pacci-Lombardi fragend an.

»Ach ja.« Der Professor seufzte. »Ich habe sie so sehr geliebt. Dabei habe ich die ganze Zeit gewusst, dass sie mich früher oder später verlassen würde. Sie war jünger als ich; vielleicht war der Altersabstand zu groß, und es schien, als würde er im Lauf der Jahre immer größer. Es ist ein unentrinnbares Schicksal. Aber ich habe ihr immer zur Seite gestanden, ich habe sie immer unterstützt. Ich bin ihr Freund geblieben.«

»Wann haben Sie sie das letzte Mal gesehen?«

»Am Tag, bevor ...« Ihm brach die Stimme. »Am Tag davor.«

»Und?«

»Oh, sie war sehr aufgeregt, aber es gelang mir, sie zu beruhigen, sie zur Vernunft zu bringen. Natürlich fiel es ihr schwer, die Niederlage zu akzeptieren. Dabei hat sie ihn gar nicht wirklich geliebt, das hat sie mir selbst gesagt. Sie ging nur mit ihm ins Bett, aber sie war trotzdem enschlossen, ihn daran zu hindern, Carlotta Turris zu heiraten. Sie verstehen, die Tochter von Paolo Turris, die beste Partie in diesem Land. Sie wollte es nur aus Rache tun, sie war eine Frau, für die Rache etwas Selbstverständliches war. Aber jeder muss früher oder später lernen, die Dinge so zu sehen, wie sie sind. Mir ist ja auch nichts anderes übrig geblieben. Zum Schluss ist es mir gelungen, sie zu überzeugen, vernünftig zu sein und den armen Tullio in Ruhe zu lassen.«

»Soll das heißen, dass Dottoressa De Gherarducci die Geliebte von Tullio Fachetti de Rubellis war?«

»Aber Maresciallo«, wunderte sich Professor Pacci-Lombardi, »das weiß doch ganz Rom.«

»Von wegen ›ganz Rom‹«, murmelte Brigadiere Apolloni, als er den Motor anließ, »keiner hat ein Wort davon gesagt.«

Merulla antwortete nicht. Er ging im Geiste alle Befragungen und alle Antworten noch einmal durch und versuchte sich zu erinnern, ob irgendjemand über diesen besonderen Punkt die Unwahrheit gesagt hatte oder unsicher geworden war, als er zur Sprache kam, aber ihm war nichts aufgefallen. Er konnte niemandem direkt vorwerfen, diesen wichtigen Hinweis verschwiegen zu haben. Nicht einmal dem Antiquitätenhändler. Oder doch?

Er sah auf die Uhr.

»Wir fahren in die Via del Babuino. Um diese Zeit müsste er sein Geschäft schon geöffnet haben.«

»Ich habe gerade überlegt, wie wir da am Besten hinkommen, Maresciallo.«

Die Anspannung, die den ganzen Vormittag über nicht nachgelassen hatte, verstärkte sich, als seine Assistentin ihm meldete, dass ihn zwei Carabinieri sprechen wollten. Heute war wirklich kein guter Tag. Es war naiv gewesen zu denken, dass mit Isabellas Tod auch der ganze Ärger vorbei sein würde, für den sie immer gesorgt hatte. Nun stellte sich heraus, dass diese Frau in der Lage war, ihn über das Grab hinaus zu quälen.

Der Besuch der beiden Carabinieri ärgerte und beunruhigte ihn. Er beschloss, sie hier in seinem Büro zu empfangen, weil er sich in diesem Raum am wohlsten fühlte.

Schon die erste Frage war ein Volltreffer, aber es gelang ihm, die Fassung zu bewahren.

»Ja, das ist richtig«, antwortete er nonchalant. »Ich hatte ein Verhältnis mit Isabella, aber das ist schon länger her. In letzter Zeit waren unsere Beziehungen nur noch rein beruflicher Natur.«

»War das die Entscheidung der Dottoressa?«

»Es war meine Entscheidung, wenn man hier von einer Entscheidung sprechen kann. Ich habe im Laufe der Zeit ein gewisses Interesse für eine andere Frau entwickelt.«

»Für Signorina Turris?«

Das wussten sie also auch. Und was noch? Der Antiquitätenhändler entschloss sich kaltblütig, alles zu erzählen. Beziehungsweise alles, von dem er annahm, dass sie es inzwischen ohnehin wussten.

»Richtig, Signorina Turris und ich denken ernsthaft daran zu heiraten.«

»Könnte es sein, dass dies bei der Dottoressa gewisse Ressentiments hervorgerufen hat?«

»Aber sicher, Maresciallo. Das war unvermeidlich. Keine Frau wird gern sitzen gelassen, schon gar nicht für eine Frau, die jünger und vermögender ist. Eigentlich sollte ich es nicht sagen, weil sie jetzt tot ist, aber Isabella war eine Zeit lang wirklich unausstehlich. Dann hat sie akzeptiert, dass meine Entscheidung gefallen war. Ich habe vorgeschlagen, dass wir Freunde bleiben, und sie war einverstanden.«

»Frauen verdauen so etwas nur schwer, besonders temperamentvolle Frauen, und ich glaube inzwischen, dass die Dottoressa eine temperamentvolle Frau war. Hat sie nicht vielleicht versucht, Ihnen Steine in den Weg zu legen?«

»Ich habe sie nicht umgebracht, weil mir ihre Eifersucht lästig wurde. Das wollten Sie doch andeuten, nicht wahr?«, regte der Antiquitätenhändler sich auf. »Ich hätte nicht einmal Gelegenheit dazu gehabt. Ich bin zusammen mit der Principessa Papazurri zum Empfang gekommen. Sie wird es Ihnen bestätigen.«

»Die Principessa ist eine gute Freundin von Ihnen, richtig?«

»Ja, das stimmt«, gab der Antiquitätenhändler zu.

Den Nachmittag verbrachte er damit, sich zu fragen, wie der Maresciallo diese Frage gemeint haben könnte.

Sie wollten seinen Knüller nicht abdrucken? Gut. Er würde es ihnen schon zeigen.

Ettore Costi war weniger über die Missachtung der Pressefreiheit empört als darüber, dass sein Chefredakteur ihn einen Idioten genannt hatte.

Idiot? Sehr gut. Er würde jemanden finden, der die Gästeliste drucken würde.

Es entsprach vielleicht nicht gerade der journalistischen Berufsethik, Informationen unter der Hand an eines dieser Blätter weiterzugeben, die unablässig im Leben der Reichen, Schönen und Berühmten herumwühlen, aber es war die beste Methode, sich zu rächen.

»Na, was hältst du davon?«, fragte er seinen Kollegen, der die Gästeliste las.

Der Kollege stieß einen leisen Pfiff aus, der in der staubigen Rumpelkammer, die er »Redaktion« nannte, laut widerhallte.

»Das glaube ich gern, dass deine Zeitung das nicht veröffentlichen wollte. Wieviel willst du dafür? Berücksichtige aber bitte, dass unsere Mittel beschränkt sind.«

Rache hat keinen Preis, dachte Ettore Costi und sagte großzügig: »Nichts.«

»Nichts? Nicht eine einzige Lira? Ausgezeichnet. Dann veröffentliche ich sie auf jeden Fall. Wir werden diesen Bonzen ein paar unangenehme Viertelstunden bereiten. Und komm ruhig zu uns, wenn du noch mehr Material hast. Bei diesen Preisen wirst du hier immer mit offenen Armen aufgenommen.«

Der Restaurator Luigi Martorelli war in seinem Atelier ein ganz anderer Mann als auf der Beerdigung, wo ihn der Maresciallo zum ersten Mal gesehen hatte. Da hatte er einen dunklen Anzug getragen und sehr ernst, ja geradezu bedrückt gewirkt. Jetzt dagegen war er jovial und übertrieben aufmerksam. Er hatte einen riesigen rosa Kittel an, der mit Flecken in allen Farben übersät war.

Er teilte Maresciallo Merulla gleich zu Anfang und mit einem Augenaufschlag mit, dass seine Freunde ihn Lulù nannten, und der Maresciallo beschloss im Stillen, sich über nichts mehr zu wundern.

»So eine schöne Frau! Isabella! Sie war fantastisch. Es ist so schade, dass sie nicht mehr unter uns ist, und dann noch auf diese Art gestorben, die Ärmste. Wer hätte das gedacht?«

»Kannten Sie sie schon lange?«

»O ja! Wir haben uns auf der Uni kennen gelernt und sind sofort Freunde geworden. Als sie angefangen hat zu arbeiten, hat sie mir jede Restaurierung zugeschanzt, die ihr unterkam. Eine wunderschöne, intelligente Frau. Wissen Sie, ich habe sie immer auch ein bisschen beneidet.«

»Sie haben sie beneidet?«

»O ja«, antwortete der Restaurator und warf dem Brigadiere Apolloni einen blitzschnellen unmissverständlichen Blick zu, sodass dieser unwillkürlich zusammenzuckte. »Sie hatte große Macht über Männer und verstand es, diese Macht zu benutzen. Und sie verstand es auch, die Männer zu benutzen. Sie war nicht so naiv wie ich. Sie ließ sich nie aufs Kreuz legen.«

»Und auf welche Weise benutzte sie die Männer?«

»Ach, Maresciallo, tun Sie doch nicht so unschuldig. Isabella hatte nie einen Liebhaber, der ihr nicht auch irgendwie von Nutzen war. Zuerst der Professor Pacci-Lombardi, der damals eigentlich gar nicht so übel war, ganz im Gegenteil, wirklich ein schöner Mann. Sie blieb ein paar Jahre bei ihm, solange wie sie brauchte, um mit seiner Unterstützung die Professur zu erhalten, und dann verließ sie ihn. Er hat sich nie damit abfinden können, er lief ihr hinterher wie ein kleiner Hund. Es hat Szenen gegeben. Aber Isabella wollte Karriere machen, und da fiel ihr Blick auf den Stadtkonservator Alfieri. Sie kannten sich seit ihrer Kindheit, sie kamen beide aus der Provinz, aus Rieti. Es kann sein, dass sie auf dem gleichen Gymnasium waren, aber es wäre Isabella auch so nicht schwer gefallen, ihm den Kopf zu verdrehen. Alfieri ist ein stilles Wasser. Er tut so, als wäre er seiner Frau treu ergeben – unter uns, ein schrecklicher Besen –, aber in Wirklichkeit macht er, was er will. Und was er da alles so macht . . . Wie dem auch sei, auf einmal kriegte Isabella Aufträge von allen Seiten, und einer besser als der andere. Jedes Mal, wenn sie einen Treffer gelandet hatte, kam sie hierher, und wir haben gefeiert. Wir haben viel gelacht. Wie damals, als der Herausgeber dieser Zeitschrift bei ihr angebissen hat.«

Maresciallo Merulla strich seinen Schnurrbart glatt und wechselte mit Brigadiere Apolloni einen Blick. Sie waren sich einig. Lulù war offensichtlich glücklich darüber, den ganzen pikanten Klatsch vor ihnen ausbreiten zu können. Es wäre ein schwerer Fehler gewesen, ihn dabei zu unterbrechen.

»Der fraß ihr aus der Hand. Und er hat ihr einen Mitarbeitervertrag gegeben, und was für einen Vertrag! Ich erzähle Ihnen lieber nicht, was drinstand, sonst werden Sie auch noch neidisch, Signor Maresciallo. Stellen Sie sich vor, sie schickten sie zu den bekanntesten Antiquitätenmessen der Welt, zu den Aufsehen erregendsten Versteigerungen, immer in der Business Class, und sie ist nur in Luxushotels abgestiegen, und Spesen, Spesen ... Sie war ein Naturereignis, Isabella. Sie wusste immer, was sie wollte, und sie wusste, wie sie es kriegte. Haben Sie Ihre Bücher gelesen, Signor Maresciallo?«

»Bücher?«

»Aber ja! Sie sind sehr bekannt. Zum Beispiel *Wie erwirbt man ein Meisterwerk*. Oder *Antike Gemälde als Investition*. Haben Sie nie davon gehört? Es sind populärwissenschaftliche Bücher, und sie verkaufen sich gut. Aber sehr sorgfältig recherchiert, das können Sie mir glauben. Isabella verstand viel davon. Zu mir war sie immer großzügig. Vielleicht wusste sie, dass ich sie gerade deshalb so mochte, weil sie so war, wie sie war. Stark, entschlossen, dominant. Sie hat mir sehr viele Aufträge besorgt, gut bezahlte Aufträge. Auch die letzte Restaurierung, das Bild für Turris.«

Schon wieder fiel der Name Turris, dachte der Maresciallo, aber er sagte nichts.

»Ich hatte viel Arbeit damit. Es war stark beschädigt und hatte ein paar Macken, doch es war wirklich sehr schön. Auch wenn es ein seltsames Bild war. Komisch, dass es mir jetzt erst auffällt.« Er wirkte auf einmal nachdenklich und beinahe etwas bedrückt. »Es stellt einen Mord dar. Eine Frau wird erstochen.«

»Genau wie Dottoressa De Gherarducci«, flüsterte Apolloni, aber ein Blick des Maresciallo genügte, um ihn zum Verstummen zu bringen.

»Ja, genau so.« Der Restaurator schloss kurz die Augen. »Wie eigenartig.«

Er schwieg einen Moment lang und dachte nach; dann aber schüttelte er den Kopf, als wollte er einen Anflug von Trauer abschütteln, und sprach ebenso lebhaft weiter wie zuvor.

»Sie hat mein Honorar selbst ausgehandelt. Ein überaus großzügiges Honorar. Sie vertraute mir, die arme Isabella. Sie hatte nur eine einzige Schwäche – und damit meine ich nicht das eine oder andere Glas zuviel, nein, um Gottes willen, wer bin ich, dass ich über menschliche Schwächen urteilen dürfte. Nein, ich meine Tullio. Ich weiß nicht, warum das so war, aber die Art und Weise, wie sie an ihm hing, war nahezu krankhaft. Gut, sie machten zusammen Bombengeschäfte, und er ist wirklich ein gut aussehender Mann, groß, eine stattliche Erscheinung ... Aber sie war wie von ihm verhext. Sie hing an seinen Lippen, und das sah ihr eigentlich gar nicht ähnlich. Und als dieser Schuft sich dann in das reiche Mädchen verguckt hat, da ging es Isabella wirklich schlecht. Die Ärmste! Vielleicht, weil es das erste Mal war, dass ein Mann sie sitzen gelassen hat, aber es hat sie wirklich erschüttert. Sie redete sich ein, dass sie alt wurde, dass sie nicht mehr begehrenswert war, alles Mögliche. Für jemanden wie sie, die gewohnt war, dass die Männer nach ihrer Pfeife tanzten, war das ein schwerer Schlag. Und die Szenen, die sie ihm gemacht hat! Und hinterher kam sie zu mir und weinte sich aus, aber alles, was ich ihr als Trost bieten konnte, waren ein paar mitfühlende Worte und ein Schluck Whisky. Manchmal ging es der Ärmsten so schlecht, dass sie hier übernachtet hat, auf dem Sofa, auf dem Sie jetzt sitzen... Aber... Wollten Sie mich nicht etwas fragen, Signor Maresciallo?«

Merullas Vorstellung von Zeitungsredaktionen war stärker von den alten amerikanischen Filmen geprägt, als er freiwillig zugegeben hätte. Als er die Redaktion einer der wichtigsten Wochenzeitschriften des Landes betrat, erwartete er natürlich nicht wirklich, hemdsärmelige Reporter in rauchgeschwängerten Büros anzutreffen, Männer mit Zigaretten im Mundwinkel, die ihre Artikel in alte Schreibmaschinen hämmerten. Er erwartete nicht wirklich, dass es in dieser Redaktion so aussah wie in *Die vierte Macht* oder in *Die letzte Drohung*, wo die Stimmen von Joseph Cotten oder Humphrey Bogart den Lärm der Rotationsmaschinen übertönten.

Er hatte aber auch nicht dieses sterile, schallgedämpfte Großraumbüro erwartet, das von Raumteilern in kleine, stille Zellen unterteilt war, in denen unzählige Männer und Frauen wortlos auf ihre Computermonitore starrten.

Es war wie ein Irrgarten, und ohne die Hilfe des Pförtners, der ihn führte, hätte er das Büro des Herausgebers Marco Belfiori nie gefunden.

Um den hohen Rang des Herausgebers zu dokumentieren, hatte dieses Büro echte Wände, die bis zur Decke reichten und in einem warmen, ins Rötliche spielenden Gelbton gestrichen waren, der sehr gut zu seiner Haarfarbe und zu seinem Anzug passte.

Ein eitler Mann, dachte Merulla. Die Art, wie Belfiori ihn und den Brigadiere empfing, und was er sagte, bestätigten Merullas ersten Eindruck.

»Ein großer Verlust, dieser Tod. Ich weiß nicht, ob ich einen ebenbürtigen Nachfolger für sie finden werde. Man macht nicht zwei Mal hintereinander so eine Entdeckung. Isabella war nicht nur sehr kompetent, sondern auch in der Lage, ihr Wissen verständlich zu vermitteln. Sie war sehr gut, sehr viel besser als ihr Vorgänger . . . wie hieß er gleich wieder? Ach ja, Pacci-Lombardi. Natürlich habe ich sie einarbeiten müssen, ich musste ihr den Fachjargon abgewöhnen und sie dazu bringen, im Stil der Zeitschrift zu schreiben, also populärwissenschaftlich, aber sie hat hervorragende Arbeit geliefert.«

»Seit wann schrieb sie für Ihre Zeitschrift?«, wollte der Maresciallo wissen.

»Seit ungefähr drei oder vier Jahren. Warum?«

»Zu dem Zeitpunkt hatte sie schon Erfolg mit ihren Büchern, wie ich hörte. Waren die nicht auch populärwissenschaftlich?«, fragte der Maresciallo unschuldig.

Der Schuss schien ins Schwarze getroffen zu haben, denn den Bruchteil einer Sekunde lang kniff Marco Belfiori die Augen zu schmalen Schlitzen zusammen; es gelang ihm gerade noch, sein Lächeln durchzuhalten.

»Sie sind doch sicher nicht gekommen, um das journalistische Können der De Gherarducci mit mir zu diskutieren, oder?«

»Das ist richtig. Eigentlich bin ich gekommen, um Sie zu fragen, welcher Art Ihre Beziehungen zu ihr waren. Ich meine Ihre privaten Beziehungen.«

»Ach.«

»Unsere Arbeit zwingt uns leider von Zeit zu Zeit, insdiskret zu sein. Sie haben sicher Verständnis dafür.«

»Uns Journalisten geht es ähnlich«, sagte der Herausgeber. Sein Lächeln erlosch. »Ich bin Junggeselle und habe aus meinen Beziehungen nie ein Geheimnis gemacht. Was genau wollen Sie wissen?«

»Welcher Art Ihre Beziehungen zur Dottoressa zum Zeitpunkt des Mordes waren. Waren Sie noch zusammen?«

»Nein, oh, nein!« Belfiori lächelte wieder. »Zum Glück war sie meiner schon längst überdrüssig geworden.«

»Zum Glück?«

»Missverstehen Sie mich bitte nicht, Maresciallo. Isabella war eine bemerkenswerte Frau. Allerdings war sie auch kompliziert und deshalb ziemlich anstrengend. Ich überlegte gerade, wie ich die Sache möglichst schonend beenden könnte, als sie aus irgendeinem privaten Grund, den ich nie erfahren habe, nervös wurde. Sie war auf einmal angespannt und reizbar und hat sich von sich aus zurückgezogen. Und damit hatte sich die Sache von allein erledigt. Ich muss gestehen, dass ich sehr erleichtert war.«

»Hat es Sie nicht gekränkt, dass die Dottoressa für einen anderen Mann schwärmte?«

Marco Belfiori stützte die Hände auf den Schreibtisch und beugte sich vor.

»Glauben Sie, dass ein Mann wie ich auf einen dahergelaufenen Antiquitätenhändler eifersüchtig ist? Auf jemand, der davon lebt, alten Plunder zu verkaufen? Auf einen Schönling, der seine Karriere als Gigolo begonnen hat und der seinen Erfolg nur der Protektion adeliger Damen verdankt? Wenn Isabella ihn vorgezogen hat, dann war das ihr Problem. Was mich betrifft«, sagte er schon wieder wesentlich ruhiger und lehnte sich bequem in seinem Sessel zurück, »ich habe sofort Ersatz für die liebe Isabella gefunden.«

Staatsanwalt Blasi hatte den Tag in seinem Arbeitszimmer verbracht und gerechnet. Er hatte die Zahlen addiert, verglichen, subtrahiert und dann wieder von vorn angefangen. Langsam schwirrte ihm der Kopf.

»Einen Kamillentee?«

Der Staatsanwalt blickte von seinen Rechnungen auf und rieb sich die Augen. »Könntest du mir stattdessen nicht bitte einen Kaffee machen, Maria Teresa? Ich fürchte, ich werde die Nacht über diesen Zahlen verbringen müssen.«

»Warum denn? Ich dachte, es wäre alles in Ordnung. Hast du mir nicht erzählt, dass diese De Gherarducci so pedantisch war? Und wenn du so etwas sagst . . .«

Blasi sah sie etwas skeptisch an, weil er sich nicht

sicher war, ob sie sich über ihn lustig machte oder nicht. »Sie war wirklich pedantisch«, erklärte er, »und es ist offensichtlich, dass sie das Finanzamt betrogen hat. Vielleicht hat sie auch noch Schlimmeres getan. Schau mal her. Die Einnahmen sind zwar unregelmäßig, aber sehr hoch. Außer ihren Bezügen und den Honoraren für ihre Artikel sind da auch noch einzelne Beträge von drei oder fünf Millionen auf einmal, aber es geht nicht hervor, wofür sie sie erhalten hat. Dazu kommen noch sehr hohe Summen, die zwei bis drei Mal im Jahr aus dem Nichts auftauchen: sechzig, achtzig Millionen. In ihrer Einkommenssteuererklärung gibt sie sie natürlich nicht an.«

»Du könntest dir doch von der Bank Fotokopien der eingereichten Schecks geben lassen. Dann wüsstest du, wer sie ausgestellt hat.«

»Du wirst lachen, das habe ich schon versucht. Aber es sind keine Schecks gewesen, sie hat immer Bargeld eingezahlt.«

»Ganz schön schlau, die Dottoressa.«

»So schlau, dass sie ermordet wurde.«

»Das bestätigt deine Theorie, oder? Du behauptest doch immer, dass in den meisten Fällen die Opfer alles tun, um umgebracht zu werden.«

»Das ist tatsächlich häufig der Fall. Es gibt Menschen, die mit dem Feuer spielen, und hinterher kommt es einem vor, als hätten sie es darauf angelegt, ermordet zu werden. Ich weiß nicht, ob es dieses Mal auch so ist. Wir müssen auf jeden Fall das Motiv finden.«

»Erpressung?«

»Vielleicht. Aber wenn es Erpressung ist: wer ist dann der Erpresste?«

»Der Mörder«, sagte Maria Teresa, lachte und fuhr ihm mit der Hand durchs Haar. »Wer denn sonst?«

»Kamillentee ist in Ordnung«, sagte Blasi, hauptsächlich um sie loszuwerden. Manchmal fand er ihre Art von Humor nicht besonders witzig.

Das Büro Alfieris, des Stadtkonservators, befand sich in der Beletage eines alten Patrizierhauses im Zentrum. Das Haus wirkte in jeder Hinsicht finster; von außen, weil die Fassade von den Abgasen geschwärzt war, und von innen, weil es in einer engen, schattigen Gasse stand.

Von seinem früheren Glanz waren nur ein paar lädierte Fresken und stumpfe Marmorfußböden übrig.

Das Zimmer des Stadtkonservators wirkte wie ein staubiger Abstellraum, und zum weit geöffneten Fenster strömte anstatt frischer Luft der Straßenlärm herein.

Giancarlo Alfieri war so klein, mager, farblos und schlecht angezogen, dass er gut in das Ambiente passte. Er saß an einem riesigen Schreibtisch auf Löwenfüßen, hinter dem er beinahe verschwand.

Maresciallo Merulla fing Apollonis ungläubigen Blick auf und begriff, dass der Brigadiere gerade das gleiche gedacht hatte wie er. Wie konnte eine so schöne und verwöhnte Frau wie die De Gherarducci sich auf so einen Mann einlassen.

Die Faszination der Macht, die Habgier ... Was auch immer sie zu Alfieri hingezogen hatte, es schien nicht für sie zu sprechen. Auch hier bestätigte sich im Verlauf des Gesprächs der erste Eindruck: der Mann war unangenehm.

Zuerst leugnete er. »Meine Beziehungen zur Dottoressa De Gherarducci waren immer ausschließlich beruflicher Art«, behauptete er. Seine Stimme klang etwas schrill.

»Kommen Sie nicht aus der gleichen Stadt?«

»Aus Rieti, ja, sicher. Aber wir kannten uns nur vom Sehen.«

»Wenn ich richtig unterrichtet bin, gingen Sie auf die gleiche Schule.«

»Ja, aber ich war zwei Klassen über ihr, Sie wissen sicher, wie das ist.«

»Im Allgemeinen läuft man doch gerade den jüngeren Mädchen hinterher.«

»Isabella ließ so etwas kalt. Sie strebte nach Höherem.«

»Und als Sie hoch genug gestiegen waren, da hat sie Sie angestrebt.«

»Was wollen Sie damit sagen?«

»Soll ich deutlicher werden?«

»Das ist doch nur Klatsch. Widerlicher, schmutziger Klatsch.« Alfieri war außer sich. »Es wird von Leuten herumerzählt, die mir schaden wollen, weil sie auf meine Stelle neidisch sind. Sie haben keine Ahnung, wie viele Feinde man hat, wenn man eine Position wie diese bekleidet.«

»Ich versichere Ihnen, dass die Person, von der ich die Information habe, kein Klatschmaul ist«, erwiderte der Maresciallo unverfroren. »Und ich kann mir wirklich nicht vorstellen, dass diese Person es auf Ihre Position abgesehen hat«, fügte er wahrheitsgetreu hinzu.

»Dann muss es jemand sein, der mich aus irgendeinem anderen Grund vernichten will. Jemand, der mich und meine Familie zerstören will, mich mit Dreck bewerfen will, mir eine Dienstaufsichtsbeschwerde anhängen will.«

»Eine berechtigte Beschwerde?«

»Auf gar keinen Fall!«, sagte der Stadtkonservator aufgebracht. »Mein Verhalten war immer tadellos. Niemand kann mir etwas nachweisen.«

»Die Mutter der Dottoressa De Gherarducci denkt anders darüber«, log der Maresciallo. »Sie behauptet, dass Sie ihre Tochter gefügig gemacht haben, indem Sie ihr interessante Aufträge verschafft haben.«

Giancarlo Alfieri wurde grau im Gesicht. »Ich? Ich soll Isabella verführt haben? Sie weiß nicht, aus welchem Holz ihre Tochter geschnitzt war. Sie hätte sehen sollen, wie Isabella ihr Verhalten mir gegenüber geändert hat, sobald ich zum Leiter des Denkmalschutzamtes ernannt wurde. Da war ich nicht mehr der arme picklige Giancarlo, den sie zum Spaß an der Nase herumführte. Da war ich auf einmal ein Mann, den es zu erobern galt. Sie kam jeden Tag hierher, wunderschön, in schamlos kurzen Röcken. Sie setzte sich, lächelte freundlich, schlug die Beine übereinander und sah mich die ganze Zeit an. Sie hat mich verführt, nicht ich sie. Ich ... ich konnte nicht widerstehen.« Und auch jetzt gab er seinen

Widerstand auf. »Ich bin zu ihrem Sklaven geworden«, sagte er dramatisch und bedeckte das Gesicht mit den Händen.

Der Maresciallo beschloss, dem Drama auf den Grund zu gehen. »Und nachdem sie Sie ... verführt hat, hat sie Sie erpresst und gedroht, Ihrer Frau alles zu erzählen?«

»Ja«, gab Alfieri zu. »Und von mir wollte sie nichts mehr wissen. Sie hat mich benutzt und mich dann fallen gelassen. Sie zwang mich, ihr immer die besten Aufträge zu geben. Sonst hätte meine Frau alles erfahren. Sie kennen meine Frau nicht.« Sein Ton wurde weinerlich. »Eine eifersüchtige Furie! Sie begann Verdacht zu schöpfen. Wenn sie es gewusst hätte, wäre sie zu allem fähig gewesen. Sie hätte mich hinausgeworfen, sie hätte zu verhindern gewusst, dass ich meine Töchter je wiedersehe. Vielleicht hätte sie mich sogar umgebracht, wenn sie es herausgefunden hätte.«

»Und so haben Sie es für sicherer gehalten, die Frau aus dem Weg zu räumen, die Sie erpresst hat. Sie haben sie gebeten, sie kurz vor dem Empfang zu treffen und ...«

Alfieri hob den Kopf und sah ihn verblüfft an. »Was sagen Sie da, Maresciallo? Dass ich sie umgebracht habe? Ich hätte es nicht einmal dann tun können, wenn ich es gewollt hätte, und Gott weiß, wie oft ich daran gedacht habe. Wollen Sie wissen, warum ich es nicht tun konnte?« Er lachte hysterisch. »Weil mir meine Frau nicht geglaubt hat, dass ich zu einem Empfang wollte. Sie musste sich selbst davon überzeugen, und deshalb hat sie mich bis an das

Kirchenportal begleitet. Bis an das Portal, verstehen Sie?«

Er lachte und lachte, und es hörte sich an, als könnte er nie mehr aufhören.

Nein, seiner Ansicht nach bewegte sich dieser Maresciallo nicht in die richtige Richtung. Und er selbst hatte es eilig zu sehen, wie sein Werk sich vollendete. Er wollte endlich die Zerstörung des Menschen erleben, der ihn zerstört hatte. Er sehnte sich danach, alles hinter sich zu bringen und seine Rache auskosten zu können. Er musste etwas tun, er musste einen Köder für den Maresciallo auslegen, einen Beweis. Er wusste, was er zu tun hatte. Er hatte etwas in der Hand, er hatte es sogar von Isabella erhalten an jenem Abend, als sie so betrunken gewesen war, dass sie sich völlig gehen ließ. Es war an dem Abend gewesen, an dem er beschlossen hatte, sie zu töten.

Er zog sich die Gummihandschuhe an, nahm einen Stapel druckfrischer Zeitungen und eine Schere und machte sich an die Arbeit. Er lachte dabei. Er würde seine Rache auskosten, seine süße Rache.

Vita violenta

Pier Paolo Pasolini

Der Hehler erwartete sie schon und führte sie in ein leeres Zimmer, in dem nur ein Tisch und zwei, drei Stühle standen. Ugo und Cagone stellten die Sachen ab, vier Koffer und zwei Taschen, und dann gingen sie zu dritt daran, sie zu öffnen, indem sie einfach die Scharniere aufrissen. Sie blickten hinein, um rasch festzustellen, was darin war: fast nur Anzüge, Wäsche und Bücher. Dann begannen sie auch schon zu verhandeln. »Spuck ein Angebot aus«, sagte Cagone, »was willst du rausrücken?« Der Alte bot fünfundzwanzigtausend Lire, aber die beiden Freunde wollten mindestens das Doppelte. Nein, ja, nein, ja. Dem Greis fiel ein erprobtes Mittel ein. Er zeigte den Kies, denn er kannte seine Hähne: Als die beiden das Geld sahen, konnten sie ihre Gier nicht mehr unterdrücken und willigten schließlich in den Preis ein, den der Alte genannt hatte. Er ging zu einem Diwan, auf dem eine große Puppe lehnte, eine von denen, die man auf Jahrmärkten mit der Angel fischen kann, nahm ihr den Kopf ab und holte eine schöne dicke Geldbörse aus ihrem Inneren – zusammen mit einem Revolver, der ebenfalls darin steckte. Cagone erspähte ihn sofort, er war wie gebannt von dem Anblick. »Lass doch mal sehen«, sagte er, griff danach und tastete die Waffe ab. »Ist geladen, was?«, fragte er mit prüfendem Blick. »Nein«, erklärte der Alte, der noch am Diwan stand, die Puppe in der Hand, und so tat, als ginge ihn das alles nichts an.

Cagone warf erst ihm, dann der Geldbörse einen Blick zu; er fraß sie mit den Augen. »Na meinswegen, fünfundzwanzigtausend, und du kannst mich . . .«, sagte er zitternd vor Aufregung, »aber du musst den Revoler zulegen.« Der Hehler fing an, sich die Augen zu reiben, zu jammern, dass es gefährlich sei und er sich nicht in die Nesseln setzen wolle und dies und das: am Ende stimmte er zu, und sie wurden handelseinig.

»Hauptsache, ihr haltet die Fresse, woher die Kanone kommt!«, bat sich der Alte aus; aber die beiden hörten jetzt gar nicht mehr auf ihn, sie machten sich davon, reich wie Könige, aufgekratzt wie sonst was. Da war der Wagen. Im Dunkeln, drinnen, saßen die anderen, totenstill. Sie teilten sich die Moneten, wobei kaum mehr als vier Tausender auf jeden kamen, und fuhren ab.

»Wohin jetzt?«, fragte Salvatore, das Herz voll Seligkeit.

»Einen saufen!«, erklärte Cagone, triefäugig wie ein Köter.

»Looos!«, schrie Tommaso. Lello fuhr auf gut Glück da und dort in die Gassen hinein, dann auf den Ponte Sisto, und ließ den Wagen am Tiberufer langflitzen. Es regnete nicht mehr, über ihnen klärte sich der Himmel stellenweise auf. In drei Sekunden kamen sie zum Ponte Rotto, in weiteren drei zum Ponte

Sublicio, wieder ein paar Sekunden später zum Bahnhof von Ostia; sie kreisten mit rauchenden Rädern um die Cestiuspyramide, pfiffen zwei Mädchen zu, die dort auf und ab flanierten, glitten über die Via Marmorata zum Testaccio. Sie verdrehten die Augen vor lauter Enzücken. In der Via Zabaglia parkte ein Lastwagen, der den Weg versperrte. Er war über und über mit Weihnachtsbäumen beladen; die hintere Klappe hatte sich gelöst, und die sorgsam aufeinandergeschichteten Bäume waren mitten auf die Straße gerutscht. Der Fahrer mühte sich damit ab, den eisernen Bolzen durch ein Stück Holz zu ersetzen. Vorläufig konnte man aber an dem Berg nasser Weihnachtsbäume nicht vorbei, und die Kinder spielten und kreischten drum herum.

»Mensch, ich hab Hunger!«, rief Tommaso, dem das Wasser im Mudne zusammenlief, als er nebenan eine Trattoria sah. »Du brauchst gar nicht erst zu wenden«, sagte Salvatore, von Tommaso angesteckt. Lello, der übrigens nicht sehr gut mit dem Rückwärtsgang zurechtgekommen wäre, stieg lachend aus, schlug die Wagentür zu und steuerte geradewegs auf die Trattoria zu. »Los, gehn wir, uns was zwischen die Zähne schieben!«, rief er.

Sie waren die einzigen Gäste und spielten sich dementsprechend auf: Lello bestellte Miesmuscheln, *cozze alla marinara,* Tommaso *testarelle,* eine andere Muschelart, Cagone einen Kapaun und die besonders fantasievoll ausgestattete *pizza alla capricciosa,* der Verrückte *pizza alle quattro stagioni,* mit allerlei Gemüsen garniert, Ugo Filet vom Kabeljau und Salvatore *suppli,* ein mit Käse gebratenes Reisgericht. Außerdem ließen sie sich alle vorher Kartoffelchips bringen und hinterher schon etwas aufgeweichten Schafkäse, den *pecorino*, und schließlich *finocchi alla cazzimpero*, mit einer Sauce aus Essig, Öl und Pfeffer.

Voll bis zum Hals kletterten sie wieder in ihren 1100-er und rollten den Lungotevere entlang, das Tiberufer, unter den nassen Bäumen, von denen der Wind die Blätter herabfegte.

»So, und nun sind wir wieder pleite«, sagte Ugo zu Lello, als sie aufgekratzt dahinglitten. »Bleibt uns wohl nichts anderes übrig, als nochmal was zu drehen«, redete er weiter. Er geriet nach und nach in Fahrt und wurde richtig streitlustig. »Ich mach mit«, erklärte Lello, ohne sich groß zu zieren. »Ist nur die Frage, wohin wir fahren.«

Ugo presste die weißen Knöchel seiner Fäuste dicht unterm Kinn vor die Brust: »Also gut, wohin?«, sagte er. »Irgendwo ins Zentrum«, erklärte Salvatore, optimistisch wie immer, »unterwegs sehn wir dann schon, wo was zu holen ist.«

»Vorwärts, Freunde!«, rief jetzt auch der Verrückte entschlossen. »Soll die Welt was erleben!« Und Tommaso näselte mit schiefem Mund: »Wir sind die alten Schwerter noch: Siegen! und wir werden siegen.«* Wieder ging es durch die Via Marmorata und am Fluss entlang. »Hört mal«, sagte Lello rau, ehe er Gas gab, »wisst ihr auch, was das heißt: so viel Zaster, oder so viel Jahre Kittchen?«

* »Vincere e vinceremo«, alter Slogan der Faschisten unter Mussolini. Anmerkung des Übersetzers.

»Was? Wieso?«, riefen die anderen. »Es handelt sich um bewaffneten Raubüberfall!«, erklärte Cagone feierlich, der sofort begriff, was Lello meinte, und nachdem er ein bisschen in seinen Taschen gewühlt hatte, förderte er den Revolver zu Tage. »Na bitte!«, sagte Lello. »Wie viel wollen wir holen und von wem?«, fragte Ugo. »Wenn wir nun einen Tankwart anpumpen?«, sagte Lello gelassen, während der Wagen über die Portuense raste. »Aber wo?«, fragte Ugo. »Ach, irgendeinen guten Platz werden wir schon finden, wo sich sowas diskret regeln lässt, an der Via Cristoforo Colombo, an der Appia Nuova oder an der Ardeatina. Na, wohin wollen wir?«

Dass sie ein ganz großes Ding drehen wollten, darüber waren sie sich einig; sie stritten nur noch ein wenig darum, wo es am besten ginge. Dann fuhren sie zum Porite Milvio und weiter zur Via Cassia, der alten großen Ausfallstraße nach Norden, wo Ugo eine Tankstelle kannte. Am Monte Mario vorbei gelangten sie rasch in eine ländliche Gegend, mit Hügeln am Horizont. Nach mehreren Kilometern durch Felder und Gebüsche – Rom lag hinter ihnen und glänzte da und dort in einer Kurve mit seinen Lichtern auf – hielten sie an. Salvatore, der Verrückte und Tommaso, der freilich vorerst nichts davon wissen wollte und überredet werden musste, stiegen aus und standen Wache an einer Böschung. Hunde bellten in der Nähe von Häusern. Die drei anderen fuhren beim Tankwart kurz vor der Ortschaft La Storta vor. Lello saß am Lenkrad, der Cagone neben ihm, Ugo im Fond.

Sie stoppten neben der Benzinsäule, alles war dunkel und verlassen, nur die Shell-Muschel leuchtete groß wie ein Mond.

»Fünfzehn Liter, mein Junge«, sagte Lello zum Tankwart, einem Mann von fünfundzwanzig bis dreißig Jahren. Der begann, sie zu bedienen, beugte sich nieder, um das Mundstück des Schlauches in den Tank zu stecken. Währenddessen sagte Lello gähnend zu Cagone: »Geh doch mal nachsehen, ob wir genug Luft haben.«

Unter diesem Vorwand schlüpfte Cagone von seinem Sitz, stieg aus und betrachtete die Reifen. »Sind in Ordnung«, sagte er. Und kaum hatte er den Satz beendet, da legte er auf den Tankwart an, der gerade wieder den Schlauch aufhängte. Die Pistole stand ihm zwei Zentimeter von der Brust weg, und Cagone ließ seine Hand heftig zittern, um zu zeigen, was für eine Angst er hätte, denn man weiß ja, wenn einer Angst hat, ist das der Augenblick, in dem er gleich abdrücken wird. Es war jedoch gar nicht nötig, Theater zu spielen, er zitterte tatsächlich, allerdings nicht aus Angst, sondern aus Wut. »Rück den Zaster raus!«, sagte er. »Wenn du mich nur nicht abknallst, ich hab Familie«, bat der Tankwart, weiß wie ein Wachslicht, indem er eilig die Geldtasche hervorzog und sie Cagone reichte. Dieser, die Pistole immer auf den Hals des anderen gerichtet, warf einen Blick in die Börse und sah, dass nicht eben viel darin war.

Er knirschte mit den Zähnen, sah dem anderen mit wutverzerrten Lippen ins Gesicht. »Rein in die Bude!«, befahl er. Der Tankwart gehorchte gleich und betrat, Cagones Revolver im Nacken, den kleinen Raum. »Alle Kassen und Schubfächer auf!«, befahl Cagone, und wieder gehorchte der Mann. Cagone fand noch weiteres Geld in einer Kasse, raffte es zusammen und stopfte es in die Tasche. Dann schloss er den Tankwart im Zimmer ein, wobei er ihm durch die Scheibe zurief: »Rühr dich nicht, oder ich brenn dir eins auf!«

Er sprang in den Wagen, die Pistole seitwärts gerichtet, und sie sausten davon.

»Wie viel hat's eingebracht?«, meinte Ugo. Doch Cagone schwieg; er zählte still das Geld. Sie klaubten Tommaso und die beiden anderen auf, die in der feuchten Luft ganz klamm geworden waren: Sie standen im Dunkeln, mit zwei oder drei Hunden, die von einem der Häuser herbeigelaufen waren und sie bellend umkreisten.

»Wie viel habt ihr?«, fragte Tommaso mit einer Grimasse, als er im Wagen saß. Cagone wies die Beute vor. »Mehr nicht? Solche Scheiße!«, rief der Verrückte beim Anblick des Geldhaufens. Es mochten etwa dreißigtausend Lire sein. Tommasos Grimasse verstärkte sich, als er zu Ugo sagte: »Das sind also deine großartigen Plätze, wo man was herkriegt?« – »Idiot«, erwiderte Ugo, »dann sag du doch, wo wir hingehen sollen, wenn du dauernd meckerst.« Tommaso schweig, rümpfte die Nase, schob die Oberlippe hoch und fing statt einer Antwort an zu grölen.

Ce ne fregammo un di de la galera,
ce ne fregammo de la brutta morte.

Wir pfeifen auf das Zuchthaus,
wir pfeifen auf den miesen Tod.

Unter den Sternen kehrten sie singend zur Milvischen Brücke zurück, fuhren am Tiber entlang, dann über den Ponte Duca d'Aosta, am Obelisken vorbei, und als sie mitten auf der Brücke waren, riss Cagone in einem plötzlichen Wutanfall den Revolver heraus und warf ihn in den Fluss, wobei er schrie: »Mit dir will ich nichts mehr zu tun haben!«

»Warum denn das nun wieder, du Idiot?«, fragte Tommaso, immer noch mit angewiderter Miene.

Cagone drehte sich zu ihm um und rülpste ihm ins Gesicht.

Jetzt bogen sie in eine große Straße ein, die zur Via Flaminia führte, dann schlängelte sich Lello auf gut Glück durch Gässchen und Seitenstraßen und Plätzchen, bis sie eine wenig beleuchtete Straße fanden, und dort hielten sie an. Sie gingen ein Stück zu Fuß und beobachteten den Verkehr. Es gab viele Fahrzeuge dort, sie parkten reihenweise längs des Bürgersteigs, aber fast alle mit Lenkradschloss. Endlich fanden sie einen anderen 1100-er; der war richtig. Sie konnten einsteigen und fuhren los. Tommaso war unzufrieden.

»Jetzt muss noch ein Tankwart bluten«, sagte er. »Und diesmal zeig ich euch einen guten Platz, wo sich's lohnt.«

»Na, und wo?«, meinte Ugo.

»Auf der Straße nach Fiumicino«, erklärte Tommaso trocken.

»Fahr zu!«, befahl er Lello, der, ahnungslos dem Schicksal gegenüber, ausgelassen und einen Ellbogen auf dem Wagenschlag chauffierte.

Noch einmal durchquerten sie halb Rom und kamen wieder auf die Via Portuense. Die Stichflamme der Benzinfabrik Permolio sprühte hoch und schmal im Frieden der Nacht. Rundherum, kreuz und quer, in der von neuem verdichteten Feuchtigkeit, im Dampf, im Rauch, der schwärzlich war wie von Feuern, durch all die schweigenden, schlafenden Stadtviertel mit ihren schwankend verlöschenden Lichtern fuhren sie weiter und weiter bis hinter die Anlagen des Krankenhauses Forlanini. Der Mond stand schon hoch und gab den aufgeblähten, wirren Wolken im frühlingshaft lauen Hauch einen gelben Firnis.

»Auf, auf geht's!«, rief Salvatore munter. »Wer hat dieses Jahr bessere Weihnachten als wir?«

»Halt! Halt!«, rief Ugo plötzlich.

»Halt doch an!«, wiederholte er heftig. Lello bremste scharf, und der Wagen schlidderte auf der nassglatten Straße. Sie passierten gerade eine Erweiterung der Via Portuense, die schon fast ein richtiger Platz war, mit vielen Häusern und schlafenden Palazzi ringsum, und an der hinten die Mauer des Krankenhauses entlanglief; schräg zweigte eine öde Straße ab, und in der Mitte, gegenüber einer Bedürfnisanstalt, leuchtete das Licht einer Tankstelle. Im Vorüberfahren hatte Ugo festgestellt, dass der Tankwart in dem Kassenraum hinter den großen Glasscheiben schlief.

»Fahr ran!«, flüsterte er Lello zu.

»Ach Quatsch, los, weiterfahren, zum Teufel!«, sagte Tommaso ärgerlich.

»Halt's Maul, Idiot, hier ist's richtig, hier fangen wir an!«, sagte Ugo.

»Hier willst du halten?«, meinte Tommaso und breitete entgeistert die Arme aus. »Aber Mensch, willst du uns denn allesamt ins Loch bringen? Lass uns doch hin, wo ich sage.«

Für Ugo war er Luft.

»Steig aus!«, sagte Ugo zu dem Verrückten. Sein Gesicht sah so glatt aus wie ein Hintern, nur um die Lippen zuckte es von verhaltenem Lachen. Der Verrückte folgte ihm, nachdem Lello den Wagen neben dem Bürgersteig geparkt hatte. Rasch und sicher ging Ugo auf den Kassenraum zu, diesen leuchtenden Glaskasten in all dem schläfrigen Schweigen.

»Pass auf, das ist der zweite, den wir rankriegen«, flüsterte er.

»Der ahnt nichts von seinem Glück!«, meinte der Verrückte mit einem Hauch von Stimme und betrachtete liebevoll den schlafenden Mann.

Den Tankwart musste der Schlaf plötzlich überfallen haben, wie er da saß; gelöst lehnte er in einer Ecke der Glaswand, die Geldtasche auf dem Schoß. Er trug einen hellblauen Kittel und eine Schirmmütze, die schief auf seinem schwarzen Schopf saß. Ganz leise öffnete der Verrückte die Glastür, während Ugo hinter ihm seine Hände in den eisernen Fußabtreter krallte und ihn hoch hob, bereit, dem Mann den Schädel einzuschlagen, falls er aufwachen sollte. Als die Tür offen stand, schlüpfte der Verrückte leichtfüßig und lautlos wie ein Kater hinein und legte eine Hand vorsichtig auf die Tasche, die auf dem Bauch des Tankwarts ruhte. Während seine Hände sich bewegten, sah er ihm gespannt ins Gesicht, ließ ihn keine Sekunde aus den Augen. Vermutlich war es einer vom Lande, von den Abruzzen oder aus Apulien, erst seit kurzem in Rom; man sah es an dem breiten, sonnenverbrannten Gesicht, dessen Mund selbst im Schlaf noch dümmlich wirkte, und an den Muskeln unter dem aufgeknöpften Kittel.

Mit der Linken lüpfte der Verrückte die Tasche ein wenig, mit der Rechten öffnete er sie und holte die Moneten heraus, wobei er nicht einmal das Kleingeld verschmähte. Dann zog er sich zurück, ohne den Tankwart aus den Augen zu lassen, und schloss die Tür hinter sich zu. Ugo legte den eisernen Fußabtreter wieder auf den Boden, und sie wollten zum Wagen laufen. Aber kaum hatten sie sich umgedreht, sahen sie schon Cagone, der ihnen nachgekommen war.

Gelb wie ein Kadaver über die Pumpvorrichtung gekrümmt, versuchte er, sie mit zusammengebissenen Zähnen vom Platz zu bringen, mit einer Anstrengung, dass man meinen konnte, er bliebe auf der Strecke. Er atmete schwer, und ein Röcheln drang aus seiner Kehle. »Was machst du denn da, Cagone?«, fragte der Verrückte verstört. Aber der andere antwortete nicht. Es war kein Spaß, und auch Ugo bekam es mit der Angst zu tun. »Lass die Pumpe sausen«, sagte er, »hat ja doch keinen Zweck, die ist gezeichnet.« Aber Cagone hörte kein Wort. Da leistete Ugo ihm Hilfestellung, nur um rasch weiterzukommen. Sie stürzten den Kompressor zu Boden und trugen ihn zu zweit zum Wagen. Es gelang ihnen sogar, ihn hineinzuquetschen, und Cagone setzte sich darauf, während der Wagen in wilder Fahrt auf Fiumicino zuraste.

Tommaso saß aufrecht da, wie eine Schnecke, die aus ihrem Gehäuse kriecht und die Fühler in die Höhe streckt. Während die anderen die Beute verteilten, blickte er beobachtend geradeaus, dem Platz entgegen, von dem er gesprochen hatte, und sein Gesicht war langsam braun geworden, als wäre es dem Feuer ausgesetzt gewesen. Grimmig betrachtete er die Massen der Palazzi, die, im Dunkeln alle gleich aussehend, vorüberflogen, dann die ländlichen, kleinen Gebäude, die zum Fort gehörten, die Kirche auf der Spitze eines Hügels, die wie Schwämme mit Wasser vollgesogenen Felder, schließlich die Reihen der gelben Häuserblocks des Trullo mit den vier brennenden Lampen, die diesen Ort des Hungers und des Todes trüb beleuchteten.

»Hier längs!«, rief Lello, während er etwas Gas wegnahm, und deutete in Richtung Magliana.

»Hm«, knurrte Tommaso mit schiefem Mund. Aber Cagone schrie unvermittelt: »Halt doch mal'n Moment an!« – »Wieso halt an, was soll'n das nun wieder!«, sagte Tommaso eisig. »Gib Gas, Junge!«

Das Gesicht, das Cagone ihm jetzt zuwandte, war schaum- und schweißbedeckt, und mit überschnappender Stimme keuchte er: »Herrgottsakra!«, und dann rief er noch einmal, außer sich: »Halt an!« Lello trat auf das Bremspedal, und der Wagen kam in einer Straße neben der Eisenbahnlinie von Magliana zum Stehen.

Cagone stieg aus: Da waren eine Pinie, ein Mäuerchen dahinter, vier Baracken im Rund, eingetaucht in Stille, zwischen schlammigen Gärten, und alles überragend ein schwarzer Dunghaufen. Cagone wankte zur Mauer, trat hinter zwei zerspellte, struppige Büsche und ließ seine Hose runter. Sie hörten ihn stöhnen und jammern, es war, als ob man ihn folterte, nachdem man ihn ausgezogen und geknebelt hatte, sodass er nur einen wimmernden Laut von sich geben konnte wie eine Katze. Schließlich kehrte er zurück, knöpfte sich im Gehen die Hose zu und schnallte den Gürtel fest: Er war nass bis auf die Knochen. Auch die Scheiben des Wagens waren weiß, innen vom Atem, draußen von der Nässe – alles troff. Tommaso knurrte ihn an: »Na, biste fertig? Los, denn ab mit uns!« Cagone wandte ihm das Gesicht zu und rülpste ihn noch einmal an. Der Himmel hatte sich erneut mit Wolken bedeckt, war über und über grau, dunkel. Die Reihen der Lichter am Bahndamm unten schienen aus der Erde hervorzuquellen. Wieder fuhren sie rasch dahin, aber Cagone war immer noch übel. Von all der Nässe hatte er Durchfall bekommen, und jetzt saß er sich windend auf seinem Sitz und biss sich auf die Knöchel. Hin und wieder machte er seinem geblähten Leibe Luft, dass ein Gestank aufstieg und die anderen sich die Nase zuhielten und die Seitenfenster herunterkurbeln mussten.

Und noch einmal rief Cagone plötzlich: »Anhalten!« Tommaso wurde zum wilden Tier: »Mensch!«, brüllte er. »Haste dich denn immer noch nicht ausgeschissen?« – »Anhalten, ihr verdammten Schweine!«, schrie der Cagone verzweifelt. Gelassen stoppte Lello den Wagen; an der Magliana waren sie schon vorüber, es gab keine Häuser mehr an der Straße; nur links, an den Schienen, die vielen gottverlassenen Lichter. Cagone rannte blindlings drauflos, zog wieder die Hose herunter, kauerte sich an den Straßenrand, über eine Art Graben voller Brennnesseln, hinter dem der Boden anstieg, zwischen zwei Tuffhügeln, die ebenfalls mit Brennnesseln gespickt waren. Da kauerte er, winselte mit knirschenden Zähnen und schmerzverrenktem Hals, stand dann ganz langsam auf, zog die Hose hoch und knöpfte sie zu. Der Friede ringsum war so vollkommen, dass man einen Hund in fünf bis sechs Kilometer Entfernung bellen hörte, jenseits all der durchtränkten Erde und der erbärmlichen Hügel, vom Meer oder von Rom herüber, das war nicht deutlich zu unterscheiden; es klang wie das Weinen einer verlorenen Seele.

Als sie mit Vollgas den Ponte Galeria überquerten, fielen wieder erste Regentropfen. Alles lag dunkel und verlassen da. Endlich tauchten am Ende einer Kurve Lichter auf: ein paar Häuser und eine Osteria. Etwas weiter hinten kam dann die Tankstelle, an einer Ausbuchtung der gerade erst gebauten Straße; die Zufahrt war neu geweißt und leuchtete im Schein der Neonröhren. Der Tankwart war damit beschäftigt, ein Isomoto mit dem Lappen abzureiben, und der Rauch des Zigarettenstummels an seiner Lippe stieg ihm in die Augen.

Als er die Kundschaft sah, hob er den Kopf, warf die Kippe weg und trat auf den Wagen zu. Er ließ sich sofort anmerken, dass ihm die Bande verdächtig vorkam. Auch er war vom Lande, dunkle und blonde Strähnen dichten Haares standen ihm vom Kopf ab wie einem aufgeplusterten Vogel, und das Gesicht war trocken, glatt, böse, mit hohen, kantigen Backenknochen. Er sah die Freunde an, fragte wieviel und trat bedächtigen Schrittes an die Benzinsäule heran, mit einer betonten Ruhe, hinter der sich die Bereitschaft zu augenblicklicher Reaktion verbarg. In der Tasche seines Kittels musste er einen Revolver haben, tief unten; diese Taschen reichten ja fast bis zum Knie. Inzwischen hatte Lello am Steuer wieder gähnend seine Komödie gespielt und gesagt: »Du, Spitzel, schau doch mal nach den Reifen!« Tommaso hatte den Reifen ein paar Fußtritte versetzt und gesagt: »In Ordnung!« und dabei mit bebenden Lippen auf den Tankwart geblickt. Als dieser den Schlauch in die Hand nahm, sprang er auf ihn zu und presste ihm im Polizeigriff die Arme auf die Schultern, während Ugo ihn von hinten anfiel und ihm einen Arm an die Gurgel legte. Er drückte so fest zu, dass dem Mann die Augen aus den Höhlen traten. Sogar Cagone war aus dem Wagen geklettert; er legte sofort die Hände an die Geldtasche und machte sich damit zu schaffen, wimmerte dabei leise vor sich hin, als wollte er gleich losheulen, und zitterte derart, dass es ihm nicht gelang, die Tasche aufzukriegen. In diesem Augenblick kam der Gehilfe des Tankwarts vom Bahndamm her hinter dem Haus hervor. Den Bruchteil einer Sekunde lang verhielt er wie erstarrt zwischen Licht und Schatten. Er war ein blonder, untersetzter Bursche mit klaren, unangenehmen Augen. Schon hatte er die Hand in der Tasche und zog einen Revolver hervor, eine Mauser-Pistole, mit der er zielte, offensichtlich bereit, das Magazin zu leeren. Dem anderen, den Ugos Arm würgte, gelang es gerade noch zu rufen: »Nicht schießen!« Denn tatsächlich waren Cagone und Tommaso sofort hinter den Tankwart gesprungen und benutzten ihn als Deckung. Tommaso riss das Messer heraus, setzte dem Tankwart die Spitze an die Rippen und schrie dem anderen wild zu: »Wenn du schießt, stechen wir ihn ab!« Lello rief vom Lenkrad aus: »Nehmen wir ihn mit!« Der Blonde stand regungslos da, im Licht jetzt, den Revolver schussbereit in der Hand, ohne abzudrücken. »Los, bringen wir ihn rein in den Wagen!«, rief Tommaso. Währenddessen sah man ein Lichtbündel aus der Richtung von Fiumicino kommen. Es strich in einer Kurve über die Hügel, und gleich darauf erschien ein Wagen, der mit hundert Stundenkilometer heransauste, ein anderer hinter ihm. Sie schossen an der Tankstelle vorüber und tauchten sekundenlang alles in grelles Licht. Dann stiegen Ugo, Tommaso und Cagone wieder in den Wagen; sie schleppten den Tankwart hinter sich her und zerrten den Halberstickten über ihre Beine in den Fond. Lello gab Gas, wendete, raste davon in Richtung Rom, und sie hörten kaum noch die zwei oder drei Schüsse, die der Blondkopf in die Luft feuerte. Als sie einige Kilometer von der Tankstelle entfernt waren, nahmen sie dem Mann seinen Revolver ab; nachdem sie ihm die Geldtasche entrissen hatten, ließen sie ihn aussteigen und begannen, ihn mit Fußtritten zu traktieren. Tommaso hielt ihm die Arme im Nacken fest, und Ugo bearbeitete ihm Bauch und Gesicht. Blut tröpfelte zwischen den Zähnen hervor und von einer Braue herab, und er wurde ohnmächtig. Dann stieg auch Cagone aus. Ein Zittern ging durch seinen Körper. Er fing an, den andern fertig zu machen, trat ihm in den Bauch, ins Gesicht, und als Tommaso seinen Griff lockerte, fiel der Mann auf den Asphalt, und Cagone versetzte ihm noch ein paar Tritte in den Nacken und überall hin, wo er ihn gerade traf. Dann rollten sie den geschwollenen, blutigen Körper den Bahndamm hinunter zwischen ein paar Büsche.

Es regnete noch, aber ganz fein; über den Feldern lagen weiße Nebelstreifen; oben, am Himmel, leuchtete der Mond wie ein Blutfleck. Nach all der Schinderei fühlte sich Cagone wieder hundeelend. Er presste die Hände gegen den Leib und krümmte sich, dass sein Kinn gegen die Knie stieß. Er verpestete derartig die Luft, dass man im Wagen nicht mehr atmen konnte, aber die anderen merkten das kaum, so beschäftigt waren sie damit, sich in den neuen Gewinn zu teilen.

Als sie die Bahn von Magliana passierten und eine Straße einschlugen, die von Uferschilf gesäumt wurde und zur neuen Brücke in Richtung auf das Ausstellungsgelände der EUR führte, fing Cagone abermals an zu schreien, sie sollten anhalten.

Lachend bremste Lello, und Cagone torkelte mehr als dass er ging zwischen triefenden Sträuchern zum Fluss hinunter, rutschte im weichen, zwei Fuß tiefen Schlamm die Böschung hinunter und kam nicht eher zum Stehen, als bis er ganz unten zwischen dem hohen Gras unter dem Brückenbogen angelangt war. Hier verschaffte er sich zum dritten Mal Erleichterung und kletterte dann mit allerletzter Kraft und weiß wie ein Toter im Gesicht, sich an das Gesträuch klammernd, wieder empor. Als er aber beim Wagen ankam, stieg er nicht wieder ein, sondern griff nach der großen Pumpe, die er immer zwischen den Beinen gehalten hatte.

»Mensch, Kerl, was hast du denn vor!«, sagte Tommaso zähnefletschend. »Bist du denn verrückt?«, stimmten die anderen zu, kopfschüttelnd, mit den Schultern zuckend vor Missbilligung. Ugo packte ihn bei den Schultern, um ihn in den Wagen hineinzuziehen. Cagone jedoch, ganz still, ohne ein Wort zu sagen, befreite sich von Ugos Händen; und während er die Pumpe festhielt und sich ihm vor Entkräftung wieder die Blase leerte, kehrte er um, rutschte bis unter die Brücke hinab, dass er so nass wurde, als hätte er ein Bad genommen, und steckte schließlich die Pumpe tief in ein Schlammloch zwischen Dornen. Dann gelang es ihm noch einmal, hinaufzuklettern, und immer noch stumm, mit den Zähnen klappernd, setzte er sich in den Wagen auf seinen Platz.

»Na, hast's geschafft?«, sagte Salvatore, als der Wagen von der Brücke auf San Paolo zufuhr.

»Du hast ja nicht mal mehr Luft, um einen fahren zu lassen«, fuhr er fort, ihn aufzuziehen.

»Lass ihn«, stichelte Tommaso, »sonst will er's uns beweisen und verpestet uns die Bude, dass wir alle krepieren.«

Cagone schwieg, er hatte tatsächlich keine Kraft mehr für eine Antwort.

»Na, und wohin jetzt?«, fragte der Verrückte angeregt, als ginge die Spazierfahrt erst richtig los. Jeder hatte mehr als zehn Tausender in der Tasche: Jetzt konnte das Leben beginnen.

Der Regen hörte auf, die letzten Tropfen fielen, ringsum klärte sich, nass und leuchtend zwischen einzelnen Nebelschwaden, das Land.

»Gehn wir tanzen?«, meinte Lello, heiter, den Blick geradeaus gerichtet mit einem Lächeln, das sein ganzes Gesicht überstrahlte.

»Was denn, tanzen, tanzen, tanzen?«, sagte Ugo, dem die Syphilis im Hirn steckte. »Ist ja Mitternacht. Gehn wir lieber essen und einen heben.«

Doch Tommaso, dem die Mundwinkel vor Verachtung bis zum Kinn herunterreichten, stieß hervor: »Ach Quatsch, essen, einen heben! Einen reinschieben gehn wir!«

»Mensch, der hat Recht!«, schrie der Verrückte.

Lello strahlte noch mehr. »Gehn wir einen abziehen, was, Ugo?«

»Klar, machen wir!« Ugo war sofort einverstanden.

»Schön sind wir, Muskeln haben wir, können tanzen und klauen und schieben einen rein wie keiner!«, rief Salvatore. Auch Cagone kam langsam wieder zu sich und ließ ein furzähnliches Prusten hören.

Nahe bei der Basilika San Paolo stellten sie den Wagen auf einem dunklen Platz ab und gingen zu Fuß auf die kleine Bar an der Endhaltestelle der Trambahn zu, wo noch Lichter zwischen den Pinien glänzten.

»Gehn wir zu Marianna la Nasona!«, meinte Ugo.

»Wir sind aber sechs, die lässt uns nicht alle rein«, erklärte der Verrückte.

»Ich red mit ihr«, sagte Ugo. »Außerdem, wir haben ja Moneten. Wenn wir der ein paar hübsche Scheinchen unter ihre dicke Nase halten, lässt sie gleich die Höschen runter!«

»Dann nehmen wir die 18!«, rief Salvatore und rannte auch schon auf die Haltestelle zu.

Aber von Trambahnen war nicht das geringste zu sehen. Da betraten sie die Bar, die gerade schließen wollte, und bestellten krächzend wie alte Nebelkrähen erst einmal eine volle Flasche für jeden, von allem, was sie draußen im Fenster gesehen hatten: Strega, Whiskey, Mistrà. Und das tranken sie unter den Pinien, brüllend, dass es über den Platz mit den vielen Regenpfützen schallte.

Plötzlich rannte Ugo wie angestochen auf die große, leere Allee bei der Basilika zu. »Los, alle mit!«, schrie er.

Die anderen liefen hinter ihm her, ohne zu verstehen, was er wollte, und gossen dabei hin und wieder einen Schluck hinunter.

Sie kamen gerade zurecht, als Ugo das Taxi anhielt, das er von weitem erspäht hatte.

»Auf und davon, ihr Mistbolzen!«, schrie er. »Ich lad euch ein zu der Fahrt!«

Lachend und sich stoßend stiegen sie ein, völlig außer Rand und Band, blind vor Besoffenheit.

Das erste Geschöpf, dem sie begegneten, als sie bei der Kirche Santa Maria Maggiore aus dem Taxi kletterten, war ein Hund, der die nassen Stufen vom Portal herunter auf sie zulief.

»Den reißen wir uns unter den Nagel, der kommt mit!«, rief Salvatore, von plötzlicher Zärtlichkeit übermannt; die Dirne mit der dicken Nase hatte er vergessen. Er verdrehte die Augen, man sah nur das Weiße.

Schwankend begann er, sich den Gürtel aus den Schlaufen der Hose zu ziehen.

»Aber lass den doch verrecken!«, rief Tommaso und beobachtete böse aus den Augenwinkeln den alten Köter, der um die Gesellschaft herumschwänzelte.

Mit Schwimmbewegungen pirschte sich Salvatore, dessen Hose zu rutschen begann, an den Hund heran und schnallte ihm den Gürtel um den Hals. Das Tier ließ es geduldig mit sich geschehen und sah sich im Kreis um.

Ugo spielte Wasserspeier: schwankend, die Beine gespreizt, eine Flasche in der Hand, der Basilika zugewandt, besprühte er ihre Stufen, Mauern und Kuppeln, die sich bis zu den Wolken erhoben. Dann drehte er sich um und ging seinerseits auf den Hund zu.

»Wenn wir einen Nachtpolypen sehen, hetzen wir den Hund auf ihn«, schlug er vor. »Was, Bobby?« Und er streichelte dem Tier den Nacken.

Endlich gelang es Salvatore, den Gürtel richtig

festzuschnallen. Er zog den Hund hinter sich her. Der schnüffelte da und dort ganz zufrieden, vor allem an den Schuhen, und rieb sich die Nase zwischen ihren Beinen.

»Na, was denn, ist der Hund schwul?«, rief Tommaso verächtlich.

»Streck ihm doch den Hintern hin!«, zischte Cagone.

»Los, zeig was du kannst!«, rief Salvatore dem Hund fröhlich zu.

»Sogar der Verrückte wurde von Zuneigung erfasst: Er kniete auf den leuchtend-nassen Steinstufen der Kirche nieder und begann, den Hund am Hals zu streicheln und zu zausen; dabei rieb er seine Zähne aufeinander und biss sich auf die Lippen, drückte sogar sein Gesicht gegen die feuchte Hundeschnauze und murmelte:

»Du Promenadenmischung du, du Promenandenmischung!«

Allmählich kamen sie aber doch in die Gegend der Via Merulana, wo Marianna la Nasona, die Dirne mit der großen Nase, wohnte.

»Hier rauf!«, sagte Ugo und schlug eine ansteigende Straße ein. »Nein, hier!«, grölte der Verrückte und machte Anstalten, in eine Straße einzubiegen, wo lauter geschlossene Portale die Häuser bewachten und kleine Säulen die Fassaden zierten.

»Quatsch!«, rief Ugo heftig. »Du weißt, es is hinter der Höhe da!«

»Hast du vergessen? Da war 'ne Verkehrsampel«, meinte der Verrückte.

»Unsinn, siehst du, da sind die Anlagen!«, rief

Ugo. »Weißt du nicht mehr, wie wir damals durch die Anlagen gekommen sind?«

»Ach was, kommt mit mir«, rief Lello, »ihr habt ja alle einen sitzen, ihr versteht'n Scheißdreck davon . . .«

Er ging geradeaus die Straße hinan und zog die anderen hinter sich her, die immer noch stritten und aus erhitzten Lungen brüllten. Auch der Hund bellte japsend, um seine Meinung zu bekunden.

Sie wanderten kreuz und quer, dreimal stiegen sie denselben Weg hinauf, kamen an den Anlagen vor dem Brancaccio vorbei, kehrten um, gingen wieder durch alle die engen Straßen mit den Säulchen, den geschmiedeten Eisengittern und den geschlossenen Haustoren. Aber wie auch immer, die Tür zu Marianna la Nasona konnten sie nicht finden.

Stattdessen wollte es der Zufall, dass sie auf das Tanzlokal zum Roten Kater, den *Gatto Rosso* stießen. Ganz plötzlich standen sie vor dem Eingang, nachdem sie im Laufschritt die Via dei Santi Quattro hinuntergestürmt waren; und weil sie so viel Alkohol getankt hatten, pissten sie im Zick-zack hierhin und dorthin, dreimal, viermal, und riefen dabei: »Na, is das 'ne schöne Schrift, was?«

Vor freudiger Überraschung vergaßen sie, sich die Hosen wieder zuzuknöpfen, und Lello rannte auf das beleuchtete Portal zu, vor dem Reihen von Vespas, Lambrettas, Mopeds und alle möglichen anderen fahrbaren Untersätze standen; er sprang über ein Moped und schrie: »Zum Tanz, Jungs!« Und die anderen sprangen mit dem Hund hinter ihm her. Salvatore band rasch den Gürtel mit dem

Hund an den Griff eines Motorrads und holte die anderen ein, die schon im Flur standen und mit dem Chef verhandelten.

»Nichts zu machen, Kinder«, sagte der gutmütig, »in fünf Minuten schließen wir.«

Ugo sah ihn veständnislos an.

»Du willst uns nicht reinlassen?«, sagte er. »Warum, taugen unsere Moneten etwa nichts?«

»Aber das ist doch schon der letzte Tanz«, sagte der Chef. Inzwischen waren auch der Mann von der Garderobe und die Kassiererin hinzugetreten.

Lello war indessen am weitesten vorgedrungen, stand da und sah auf die Tanzenden im Saal. Es waren die letzten Paare; das Orchester spielte einen Tango, und die Beleuchtung glühte dunkelrot. Den Kopf vorstreckend, rief Lello laut dem Kapellmeister hinten am anderen Ende des Raumes zu: »Spiel mal für mich *Jonny Guitar*!«

Dann drehte er sich um und sagte: »Also was jetzt, gehn wir nicht rein?«

»Jungs, hier ist jetzt Schluss«, erklärte der Chef mit dem tief herabhängenden Schnauzbart. Lello durchzuckte es. Er nahm zwei Tausender heraus und warf sie auf die Brüstung der Garderobe: »Machen wir's pauschal«, rief er. »In Ordnung?« Und ohne eine Antwort abzuwarten, betrat er den Saal. Die anderen folgten ihm, sich drängelnd und stinkbesoffen. Der Chef und seine Angestellten liefen ihnen schimpfend nach. Aber Lello forderte bereits eine Blondine auf, die mit hohen Stöckelschuhen in einem Winkel stand. Sie schüttelte den Kopf, aber da war der Tango schon zu Ende; die Freundin erschien mit ihrem Tänzer, und alle drei gingen davon.

Das Licht wurde schwächer, nur die normale Beleuchtung war noch an mit da und dort einer roten Lampe. Alle machten sich zum Kehraus fertig. Einer hatte schon den Mantel übergestreift, ein anderer ging langsam und befriedigt zur Garderobe, um seinen zu holen, und legte ihn auf einen Stuhl, um den letzten Tanz mitzumachen.

Die Freunde durchquerten den engen, langen Saal. Cagone setzte sich an den Rand der Tanzfläche und zog sich einen Schuh aus, der ihn drückte. Ugo ging auf das Orchester zu. Es setzte gerade mit dem endgültig letzten Tanz ein: einem Rumba, der wie üblich anfing, dann aber in immer schnellerem Rhythmus dahingaloppiete, dass man ihm nicht recht folgen konnte. Ein großer Teil der Paare hörte deshalb auf zu tanzen und drängte zum Ausgang; nur vier oder sechs ausgesprochene Fanatiker blieben auf dem Parkett und verrenkten ihre Glieder bis zum Schluss, dass es aussah wie ein Veitstanz. Dann war auch der Rumba zu Ende und die Paare, die so lange ausgehalten hatten, gingen ebenfalls lachend zur Tür.

Ugo hatte sich vor der Kapelle aufgebaut, und als sie nun Schluss machte, sagte er strahlend: »Ach, spielt doch mal die *Comparcita*!«

Die Musiker sahen ihn mit verkrampftem Hals und einem fettigen Lächeln in den Augenwinkeln an, nickten ihm zu, sagten »ja, ja« und fingen an, ihre Instrumente einzupacken.

Da platzte Ugo: »He!«, schrie er und verzerrte seinen Mund bis zu den Ohren. »Ich hab das nicht im Spaß gesagt!«

»Hör zu, Junge«, sagte der Kapellmeister ganz ruhig und freundlich, »lass uns in Ruhe, wir sind müde.«

Ugo drehte sich zu seinen Genossen um und pfiff zwischen den Fingern; gleich kamen sie heran, hinter sich den Chef des Hauses.

»Also«, sagte Ugo, Zeigefinger und Daumen gegen die Musiker erhoben, und schwenkte dabei die Hand, »für uns spielt ihr nicht?«

»Junge«, sagte der Kapellmeister wieder, »wir sind doch hier angestellt.«

Ugo wandte sich um und warf dem Chef einen scheelen Blick zu: »Was gibt euch denn der Bettelsack da?«

»Wir kommen von der Gewerkschaft!«, schrie der Verrückte und kicherte vor sich hin.

»Schluss mit dem Gequatsche!«, schrie Ugo. »Wollt ihr nun für uns spielen oder nicht?«

Der Kapellmeister blickte ihm ernst und gerade in die Pupillen: »Junge«, meinte er begütigend, als wollte er sagen: Sei friedlich, siehst du nicht, dass es keinen Zweck hat?

»Warum wollt ihr denn nicht spielen?«, warf Lello dazwischen.

Aber Ugo schob ihn beiseite und trat noch einen Schritt vor: »Wir zahlen euch, und wie, ihr Idioten!«

»Na schön«, gab der Kapellmeister endlich nach, »aber hier im Saal geht's nicht. Es wird geschlossen.«

»Draußen ist Platz genug!«, rief Ugo, fast schon singend.

»Hier, nimm einen Schluck!«, murmelte Cagone, holte aus der Tasche die noch halb volle Flasche Strega heraus und reichte sie dem Kapellmeister, der sie besah, ergriff und unter dem zufriedenen Blick Cagones austrank. Auch die anderen holten jetzt ihre Flaschen heraus und boten sie den übrigen Musikern an.

»Wartet Mama denn gar nicht auf euch«, versuchte der schnurrbärtige Chef zu witzeln, »müsst ihr nicht in die Heia?«

»Weißt du was, Schnauzbart«, erklärte Ugo, »ich kauf die ganze Kapelle.«

Gesagt, getan: Er holte Geld heraus, einen schönen Haufen von Scheinen, Münzen und Kleingeld. Der Kapellmeister warf einen prüfenden Blick darauf.

»Da!«, rief Ugo ihm zu. »Nimm's! Wenn du für mich spielst, hast du einen Monat keine Sorgen.«

»Na gut«, sagte der andere, »wir können euch ja noch einen aufspielen. Allerdings draußen.«

»Wo?«, wollte Lello wissen.

Tanzend und singend gingen sie alle dem Ausgang zu. An der Tür drehte Ugo sich zum Schnauzbärtigen um, legte die Hände trichterförmig an den Mund und brüllte: »Such dir 'ne andere Kapelle, die hier ist engagiert!«

Wieder traten sie auf die Straße hinaus, hinter ihnen der Mann mit der Ziehharmonika, der mit der Gitarre und der mit der Trompete. Zunächst einmal hoben sie noch einen und ließen die Flaschen von

Hand zu Hand gehen, dann begannen die Musiker mit *Grazie dei fior*, während die sechs Gefährten noch einmal auf dem Bürgersteig Springbrunnen spielten. Nach dieser Tat schlenderten sie die leere Straße hinab, tanzten miteinander, versuchten sich in komplizierten Figuren. »Nur weiter!«, rief Ugo den Musikern zu. »Wir zahlen euch nach Kilometern.«

Die kamen hinter ihnen drein, auch sie vom Trinken schon etwas weich in den Knien. Als sie *Grazie dei fior* beendet hatten, sagte Lello: »Musikanten! Für euren lieben Lello müsst ihr jetzt *Carcerato* spielen.« – »Ach Quatsch, *Carcerato*«, fuhr ihm Ugo verächtlich dazwischen, »spielt für mich *Vipera*.«

Salvatore hörte auf, mit dem Verrückten zu tanzen, und rief: »Was willst du denn mit ner Viper? Bist du etwa selber giftig? Lasst mich mal. Ich sing was vor, da kippt ihr aus den Schuhen alle miteinander.« Er deutete mit dem Finger auf den bebrillten Gitarristen und sagte: »*Vent' anni*, los!«

»Auf den elektrischen Stuhl!«, rief Lello.

»Brich dir bloß keinen ab!«, schrie Ugo fuchsteufelswild, wandte sich heftig den Musikern zu und fauchte sie an: »*Vipera* hab ich gesagt, und *Vipera* wird gespielt!«

»Lass ihm seine Eidechse, dem Kretin!«, beschwichtigte Lello angewidert.

»Aber dann *Carcerato*, das ist ein Weltschlager!«

Ugo fletschte die Zähne wie ein tollwütiger Hund; torkelnd beugte er sich zu den Musikern, dass sein Gesicht fast den Bürgersteig berührte, und zischte: »Spielt *Vipera*!«

Lello verlor allmählich die Geduld. Er kniff die

Augen zusammen, verzog den Mund, hob den Zeigefinger und schüttelte ihn abweisend: »Warum?«, sagte er. »Spielt lieber *Carcerato*!«

Salvatore hatte inzwischen schon auf *Vent' anni* verzichtet, und fröhlich grölend, heulend wie eine Sirene, fing er auf eigene Rechnung und dabei tanzend zu singen an: *»Lola, Lola!«*

Diese Gelegenheit benutzte die Kapelle, um schleunigst und mit voller Lautstärke einen Charleston zu spielen, und alle hielten sich an den schmutzigen Händen und drehten sich gemeinsam im Tanz. Dem Charleston hingegeben, hier zwei zusammen, dort einer für sich allein, erreichten sie die Höhe der Via dei Santi Quattro, beim Platz vor San Giovanni. Dort ließ Ugo plötzlich den Charleston Charleston sein, raste auf den Obelisken zu und kletterte auf den Sockel.

Er breitete die Arme aus, hob den Blick zum Himmel, ebenso wie der heilige Franziskus auf der anderen Seite des Platzes, und schrie: »Roms ewiger Ruhm ist da!«

Dann begann er mit auf- und abzuckendem Adamsapfel, das Kinn zum Himmel gereckt, zu singen:

Per vincere ci vogliono i leoooni
di Mussolini armati di valor . . .

Aber gleich brach er wieder ab, sein Gesicht verfinsterte sich, und er erklärte zähneknirschend: »Denn diesen Obelisk haben wir aufgestellt zur Schmach und Schande für die Russen, was Jungs! Wir, wir können uns das erlauben, wir können was aufstellen, wir sind die Stärkeren! Darum! Jungs! Immer! Uns scheißt keiner an! Das ist die Ewige Stadt!«

Er holte etwas Luft und schrie mit aller Kraft: »Genossen! Der schwarze Markt ist aus! Jetzt gibt's Brot ohne Marken! Jetzt muss man sich's untern Nagel reißen ... Früher, da brachte mein Vater euch das Brot, aber, das wisst ihr ja, meinen Vater, den haben sie umgelegt ... Vor der Tür vor unserm Haus ... Da hat er gelegen, auf dem Boden bis zum Morgen, mit drei Kugeln in der Stirn ... Und wer kam ihm zu Hilfe? Kein Schwanz, verdammt nochmal! In Italien sind wir fünfzig Millionen Einwohner, und alle sitzen wir mit dem Arsch auf Grundeis!«

Er hatte so laut geschrien, dass er die Augen schließen musste und es so aussah, als wollte er ohnmächtig werden, aber dann fing er noch einmal an und schrie womöglich noch lauter: »De Gasperiii!«

Er schwieg kurze Zeit und ließ, Schaum vorm Mund, einen fahren. Es war ein finsterer Laut, und Ugo krümmte sich, die Hände auf dem Bauch. Dann nahm er noch einmal alle Kraft zusammen, um weiß wie ein Toter, den Musikern zuzurufen: »Und jetzt den *Marsch auf Rom*!«

Indessen hatte der Verrückte, der nach seinem Charleston selbst zum Umfallen müde war, die Augen über den Piazzale San Giovanni schweifen lassen, als merkte er erst jetzt, wo er war, und dann blieb sein Blick an einem Punkt haften, an einem Haus bei der Einmündung der Via San Giovanni in

Laterano; ganz langsam, allmählich, leuchtete sein Gesicht auf vor freudiger Überraschung.

»He!«, rief er. »Aufhören! Hier ist ja meine Süße!«

Dann blickte er sich um, wie vom Zweifel gepackt: »Ist das nicht das Haus, wo sie die Toten reinlegen?«

»Klar, Mann«, meinte Cagone, der hinter dem Sockel stand, auf dem Ugo Reden hielt, »das ist die Leichenhalle, wo sie die Toten aus dem Krankenhaus hintun.«

Der Verrückte drehte sich um und betrachtete das Gebäude mit tiefer Befriedigung: »Dann liegt sie da«, rief er, »sie ist gestern Abend gestorben.«

Er schwieg einen Augenblick und schrie dann zum Giebel des großen Gebäudes am anderen Ende des Platzes hinüber: »Hallo! Süße!« Und noch einmal. »Süße!« – »Ist an Krebs gestorben«, erklärte er den anderen.

»Ach was, Krebs«, sagte Cagone, »an Lustseuche ist die eingegangen.«

Nicht zufrieden damit, ihr zuzurufen, pfiff der Verrückte gellend zwischen den Fingern.

»Bildest du dir etwa ein, die antwortet dir?«, fragte einer der Musiker.

»Bringen wir ihr ein Ständchen!«, rief Salvatore. Das hatte dem Verrückten noch gefehlt! Ohne zu zögern rannte er auf die Leichenhalle zu. Lachend, ihre Kapelle hinter sich herschleppend, folgten ihm die Freunde. Unter den Fenstern angelangt, drehte sich der Verrückte zu den Spielern um, die weiß vor Schreck und Müdigkeit da standen.

»*Totare! Totare!*«, rief er. »Das kriegt sie von mir!«

Er drehte sich den Fenstern zu und fing an zu singen, wobei ihm vor leidenschaftlichem Eifer der Speichel aus dem Mund troff wie vorhin Ugo:

L'ultima serenata
non è per te,
l'ultima serenata
che male c'è . . .

»Spielt!«, befahl Ugo finster der Kapelle, die keinerlei Einwände mehr wagte. Nach kurzer Überlegung begannen sie zu spielen, und der Verrückte konnte triumphierend mit seinem Lied vorankommen, wobei er sich selbst mit großen Armbewegungen dirigierte, als stünde er auf dem Podium einer Konzerthalle:

La Voglio fà sentire
a la bionda che sta lassù,
la voglio improvvisare
a chi m'aspetta da un anno e più . . .
L'ultima serenata . . .

In dem Augenblick tauchten am Rand des Platzes, aus den Anlagen an der Porta San Giovanni kommend, drei oder vier Polizisten auf Fahrrädern auf: die Streife.

Cagone witterte sie zuerst. »Achtung!«, rief er. »Die Bullen!« Und schon nahm er die Beine in die Hand und galoppiete die Via Merulana hinab.

»Razzia!«, schrie Tommaso und rannte hinter ihm her. Alle stoben auseinander, und da sich auf diese

Weise eine günstige Gelegenheit bot, ließen sie die Musiker im Stich, die mit ihren Instrumenten nicht so schnell laufen konnten und das Nachsehen hatten.

Der Mann, der nicht sterben wollte

Giorgio Scerbanenco

Eine herrschaftliche Villa auszuplündern ist nicht so einfach. Man braucht dazu vor allen Dingen einen großen Lastwagen, wenn nicht zwei. Mit einem einfachen Einbruch, für den ein Kombiwagen völlig genügt, ist das nicht zu vergleichen. Immerhin müssen Bilder, wertvolles Porzellan und antike Möbel verladen werden, und in der *Villa Picena* stand sogar eine Bossuet-Kommode, deren Wert auf elf Millionen Lire geschätzt wurde. Außerdem war es notwendig, die kostbaren Stücke richtig und fachmännisch zu verpacken. Alles das erforderte natürlich viel Zeit: einen halben Tag mindestens, und auch dann musste man sich noch ziemlich beeilen. Kurz und gut, es war kein Unternehmen, das man in der Nacht ausführen konnte, es musste schon am helllichten Tag geschehen.

Und so war es auch von ihnen geplant. Sie waren zu viert, alle in reichlich abgetragenen Overalls, die ihnen das Aussehen von echten Möbelpackern verliehen, zumal auf Brust und Rücken die Aufschrift *Autospedition Gassinelli* prangte. Sie waren seit acht Uhr morgens auf den Beinen und durch die halbe Po-Ebene gefahren und standen nun vor der *Villa Picena*, einer dreistöckigen Herrschaftsvilla bei Padua in nicht zu überladenem, reizvollem Barockstil. Der Pförtner kam ans Tor und beäugte sie mit kaum verhohlener Abneigung, aber noch ohne jeden Verdacht, durch das Gitter.

»*Villa Picena* – sind wir da richtig?«, sagte der älteste der vier Männer. Man hätte ihn fast schon alt nennen können. Sein wirklich sehr vornehmes Aussehen stand in starkem Kontrast zu seinem abgenutzten Arbeitsanzug und zu dem harten Beruf, den er allem Anschein nach ausüben musste.

»Ja«, sagte der Pförtner mit wachsender Abneigung und jetzt offenem Misstrauen, denn die vier machten auf ihn absolut nicht den Eindruck von ehrlichen Arbeitern.

»Wir kommen, um die beiden Flügel abzuholen«, sagte der Alte und reichte ihm eine Karte mit dem Firmenkopf *Autospedition Gassinelli.*

»Ich habe keine entsprechenden Anweisungen«, antwortete der Pförtner trocken.

Aber er streckte, wie es die vier bei ihren Detailstudien zur Vorbereitung des Plans vorausgesehen hatten, seine Hand durch die Gitterstäbe des Tores, um die Karte entgegenzunehmen. Im gleichen Augenblick packten die drei Jüngeren zu, während der Ältere ein paar Schritte zurücktrat, um die Straße besser beobachten zu können. Durch die Gitterstäbe hindurch knebelten sie den Pförtner mit einem Taschentuch, durchsuchten seine Taschen und fanden auch bald eine Schreckschusspistole und einen Schlüsselbund. Sie gelangten ungehindert ins Haus, wo sie auch die Frau des Pförtners fesselten und knebelten. Dann gingen sie an die Arbeit.

Eine Viertelstunde vor Mittag waren sie mit dem Gröbsten bereits fertig. Natürlich passte in einen Lastwagen, so groß er auch sein mochte, nicht alles hinein, was drei Stockwerke einer Herrschaftsvilla bargen. Die Auswahl traf der Alte, er gab seinen Leuten genau an, was sie einladen und was sie da lassen sollten. Er schien sich auszukennen: Als erstes ließ er die Gobelins und die Teppiche verladen. Jedes einzelne Stück stellte ein Vermögen dar. Es folgte das kostbare Porzellan und das Silber. Dann einer der zwei Flügel, und zwar ausgerechnet der total verstimmte.

»Aber Dottore«, sagte einer der Jüngeren, »warum nehmen wir denn diesen alten Kasten mit, der nicht mehr richtig klingt! Der andere ist viel größer und klingt besser!«

»Weil ich es sage.« Der Alte, den er mit *Dottore* angeredet hatte lächelte ironisch.

Dann ließ er die ganze Sammlung von Pistolen aus dem siebzehnten und achtzehnten Jahrhundert verladen, eine Sammlung, die der Besitzer mit fanatischem Sammlerfleiß zusammengetragen hatte. Alle Stücke waren echt, wie der Dottore nach kurzer Prüfung feststellte, es mussten an die hundert sein. Es lag auf der Hand, dass solche Ware nicht in Italien wiederverkauft werden konnte, aber daran hatte der Dottore auch nie gedacht. Seine Abnehmer warteten bereits in Korsika auf ihn, und von dort ließen sich die Sachen leicht an jeden beliebigen Ort auf der Welt transportieren. Die Beute nach Korsika zu bringen, würde ein Kinderspiel sein: Zunächst würden sie in die Toskana fahren, die

Lastwagen voll mit kostbaren Antiquitäten, und weiter die Küste des Tyrrhenischen Meeres entlang bis zu dem kleinen Hafen La California, wo – welch glücklicher Zufall! – eine Jacht wartete. Der Mann, der ihnen den Wagen der *Autospedition Gassinelli* – einer nicht existierenden Firma übrigens – zur Verfügung gestellt hatte, würde seinen Wagen zurückbekommen, dazu ein Bündel mit zwei Millionen Lire.

Es war November. Die Sonne hatte die Farbe von herbem Weißwein; sie wärmte nicht, aber sie verlieh allem, was sie beschien, einen goldenen Glanz, einen zarten Goldschimmer. Es war kalt, so kalt, dass der Atem in der Luft kondensierte. Mit der Kälte kam der Appetit, und die jungen Männer waren schon zweimal in der Küche gewesen und hatten sich über den Inhalt des Kühlschranks hergemacht.

Nur einer von ihnen – Giannetto – hatte keinen Hunger. Er dachte an die Frau des Pförtners – eine schöne Frau –, die gefesselt im Keller lag. Kaum war der letzte Gobelin von der Wand genommen, als er diskret verschwinden wollte.

»Wohin gehst du?« Der Dottore hatte ihn auch ohne Brille erspäht; seine kleinen, scharfen, durchdringenden Augen sahen einfach alles. »Wir dürfen keine Zeit verlieren, wir hinken sowieso schon elf Minuten hinter unserem Zeitplan her. Mach, dass du in den Salon kommst und die beiden Standuhren einpackst, die ich auf dem großen Tisch bereitgestellt habe.«

»Deine Uhren kannst du dir selber einpacken!«

Er ging weiter, aber die trockene Stimme des Alten brachte ihn abrupt zum Stehen.

»Noch einen einzigen Schritt, und ich leg dich um!«

Giannetto riskierte es nicht. Langsam drehte er sich um, und – tatsächlich – der Dottore hielt seine schwere Wunderpistole in der Hand. Das Ding spuckte bei jedem Druck auf den Abzug vier Geschosse aus – das Ziehen war also überflüssig. Eines schönen Tages würde er sie ihm wegnehmen, dachte Giannetto.

Die beiden anderen hatten der kleinen Auseinandersetzung schweigend zugeschaut.

»Der Dottore hat Recht«, sagte der eine. »Wir müssen uns beeilen, sonst erwischen sie uns noch.«

Er warf einen Blick die Allee hinunter, die sich dreihundert Meter weit bis zum Tor hinzog. Der Lastwagen war, genau wie die Männer, durch die Bäume der Sicht entzogen, aber neugierige Leute gab es immer und überall, wie leicht konnte ein Lieferant, ein Arbeiter oder der Briefträger auftauchen. Dann würden sie öffnen müssen, um keinen Verdacht zu erregen.

»Mach keinen Unsinn, Dottore! Du weißt genau, dass du nicht schießen kannst, weil man den Schuss bis Padua hören würde«, sagte Giannetto.

Er ging auf das Haus zu, und diesmal ließ er sich nicht mehr aufhalten, denn er musste wirklich nicht befürchten, dass der Dottore auf ihn schießen würde. Rasch verschwand er im Keller, wo das gefesselte Pförtnerehepaar lag.

Als Fessel diente eine Rolle Draht, die sie hinter

der Villa in der Garage gefunden hatten. Die Garage war gleichzeitig Abstellraum für Geräte und sonstiges Kleinzeug. Geknebelt waren sie mit einem Taschentuch und einem Streifen Heftpflaster. Der Mann und die Frau waren mit dem Draht an einer Wasserleitung festgebunden; der Abstand zwischen ihnen betrug etwa einen Meter. Beide saßen mit dem Rücken zur Wand auf dem Boden; als Giannetto Licht machte, blinzelten sie überrascht.

Giannetto warf dem Pförtner, der ihn hasserfüllt anstarrte, einen spöttischen Blick zu. »Hübsch brav sein, ich tu dir nichts!«

Dann trat er auf die Frau zu. Er kniete sich neben ihr nieder und betrachtete prüfend den Draht, mit dem man ihre Beine gefesselt hatte. Obwohl das Licht der Lampe diesen Winkel des Kellers nur schwach beleuchtete, schimmerte der blanke Draht, der sich in einer Spirale um Beine und Körper bis zur Brust hochwand, hell.

Mit einem Blick erkannte Giannetto, dass es nicht leicht sein würde, den dünnen, zähen Draht zu lösen. Das Ende des Drahtes war mit einer Flachzange zusammengedreht worden. Das beste wäre gewesen, nach oben in die Garage zu gehen und eine Zange oder eine Drahtschere zu holen, aber das missfiel ihm; der Dottore hätte ihn sehen und zurückrufen können. Einen Moment lang versuchte er es mit den Händen, aber eine Schlinge aus dünnem Draht lässt sich nicht so einfach ohne geeignetes Werkzeug lösen. Er verletzte sich die Finger und gab erst auf, als seine Hände blutverschmiert waren. Die Pförtnersleute sahen ihm wegen der Knebel notgedrungen schweigend zu, aber ihre Blicke glänzten vor Hass, Verachtung und Abscheu. Schließlich wischte Giannetto seine blutigen Hände an dem dichten schwarzen Haar des Mannes sauber.

»Keine Sorge, Pförtner, für das, was ich vorhabe, brauche ich deine Ehehälfte gar nicht erst loszubinden.« Und er begann der Frau durch die engen Drahtwindungen hindurch die Kleider vom Leib zu reißen, bis ihre nackte Haut zum Vorschein kam. »Und dass ihr beide euch ja mein Gesicht gut einprägt, damit ihr mich bei der Polizei beschreiben könnt! Sie werden euch für ein Porträt von mir dankbar sein.«

Neunzehn Minuten nach Mittag sagte der Dottore zu den jungen Männern, sie sollten Schluss machen, es reichte. Der Lastwagen war bis obenhin voll, keine Tabakdose – und würde sie Ludwig XVI. höchstpersönlich gehört haben – hätte mehr hineingepasst. Immerhin hatten sie zu berücksichtigen, dass es sich zwei von ihnen auf der langen Reise hinten im Wagen einigermaßen bequem machen mussten.

»Habt ihr Giannetto gesehen?«, frage der Dottore mit ganz normaler Stimme. Er verstand es ausgezeichnet, seine Wut zu beherrschen, die ihn seit Giannettos Verschwinden gepackt hatte. Hatte es der Kerl doch gewagt, trotz der Drohung mit der Automatic in den Keller zu gehen. Keiner von den beiden hatte ihn gesehen. Also musste er noch im Keller stecken. Tatsächlich steckte er noch im Keller – allerdings mit fast gebrochenem Genick. Der Pförtner und seine Frau waren noch immer gefesselt.

Der Dottore ahnte sofort, was geschehen war. Der Pförtner war zwar gefesselt, aber er konnte seine zusammengebundenen Füße heben und senken. Und während Giannetto sich mit seiner Frau beschäftigte, hatte er seine Füße in den derben Arbeitsschuhen – denn er war gleichzeitig auch der Gärtner – gehoben und sie mit fürchterlicher Wucht auf Giannettos Genick niedersausen lassen. Die Füße des Pförtners ruhten noch auf Giannettos Schultern, das feuchte Blut an den genagelten Absätzen war nicht zu übersehen. Die Sache konnte sich im Höchstfall zwei Minuten vorher abgespielt haben.

»Dabei habe ich ihn gewarnt, dass wir keine Zeit verlieren dürfen!«, sagte der Dottore.

Der Lastwagen war voll, Giannetto, über den er sich eben noch so sehr erregt hatte, war tot, und das bedeutete einen Anteil weniger: statt durch vier brauchten sie nur noch durch drei zu teilen.

»Aber wie konnte das passieren, Dottore?«, fragte einer der jungen Männer.

»Hast du nicht kapiert? Während er sich mit der Frau amüsierte, brauchte der Mann nur die Füße zu heben. Das konnte er, obwohl er wie ein Rollschinken verschnürt ist. Sieh dir nur mal seine Absätze an!«

Inzwischen hatte sich der andere junge Mann niedergekniet, um Giannetto, dessen Kopf auf der Schulter der Frau ruhte, ins Gesicht zu sehen. Plötzlich sprang er wie von der Tarantel gestochen auf und schrie:

»Dottore, er lebt noch! Er hat die Augen bewegt!«

Auch der Dottore kniete sich nun nieder, und auch er sah, wie Giannetto die Augen bewegte. Sprechen konnte er nicht, rosa Schaum tropfte ihm von den Lippen, aber er lebte, wenn auch sicher nicht mehr lange. Das Problem, das sich auf diese Weise ergab, musste auf der Stelle gelöst werden, sie waren sowieso schon spät dran.

»Tragt ihn raus!«, befahl der Dottore.

Er hoffte, dass Giannetto in seinem Zustand den Transport vom Keller in den Park nicht überleben würde. Denn bei einer solchen Verletzung konnte jede Bewegung tödlich sein. Aber Giannetto lebte auch draußen noch.

»Rollt ihn in eine Decke! Falls uns die Polizei anhält, muss es aussehen wie ein Teppich oder so was.«

Sie wickelten ihn in einen Teppich und legten ihn in den Lastwagen. Einer der jungen Männer – Luigi – ließ sich an seiner Seite nieder, nicht ohne ein Gefühl des Widerwillens und des Abscheus, denn er spürte Giannettos Augen ständig auf sich gerichtet.

Die Villa wurde ordnungsgemäß abgeschlossen, alle Spuren, zumindest nach außen hin, beseitigt und das Pförtnerehepaar seinem Schicksal überlassen. Tito, der andere junge Mann, nahm hinter dem Steuer Platz, der Dottore setzte sich neben ihn und zündete sich eine Zigarette an. Der Lastwagen legte die dreihundert Meter bis zum Tor zurück, dort bremste Tito den Laster mit sanft schnurrendem Motor, stieg aus und schloss das Tor auf. Dann kletterte er wieder hinein, fuhr durch das Tor auf die Straße in Richtung Süden und stieg noch einmal aus, um abzuschließen und – so hatte es der Dottore angeordnet – den Schlüssel in den Kanal zu werfen, der neben der Straße herlief. Dann nahm er endgültig seinen Platz hinter dem Lenkrad ein, und sie fuhren los. Es war zwölf Uhr dreiunddreißig; in genau vier Stunden und dreiunddreißig Minuten hatten sie die wichtigsten Kostbarkeiten aus der *Villa Picena* geraubt. Was sie zurückgelassen hatten, war im Vergleich zu den gestohlenen Dingen Schund, wenn auch teurer. Von seinem Vater, einem Antiquitätenhändler, hatte der Dottore in jüngeren Jahren gelernt, das Echte vom Falschen, das Gute vom weniger Guten zu unterscheiden. Schade nur, dass der Vater eine verhängnisvolle Neigung zur Fälschung von Kunstwerken und zu ungedeckten Schecks gehabt hatte, sonst hätte aus dem Sohn ein ehrlicher, wohlhabender Antiquitätenhändler werden können.

Diese Gedanken gingen dem Dottore durch den Kopf, während der Wagen am Kanal entlangfuhr. Die Straße war zu dieser Zeit, da alle Leute beim Essen saßen, verlassen. Plötzlich fiel ihm der Mann im Lastwagen wieder ein. Er schob die Plane zur Seite und fragte: »Lebt er noch?«

»Ja«, antwortete Luigi.

Es war unglaublich! Trotzdem – lange würde er nicht mehr leben.

»Gib mir Bescheid, wenn es aus ist!«

»Mach ich, Dottore«, sagte Luigi in einem Ton, der erkennen ließ, dass es ihm allmählich zu viel würde. »Warum müssen wir ihn eigentlich mitschleppen? Es ist so unheimlich, wie er mich dauernd anstarrt!«

»Wo hätten wir ihn lassen sollen? Beim Pförtner in der Villa? Dann würden sie uns noch vor Sonnenuntergang schnappen!«

»Aber hier, im Wagen, ist es doch noch viel gefährlicher für uns«, meinte Luigi.

»Ach was! Sieht doch aus wie'n Teppich! Außerdem behalten wir ihn ja nicht für immer. Sobald er tot ist, laden wir ihn an einer günstigen Stelle aus.«

Vielleicht hörte Giannetto das alles. Wenn er sehen und die Augen bewegen konnte, warum sollte er nicht auch hören können? Aber das schien den Dottore nicht weiter zu kümmern.

»Sobald er tot ist, sag mir Bescheid!«

Nun schaltete sich auch Tito ein: »Aber vielleicht macht er's noch lange . . .«

»Glaube ich nicht. Länger als eine halbe Stunde sicher nicht. Eigentlich müsste er längst im Koma sein.«

»Angenommen, es dauert noch den ganzen Tag, die ganze Nacht? Was machen wir dann?«, beharrte Tito.

»Wir werden sehen!«

Von Padua zur toskanischen Küste, ans Tyrrhenische Meeer, führen verschiedene Straßen. Der einfachste Weg ist natürlich der über Rovigo, Ferrara, Bologna und Florenz. Aber der Dottore hatte nie die Absicht gehabt, die leichteste und diskrete Route zu nehmen; er hatte sich für eine längere, schwierige entschieden, um die Polizei in die Irre zu führen. Darum wies er Tito in Richtung Mantua.

»Aber wieso denn? Wollen wir nicht nach Cecina?«, fragte Tito.

»Natürlich«, antwortete der Dottore. »Der Weg über Mantua ist der längste nach Cecina.«

Früher oder später würde man den Pförtner von der *Villa Picena* und seine Frau befreien, und sie würden der Polizei alle möglichen Hinweise geben. Wahrscheinlich würde die Polizei auch erfahren, dass ein Lastwagen, auf den die Beschreibung des Pförtners zutraf, auf der Straße in Richtung Mantua gesehen worden war. Und daraus würde man schließen, dass der Lastwagen Mailand oder Turin oder Genua zum Ziel hatte.

Als sie Mantua erreicht hatten, nahmen sie Kurs nach Süden.

»Weiter in Richtung Parma!«, sagte der Dottore zu Tito.

Kurz nach sechzehn Uhr waren sie in Parma. Über den Viale Partigiani d'Italia fuhren sie in die Stadt, dann ging es weiter über den Viale Martiri della Libertà und die Brücke zur Piazza Marsala, dort bogen sie in die Straße zum Cisa-Pass ein.

»Ich muss dringend was essen«, sagte Tito.

Zwar hatten sie den Kühlschrank in der *Villa Picena* geplündert, aber inzwischen war es vier Uhr nachmittags. Im November ist es um diese Zeit schon Abend, und einige Autos hatten bereits die Scheinwerfer eingeschaltet.

Der Dottore nickte. Gut, würden sie eben etwas essen. Dann drehte er sich um und hob die Plane.

»Ist er tot?«

»Nein!«, sagte Luigi.

Giannetto, eingewickelt in seinen Teppich, hatte noch immer die Augen offen und starrte ihn an. Er bewegte sogar die Lippen, es schien, als wolle er sprechen, aber die Worte waren unhörbar.

Schon von weitem sahen sie das erleuchtete Schild eines Restaurants. Auf einem Platz neben dem Haus standen drei schwere Laster mit Anhänger. Der Dottore ließ den Wagen erst hundert Meter hinter dem Restaurant halten. Mit einem Sterbenden an Bord, der jeden Moment zu stöhnen anfangen konnte, war es so klüger. Dann schickte er Tito belegte Brote und Flaschenbier holen. Als sie weiterfuhren, war es stockdunkel.

»Ist er tot?«, fragte der Dottore wieder.

»Weiß nicht. Man sieht ja nichts mehr hier drinnen, und anfassen mag ich ihn nicht.« Luigi war nahe dran, das Brot, das er gerade gegessen hatte, zu erbrechen.

Der Dottore klappte ein Fach im Armaturenbrett auf, nahm eine Taschenlampe heraus, knipste sie an und reichte sie nach hinten.

»Sieh mal nach!«

»Er lebt noch«, sagte Luigi mit einem flauen Gefühl in der Magengegend.

Giannetto lebte, und in dem kleinen Lichtkegel hatte er mit den Augen gezwinkert, die Lippen bewegt und ihn hilflos angestarrt.

Der Wagen erreichte Fornovo-di-Taro, passierte die Ortschaft und begann die Auffahrt zum Cisa-Pass.

La Cisa, der Pass, der die Provinz Parma im Norden mit der Toskana im Süden verbindet, führt nicht gerade in schwindelnde Höhen – sein Gipfelpunkt bleibt unter elfhundert Meter –, aber er hat die Eigenschaften und das steile Gefälle eines Hochgebirgspasses, und seine Serpentinen stehen denen des Splügen-Passes kaum nach.

Das Wetter, das sich hier nur selten einmal aufhellt, war an diesem Tag sehr schlecht, und kurz hinter Fornovo begann leichter Regen, der sich zur Passhöhe hin ständig verstärkte.

Aber für sie hatte dieser Pass zwei große Vorteile. Einmal wimmelte es hier, auch im Winter, von Lastwagen, sodass sie kaum auffallen würden, und zum andern konnte man jederzeit einer Verkehrsstreife begegnen. Bei der Ausarbeitung seines Planes hatte sich der Dottore gründlich danach erkundigt. Er wusste, dass mindestens zwei Doppelstreifen auf Motorrädern auf dieser Strecke ständig im Einsatz waren, um den schweren Fahrzeugen als Führhunde zu dienen – eine auf der Seite nach Parma, eine auf der Seite nach Sarzana.

Nicht dass der Dottore eine besondere Vorliebe für die Straßenpolizei hegte, aber in diesem Fall konnte sie ihm von Nutzen sein. Allerdings musste er zuerst den sterbenden Giannetto loswerden, denn wenn die Polizei ihn im Wagen fand, würden sie in eine verdammt schwierige Situation geraten.

Aber sie würden ihn nicht finden.

»Drüben in der Parkbucht hältst du an, Tito!«, befahl der Dottore.

Sie waren jetzt etwa auf halber Höhe der ersten

Etappe, die in Poggio die Berceto endet. Die Scheinwerferkegel fraßen sich in das verregnete zähe Dunkel. Im Augenblick war kein anderes Fahrzeug in Sicht – weder vor noch hinter ihnen. Im Übrigen war es nicht ungewöhnlich, wenn ein Lastwagen mal anhielt. Am Rand der Passstraße standen immer wieder Wagen, deren Fahrer ein kurzes Nickerchen machten.

»Du bleibst am Steuer, Tito! Ich kümmere mich mit Luigi um Giannetto.«

Und so geschah es auch. An dieser Stelle führte ein steiler, vom Dauerregen tief verschlammter Pfad zum Taro hinunter, dessen reißendes Wasser sie bis oben zur Straße tosen hören konnten. Zu zweit trugen sie den in eine Decke eingewickelten Giannetto im Schein der Taschenlampe so weit wie möglich den steilen Abhang hinunter. Bei jedem Schritt gerieten sie im Schlamm ins Rutschen und hielten sich an den dornigen Zweigen des Gestrüpps notdürftig fest.

Schließlich blieb der Dottore stehen. »Hier!«, sagte er.

Sie legten Giannetto neben dem Weg zwischen die Sträucher. Der Dottore leuchtete ihm mit der Lampe ins Gesicht. Er hatte die Augen geschlossen, aber er lebte, seine Lippen bewegten sich noch. Einen hohen Preis hatte er für die Vergewaltigung bezahlt, dachte der Dottore.

»Fass an, Luigi! Wir wickeln ihn aus der Decke und ziehen ihm den Overall aus!«

Unter dem Overall trug Giannetto – wie übrigens alle vier – einen Smoking. Ein Smoking ist einfach unerlässlich, wenn man an einer eleganten Abendgesellschaft an Bord einer schicken Jacht teilnehmen will. Der Plan sah vor, dass sie bei ihrer Ankunft in dem kleinen Jachthafen die Overalls ausziehen und wie vornehme Gäste an Bord gehen sollten, wo sie vom Besitzer und seiner Gattin gebührend empfangen würden. Niemand würde auf die Idee kommen, dass diese feinen Herren wenige Stunden vorher eine der prächtigsten Villen in der Umgebung von Padua ausgeräumt hatten.

So, wie sie ihn hingelegt hatten, mit dem Bauch im Schlamm, konnte es nicht ausbleiben, dass das strahlende Weiß des Hemdes und der ganze elegante Abendanzug schmutzig wurden, aber trotzdem verlieh ihm die Garderobe das Aussehen eines feinen Herrn. Er war ein Mann, der nicht sterben wollte, denn auch jetzt noch, mit dem Gesicht im Schlamm, sagte er unaufhörlich, wenn auch ohne Stimme:

»Mörder, Mörder, Mörder.«

»Er lebt noch!«, entfuhr es Luigi.

»Ja, er lebt noch«, bestätigte der Dottore.

»Dann ist es besser, wir geben ihm den Rest«, sagte Luigi heiser. »Wir können ihn nicht lebend liegen lassen.«

»Gib ihm den Rest, wenn du meinst«, antwortete der Dottore kalt. »Ich bin kein Mörder, nur ein ganz bescheidener Dieb. Wenn du wirklich Mitleid mit ihm hast, brauchst du ihm nur einen Fußtritt an den Kopf zu geben, dann hat er ausgelitten.«

»Du Schwein! Wie kannst du so was sagen!« Luigi schüttelte drohend die Faust.

»Wenn du dir wie ein Heiliger vorkommst, steht es dir frei, Giannetto auf die Schulter zu nehmen, ihn auf die Straße zurückzutragen, den ersten vorbeikommenden Wagen anzuhalten und ihn ins Krankenhaus transportieren zu lassen. Kein Mensch wird dich daran hindern. Aber mit Tito und mir kannst du nicht rechnen! Wir fahren weiter. Wir sind nämlich keine Heiligen.«

Luigi ließ die Faust sinken. Es war nicht zu ändern; der Dottore hatte es ihm deutlich zu verstehen gegeben. Sie kletterten zur Straße zurück und stiegen ein. Der Wagen fuhr sofort an. Luigi hatte jetzt mehr Platz hinten im Wagen. An die zusammengerollten Gobelins und Teppiche gelehnt, gelang es ihm sogar einzuschlafen. Er erwachte erst wieder, als der Wagen plötzlich hielt. Er hob die Plane ein wenig hoch und sah den Grund: eine Verkehrsstreife. Er sprang vom Wagen, bereit, sich aus dem Staube zu machen, falls irgendetwas schief gehen sollte. Auch Tito und der Dottore waren ausgestiegen. Tito hatte einem der Uniformierten die Wagenpapiere gegeben, der sie trotz des heftigen Regens gründlich prüfte. Die Papiere waren in Ordnung, er gab sie Tito zurück.

»Was haben Sie geladen?«, fragte der zweite Uniformierte.

Diesmal schaltete sich der Dottore ein. Er hielt ihm einen Zettel hin, der sofort vom Regen durchnässt war.

»Es handelt sich um einen Umzug. Ziemlich reiche Leute, die sich in La Spezia niederlassen wollen.«

Sorgfältig las der Polizist das Dokument durch. Es war eine Liste der transportierten Gegenstände, versehen mit dem Stempel der Steuerbehörde, die bescheinigte, dass es sich nur um gebrauchtes Mobiliar handelte. Eine perfekte Fälschung. Aber die Polizisten ließen sich nicht davon abbringen, einen Blick ins Wageninnere zu werfen. Einer der beiden kletterte mit einer Taschenlampe hinein und inspizierte alles genau – nicht, um den Kollegen von der Steuer ins Handwerk zu pfuschen, sondern weil sich Polizisten nicht gern für dumm verkaufen lassen, was Lastwagenfahrer als angenehmen Ausgleichssport zu betrachten pflegten. Auf der Ladefläche waren zwar noch ein paar Blutflecke, aber das schien nicht weiter gefährlich: Blut färbt sich schnell schwarz, besonders bei künstlichem Licht sieht es so aus. Der Polizist schenkte den Flecken keine Beachtung. Er sprang hinaus und gab das Zeichen zur Weiterfahrt.

Die drei fuhren vorerst beruhigt weiter. Wenn sie hier, bei der Anfahrt zum Pass, durch die Maschen der Kontrollen geschlüpft waren, würde es ihnen auf der anderen Seite auch gelingen.

Tatsächlich hatten sie auch beim zweitenmal Erfolg. Vor ihnen erhob sich die Leuchtkelle der Verkehrskontrolle – vielleicht gab es eine Faustregel, nach der jeder zehnte Wagen angehalten wurde, wer weiß? Wieder kletterte ein Polizist in den Wagen, aber ein wackliger Flügel, nach Mottenpulver stinkende Teppiche und mannshohe, zum Teil schon angeschlagene und rissige Vasen sind keine Dinge, die Verdacht erregen.

Mit polizeilicher Genehmigung setzten sie ihre

Fahrt fort und zündeten sich endlich die erste Zigarette an, die sie nun unbeschwert rauchen konnten. Sie hatten es geschafft.

In Pontremoli hielten sie noch einmal zu einem kurzen Imbiss an. Es ging auf acht Uhr, seit der Überquerung der Passhöhe hatten der Regen und der Verkehr spürbar nachgelassen. Gegen Mitternacht würde der Lastwagenverkehr wieder stärker werden, aber bis dahin waren sie längst am Ziel. Die Strecke über Sarzana, Viareggio, Pisa, Livorno und Cecina. Der Rückstand zu ihrem Zeitplan betrug anderthalb Stunden, aber die Jacht würde sogar drei Stunden auf sie warten. Sie fuhren durch Cecina, dann noch ein paar Kilometer weiter auf der Hauptstraße nach Süden, und bei Bibbona bogen sie nach rechts zum Meer hin ab. Kurze Zeit später hatten sie den kleinen Hafen erreicht. La California war kein Hafen im eigentlichen Sinn; man hatte lediglich an einer Stelle des Strandes den Boden ausgebaggert, um auch Booten mit mittlerem Tiefgang die Einfahrt zu ermöglichen.

Die Jacht war da, erkennbar an zwei blauen Lichtern auf der Brücke. Kaum stand der Lastwagen, als auch schon ein halbes Dutzend Männer über die bereits herabgelassene Gangway an Land kamen. Sie sollten die Ware verladen. Auch der Eigentümer des Lastwagens war da; er war als erster bei ihnen.

»Es ist alles vorbereitet«, sagte er. »In anderthalb Stunden werden wir die Sachen an Bord haben.«

»Ausgezeichnet!«, sagte der Dottore befriedigt.

Dann stieg er mit Tito und Luigi hinten in den Wagen, und sie begannen, ihre Overalls auszuziehen. Darunter trugen sie einen Smoking, zu dem sie nun auch die passenden Schuhe anzogen. Dann gingen sie, wegen der ungewohnten Dünung von einem Matrosen gestützt, über die Gangway und waren an Bord der Jacht. Der Dottore schüttelte einem großen, hageren Mann die Hand und sagte in lässigem Ton: »Der Wagen ist zum Bersten voll.«

»Ich gratuliere! Aber jetzt braucht ihr sicher ein bisschen Entspannung. Ich kann mit ein paar Schönheiten aufwarten – exotischen und Eigengewächsen!«

Alles klappte ausgezeichnet. Kaum zu glauben, dass Monaco in der zweiten Novemberhälfte noch so viel Sonnenschein zu bieten hatte und man im bunten Pullover und mit Millionen in der Tasche auf einer Café-Terrasse sitzen konnte. Das heißt, der Dottore fand es gar nicht einmal so unglaublich, aber die beiden jungen Männer um so mehr. Die größte Summe, die sie je besessen hatten, waren dreihunderttausend Lire aus einem Einbruch in einen Tabakladen gewesen. Jetzt trugen sie einer wie der andere zehn Millionen Lire in einer Leibbinde um den Bauch und fühlten sich leicht unbehaglich.

Aber auch nach Monaco kommen italienische Zeitungen, und da sie gerade nichts Besseres zu tun hatten, lasen sie sie. Es standen interessante Nachrichten darin. Am Tag nach ihrer Ankunft zum Beispiel folgende:

»Hund findet am Cisa-Pass schwer verletzten Mann im Smoking.« Und ein Untertitel erläuterte: »Der Mann hatte keine Papiere bei sich. Ärzte untersagen polizeiliche Vernehmung.« Die Meldung vom nächsten Tag klang für den Dottore und seine zwei jungen Freunde schon beruhigender:

»Der Unbekannte vom Cisa-Pass schwebt in äußerster Lebensgefahr und hat noch keine Erklärung zu seinem tragischen und mysteriösen Fall abgeben können.«

Die Tatsache, dass Giannetto noch immer lebte, war einfach unvorstellbar. Aber eine andere Überlegung jagte ihnen einen viel größeren Schrecken ein: Sollte es den Ärzten gelingen, ihn vor seinem endgültigen Tod auch nur für fünf Minuten zum Reden zu bringen, würde er in diesen fünf Minuten alles verraten, denn er wusste jede Einzelheit, Vornamen, Zunamen und Adressen aller Beteiligten bis hin zu dem Mann, der ihnen die Smokings geliehen hatte. Dann würde ihnen nichts weiter übrig bleiben, als sich Häftlingsanzüge nach Maß zu bestellen, falls sie auch im Kittchen Wert auf Eleganz legten.

Der nächste Tag war noch schlimmer: keine Meldung über den Sterbenden vom Cisa-Pass. Stattdessen – in bescheidener Aufmachung – Artikel über den Einbruch in die *Villa Picena*. Der Pförtner und seine Frau hatten zahlreiche Hinweise gegeben, aber es war klar, dass die Polizei noch im Dunkeln tappte.

Von nun an lebten sie nur noch von italienischen Zeitungen und vom Roulett. In die Freude über den gelungenen Coup hatte sich ein herber Wermutstropfen gemischt: Nur ein paar Worte von Giannetto würden genügen, um ihnen Interpol auf den Hals zu hetzen, und spätestens eine halbe Stunde danach hätte man sie gefasst – falls man Giannetto zum Reden brachte.

Am vierten Tag meldeten die italienischen Zeitungen:

»Nach der überstandenen Krise in der Nacht zum Donnerstag sind die Ärzte zuversichtlicher, das Leben des Unbekannten vom Cisa-Pass retten zu können. Die Polizei hofft, dass es möglich ist, ihn noch heute Abend zu vernehmen.«

Als sie das in ihrem prunkvollen Hotel in unmittelbarer Nähe des Casinos lasen, schnürte es ihnen die Kehle zu.

»Wir müssen was unternehmen!«, sagte Tito. »Wir können nicht einfach herumsitzen und warten, bis sie uns holen. Wenn Giannetto den Mund aufmacht, erfahren sie sofort, dass wir hier sitzen und laut Plan zwei oder drei Monate warten wollen, bis Gras über die Sache gewachsen ist. Warum verschwinden wir nicht einfach in ein anderes Land?«

»Halt den Mund, du Idiot!«, fuhr ihn der Dottore an. »Wenn Giannetto redet, finden sie uns hier genauso wie woanders. Unsere einzige Chance liegt darin, zusammenzubleiben, hier in Monaco. Wir dürfen nur nicht zu auffällig leben, nicht zu oft ins Casino gehen und mit Geld um uns werfen. Im Übrigen – abwarten!«

Also warteten sie ab. Die italienischen Morgenblätter brachten nichts, aber der *Corriere*, der am Abend eintraf, schrieb: »Die Ärzte haben die Genehmigung zu polizeilicher Vernehmung erteilt. Der Mann im Smoking wird in Gegenwart des Vertreters der Anklage verhört werden.« Da konnte Tito nicht länger an sich halten:

»Was willst du jetzt machen, Supermann? Jetzt wird Giannetto längst alles ausgeplaudert haben, und es dauert nicht mehr lange, bis sie an unsere Tür klopfen – große, kräftige monegassische Polizisten! Ich hab keine Lust, mich wie die Maus in der Falle schnappen zu lassen! Ich haue ab!«

»Wollt ihr endlich vernünftig sein, ihr Schwachköpfe!« Der Dottore zog seine Wunderpistole aus dem Gürtel. »Lieber lass ich mich hier, in dieser Luxusabsteige, festnehmen als irgendwo in den unwirtlichen Bergen dieses herrlichen Fürstentums. Wenn Giannetto gesungen hat, ist sowieso alles vorbei – dann gut Nacht! Wenn ihr verschwinden wollt, gebt mir erst das Geld! Oder glaubt ihr, ich lasse zu, dass der erstbeste schmierige Polyp euch mit dem ganzen Zeug verhaftet?«

Am nächsten Morgen wanderten die drei gemeinsam zum Bahnhof, um die frisch aus Italien eingetroffenen Zeitungen zu kaufen. Denn weder der Rundfunk noch das Fernsehen hatten etwas Neues gemeldet. Die Sonne schien, aber allmählich wurde es auch im lauen Monaco kälter.

Der *Corriere della Sera* brachte auf Seite neun folgende Notiz: »Der Mann im Smoking ist gleich zu Beginn des Verhörs gestorben. Er konnte nur noch ein einziges Wort hauchen: *Mörder.* Die Ermittlungen werden fortgesetzt.«

Die können sie lange fortsetzen, dachte Tito. Erleichtert drehte er sich zum Dottore um. Ja, es war schon so: Der Dottore hatte immer Recht. Beide,

Tito und Luigi, betrachteten ihn voller Bewunderung. Er allein hatte bis zum letzten Augenblick die Nerven behalten. Nun ja, er war eben der *Dottore*.

Cassandra

Giancarlo de Cataldo

I

Der leitende Ermittlungsbeamte hatte ihn als beurlaubten Kollegen vorgestellt, doch Marco hatte den kleinen grauen Mann mit der gespielten Höflichkeit sofort erkannt: Es war ein ehemaliger Polizist, der nach Verurteilung wegen Zuhälterei unehrenhaft aus dem Dienst entlassen worden war. Im Prozess war er nur auf Bewährung verurteilt worden. Dafür, dass er einige Namen genannt, oder dafür, dass er einige verschwiegen hatte, blieb unklar. Sie benutzten ihn hie und da als Informanten. Marco musterte den Exkollegen kalt und nickte ihm nur kurz zu. Der Vorgesetzte sah ihn zustimmend an, denn da alle Beteiligten Bescheid wussten, konnte man sich lange Erklärungen sparen. Der zum Spitzel mutierte Polizist räusperte sich und begann seine Geschichte zu erzählen. Einige Einzelheiten ließ er im Dunkeln, über andere verbreitete er sich detailliert. Was seine eigene Rolle anging, versuchte er sie schönzureden, mit der Realität der Vergangenheit und seinem Abstieg hatte das nicht mehr viel zu tun. Er log, auch wenn das nicht seine Aussage betraf, die das Interesse der *Digos*, der politischen

Staatspolizei geweckt hatte. Danach hatte eine gewisse Cassandra verbreitet, dass jemand, der ihr Ärger machen wollte, es mit Nero zu tun bekommen und es ihm dann genauso gehen würde wie dem Chinesen aus Quattro Caselli.

Nachdem der Informant bezahlt worden war und den Raum verlassen hatte, kamen Marco und sein Vorgesetzter überein, dass eine kurze Ermittlung angebracht war, auch wenn die Aussage des Informanten überaus vage und er keine sehr verlässliche Quelle war.

Während sein Vorgesetzter ihm in groben Zügen die Details des Falls darlegte, streichelte Marco das Foto von Luca. Er würde sich nie von ihm befreien können. Er selbst hatte das Foto gemacht, am Tag ihres gemeinsamen neunzehnten Geburtstags. Ihr Vater hatte jedem ein Motorrad geschenkt. Luca wollte sofort eine Proberunde drehen. Er kehrte nie zurück. Wenn er dieses immer lächelnde, offene Gesicht auf dem Foto berührte, war es ihm, als ob er die Zeit in diesem Moment angehalten und dieses unnatürliche Lächeln für die Ewigkeit eingefroren hätte. Niemand in seiner Dienststelle kannte seine Geschichte. In den Augen seiner Kollegen war er ein bisschen eigenartig; irgendwie anders, aber im Grunde in Ordnung. Er wurde respektiert, war aber nicht beliebt. Der leitende Ermittlungsbeamte unterbrach verärgert seine Ausführungen, als er Marcos abwesenden Gesichtsausdruck bemerkte.

»Hören Sie mir zu?«

»Aber natürlich, Herr Doktor . . .«

»Gut. Da gibt es noch etwas, was ich Ihnen sagen muss ... sehen Sie sich mal diese Cassandra an ...«

II

Ein regnerischer Frühlingsabend in Quattro Caselli. Im *Rifugio* hingen die üblichen armseligen Gestalten herum.

Auf ihrem Weg vom Damenklo steckte sich Cassandra die Stöpsel des Walkman-Kopfhörers in die Ohren und setzte sich an einen Tisch in einer dunklen Ecke.

Patty Pravo mit ihrer warmen, rauen und sinnlichen Stimme flüsterte: *La cambio io la vita che non ce la fa a cambiare me,* »eher ändere ich das Leben, als dass es mich verändert«. Das war ihr Lied. Doch Cassandra dachte, dass es nichts zu ändern gab in dieser Welt, nichts vermochte den dumpfen Schmerz zu stillen, der auf ihrer Seele lastete. Sie konnte sich nicht einmal richtig ausweinen.

Sie fischte in ihrer Handtasche nach dem Handy. Das Display zeigte ein obskures Datum, eine absurde Zeit; er hatte nicht angerufen. Mit einer raschen Bewegung schaltete sie es aus. Wieder ein Reinfall, wie lange würde es dauern, bis sie ihn vergessen hätte? Er sprach von Liebe, und dabei ging es ihm nur um eine schnelle Nummer am Samstagabend. Cassandra schloss die Augen. *Dimmi che non vuoi morire,* »sag mir, dass du nicht sterben willst«, flüsterte Patty. Patty, die Göttin. Doch selbst Götter können sich irren. Ihr schoss das Bild einer Packung Schlaftabletten in den Kopf: drei Tabletten, ein langer Schlaf; zehn Tabletten, Ende ungewiss. Sag mir, dass du nicht sterben willst . . .

Sie öffnete die Augen wieder. Hinter der Theke lächelte Nero ihr zu und schwenkte mit einem Bierglas. Cassandra schüttelte den Kopf. Er stellte das Glas vor Lulu auf die Theke. Sie trank es auf ex und wischte sich dann mit dem Handrücken über das Kinn, dabei rutschte sie auf dem Barhocker herum, als ob sie gerade die Nummer ihres Lebens geschoben hätte. Serpente und Lothar spielten Armdrücken. Auf dem Bildschirm an der Wand flimmerte ein Schwarzweißvideo. Ein beängstigend dünnes Mädchen machte sich an vier tätowierten Muskelpaketen auf Motorrädern zu schaffen. Erst geilte sie sie auf und dann, mittendrin, lehnte sie sich zurück und aus ihrem Mund kamen geschriebene Textfetzen. Doch Cassandra, ganz in Patty versunken, konnte sie nicht hören.

Lulu kam näher. Sie hatte das Hakenkreuz-T-Shirt über dem Bauchnabel geknotet und lächelte ihr typisches »Nimm mich hier und nimm mich jetzt«-Lächeln. Sie trat hinter Cassandra und gab ihr einen Kuss in den Nacken. Er traf sie wie eine Ohrfeige. Cassandra wehrte sie mit einer entschiedenen Geste ab. Lulu griff sich zwischen die Beine und ging die Hüften schwenkend zum Damenklo. Das Lied war zu Ende. Cassandra nahm sich die Stöpsel aus den Ohren. Die Geräusche des *Refugio* trafen sie wie ein Schlag. Drei Tabletten, ein langer Schlaf; zehn Tabletten, Ende ungewiss. Sie würde ihr schönstes Kleid tragen, ein fast durchsichtiges Etwas, ihr Bett wäre mit Rosenblättern geschmückt und im Hintergrund liefe leise eine CD von Patty. Wem würde wohl die Ironie auffallen – ein Selbstmord vor dem Hintergrund von *Dimmi che non vuoi morire . . .*?

Warum blieb sie noch hier? Warum ging sie nicht nach Hause? Auf was wartete sie noch? Oder besser, vor was versuchte sie zu fliehen? Versuchte sie etwas Unvermeidbarem zu entkommen? Drei Tabletten . . . zehn Tabletten . . . Wieder lächelte Nero. Es war ein verständnisvolles, ein aufmunterndes Lächeln. Dieses Mal lächelte sie gezwungen zurück. Aber sie fühlte sich schon besser, summte *Cassandra senza speranza* und erhob sich schwankend, nur mit Mühe hielt sie die Balance auf den hohen Pumps. Sie konnte sich mit dem Video von *Vom Winde verweht* in ihr Zimmer flüchten oder auf dem Heimweg einen Mann aufreißen. Sie konnte nur fünf Tabletten nehmen, einfach, um zu sehen, was passieren würde. Allerdings nur, wenn es ihr nicht so erginge wie dieser amerikanischen Schauspielerin, die sich in der Dosis geirrt hatte und an ihrer eigenen Kotze erstickt war.

Einige Gäste, Lastwagenfahrer, die gelegentlich vorbeischauten, die Augen vor Müdigkeit und Geilheit geschwollen, pfiffen, als sie vorbeiging. Bewusst schwenkte sie ihre Hüften. Sie mochte es, wenn man sie bewunderte. Ihre langen Beine in eng anliegenden schwarzen Strümpfen, der ultrakurze Mini, das rosa Top, die blonden Haare original Patty Pravo – alle starrten sie an, einige begehrten sie, nur geliebt wurde sie nicht.

Am Tresen blieb sie stehen. Nero lächelte sie immer noch an. Sie bestellte einen Grapefruitsaft. Nero stellte ein Glas mit zweifingerbreit Whisky vor sie auf die Theke. Achselzuckend goss sie ihn hinunter und hoffte, jetzt keine Fahne zu haben. Aber für wen eigentlich? Wie sollte der Abend schon enden, wenn alles um sie herum in Scherben ging? Sie suchte Neros Blick, um ihm für seine stumme Freundlichkeit zu danken. Aber Nero lächelte nicht mehr und in sein langes, trauriges Gesicht war ein angespannter Ausdruck getreten, den Cassandra nur zu gut kannte. Ein Ausländer musste die Bar betreten haben. Mit einer kurzen Augenbewegung machte er Serpente und Lothar auf ihn aufmerksam. Die beiden hörten mit dem Armdrücken auf und fixierten den Ankömmling mit dem stumpfen Blick zweier Vorstadtrambos. So war es immer, wenn ein Ausländer ins *Refugio* kam. Nero hasste Ausländer. Man weiß nie, wer sich hinter der Maske des Fremden versteckt, sagte er immer. Sicher, es kann ein verirrter Spaziergänger sein, aber auch ein Polizist im Dienst – wer weiß? – ein Kommunist oder ein Mischling. »Aber bestimmt kein Neger«, hatte sie ihm einmal geantwortet. Das sollte witzig sein, denn ein Neger kann sich nicht verstecken. Aber Nero verstand bei diesem Thema keinen Spaß. Außerdem kamen schon seit Monaten keine Schwarzen mehr ins *Refugio*. Schade, denn die Schwarzen sind freundlich, manche sogar schön. Sie konnte sie nicht hassen.

Sie folgte Neros Blick, und dann sah sie ihn. Das Herz schlug ihr bis zum Hals. Existierten solche Männer überhaupt noch? Groß, blonde kurze Haare, traumhafte Schultern, weißes Hemd und eine Jeans über einem flachen und muskulösen Bauch; jung, jung und schön wie ein Gott, irgendwo zwischen Raz Degan und Brad Pitt. In seinen Augen lag eine Spur Verschlagenheit wie bei Leonardo di Caprio; er hatte das gewisse Etwas, er war ein Frontalangriff auf ihren Unterleib. Sein maskuliner Geruch war so intensiv, dass sie ihn selbst durch die stickige Luft des *Refugio* wahrnehmen konnte ... Sie war sicher, für sie würde er immer *Schön-wie-ein-junger-Gott* sein. Sie begehrte ihn, sie begehrte ihn mit der ganzen verzweifelten Kraft ihrer Einsamkeit.

Auch Lulu hatte ihn bemerkt. Sie kam vom Klo, wo sie sich mit etwas eingesprüht hatte, das ihren Gestank überdecken sollte, jetzt verströmte sie eine Wolke aus üblem Körpergeruch und billigem Nuttenparfüm. Sie stürzte sich direkt auf ihn, dabei wackelte sie mit ihrem Hintern und streckte die mageren Jungmädchenbrüste nach vorne. Um Ähnlichkeit mit den Topmodels aus dem Fernsehen zu haben, ließ sie sich regelmäßig Dauerwellen machen, aber ihre Haare blieben glanzlos und ungepflegt.

Schön-wie-ein-junger-Gott sprach am anderen Ende der Theke mit Nero, dessen Antwort sich auf ein von Gesten begleitetes Grunzen beschränkte. Schön-wie-ein-junger-Gott hatte ein sanftes, fast schüchternes Lächeln. Lulu tat so, als ob sie das Gleichgewicht verlieren würde, und ließ sich auf ihn fallen. Schön-wie-ein-junger-Gott entschuldigte sich, obwohl ihn gar keine Schuld traf. Nero nickte und tauschte einige Blicke mit Serpente. Serpente flüsterte Lothar daraufhin etwas ins Ohr. Sie fingen wieder mit dem Armdrücken an. Nero servierte Schön-wie-ein-junger-Gott ein Bier. Das hieß, der Fremde war in Ordnung, alles o. k. Er nahm das Bier und setzte sich an einen Tisch, Lulu dicht daneben. Cassandra zog sich die Lippen mit ihrem violetten Lippenstift nach und schlug die Beine übereinander. Undenkbar, dass er seine Zeit mit einer Schlampe wie Lulu verschwenden würde. Lulu jedoch lachte, überzeugt, vielleicht etwas Geistreiches gesagt zu haben. Schön-wie-ein-junger-Gott stand auf und sah sich unschlüssig um. Lulu schmollte. Cassandra fragte sich, ob jetzt der richtige Moment gekommen war, um in Aktion zu treten. Sie suchte Neros Blick und orderte einen weiteren Whisky. Nero servierte ihn ohne ein Lächeln.

»Kann ich mich zu Ihnen setzen?« Schön-wie-ein-junger-Gott lächelte sie an.

Bevor sie antwortete, schloss Cassandra die Augen und atmete tief durch. Ein sehr männliches Aftershave, leicht und diskret, keine Spur von Schweiß, nur Frische und diese Aura, diese starke Welle, die dir durch und durch geht und deinen Unterleib in Wallung bringt.

»Das kommt darauf an«, antwortete sie mit einem tiefen Säuseln.

»Und auf was?«

»Darauf, was Sie vorhaben.«

»Ich will nur ein Bier trinken und mich dabei ein bisschen unterhalten. Ich kenne hier keinen und ich dachte . . .«

»Gleich hier?«

Schön-wie-ein-junger-Gott riss seine unglaublich grünen Augen auf. Cassandra verwünschte sich, sie war zu aggressiv vorgegangen. Viel zu aufdringlich und direkt, sie hätte genauso gut sagen können: »Ich will, dass du mich bis zur Bewusstlosigkeit vögelst.« In gewissem Sinne wäre das sogar stilvoller gewesen. Er hätte sich daraufhin mit einem wissenden Lächeln umgedreht und sie wären gegangen, sie wie eine Idiotin hinter ihm her, zu allem bereit. Doch Schön-wie-ein-junger-Gott hörte nicht auf zu lächeln, sein Blick war nur noch schüchterner geworden.

»Soll das heißen: Nein danke, ich bin verabredet?«

»Das soll heißen: Hier ist es ungemütlich, gehen wir lieber da rüber.«

III

Vor dem Beginn seiner Ermittlungen hatte er sich über den Einsatzort informiert. Alles, was er über Quattro Caselli herausbekommen hatte, beschränkte sich auf einige Zeilen in einem Buch über die antiken Straßen der Stadt. Vor sehr langer Zeit hatte sich dort eine Konsularstraße befunden, an der eine Station zum Wechseln der Pferde mit Namen *Quattro Cavalli* lag. Später, als die Pferde durch Autos ersetzt worden waren, wurde die Straße mit mehreren Schichten Straßenbelag befestigt und aus den *Quattro Cavalli*, den vier Pferden, war, warum auch immer, Quattro Caselli geworden. Sein erster Eindruck vor Ort machte ihn sprachlos: eine Straßenkreuzung, begrenzt von einer Apotheke, einer Bar, einem Warenhaus und einer Brücke, unter der eine stinkende Dreckbrühe floss. Davor eine Bushaltestelle, die Bögen eines alten Aquädukts und die finsteren Häuserblocks eines zu schnell gewachsenen Vororts. Alles war verkommen, ungepflegt, lieblos. Der Boden staubig, das Grün verrottet, die Luft durch Benzin und andere Abgase verpestet, und ein mörderischer Verkehr rollte in Richtung Stadt. In Quattro Caselli dauerte es nicht lange, bis man von dem dringenden Wunsch gepackt wurde, so weit wie möglich von hier zu verschwinden. Wenn das Leben in der Großstadt so aussah ... Er tröstete sich mit der Aussicht, dass seine Ermittlungen nur kurz sein würden, im Grunde nahm die Aussage des korrupten Exkollegen keiner so recht ernst.

Das *Refugio* war ein übler Schuppen. Schon auf den ersten Blick war ihm klar, dass hier nur schmieriges Publikum verkehrte; niemand, um den es schade wäre, wenn diese Kneipe mal ausgeräuchert würde. Dort saßen Trucker, harte Jungs, abgearbeitete Pendler. Der Barkeeper mit dem traurigen Gesicht tauschte bei seinem Eintreten Blicke mit seinen zwei Gorillas, als ob er schon den Polizisten gewittert hätte, und die dummgeile falsche Blondine hätte er selbst unter Folter nicht mit ins Bett genommen. Das musste die »Gruppe« sein, von der sein Chef gesprochen hatte.

Und dann war da noch das Problem Cassandra, alias Leonardo Fonterossi, ein Transsexueller. Auf seinen perplexen Gesichtsausdruck hin hatte sein Vorgesetzter das Chefgesicht aufgesetzt, was soviel bedeutete wie: Befehle werden nicht diskutiert, sondern ausgeführt.

Er hatte sich einem erfahrenen Kollegen anvertraut, einem Experten namens Calcopietro.

»Cassandra? Nie gehört. Aber die Sache gefällt mir nicht, der Name bringt Unglück.«

Wenn es nach Calcopietro gegangen wäre, hätte er den Auftrag ablehnen müssen. Die Transen übertragen Krankheiten, haben die guten alten Prostituierten von der Straße vertrieben; sie sind gewalttätig, greifen schnell zum Messer und setzen zweideutige Anzeigen in die Zeitung, in denen sie ihr Ding zwischen den Beinen als »mächtigen Zauberstab« oder »dicke Überraschung« beschreiben.

Calcopietro war noch ein Beamter vom alten Schlag. Er war sechzehn Jahre im Außendienst gewesen, damals, als das Dezernat noch »Sitte« hieß und nicht »Dezernat für Straftaten gegen sexuelle Selbstbestimmung«, und für Probleme mit den einheimischen und den ausländischen Strichern hatte er einen kühlen Kopf und eine gehörige Portion Muskelkraft parat gehabt. Damals waren Polizisten noch keine allzu verständnisvollen Sozialarbeiter gewesen.

Polizisten von Marcos Generation sahen die Situation anders. Calcopietro hatte die Neuigkeit sofort weitergegeben und zu seiner großen Überraschung entdeckte Marco, dass die Transen bei den jungen Beamten sehr beliebt waren.

Sie hatten ihm etwas zu trinken angeboten und

ihn großzügig mit Tipps versorgt. Es hatte fast so ausgesehen, als beneideten sie ihn. Allem Anschein nach waren Transen gute Liebhaber. Man musste sie nur gut behandeln und nicht vergessen, dass sie Frauen waren. Schlimmstenfalls, hatte er eingeworfen, musste man vergessen, dass es Männer waren. Ein Kollege, der gerade aus Mailand versetzt worden war, tat ihn als Provinzler ab. Mit einem Mann ins Bett zu gehen war scheinbar ein akzeptables Vergehen.

Calcopietro schickte sie raus und setzte noch einen drauf:

»Also, wenn es dich anmacht, greif zu, aber aufgepasst, Junge: Bleib locker! Nach dem zweiten Mal giltst du offiziell als schwul!«

Seine Aufgabe bestand darin herauszufinden, welche Rolle Cassandra spielte. Wusste sie etwas? Oder war ihre Drohung nur so dahingesagt gewesen, um einen lästigen Freier abzuschütteln, mit dem sie es bei ihren nächtlichen Streifzügen zu tun bekommen hatte?

Obendrein waren die verschwundenen Chinesen offiziell nie in Quattro Caselli aufgetaucht. Es sei denn, es war ihnen wie diesem Ibrahim gegangen, einem Javanesen (wo diese Einwanderer inzwischen überall herkommen!), den man vor sechs Monaten zerschmettert an der Böschung am Fuß der kleinen Mauer gefunden hatte.

Doch laut Totenschein hatte es sich um einen Unfall gehandelt. Die ganze Sache würde sich am Ende als das herausstellen, was er von Anfang an befürchtet hatte: als reine Zeitverschwendung. Trotz seiner spürbaren Nervosität gestaltete sich der Annäherungsversuch ganz einfach. So wie sie auf seine allererste Kontaktaufnahme reagiert hatte, musste er ihr gefallen haben. Ohne Zweifel ein Verdienst seines guten Aussehens; aus diesem Grunde hatten sie ihn auch ausgewählt. Auf gute Abschlüsse und intelligente Ermittlungsarbeit legten seine Vorgesetzten wohl weniger Wert. Cassandra war nett, wenn auch ein bisschen zickig. Sie war eine angenehme Gesprächspartnerin. Es fehlte ihr weder an Klasse noch an Witz, und sie parfümierte sich unaufdringlich. In der Prostituiertenkartei tauchte sie nicht auf, was für eine Transe eher ungewöhnlich war. Vielleicht betrieb sie ihr Geschäft zu Hause, oder es war einfach nur eine Frage der Zeit, bis sie in eine Razzia geraten würde. Seine Nervosität machte ihn besonders empfänglich, außerdem schmeichelte ihm ihre Bewunderung. Ohne Zweifel hatte er Eindruck gemacht. Er war ständig auf der Hut, sich nicht zu verraten, und behandelte sie weiterhin wie ein Mädchen, das er zufällig in einer schmierigen Vorstadtbar getroffen hatte. Cassandra hatte ihm erzählt, dass sie ihn auf den ersten Blick für einen Ausländer gehalten hatte. Sollte das ein Kompliment sein? Natürlich für einen Nordeuropäer, sonst würde er hier nicht sitzen, wäre gar nicht erst ins *Refugio* reingekommen. Es gefiel ihm, die Verwunderung in ihren Augen zu lesen, als er ihr enthüllte, dass er aus dem Benevent stammte. Das passierte nicht zum ersten Mal; noch immer glaubten die Leute, alle Italiener aus dem Süden seien klein und dunkel, als ob die Langobarden nicht schon seit

Jahrhunderten das Land zwischen den Alpen und Bari beherrschten.

Plötzlich löste sich seine Nervosität. Sie unterhielten sich zwei Stunden und vier Biere lang. Natürlich erzählte er ihr die »Legende«, die er zusammen mit seinem Chef entwickelt hatte, aber schon bald bemerkte er, dass er nur dann log, wenn es unbedingt notwendig war. Er hatte ihr vieles von sich anvertraut, er dagegen wusste nur sehr wenig von ihr. Aus einem Anflug von Narzissmus heraus hatte er ihr sogar die Geschichte mit seinem Bruder erzählt. Der Schmerz, den er in ihren Augen las, machte ihn betroffen. Cassandra schien zu wissen, wie sich der quälende Schmerz anfühlt, wenn man einen Teil von sich selbst verliert. Bevor er das Lokal verließ, stellte sie ihm Nero, Serpente und Lothar vor; Lulu, die sich, die Hand in der Hosentasche, auf einem Stuhl rekelte, übersah sie bewusst.

Sie musterten ihn misstrauisch und reichten ihm die Hand. Später brachte er Cassandra auf seiner schweren, chromglänzenden Kawasaki nach Hause. Mit seiner Maschine schindete er immer Eindruck bei den Mädchen. Verwundert registrierte er, dass sie nicht hier im Vorort, sondern in der Nähe der Innenstadt auf der Appia, im Viertel Re di Roma lebte. Der Abschied beschränkte sich auf einen flüchtigen Kuss und das Versprechen, sich bald wiederzusehen. Als ihm auf dem Heimweg ihr Parfüm wieder in die Nase stieg, stellte er mit leiser Bestürzung fest, dass er in Cassandra ganz selbstverständlich eine Frau sah, noch dazu eine gut aussehende. Telefonnummern hatten sie keine ausgetauscht.

»Du weißt, wo du mich findest«, hatte sie ihm gesagt.

Bezüglich dieses ersten Abends vermerkte der *Digos*-Beamte Marco Zucca in seinem Bericht: »Kontaktaufnahme mit der betreffenden Person erfolgt.«

IV

»Er kommt aus einem wohlhabenden Elternhaus, seit Generationen Apotheker. Er gilt ein bisschen als schwarzes Schaf, weil er alles hingeschmissen hat und durch die Welt gezogen ist. Er war sogar mal Seemann. Mit dem, was er verdient, bleibt er mal hier, mal da. Außerdem hat er mir erzählt, dass er einen Zwillingsbruder hatte; sie waren unzertrennlich. Dann ist Luca, so hieß der andere, bei einem Unfall ums Leben gekommen. Danach hat er sich völlig verändert.«

»Wie ergreifend.«

Lulu machte Kaugummiblasen. Cassandras Antwort beschränkte sich auf ein Schulterzucken und ein sarkastisches: »Du bist nicht sein Typ, Schätzchen. Dir fehlt das, was man ›Klasse‹ nennt.«

Serpente lachte und pfiff durch seine verrotteten Zähne. Nero hatte gerade dreckige Tassen in den Geschirrkorb gestapelt und ging damit in Richtung Spülmaschine.

»Ich frage mich, was einer wie der in Quattro Caselli will.«

»Ihm wird's hier gefallen haben.« Cassandra ging in die Defensive.

Nero schüttelte den Kopf. »Niemand kommt zufällig nach Quattro Caselli.«

»Mein Freund ist o. k., klar?«

Nero zuckte mit den Achseln. »Solange er keinen Ärger macht, kannst du ihn behalten, deinen großen Blonden. Aber pass auf, dass du nichts übersiehst, Cassandra. Du kennst die Regeln ...«

Serpente ließ ein weiteres Lachen hören und begann sich mit der linken Faust in die rechte Hand zu schlagen. Cassandra pfefferte ihr Glas mit dem restlichen Grapefruitsaft auf den Boden.

»Das ist mein Leben, Nero. Ich will nicht, dass du dich da reinhängst.«

»Ach die Liebe, die Liebe ...«, höhnte Lulu.

Cassandra hatte große Lust, ihre langen Fingernägel in dieses ausdruckslose, eingefallene Gesichtchen zu versenken. Serpentes viel sagender Blick hielt sie zurück.

»Hast du es ihm schon gesagt?«, fragte Nero mit gespielter Gleichgültigkeit.

Sie fühlte Wut in sich aufsteigen. Sie stieß den Barhocker nach hinten und ging mit einem bösen Lächeln und betont langsam in Richtung Damenklo. Wenn Marco nun nie wieder kommen würde? Sie hatte noch nicht mal seine Telefonnummer, sie war sich so sicher gewesen ... Um sich wieder unter Kontrolle zu bringen, betrachtete sie sich lange im Spiegel; ihr apartes Gesicht, die hohen Wangenknochen, ihre mandelförmigen Augen mit den kleinen violetten Sprenkeln. Sie mochte ihre kleinen Brüste, ihre langen Beine, ihren flachen Bauch. Alle fanden sie attraktiv, warum nicht auch Marco? Für ihn gab sie sich mädchenhaft und frisch; sie trug eine Bluse, Jeans, einen Pullover mit rundem Ausschnitt und hatte nur einen Hauch Make-up aufgelegt. Doch, er würde wiederkommen und sie würde ihm nichts sagen müssen. Marco war nett, sensibel und ehrlich, selbst wenn seine Muskeln nicht so aussahen, als wären sie vom Himmel gefallen und er sie bestimmt auch zu nutzen wusste. Natürlich hatte er sofort bemerkt, dass sie eine Transe war, auch wenn er versucht hatte, damit ganz locker umzugehen. Aber hatte er das bis in die letzte Konsequenz akzeptiert? Vielleicht wägte er die Situation ab, vielleicht war es etwas Neues für ihn. Sie würde ihn sachte in alles einführen, genauso feinfühlig, wie er mit ihr umgegangen war. Das brauchte Zeit, aber an Zeit fehlte es nicht. Wenn sie sich nur besser im Griff hätte ... Wenn sie sich nicht schon so viele, zu viele Male getäuscht hätte, sie wäre bereit gewesen zu schwören, dass ihre Liebe zu Marco für die Ewigkeit war.

Schließlich hatte sie sich wieder beruhigt und ging ins Lokal zurück. Lothar gestikulierte und zeigte auf etwas jenseits der Fensterscheibe. Während sie lässig auf die Theke zuging, sah sie Serpente und Lulu auf den Ausgang zuspurten, mit Lothar dicht auf den Fersen. Nero wartete, bis sie weg waren, befreite sich von seiner Schürze und sprang über die Theke.

»Es sind zwei Marokkaner. Endlich!«

Cassandra folgte ihm widerwillig. Hauptsächlich, um nicht alleine im Lokal zu sein. Jemand hätte sie mit einer Kellnerin oder etwas Schlimmerem verwechseln können. Auf dem Platz vor der Apotheke sah man zwei dieser fliegenden Händler mit den schwarzen Müllsäcken voller Krempel: Holzelefanten, Radios, Billiguhren und Spielzeug aus Taiwan. Nero und die Seinen hatten sie umringt. Sie erkannte Pelato, Scrofola, Lulus Bruder, ein 14-jähriger Haufen Bosheit, Tredenari und viele andere. Die Gruppe war vollzählig versammelt. Die Marokkaner versuchten, die Säcke mit den Waren zu schützen und schrien etwas in gebrochenem Italienisch. Nero hielt sich abseits. Auch die Einwohner von Quattro Caselli standen in kleinen Grüppchen um den Platz und genossen das Spektakel. Cassandra war bis an die Schwelle des *Refugio* getreten, sie fühlte ein wenig Mitleid mit den zwei armen Typen, aber im Grunde ging sie das nichts an. Nichts sollte ihr entscheidendes Rendezvous stören. Auf ein Zeichen von Nero ging die Gruppe zur Sache. Sie sah, wie Lulu nach einem Holzbalken griff, fast größer als sie, sah einen Wirbel von Schlägen, hörte undeutliche Schreie und Jammern, und dann, als sie ans Ende der Mauer blickte, sah sie Marco. Er beobachtete die Szene mit vor Wut geschwollenen Adern. Cassandra hatte Angst, er würde sich einmischen; sie rannte mit ihren flachen Schuhen über den Platz und nahm ihn bei der Hand.

»Lass uns gehen«, flüsterte sie. Schweigend brachte sie Marco zum Motorrad.

V

Dieser Vorfall hatte den Abend mit Cassandra gründlich verdorben. Sie hatte ihn gebeten, sie nach Hause zu bringen, sie hatten Telefonnummern ausgetauscht, und dann war sie ohne einen Gruß verschwunden.

Marco informierte den leitenden Ermittlungsbeamten, dass sich die Nordafrikaner in Sicherheit gebracht hatten; im Rückspiegel hatte er gesehen, wie sie in einem uralten Mercedes geflohen waren.

Natürlich lag keine Anzeige vor. Mit Sicherheit waren sie illegale Einwanderer, ihr größtes Problem würde es sein, ihrem Chef den Verlust der Ware zu erklären.

Sein Vorgesetzter hatte beschlossen, den Vorfall erst einmal zu den Akten zu legen.

»Auf diese Sache werden wir im geeigneten Moment zurückkommen. Im Augenblick genügt es, wenn wir uns um diesen Schwulen kümmern.«

»Er ist nicht schwul. Er ist transsexuell.«

Sein Chef warf ihm einen spöttischen Blick zu.

Der schöne Mino hatte zweifellos Recht gehabt. Die Gruppe in Quattro Caselli existierte tatsächlich, und sie war mehr als nur ein übler Haufen, der gegen Ausländer wetterte. Die Schlägerei war militärisch straff organisiert gewesen. Die Taktik stammte offensichtlich von Nero, dem Kopf des Ganzen. Er selbst schlug selten, aber gründlich zu. Er wartete auf den richtigen Moment und wusste genau, wohin und wie er schlagen musste. Am schlimmsten hatte sich die kleine dummgeile Blondine aufgeführt; sie war abstoßend, eine sadistische Furie. Marco fühlte sich verpflichtet zu erklären, dass ihm die Entscheidung, nicht einzugreifen, um seine Deckung nicht zu gefährden, nicht leicht gefallen war. Mit einem weiteren spöttischen Blick gab ihm sein Chef zu verstehen, dass er solche Skrupel für übertrieben hielt.

»Soll ich Ihnen Verstärkung zur Seite stellen?«

»Das schaffe ich schon alleine.«

»Sind Sie da sicher?«

Warum fragte er so hartnäckig nach? Zweifelte er etwa an seinen Fähigkeiten?

In den folgenden Tagen kam Cassandra nicht ins *Refugio*. Marco nutzte die Zeit, um die anderen Stammgäste etwas näher kennen zu lernen. Aber Nero vermied es, mit ihm zu sprechen, und was Lothar und Serpente betraf, schien für sie jede Form einer gepflegten Unterhaltung eine große intellektuelle Herausforderung zu sein. Blieb nur noch Lulu, doch so sehr er sich auch bemühte: Er konnte nicht freundlich zu ihr sein, noch immer hatte er die rasende Wut vor Augen, mit der sie versucht hatte, ihren Opfern den Schädel einzuschlagen.

Cassandra tauchte am dritten Abend wieder auf, gerade als sich Marco entschlossen hatte, zu ihr nach Hause zu fahren.

Sie trug ein violettes Kleid und Make-up und Frisur à la Patty Pravo, ihre Haare sahen aus wie ein aschblonder Helm. Sie roch verführerisch, ihre Augen blitzten: Sie war eine aufreizende Erscheinung. Als sie in einer Pizzeria in der Innenstadt saßen, sprach Cassandra unaufhörlich mit leicht schriller

Stimme und Weißwein trinkend machte sie sich über die Gäste am Nebentisch lustig. Marco wurde sich bewusst, dass er gerne mit ihr zusammen war. Zwei Tage lang hatte er auf sie gewartet und hinter seinem professionellen Interesse etwas verborgen, das mit den Ermittlungen nichts zu tun hatte, nämlich das echte Vergnügen an ihrer Gesellschaft. Aber konnte es hier überhaupt etwas Echtes geben? Cassandra wollte ihn, seinen Körper, sie wollte ihn lieben und geliebt werden. Es war offensichtlich, dass sie diese ganze Vorstellung nur für ihn aufführte. Aber hier ging es nicht darum, exotischen Sex mit einer transsexuellen Prostituierten zu haben. Marco war sensibel genug, um zu bemerken, dass Cassandra dabei war, sich in ihn zu verlieben. Er spielte ein übles Spiel mit ihr. Gefiel sie ihm? Sicher, er fand sie nett und sympathisch, und je länger er sie beobachtete, desto unwahrscheinlicher erschien ihm ihre Beteiligung an den schmutzigen Geschäften von Nero und Konsorten. Aber sie wirklich begehren? Sie war attraktiv, gar kein Zweifel. Doch sie war nun mal ein Mann und keine Frau ... Seine Kollegen hatten ihm geraten, sich die Gelegenheit nicht entgehen zu lassen. Er verschanzte sich hinter den Zwängen der Ermittlung. Wenn sich diese Geschichte mit dem Chinesen als wahr herausstellte, wenn es zum Prozess käme, wie stünde er denn da, wenn er mit ihr im Bett gewesen wäre? Darauf hatten die Kollegen eine prompte Antwort parat: Erstens würde sie dich nicht in die Pfanne hauen, und zweitens stünde ihr Wort gegen deines. Eine Nutte gegen einen ehrbaren Beamten ... Aber das Problem war gar nicht der Prozess, das Problem waren er und Cassandra.

Cassandra erzählte ihm, dass sie ihre Mutter nicht gekannt hatte und dass sie von ihrem Vater, einem Workaholic, mehrere Wohnungen und Aktien geerbt hatte. Marco hörte ihr nur mit halbem Ohr zu, er achtete mehr auf die Bewegung ihrer schönen Lippen als auf den Sinn ihrer Worte.

»Woran denkst du?«

»Ich denke daran, dass du dich kleidest wie Patty Pravo, eine Frisur hast wie sie und sogar ihre Stimme imitierst; was fasziniert dich nur so an ihr?«

Cassandra zuckte mit den Schultern.

»Sie gibt nie auf, genau wie ich. Wusstest du, dass es eine Zeit gab, in der sie keine Lira hatte? Eine wie sie, ein Star ... niemand interessiert sich mehr für dich, du bist einfach draußen ... das muss schrecklich sein ... und weißt du, was Patty gemacht hat? Sie hat für ein Pornomagazin Modell gestanden! Aber nichts Heftiges ... rein künstlerisch ... eine andere hätte sich vielleicht die Pulsadern aufgeschnitten, aber sie ...«

Marco hatte ihr ein wenig überrascht zugehört, denn er hatte eine Hymne auf Patty Pravos Transsexualität erwartet, aber stattdessen ... Was wollte ihm Cassandra damit sagen? Von einer plötzlichen Intuition geleitet nahm er ihre Hand. Cassandra wehrte sich nicht, sie schien sich dieser unbedeutenden und doch viel sagenden Geste völlig hinzugeben. Ja, da war eine kleine Narbe auf der Unterseite des linken Unterarms. Sie folgte seinem Blick und zog verärgert ihren Arm weg. Sie griff in ihre Tasche und zündete sich eine Zigarette an. Dabei wich sie seinem Blick aus und sah in eine andere Richtung. Sie hatte zwar von Patty gesprochen, aber eigentlich sich selbst gemeint. Wann hatte Cassandra versucht sich umzubringen? Wie oft? Warum? Für wen? Wegen eines falschen Mannes? War sie einmal, war sie hundertmal betrogen worden? Er konnte sie verstehen, denn ging es ihm nach Lucas Tod nicht genauso? Wozu brauchte man wohl mehr Mut: zu springen oder am Rande eines Abgrunds das Gleichgewicht zu halten?

»Luca sagte: Komm doch mit. Aber ich bin nicht mitgefahren. Ich fühlte mich nicht sicher genug. Danach habe ich zwei Jahre gebraucht, um aufs Motorrad zu steigen.«

Er hatte mit leiser Stimme gesprochen, aber er war sicher, dass Cassandra ihn trotzdem verstanden hatte. Sie drückte ihre Zigarette aus und strahlte ihn an.

»Ich bin glücklich, wenn du bei mir bist ...«

»Ich auch ...«

Marco fragte sich, wie die Geschichte ausgegangen wäre, wenn sie einfach nur eine hübsche kleine Nutte mit den falschen Freunden gewesen wäre. Durch seinen Kopf geisterten Phrasen wie: Distanz zurückgewinnen, eine professionelle Haltung bewahren ... Aber das hatte mit dem, was hier vorging, nichts mehr zu tun. Da war diese Spannung in ihm, dieser Drang ... Er war nicht mehr unbeteiligt, er war mittendrin, er ließ sich beeinflussen, ihm gefiel diese Frau, auch wenn sie ein Mann war. Doch was war mit den Ermittlungen? An diesem Punkt ging es nicht mehr darum, ob der Tod des Chinesen ein Unfall gewesen war. Er hatte die Gruppe in Aktion gesehen. Der Zusammenhang lag auf der Hand. Vielleicht hätte er den Vorschlag seines Chefs annehmen sollen. Vielleicht musste er den Fall abgeben, denn die Ermittlungen schlossen notwendigerweise auch Cassandra mit ein. Sie würden ihr wehtun. Vor allem, wenn er nicht da wäre, um ihr zu helfen ... Er könnte es immerhin versuchen ...

Er versuchte vorsichtig, das Thema in die gewünschte Richtung zu lenken.

»Mir gefallen deine Freunde nicht, Cassandra, und mir gefällt nicht, was ich letztens gesehen habe.«

»Du hast nur einen Teil der Vorstellung gesehen«, antwortete sie bitter.

Sie erklärte ihm, dass alles nach den festgelegten Regeln gelaufen war: Sie hatten die Ware der Ausländer öffentlich verbrannt, dabei Hymnen gesungen und Quattro Caselli zum auf immer und ewig »mischlingsfreien« Gebiet erklärt.

»Und die Leute?«

»Die nehmen das so hin. Sie haben Angst vor Nero.«

»Und was ist mit dir?«

»Wir sind zusammen aufgewachsen. Er akzeptiert mich, und ich kümmere mich nur um meine eigenen Sachen.«

Cassandra mochte keine Gewalt. Aber war sie bereit, ihre Freunde zu verraten? Sie hatte Mitleid mit den Verprügelten, deren einziger Fehler es war, nicht der »arischen Rasse« anzugehören. Und doch lebte sie im Zentrum der Gruppe. War sie eine von ihnen? Wie weit steckte sie mit drin?

»Warum machen die das?«

»Sie haben keinen anderen Lebensinhalt.«

»Das ist eine gefährliche Sache, Cassandra. Eines Tages stirbt einer und dann . . .«

Sie versteifte sich, erschrocken über seine Bemerkung. Schnell wechselte er das Thema. Aber es war zu spät. Cassandra war plötzlich kalt und unzugänglich und ließ sich bei einem Taxi absetzen.

Marco notierte in seinem Bericht:

»Das zu überwachende Objekt ist weder in die Aktivität der Gruppe involviert noch teilt es deren Ideologie. Es war nicht möglich festzustellen, ob es Kenntnis von für die Ermittlungen relevanten Fakten hat.«

VI

Zwei Tage später meldete sie sich bei ihm. Sie trafen sich wieder in der Pizzeria. Marco hatte sich in Schale geschmissen, als ob er zu einem Rendezvous ginge. Er war verwirrt und durcheinander und wusste nicht, wie er weiter vorgehen sollte. Cassandra küsste ihn zur Begrüßung auf die Wange.

»Du hast deine Haare schwarz gefärbt!«, bemerkte er.

»Das ist meine Naturfarbe. Jetzt kannst du nicht mehr behaupten, ich sei ein Klon von Patty Pravo!«

Erst das Essen, dann die Disco: Der Abend schleppte sich mit wachsendem Unbehagen dahin. Cassandra tanzte aufreizend und provozierte die Männer mit eindeutigen Gesten, scheinbar ohne es zu bemerken. Ganz so, als ob sie entschieden hätte, dass die Reize ihres Körpers für jeden zu haben seien, nur nicht für ihn. Zwischen ihren Abstechern zum Klo antwortete sie nur einsilbig auf seine Fragen, sie trank viel und alles durcheinander. Er begann sich zu fragen, ob sie kokste, und während sie wild mit einem haarigen und schweißigen Fettkloß tanzte, durchsuchte er ihre Handtasche, fand aber nichts Verdächtiges. Er trat an den Rand der Tanzfläche, verärgert über die Bewunderung, die Cassandra bei den Männern hervorrief. Er ertappte sich dabei, wie er der Bewegung ihres Nackens, dem Spiel ihrer Ohrringe folgte, und beobachtete, wie sie mit ihrer Lebendigkeit alle in ihren Bann zog. Eine Frau, sie war nichts anderes als eine Frau. Und doch ein Mann. Er dachte an die Warnungen Calcopietros, an die Anzeigen, »mächtiger Zauberstab«. Einen mächtigen Zauberstab, das war es, was Cassandra zwischen den Beinen hatte. Ein Mann. Erregung erfasste ihn ... Was geschah mit ihm? Warum gerade er? Dafür, wie sie sich gerade verhielt, sollte er sie verachten ... eine Frau ... ein Mann ...

Seine Aufgabe erschien ihm mit einem Mal unerträglich. Er würde ihr alles sagen und sie würde ihn zum Teufel schicken! Dann hätte er zwar alles zerstört, wäre aber gerettet ... Gerettet! Gerettet vor was? Was hätte Luca an seiner Stelle getan? Widerstanden, ganz klar! Aber Luca stand auch nur auf Frauen! Cassandra, eine Frau, ein Mann ... Schluss damit! Er konnte sein Verlangen kaum noch zügeln. Da war sie, greifbar nah ...

Entschieden ging Marco zur Tanzfläche, seine Augen suchten sie und sein Herz klopfte zum Zerspringen.

Aber Cassandra kam ihm zuvor. Sie zog ihn an sich. Sie küsste ihn leidenschaftlich und flüsterte ihm ins Ohr: »Ich will dich, Schön-wie-ein-junger-Gott.«

Ihr Parfüm stieg ihm in den Kopf. Doch dann, als er sie an sich presste, sah er wieder das Bild des »mächtigen Zauberstabs« vor sich. Obwohl er sie sanft von sich schob, spürte er, wie sein Schwanz hart wurde.

»Ich bringe dich nach Hause, es ist spät.«

Cassandra musterte ihn, ihre Augen waren nur noch zwei schmale Schlitze.

»Haben sie dir was über mich erzählt?«

»Niemand hat mir was über dich erzählt.«

»Wir beide sind schön. Es ist richtig, wenn wir zusammen sind.«

»Es ist nur, also, ich kann heute Abend ...«

»Das soll also heißen, dass mich heute Abend ein anderer vögelt.«

Cassandra gab ihm einen Zungenkuss und griff ihm zwischen die Beine. Er kam sofort. Er drängte sich gegen sie. Cassandra löste sich von ihm, fest entschlossen, auf die Tanzfläche zurückzukehren, um ihr Vorhaben in die Tat umzusetzen. Er fasste sie am Arm und zwang sie, sich umzudrehen, dann nahm er ihr Gesicht zärtlich zwischen seine Hände. Cassandra seufzte mit halb geöffneten Lippen.

»Ich gefalle dir.«

»Ja ... nein ... ich weiß auch nicht.«

»Du begehrst mich!«

»Ja ...«

»Hast du Angst vor Aids?«

»Was sagst du denn da ...«

»Ich bin keine billige Straßennutte und ich bin nicht HIV-positiv. Außerdem habe ich mich in dich verliebt!« Cassandra leckte ihn hinter den Ohren und begann seinen Hintern zu streicheln. »Ich will dich«, flüsterte sie.

Jemand beobachtete sie. Marco spürte die Blicke auf sich lasten und machte sich los von ihr. Was hatte Calcopietro gesagt? Bleib locker, sonst giltst du als Schwuler ... Er stellte sich die Bemerkungen der Kollegen vor ... sie starrten ihn an ... War es nicht überall so gewesen? Spöttische Blicke, übertriebene Neugierde ...

Cassandra lachte. »Jetzt oder nie, Schön-wie-ein-junger-Gott!«

Sie hatte fast geschrien. Zwei Rausschmeißer tauchten hinter ihr auf.

»Probleme?«

Sie zuckte abschätzig mit den Schultern. »Keine Probleme. Ich unterhalte mich nur mit meinem Freund!«

»Verschwindet und streitet euch woanders, klar?«

Einer der beiden schwang eine Eisenkette, der andere hielt sich wachsam im Hintergrund. Marco fühlte, wie seine Erregung und seine Unsicherheit dabei waren, sich in ein diffuses Bedürfnis nach Gewalt zu verwandeln. Er schätzte die Entfernung ab. Es wäre kein Problem für ihn, dem einen Kerl die Kette zu entreißen, um sie dann dem anderen um den Hals zu legen, er war stärker, schneller und cleverer. Um sie herum waren die Leute zurückgewichen. Selbst die Musik schien vom schweren Atem der Rausschmeißer übertönt zu werden. Er stellte sich die Szene vor, das Blut, die Schläge, die Schreie. Zur Flucht bereit, ballte er die Fäuste.

Cassandra schleimte sich jetzt bei dem Typen mit der Kette ein: »Komm lass stecken, das ist doch nur ein Idiot ...«

Der Rausschmeißer grunzte etwas, und Cassandra kniff ihm in die Seite. Dann bewegte sie sich Hüften schwingend in Richtung Tanzfläche. Die Musik erreichte wieder ihre gewöhnliche Lautstärke. Alles war vorbei. Marco ließ sich zum Ausgang drängen.

Nachts konnte er noch lange ihren durchdringenden Geruch an sich wahrnehmen. Er betrachtete Lucas Foto, das selbstsichere Lächeln seines Zwillingsbruders ... Vielleicht hatte sein Vater Recht gehabt: So wie er wäre er nie geworden. Irgendetwas bei ihm funktionierte nicht richtig. Und Cassandra ... Es hatte nichts mit seiner Arbeit zu tun. Er begehrte sie. Wenn er sich vorstellte, dass sie nackt neben ihm lag, er in ihr war ... Sie war ein Mann, das war Fakt. Mit einem Transsexuellen – er konnte es einfach nicht.

Er bat um seine Versetzung.

»Zu spät«, antwortete der leitende Ermittlungsbeamte, »bringen Sie mir lieber Ergebnisse.«

VII

Als er das *Refugio* betrat, fragte sich Marco, ob der Ekel, den er für diesen Ort und seine Gäste empfand, ihm nicht deutlich ins Gesicht geschrieben stand. Aber offensichtlich war er ein guter Schauspieler, denn Lothar grüßte ihn mit einer Bewegung seines tätowierten Arms, und Lulu streckte ihm ihre mageren Brüste vor die Nase und umhüllte ihn dabei mit einer Wolke aus Zigarettenqualm und Algengeruch. Das Lokal war fast leer. Von Cassandra keine Spur.

»Es ist noch früh, Schätzchen. Um diese Zeit gibt's hier nur echte Frauen . . .«

Nero hob leicht den rechten Zeigefinger und vertrieb Lulu an einen entfernten Tisch. Der Charme im langen, traurigen Gesicht dieses kleinen Mannes war nur gespielt. Er hatte eine Halbglatze, und aus seinen winzigen Äuglein leuchteten Scheinheiligkeit und kalte Entschlossenheit.

»Willst du was trinken? Früher oder später wird sie schon kommen . . .«

Marco bestellte ein Bier. Er beschloss, nicht länger als eine Viertelstunde zu warten und dann seine Handynummer zu hinterlassen. Er wollte sich gerade an einen kleinen Tisch setzen, als Nero hüstelnd vor ihm stehen blieb. In seinem Blick lag Ironie.

Ahnte er etwas von der Geschichte zwischen Cassandra und ihm?

»Ich habe dich letztens gesehen ... als wir den beiden Scheißkerlen eine Lektion erteilt haben ...«

»Stimmt. Ich habe dich auch gesehen.«

»Was hältst du davon?«

»Von was?«

»Was wir gemacht haben ...«

»Ist nicht mein Stil.«

»Angst vor Gewalt?«

Marco zuckte mit den Schultern.

»Trotzdem, du siehst so aus, als könntest du richtig zuschlagen«, fing Nero wieder an.

»Nur, wenn es nötig ist ...«

»Seine Umgebung sauber zu halten ist nötig. Oder?«

»Kommt drauf an.«

Nero seufzte und schenkte sich ein Glas Wasser ein.

»Im Grunde stehen wir beide auf der gleichen Seite ...«

»Woher weißt du, auf welcher Seite ich stehe?«

»Bist du Anarchist? Kommunist? Nicht? Siehst du! Wir stehen beide auf der Seite der Ordnung ...«

Marco fühlte, dass das Gespräch in gefährliche Bahnen geriet. Hatten sie Verdacht geschöpft? Er hatte zu Beginn seines Einsatzes keine besonderen Vorsichtsmaßnahmen getroffen, denn er hatte einfach nicht geglaubt, dass an dem Verdacht etwas dran sein könnte. Aber jetzt ... was wollte ihm Nero sagen? Wollte er ihn anwerben?

»Schau, Marco, viele verstehen nicht, dass das,

was wir hier in Quattro Caselli machen, sehr, sehr wichtig ist. Etwas, was mit der *Sache* zu tun hat und mit der Freiheit aller. Schau dich doch mal um! Wenn wir nichts dagegen tun, wird Italien in fünf Jahren ein Negerparadies sein! Die verbreiten sich wie Metastasen, und gegen Metastasen hilft kein Mitleid. Da muss man chirurgisch eingreifen, bevor es zu spät ist. Oder wir Italiener lecken bald den Marokkanern den Arsch! Findest du das in Ordnung?«

»Politik ist mir egal, Nero . . .«

»Richtig, du stehst ja mehr auf Frauen. Vergiss es! Das Bier geht aufs Haus!«

Als Cassandra eine halbe Stunde später kam, war Marco schon beim dritten Bier und konnte sich gegen die Annäherungsversuche von Lulu kaum noch wehren. Sie trug einen ultrakurzen Ledermini, Netzstrümpfe, Pumps und eine Bluse, die ihr Dekolleté und den Bauchnabel frei ließ. Außerdem war sie übertrieben geschminkt und hatte ihr Haar blau gefärbt. Marco war bei ihrem Eintreten aufgesprungen, aber sie ging an ihm vorbei, ohne ihn zu beachten. Sie schwenkte auffällig eine große schwarze Tasche und verschwand auf dem Damenklo. Marco stellte sich auf ein langes Warten ein. Warum zogen sie ihn nicht von diesem Fall ab? Dann hätte er auf seine Weise weitermachen können. Er hätte ihr alles gesagt und dann . . .

Nero verfolgte die Szene mit einem rätselhaften Lächeln. Cassandra kam zurück. Sie trug Jeans und ein hochgeschlossenes kariertes Hemd. Sie hatte sich abgeschminkt und ihre Haare waren unter einer Fußballkappe verborgen, an den Füßen trug sie Turnschuhe mit offenen Schnürsenkeln.

»Hi, ich bin Leonardo. Können wir Freunde sein?«

Jetzt, als sie sich gegenüber saßen, konnte Marco einen bräunlichen Flaum auf ihren Wangen erkennen und einen Anflug von Bartstoppeln auf ihrer Oberlippe. Sie hatte mit tiefer und betont männlicher Stimme gesprochen. Die Sprenkel in ihren Augen leuchteten matt.

»Du bist nicht witzig, Cassandra.«

»Ich bin ein Transsexueller, Marco.«

»Denkst du, das wusste ich nicht?«

»Hätte ich nicht im Traum gedacht. Aber ich würde gerne wissen, wie du darüber denkst.«

»Erwartest du eine Bemerkung wie: Mein Gott, ein Mann?«

»Kein Mann, ein Transsexueller.«

»Erklär mir den Unterschied.«

»Männer haben den Kopf im Schwanz. Ich habe den Schwanz im Kopf.«

Sie hatte laut, mit einem leicht hysterischen Unterton gesprochen. Lulu ließ ein Lachen hören. Nero verfolgte die Szene interessiert.

»Cassandra, was willst du von mir?«

»Was willst du denn, Arschloch? Du tauchst eines Abends hier auf, drückst mir deinen Scheiß ins Ohr, gehst mit mir tanzen und dann haust du einfach ab! Was für ein Typ bist du eigentlich? Ein Haufen Scheiße?«

»Ich dachte, wir wären Freunde . . .«

»Cassandra hat viele Freunde . . . hier sind alle

Freunde von Cassandra! Was will ich mit noch mehr Freunden, du Arsch!«

Lothar klatschte Beifall. Serpente schlug seine Faust gegen seine Hand. Lulu fuhr sich mit der Zunge über die Lippen. Nero goss sich noch ein Glas Wasser ein.

Kopfschüttelnd stand Marco auf.

»Ich warte draußen auf dich. Komm nach, wenn du dich wieder beruhigt hast!«

Er ging von spöttischen Blicken begleitet zum Ausgang.

»Du hast Angst«, kreischte Cassandra, »Angst, dich zu verlieben! Aber ich hab gesehen, wie geil du das letzte Mal auf mich warst! So wie ich mich auf der Tanzfläche bewegt habe, da hast du schon vom Zusehen einen Steifen gekriegt! Du bist zu feige, dir einzugestehen, dass du ein halber Schwuler bist! Genau wie alle anderen! Du bist nur eine arme Sau! Nicht mal von Lulu, der alten Schlampe, hast du's dir besorgen lassen!«

Diesmal kam der Beifall von Serpente. Marco baute sich vor Nero auf, dessen Miene ungerührt blieb.

»Kannst du mir sagen, wie jemand wie Cassandra und die *Sache* zusammenpassen?«

»Das frage ich mich schon lange«, antwortete Nero und sein Blick wurde nachdenklich.

Cassandra kam mit vom Weinen verquollenen Augen nach draußen. Sie entschuldigte sich und warf sich ihm vor die Füße. Aus ihren Schluchzern und abgehackten Sätzen hörte man immer wieder das Gleiche heraus: Ich will geliebt werden; ich will geliebt werden, so wie ich bin. Marco half ihr beim

Aufstehen, küsste sie und hielt sie fest im Arm. Langsam verwandelte sich ihr Schluchzen in raue Seufzer. Marco strich ihr über die blauen Haare, aber selbst das kleinste Wort des Trostes wollte ihm nicht über die Lippen kommen. Eine tiefe Ruhe erfüllte ihn. Er sagte sich, dass Cassandra nicht mehr existierte. Er hielt nur einen kleinen, weinenden Jungen im Arm, der nach Staub, nach Schweiß und nach verschmierter Schminke roch. Cassandra war nur eine Obsession gewesen. Cassandra war für immer verschwunden.

»Sag doch, dass du wenigstens versuchen willst, mich zu lieben. Ich mache alles für dich, ich bin dein Sklave . . .«

Es blieb ihm nur noch, ihr die Wahrheit zu sagen, das war er ihr und sich selbst schuldig. Das war er seiner Sehnsucht nach ihr schuldig.

Doch sie hörte nicht auf, ihn »Schön-wie-ein-junger-Gott« zu nennen, sie küsste ihn auf den Nacken und umklammerte verzweifelt seine Hände. Es war nichts zu machen. Sie würde die Wahrheit selbst herausfinden müssen.

»Wenn du mich verlässt, bringe ich mich um, das schwöre ich dir! Noch heute Abend! Marco, ich bringe mich um . . .«

Nein, das würde sie nicht tun. Er war bestimmt nicht der Erste, der sie enttäuscht hatte, und er würde auch nicht der Letzte sein. Er ließ sie am Straßenrand stehen und begann auf die Maschine zu steigen.

Aber so leicht gab sie nicht auf. Der Junge hatte sich vor ihm auf den Boden geworfen, seine Arme umklammerten Marcos Beine. Das mit Staub und Tränen verschmierte Gesicht wanderte in Richtung seiner Hosentasche ... Marco machte sich los und kickte ihn mit dem Knie von sich. Der Junge ließ nicht locker. Marco gab ihm eine Ohrfeige.

»Kapier's doch endlich«, schrie er völlig entnervt.

Der andere erhob sich mühsam und lächelte.

»Danke ... schlag mich noch mal, bitte ... mehr ...«

Die Gewalt überkam ihn ohne Vorwarnung. Er schlug ihm in die Seite, in den Nacken, zwischen die Beine; er trat nach ihm, boxte, er schlug sogar auf diesen Mund, der immer weiter »Danke« und »Liebster« blubberte. Im Augenwinkel sah er die Mitglieder der Gruppe, die aus dem *Refugio* gestürmt kamen. Nero schwang einen Stock, um Cassandra zu Hilfe zu kommen ...

Er hörte auf zu schlagen. Was für eine absurde Situation: Die Nazis kamen dem transsexuellen Opfer zu Hilfe. Und der Peiniger war er, der große, böse Polizist ...

Er gab Vollgas und floh, bevor sie ihn erreichen konnten.

Als er seinen letzten Bericht schrieb, wurde er die Bilder Cassandras nicht los: eine verliebte Frau mit Schmollmund auf der Tanzfläche, ihr sinnlicher Körper – Leonardos ungeschminktes Gesicht, angestrahlt von tausend Lichtern.

VIII

Sie griffen sie sich im Morgengrauen: Serpente, Lothar, Lulu und ihr Bruder. Sie hatte sie reingelassen, übermüdet und ohne die geringste Vorahnung. Am Vorabend hatte sie vier Schlaftabletten genommen und sich in ihrem schönsten weißen Kleid und perfekt geschminkt aufs Bett gelegt; im Hintergrund lief Patty Pravo. Während sich Lulus Bruder damit vergnügte, ihr Sofa mit einem Tauchermesser aufzuschlitzen, schleppte Lothar sie unter die kalte Dusche. Dann musste sie ihre weiße Reizwäsche und einen Regenmantel anziehen und wurde ins Auto verfrachtet. Sie wehrte sich nicht, ihr war alles egal. Im *Refugio* wurden sie schon von Nero erwartet. Sie zwangen sie, sich auszuziehen, und sie gehorchte. Lothar und Serpente packten sie an den Armen und drückten sie unter den Tisch. Als Erster nahm sie Lulus kleiner Bruder. Es war sein erstes Mal und er kam sofort. Während die anderen applaudierten, nahm er den Platz neben Lothar ein, und Serpente kam an die Reihe, auch eine kurze Sache. Lulu lag Kaugummi kauend und mit ausgestreckten Beinen auf der Theke und masturbierte. Lothar ließ sich Zeit, seine Stöße waren langsam und tief, dabei knetete er heftig ihre Brust. Doch als er sie richtig fertigmachen wollte, knallte ihm Nero eine, und er gab nach. Lulus Bruder fragte, ob er noch mal ran dürfe. Schließlich ließen sie ihn in Ruhe. Nero half ihr, sich hinzusetzen, reichte ihr den Mantel und streichelte über ihr Haar. Sie schwieg. In Neros Augen standen Vorwürfe und Trauer. Er erzählte ihr, dass ihr großer

Blonder, ihr Schön-wie-ein-junger-Gott, ein Beamter der *Digos* war. Er hatte ihn verfolgen lassen und alles herausbekommen. Die Polizei ermittle jetzt in der Chinesen-Sache und wenn sie Pech hätten, wanderten sie alle lebenslänglich in den Bau. Er sagte, die Lektion sei hart, aber nötig gewesen, die *Sache* dulde keine Fehler. Aber jetzt sei alles wieder in Ordnung, die Gruppe würde sie weiter beschützen und für sie da sein. Die anderen nickten zustimmend, sogar Lulu schien Teilnahme und Mitleid zu zeigen. Er sagte, sie müsse ihnen sofort sagen, wenn der Polizist wieder auftauchen würde, denn das wäre eine Bedrohung für alle und die Sache dürfe keinesfalls in Gefahr geraten. Dann brachte er sie zum Auto und befahl Lothar, sie nach Hause zu bringen. Falls er ihr ein Haar krümmen sollte, wäre er ein toter Mann. Als Nero allein war, ritzte er sich mit dem Messer in den Arm; reglos beobachtete er das ausströmende Blut. Dann verband er sich seine Wunde, und Punkt zehn, wie jeden Morgen, öffnete er das Lokal.

IX

Auf der Dienststelle ging die Nachricht am späten Nachmittag ein.

Der Dienst habende Beamte, der die Chinesengeschichte oberflächlich verfolgt hatte, hatte den richtigen Riecher, und eine Viertelstunde nach Eingang lag der Funkspruch auf dem Tisch des leitenden Ermittlungsbeamten. Marco fanden sie zu Hause. Er hatte sich beurlauben lassen. Er war betrunken und gerade dabei, einen Brief an seinen Zwillingsbruder zu schreiben. Der leitende Ermittlungsbeamte empfing ihn bereits am Eingang zum Präsidium: Ein Nachbar hatte ein Wimmern gehört; eine Stunde hatte es gedauert, die Tür aufzubrechen. Sie hatten sie in der Badewanne gefunden, in der ganzen Wohnung waren Rosenblätter verstreut gewesen, und sie hatte irgendetwas auf dem Walkman gehört. Cassandra hatte zwei Liter Blut verloren, aber es gab noch Hoffnung, sie durchzubringen. Der leitende Ermittlungsbeamte informierte Marco, dass er sein Entlassungsgesuch in den Papierkorb geworfen hatte. Er wies ihn an, umgehend ins Krankenhaus zu fahren und einen Rekorder mitzunehmen.

»Wenn sie jetzt nicht redet«, fügte er hinzu, »redet sie nie.«

Nach heftigem Widerstand und einem Anruf bei der Dienststelle, gestatteten die Ärzte einen kurzen Besuch. Im Zimmer war es dämmrig. Cassandra war bleich und erschöpft. Aber sie zwang sich zu einem Lächeln.

»Ich habe dich am Geruch erkannt, Schön-wie-ein-junger-Gott«, sagte sie.

Marco nahm ihre Hand, führte sie an seine Lippen und küsste sie.

»Ich habe dich verletzt, Cassandra.«

»Da warst du nicht der Einzige.«

»Ich habe dich belogen.«

»Du hattest Angst . . .«

Sie schwiegen einen Moment lang. Marco war den Tränen nahe.

»Das Leben geht weiter. Es lohnt sich nicht, sich für einen wie mich . . .«

»Du hast damit nichts zu tun.«

Er erzählte ihr alles, endlich befreit und mit sich im Reinen. Cassandra hörte ihm zu, drückte fest seine Hand und bat ihn, sie auf den Mund zu küssen. Marco näherte sich ihren aufgesprungenen Lippen, von denen ein starker Medikamentengeruch ausging. Er schloss die Augen, und als er sie küsste, überlief ihn ein Schauer. Dann richtete sich Cassandra auf.

»Wer wird Cassandra lieben? Wer Leonardo? Hast du den Rekorder mitgebracht?«

»Ja.«

»Dann lass ihn laufen.«

x

Beim Prozess erschien Cassandra als Mann im Zeugenstand. Sie erzählte, dass der Chinese, ein Verkäufer von Feuerzeugen, Ketten und kleinen Transistorradios, schon zweimal in Quattro Caselli von der Gruppe verprügelt worden war, aber er war immer wieder auf seinen Platz vor der Apotheke zurückgekehrt. Also hatten die Mitglieder beschlossen, ihm eine endgültige Lektion zu erteilen. Fünfzehn Mann hatten ihn auf die Mauer gezerrt. Die Ehre des entscheidenden Stoßes gebührte Nero. Die

Mauer war zehn Meter hoch, der Chinese war sofort tot. Als Zeichen ihrer Verachtung hatten sie ein eingeschaltetes Radio auf die Leiche geworfen. Cassandra hatte alles gesehen. Scrofola, Lothar, Serpente und viele andere waren dabei gewesen. Auch Lulus kleiner Bruder und Lulu selbst; Lulu hatte erzählt, sie sei in dem Moment gekommen, als der Schädel des Chinesen geborsten sei. Jeder in Quattro Caselli wusste Bescheid, aber alle hielten dicht. Wohl, weil sie Angst vor Nero und den anderen hatten, aber auch, weil sie im Grunde der gleichen Meinung waren. Der Tod des Chinesen war als Unfall abgetan worden. Die Verteidiger der Gegenseite versuchten sie in die Zange zu nehmen, aber Cassandra behielt die Nerven. Sie schilderte die Vergewaltigung, nahm aber Nero in Schutz, denn er war immer freundlich zu ihr gewesen. Als Lothar aussagte, Marco, der Polizist, habe sie misshandelt, log sie; sie sei gefallen, als sie auf die Maschine steigen wollte.

Marco und sie trafen sich nach der Verhandlung in der Cafeteria des Gerichts. Cassandra war freundlich, aber abwesend. Marco dankte ihr für ihre Aussage. Sie zuckte nur mit den Schultern. Er erzählte von seiner Beförderung, und sie beglückwünschte ihn.

»Ich gehe jetzt zu einem Psychologen«, vertraute er ihr an, »aber auf der Dienststelle weiß es keiner ...«

»Und was sagt der Psychologe?«

»Dass wir alle männliche und weibliche Anteile in uns haben ...«

»Du hättest schon vorher zum Psychologen gehen

sollen, dann wärst du auch mit mir ins Bett gegangen ...«

Der Junge lachte. Es war Cassandras Lachen.

»Was wirst du jetzt machen?«, fragte er sie, während sie darauf bestand, den Kaffee zu bezahlen.

Der Junge dachte kurz nach, dann ließ er Cassandras Lächeln erstrahlen.

»Ich hab genug von Patty Pravo. Jetzt ist *I will survive* mein neuer Lieblingssong. Message angekommen?«

Er sah sie das Lied summend davongehen, begleitet von den spöttischen Bemerkungen einer Gruppe von Zigeunern und fragte sich, ob er nicht gerade etwas sehr Wertvolles verloren hatte.

Commissario De Luca steckt in Schwierigkeiten

Carlo Lucarelli

»Nasenbluten ... wie ein kleines Kind! Sind Sie sich wirklich ganz sicher, dass Sie früher mal Polizist waren?« Leonardis Tonfall war bissig, was seine Stimme gleichzeitig schrill und rau klingen ließ.

De Luca saß stocksteif da und versuchte, die Stöße des Jeeps abzufedern. Er hatte probeweise den Kopf hinten angelehnt, doch der war bei jedem Schlagloch hart gegen den Sitz geknallt.

»Wenn Sie es unbedingt an mir auslassen wollen, nur zu ... ich kann nichts daran ändern.«

»O ja, das sehe ich, dass Sie nichts ändern können. Nasenbluten ... Haben Sie etwa noch nie jemand so schreien hören wie ein abgestochenes Schwein, als Sie noch bei Ihren Freunden waren?«

»Wer ist diese Lea?«

»Wer? Ach ja, Lea ... Das ist Pietrinos Freundin, sie arbeitet in der Kooperative ... Wieso?«

»Weil Pietrino gesagt hat, dass er an dem besagten Tag mit ihr zusammen war, und ich habe den Eindruck, dass er sich seiner Sache viel zu sicher ist, um sich prophylaktisch ein Alibi zu besorgen. Wenn wir es schaffen, bei ihr zu sein, bevor er sie warnen kann, erwischen wir ihn vielleicht bei einem Widerspruch. Vorausgesetzt, er ist unser Mann . . .«

De Luca konnte den Satz nicht beenden. Leonardi trat aufs Gaspedal, als sie gerade mitten in einem Schlagloch waren, und der Jeep machte plötzlich einen Satz nach vorn, kippte ein wenig zur Seite und wäre fast von der Straße abgekommen.

»Wie soll ich sie denn danach fragen?« Leonardi hatte schon ein Bein draußen, als er noch einmal innehielt und verlegen in die geschlossene Hand hustete. »Wenn ich zu ihr sage: ›Ist Pietrino an dem Tag als Guerra ermordet wurde, bei dir gewesen?‹, dann riecht sie den Braten und sagt ›ja‹, das ist völlig klar. Und dann?«

De Luca strich sich über das Kinn und dachte nach, dann zuckte er die Achseln.

»Sagen Sie zu ihr, dass Sie gar nicht wussten, dass sie nicht mehr mit Pietrino zusammen ist.«

»Wieso nicht mehr mit ihm zusammen ist?«

»Nun, das ist mehr oder weniger das, was diese Lea Ihnen erzählen wird. Und Sie fügen dann hinzu, dass Sie Pietrino ausgerechnet an diesem Tag mit einer anderen gesehen haben, und dann beobachten Sie ihre Reaktion. Entweder sagt sie, dass das unmöglich ist, weil er bei ihr war, oder sie wird wütend, und dann hat Pietrino gelogen und ist vielleicht unser Mann.«

»Genau!« Leonardi schlug ihm mit der flachen Hand kräftig auf die Schulter und sprang aus dem Jeep. De Luca blieb sitzen und verkroch sich, von einem Kälteschauer geschüttelt, in seinen Mantel. Es war ein seltsamer Morgen, die Sonne kam und ging, und obwohl am Himmel keine einzige Wolke zu sehen war, sah es aus, als würde es jeden Augenblick anfangen zu regnen. Pietrino Zauli ... De Luca sagte den Namen ein paarmal halblaut, nur die Lippen bewegend, vor sich hin und schüttelte dann den Kopf. Wer weiß, dachte er, wer weiß ...

Etwas berührte ihn am Arm, und er schrak so ruckartig hoch, dass er sich ein Knie am Armaturenbrett stieß.

»O Gott, entschuldigen Sie bitte! Ich habe Sie erschreckt ...« Veniero Bedeschi zog die Hand zurück, als hätte er sich verbrannt, dann lächelte er, und sein weißes Oberlippenbärtchen verzog sich zu einem schmalen Strich.

»Wie geht es Ihnen heute, Ingegnere?«, fragte er. »Sie sehen noch etwas blass aus. Kommen Sie, ich lade Sie zu einem Glas Wein ein ... Aber nein, ich habe ja selbst erlebt, dass Ihnen das nicht bekommt. Dann gehen wir eben zum Barbier, der macht einen Kaffeelikör, der selbst Tote zum Leben erweckt ... Es ist nur ein Katzensprung, Ingegnere, machen Sie mir die Freude ...«

Er streckte einen Arm nach De Luca aus, der den Kopf schüttelte und die Hand auf den Magen legte, doch schon fasste Bedeschi ihn am Ellbogen und zog ihn vom Sitz. De Luca glitt aus dem Jeep und verfing sich mit dem Mantel im Kotflügel.

»Ich warte auf den Brigadiere«, sagte er und wies mit dem Daumen zur Eingangstür der Kooperative, »es ist wegen Dokumenten, eine eilige Sache ...«

»Keine Sorge, Ihren Brigadiere können wir von der Ladentür aus sehen ... Kommen Sie.«

De Luca ließ sich gehorsam von ihm unterhaken. Allein die Vorstellung von einem Glas Kaffeelikör ließ seinen leeren Magen schmerzhaft rumoren und zwar so unwiderstehlich, dass er sich sehr beherrschen musste, um nicht seinerseits Bedeschi ungeduldig anzutreiben. Sie betraten den Barbierladen, einen engen, schlauchartigen Raum mit einem Spiegel an der Wand und drei Holzstühlen davor. Ein kleiner Mann in einem weißen Kittel lehnte an einem Waschbecken und zog sich gerade mit dem Kamm einen schnurgeraden Scheitel oberhalb des Ohrs, um dann ein Büschel langer Haare über seinen kahlen Schädel zu legen.

»Setzen Sie sich, Ingegnere ... Übrigens, wenn Sie schon einmal hier sind, weshalb lassen Sie sich nicht gleich rasieren? Marino ist ein ausgezeichneter Barbier, wissen Sie ...«

De Luca strich sich instinktiv über die Wangen und schüttelte den Kopf: »Nein, danke.« Er hätte durchaus eine Rasur vertragen können, und der Bart, der ihn am Hals kratzte, störte ihn schon seit ein paar Tagen, aber da war die verlockende Aussicht auf diesen Likör, und er befürchtete, der Schnaps könnte sich in Luft auflösen. Er hätte ihn nicht einmal gegen ein Bad mit Lavendelöl eingetauscht.

Bedeschi schien seine Gedanken zu lesen.

»Gib uns doch einen Schluck von diesem Zeug, das du selbst braust, Marino! Der Ingegnere braucht dringend etwas, das ihn wieder auf die Beine bringt ...«

De Luca lächelte. Er setzte sich und vergrub die

Hände in den Manteltaschen. Er warf einen Blick in den Spiegel, drehte den Kopf jedoch augenblicklich wieder weg, denn er sah wirklich aus wie ein Landstreicher. An seiner Lippe klebte sogar ein bisschen geronnenes Blut, das er verstohlen mit dem Fingernagel wegkratzte. Bedeschi hingegen betrachtete sich unverhohlen mit zufriedener Miene im Spiegel und strich sich die weißen Haare nach hinten.

»Die Zeit geht an uns allen nicht spurlos vorüber, Ingegnere«, sagte er, »auch wenn sie bei unsereinem vielleicht ein paar Spuren mehr hinterlassen hat. Wie alt schätzen Sie mich beispielsweise? Keine Scheu, heraus mit der Sprache . . .«

De Luca legte die Stirn in Falten. »Fünfzig?«, schlug er vor und ging dabei in erster Linie nach den weißen Haaren.

»Zweiundvierzig. Aber eigentlich haben Sie Recht, denn ich war ein Jahr in Deutschland, und das zählt für zehn. Sie schätze ich hingegen eher auf fünfunddreißig, sechsunddreißig . . . liege ich richtig?«

»Mehr oder weniger«, sagte De Luca.

»Aber die Jahre, die hinter uns liegen, zählen nicht, es zählen nur die Jahre, die noch kommen. Was interessiert Sie mehr, Ingegnere, die Vergangenheit oder die Zukunft?«

De Luca sah hoch und merkte, dass Bedeschi ihn aufmerksam und mit einem breiten Lächeln unter dem weißen Strich des Oberlippenbärtchens im Spiegel beobachtete.

»Kommt ganz drauf an«, sagte er.

»Kommt worauf an?«

»Auf die Zukunft.«

Marino hatte den Laden durch die Hintertür wieder betreten und kam jetzt durch einen Vorhang aus vergilbten Schilfrohrstäbchen, die mit einem hohlen Klacken gegeneinanderschlugen. Er hatte drei Gläser in der Hand und eine verkorkte schwarze Flasche unter dem Arm. De Luca leckte sich die Lippen.

»Jetzt will ich Ihnen mal etwas erzählen, Ingegnere«, sagte Bedeschi, nahm Marino die Flasche ab und goss zwei Finger breit Likör in eines der Gläser. »1944 bin ich bei einer Riesenrazzia geschnappt worden, und sie haben mich in ein Konzentrationslager gesteckt. Niemals zuvor in meinem Leben hatte ich so großen Hunger, und es gab nichts zu essen, gar nichts ... Ich wog fünfundvierzig Kilo, als die Inder uns befreit haben, und abends haben sie uns eine Schüssel gekochten Reis gebracht. Sie werden lachen, Ingegnere – von Zeit zu Zeit lasse ich mir von meiner Frau genau diesen Reis kochen und in so einer Schüssel servieren, um den Geschmack von damals wiederzufinden ... Und wissen Sie auch, was das bedeutet? Dass man die hässlichen Dinge der Vergangenheit vergessen und nur die schönen in Erinnerung behalten soll.«

De Luca musste lächeln.

»Wenn man das nur könnte.« Er streckte einen Arm vor und griff nach dem Glas, das Bedeschi ihm reichte.

»Man kann, Ingegnere, man kann ... Man braucht einfach nur in die Zukunft zu blicken. Unser Marino zum Beispiel ... hier im Laden war er nur der Laufbursche, der Barbier war ein anderer, ein zwielichtiger Kerl, der sich immer mit denen von der Brigata Nera herumtrieb. Eines Tages sind zwei Unbekannte aufgetaucht und haben den Barbier erschossen, genau in dem Moment, als Marino den Laden schließen wollte.«

Marino nickte eifrig, und eine Strähne seiner wenigen Haare fiel ihm in die Stirn.

»Einer hat die Pistole auf meine Schulter gelegt, während er auf ihn geschossen hat ... zweimal, *bum, bum*!«

»Genau. Unser Marino war drei Tage auf dem einen Ohr taub, und eine Woche lang haben ihm die Beine gezittert, aber dann war alles ausgestanden. Und jetzt hat er neue Sessel für den Laden bestellt und macht diesen Likör, der ein Wunder der Schöpfung ist. Was meinen Sie, Ingegnere, ist dieses Zeug hier nicht tausendmal besser als all die hässlichen Dinge von früher, die man am besten vergessen sollte?«

»Weshalb erzählen Sie mir das alles?«, fragte De Luca mit rauer Stimme. Während Bedeschi redete, hatte er einen Schluck von dem Likör getrunken, und von dem bitteren Kaffeegeschmack war seine Zunge ganz belegt. Durch den Alkohol fühlte er sich jedoch leichter und wacher, und es kam ihm so vor, als hätte er riesige Augen, sodass auch er nun einen Blick in den Spiegel wagte.

»Zukunft bedeutet Wiederaufbau, und das sind Themen, die einen Ingegnere wie Sie interessieren dürften. Für Sant' Alberto gibt es große Pläne, wissen Sie. Einige Firmen sind aus dem Nichts entstanden und entwickeln sich bereits jetzt sehr viel versprechend. Nehmen Sie beispielsweise Baroncini.«

»Baroncini?« De Luca sah nun Bedeschi an, während dieser sehr interessiert irgendetwas in seinem Glas betrachtete.

»Genau, Baroncini. Er hat den Engländern zwei Lastwagen abgekauft und ein Transportunternehmen auf die Beine gestellt, das das halbe Dorf mit Arbeit versorgen wird.«

»Da muss er ja sehr reich gewesen sein, dieser Baroncini ... Zwei Lastwagen kosten einen Batzen Geld.«

»Nein, reich war er nicht ... aber einfallsreich, außerdem hat er Geld aufgetrieben. Die Sache ist ganz einfach, Ingegnere, Baroncini als armer Mann gehört der Vergangenheit an, und Baroncini als Unternehmer, der vielen Leuten Wohlstand bringen wird, ist die Zukunft.«

»Und Baroncini, der die ersten Gelder für seine Investitionen auftreibt, gehört ebenfalls der Vergangenheit an.«

Bedeschi lächelte und sah von seinem Glas auf.

»Ausgezeichnet, Ingegnere! Man merkt, dass Sie ein gebildeter Mann sind! Da, sehen Sie ... der Brigadiere kommt gerade aus der Kooperative ...«

De Luca wollte aufstehen, aber Marino hielt ihn zurück und zog mit einer schnellen Handbewegung einen Kamm aus seiner Kitteltasche.

»Moment mal, Ingegnere ... Meinetwegen lassen Sie sich ruhig einen Bart wachsen, auch wenn Ihnen das nicht steht, aber mir soll keiner nachsagen, dass jemand so ungekämmt meinen Laden verlässt!«

Leonardi stand mit besorgter Miene auf dem Trittbrett des Jeeps, hielt sich mit einer Hand am Sitz fest und sah sich suchend um. De Luca gab ihm ein Zeichen mit dem Arm und ging eilig, fast im Laufschritt, zu ihm hinüber. Er fühlte sich beschwingt.

»Ich war beim Barbier«, sagte er ein wenig atemlos. »Er wollte mich unbedingt noch mit diesem Zeug einsprühen, und das duftet dermaßen ... Was ist?«

Leonardi wirkte verärgert, zornig. Neben ihm stand eine nicht besonders große, kräftige Frau mit hohen Backenknochen in einem breitflächigen Gesicht.

»Jetzt erzähl ihm noch mal, was du mir schon erzählt hast, Lea«, sagte Leonardo und fasste sie an der Schulter.

»Es stimmt gar nicht, dass Pietrino es dreimal gemacht hat. Nach dem erstenmal ist er eingeschlafen wie ein Stein.«

»Mein Gott, Lea, nun mal los!« Leonardi fasste sie erneut an der Schulter und schüttelte sie diesmal ein wenig. »Erzähl ihm alles haargenau so, wie du es mir auch erzählt hast, und zwar ohne Faxen! Das ist der Ingegnere!«

Die Frau zuckte die Achseln und nickte, als wäre damit ohnehin schon alles gesagt. Sie fasste in ihr geblümtes Kleid und zog den Unterrockträger hoch.

»An dem Tag, von dem Sie reden, war Pietrino mit mir zusammen, und deshalb kann es gar nicht sein, dass man ihn mit einer anderen Frau gesehen hat. Und das ist für ihn auch besser so, denn sonst hätte ich ihm gleich sein zweites Auge ausgekratzt. Aber welche Frau will schon einen wie Pietrino, der so hässlich ist? Nur eine wie ich . . .«

»Wie lange war er an dem Tag mit Ihnen zusammen?« De Luca stützte sich mit dem Ellbogen auf den Kotflügel, beugte sich vor und sah die Frau, die einen Schritt zurücktrat, aufmerksam an.

»Wer ist denn hier der Brigadiere, er oder du?« sagte sie.

»Wie lange war Pietrino Zauli an dem Tag mit Ihnen zusammen?«

»Ziemlich lange . . . er hat mich abgeholt, und wir sind zusammen zum Fluss runter, an eine Stelle, die er kennt, eine Jagdhütte. Wir waren bestimmt eine halbe Stunde unterwegs.«

»Mit dem Motorrad dauert es nur zehn Minuten«, sagte Leonardi, »aber . . .«

»Aber er war nicht mit dem Motorrad gekommen, das hab ich dir doch schon gesagt . . . Er hat mich auf dem Fahrrad mitgenommen, auf der Fahrradstange, ich sehe zwar aus wie ein Leichtgewicht, aber . . .«

De Luca hob die Hand und unterbrach sie.

»Wie lange seid ihr am Fluss geblieben?«

»Den ganzen Nachmittag. Dann ist Pietrino eingeschlafen, und dann sind wir zum Essen nach Villa gefahren, und auf dem Rückweg war er betrunken, und wir sind auch noch im Graben gelandet. Alles nur wegen meinem Bruder.«

»Ihrem Bruder?«

»Ja, Gianni.« Die Frau zog den anderen Unterrockträger hoch und zupfte an ihrem Kleid. »Er will nicht, dass ich mich mit Pietrino treffe, wegen dieser Sache mit dem Schwarzmarkt. Pietrino hat zwar vor keinem Angst, aber ich ...«

»Pietrino Zauli handelt auf dem Schwarzmarkt?«, fragte De Luca erstaunt. Leonardi schüttelte den Kopf und hob die Stimme, um die Frau, die gerade antworten wollte, zum Schweigen zu bringen.

»Nein, Ingegnere, so einer ist er nicht. Er hat sich nur eines Abends Giannis Lieferwagen ausgeliehen, den mit Holzvergaser, und ihn erst am nächsten Tag zurückgebracht.«

»Na schön, aber was soll diese Geschichte mit dem Schwarzmarkt?«

Diesmal war die Frau schneller. »Es war doch gar nicht Pietrino, der sich den Lieferwagen ausgeliehen hat ... Es war Carnera, am Abend vorher, Pietrino hat ihn nur zurückgebracht, und das Auto war voller Blut. Gianni ist aber nicht deshalb so wütend geworden, denn wenn es sich gerade ergibt, bringt auch er das geschlachtete Vieh weg ... es war nur so, dass Pietrino sich mal wieder ziemlich blöd angestellt hat, und da hat Gianni ...«

De Luca löste sich vom Kotflügel und nickte zerstreut. Er kletterte auf der Fahrerseite in den Jeep und winkelte die Beine an, um an der Gangschaltung vorbei auf die andere Seite zu rutschen. Leonardi gab der Frau die Hand und stieg dann ebenfalls ein.

»Damit ist alles geplatzt«, sagte er finster.

De Luca fuhr zusammen.

»Wie bitte?«

»Pietrino hat ein Alibi, das wir sogar überprüfen

können. Er hat die Familie Guerra nicht umgebracht.«

»Ja, natürlich, das liegt auf der Hand. Aber das meinte ich gar nicht, mir geht gerade etwas ganz anderes durch den Kopf. Der Lieferwagen ... sie haben ihn gar nicht für den Transport von Tieren benutzt, stimmt's? Ich wette, der Abend, an dem sie ihn benutzt haben, war der siebte Mai ...«

Leonardi seufzte tief. »Der Abend, an dem der Graf, ja ... Aber was macht das für einen Unterschied? Die Sache ist doch geklärt, oder?«

»Schon, aber irgendetwas an der Geschichte kommt mir merkwürdig vor ... Weshalb hat Carnera den Grafen nicht in den Fiat geladen, was viel einfacher gewesen wäre? Zugegeben, in einem Topolino sitzt man etwas beengt, aber weshalb musste er extra hierher kommen, um sich den Lieferwagen auszuleihen? Und dann ist da noch die Sache mit Pietrinos Motorrad ... Dieses rote Motorrad, das ohne eine Menschenseele quer durch die Romagna kurvt, irritiert mich immer mehr ... Weshalb hat er an dem Abend, als er mit dem Fahrrad unterwegs war, nicht das Motorrad genommen? Wem hatte er es geliehen? Verleiht er sein Motorrad sonst auch?«

Leonardi trommelte nervös auf dem Lenkrad herum. »Man müsste ihn danach fragen. Aber dann kriegen Sie nur wieder Nasenbluten.«

»Lassen wir das. Nehmen wir uns lieber einmal diesen anderen Punkt vor ... Baroncini. Über Nacht wird dieser Herr auf einmal reich und kauft sich zwei Lastwagen.«

Leonardi drehte sich überrascht zu ihm hin. »Woher wissen Sie das nun schon wieder?«

»Ich bin ein Ingegnere, haben Sie das etwa vergessen? Sie selbst aber haben schon vorher von der Sache gewusst und sie mit keinem Wort erwähnt ... Wann hat er diese Lastwagen gekauft? Und womit hat er sie bezahlt? Mit Bargeld oder mit etwas anderem? Einem Ring zum Beispiel ... Setzen Sie sich mit den Engländern in Verbindung und sehen Sie zu, dass Sie es herausfinden.«

Leonardi lächelte mit einem Kopfschütteln. »Zu Befehl, Ingegnere. Und Sie? Soll ich Sie irgendwo absetzen?«

De Luca nickte entschlossen. »Ja, bringen Sie mich bitte nach Hause ... das heißt, in die Osteria. Ich habe endlich wieder Hunger.«

Als De Luca vor der Osteria aus dem Jeep sprang, fiel ihm plötzlich ein, dass um diese Uhrzeit sicherlich der Bürgermeister und Carnera und all die anderen Leute in der Gaststube hockten, und während er ums Haus herum ging, um die Hintertür zu nehmen, kam ein dünner Junge in einem gestreiften Unterhemd um die Ecke gerannt und prallte mit ihm zusammen. Der Junge taumelte zwei, drei Schritte zurück, sah ängstlich zu ihm hoch, winkelte dann schnell den knochigen Ellbogen ab und führte die Hand zum militärischen Gruß an die Stirn. De Luca lächelte überrascht, rieb sich das Knie und konnte gar nichts sagen, so schnell war der Junge wieder verschwunden. De Luca bog um die Hausecke, blieb aber augenblicklich stehen, als er einen rauen, erstickten Schrei hörte. Mitten auf dem Hof stand die Tedeschina und hatte ein Huhn an den Beinen gepackt, das mit dem Kopf nach unten hing, zappelte und in einem letzten Aufzucken mit den Flügeln schlug. Sie hob den Kopf und sah ihn, ihr Blick war hart wie immer.

»Was ist, halten Sie das nicht aus?«

De Luca wollte widersprechen, obwohl es stimmte, er hielt so etwas wirklich nicht besonders gut aus. Mitten auf dem Hof stand ein Stuhl, die Tedeschina setzte sich hin, legte sich das Huhn auf die Knie und fing an, es zu rupfen.

»Manchmal hält man es leichter aus zuzusehen, wie ein Mensch getötet wird«, sagte De Luca. Die Tedeschina zuckte die Achseln und sah ihn gleichgültig an.

»Ich habe schon tote Hühner und tote Menschen gesehen, mir macht beides nichts aus«, sagte sie. De Luca nickte. Er sah ihr eine Weile dabei zu, wie sie mit raschen Handgriffen die Federn ausrupfte, dann griff er sich eine leere Obstkiste, drehte sie um, stellte sie neben das Mädchen und nahm vorsichtig darauf Platz. Ein anderes Huhn trippelte mit einem argwöhnischen Gackern herbei und beäugte ihn von der Seite.

»Ich mag das Landleben nicht«, sagte De Luca. »Als ich klein war, haben meine Eltern mich jeden Sonntag mitgenommen aufs Land, und ich wusste nie, was ich da sollte. Wenn ich hinter den Hühnern herlief, wurde ich ausgeschimpft, weil ich dann ganz verschwitzt war. Am Kaminfeuer bekam ich Kopfschmerzen, und ich wusste nicht, wie man es anstellt, über die gepflügten Felder zu laufen. Ich weiß bis heute nicht, wie man das macht.«

Die Tedeschina schlenkerte mit der Hand, um die Federn abzuschütteln, die an ihren Fingern klebten.

»Das sieht man, dass Sie ein Stadtmensch sind«, sagte sie zu De Lucas Verwunderung, denn er war davon ausgegangen, dass sie gar nicht zugehört hatte. »Obwohl Sie im Moment eher aussehen wie ein Zigeuner.«

»Aber einen kleinen Rest an Würde habe ich mir trotzdem bewahrt ... Gerade eben hat mich ein Junge militärisch gegrüßt.«

Die Tedeschina sah ihn an und lächelte, und es war ein listiges, komplizenhaftes Lächeln.

»Ich weiß genau, wer du bist«, sagte sie. De Luca fuhr zusammen, und die Kiste knackte.

»Wer bin ich denn?«, fragte er. Die Tedeschina nickte.

»Ich weiß es, alle wissen es.« Sie warf ihm einen raschen Blick zu, ihre schwarzen Augen blitzten auf. »Du bist ein Carabiniere.«

De Luca machte den Mund auf, aber heraus kam nur ein Stöhnen, das gleichermaßen Überraschung und Erleichterung ausdrückte.

»Ich? Wie kommst du denn darauf ... Nein, ich bin kein Carabiniere ... Wirklich nicht. Ich ... ich bin ein Ingegnere, ehrlich ...«

Die Tedeschina nickte und zeigte erneut ihr listiges Lächeln, dann rutschte sie ein Stück auf dem Holzstuhl nach vorn, lehnte sich zurück und legte die Beine auf De Lucas Knie. De Luca schluckte, er fühlte sich unbehaglich und wurde ganz starr. Wieder dehnte sich dieses schwere, weiche, feuchte Gefühl in ihm aus, und es tat ihm beinahe weh. Durch den Stoff seiner Hose spürte er die Hitze ihrer Haut. Er merkte, dass seine Hände zitterten.

»Ach, es ist gar nicht wichtig, wer ich bin«, sagte er mit rauer Stimme, »ich weiß es ja selbst nicht mal mehr.« Er hob die Hand, zögerte kurz und berührte dann mit dem Finger ganz leicht die helle Narbe auf ihrem Knie. Sie ließ es eine Weile geschehen, doch dann fuhr sie ihn plötzlich an: »Fass mich nicht an!« und strampelte mit den Beinen. De Luca wurde rot und zog die Hand weg.

»Ich mag keine Carabinieri«, sagte sie gleichgültig, »außerdem bist du viel zu dünn. Und du hast keine Narben. Carnera sagt, ein Mann ist kein richtiger Mann, wenn er nicht Narben vom Krieg vorzuweisen hat.«

De Luca breitete die Arme aus. »Da sieht man mal wieder, dass ich kein Mann bin. Ich wette, Carnera hat jede Menge Narben am Körper.«

»Ja, sehr viele.«

»Gut, schön für ihn ... Aber ich war ja auch nicht im Krieg, jedenfalls nicht an der Front, als Soldat ... autsch!«

Die Tedeschina hatte ihre Beine so schnell weggezogen, dass sie mit einer der Holzpantinen, die er jetzt in der Hand hielt, gegen sein Knie gestoßen war. Sie war aufgesprungen und suchte hastig ihre Schürzentaschen ab.

»Pietrinos Motorrad!«, sagte sie.

»Das Motorrad?«, fragte De Luca. In dem Moment hörte auch er das ungleichmäßige Geknatter eines Motorrads auf der anderen Seite des Hauses. Die Tedeschina zog ein dunkles Kopftuch hervor.

»Ja, das Motorrad! Es gehört zwar Pietrino, aber normalerweise benutzt es Carnera. Wenn er mich so sieht, bringt er mich um ... Er war es, der mir die Haare so kurz geschnitten hat, und jetzt will er, dass ich ein Kopftuch umbinde!« Sie faltete es zu einem Dreieck und hatte es schon über die Stirn gelegt, zog es dann jedoch schnell wieder herunter und stopfte es in die Schürzentasche.

»Aber ich binde es nicht um!«, sagte sie und warf den Kopf in den Nacken. Sie setzte sich wieder hin, legte das Huhn auf die Knie und rupfte energisch die letzten Federn aus. De Luca war still sitzen geblieben, hin und her gerissen zwischen dem momentanen Geschehen und einem undeutlichen Gedanken, der in ihm aufgeblitzt und nach dem Schlag gegen das Knie im Nu verschwunden war. Die lähmende Angst, die ihm den Atem stocken ließ, verwirrte ihn restlos, als er Carnera erblickte, der energisch quer über den Hof auf sie zu stapfte.

»Bind dir das Kopftuch um!«, knurrte Carnera, und die Tedeschina beugte sich noch tiefer über das Huhn und suchte die gelbliche Haut mit den Fingern nach einer nicht mehr existenten Feder ab. Carnera schob den Unterkiefer vor, und De Luca sah, wie sich die Halssehnen unter der gebräunten Haut spannten.

»Bind dir sofort das Kopftuch um!«, wiederholte er. »Mit den Haaren siehst du zum Lachen aus!«

»Ich kenn jemand, der mich auch so schön findet!«, sagte die Tedeschina und hob den Kopf. Sie wollte ihm die Zunge herausstrecken, aber Carnera packte mit seiner riesigen Hand ihre Wangen, zog sie vom Stuhl hoch und schüttelte sie, während sie seinen Arm umklammerte und ihn zu treten versuchte, bis es ihr schließlich gelang, sich seinem Griff zu entwinden, seitlich an ihm vorbeizuschlüpfen und sie ins Haus flüchtete.

De Luca hatte sich nicht vom Fleck gerührt, war noch nicht einmal von der Obstkiste aufgestanden und hielt immer noch die Holzpantine in der Hand wie ein Narr. Carnera atmete schwer und ballte die Fäuste, bevor er sich ihm zuwandte.

»Ich bin ja nicht verrückt, Ingegnere«, sagte er. »Savioli und sein Klüngel würden Millionen dafür zahlen, dass ich eine Dummheit mache, aber ich weiß genau, dass jetzt weder der richtige Moment noch der richtige Ort ist, um einen Carabiniere umzubringen. Und das ist auch der einzige Grund, weshalb du noch am Leben bist, Ingegnere.« Er betonte das *gn* mit einem bösen Grinsen. De Luca stand auf, aber Carnera legte ihm eine Hand auf die Schulter und drückte ihn wieder auf die Kiste.

»Was habt ihr nur vor, du und dieser dämliche Guido? Was glaubt ihr denn, wen ihr hier eigentlich vertretet? Das Gesetz? Welches Gesetz? Das Gesetz bestimme ich, und ich weiß besser als ihr, was Gerechtigkeit ist. Das kannst du Guido ausrichten, wenn er seine Haut retten will ... Und was dich angeht – du wirst aus Sant'Alberto sowieso nicht mehr lebend herauskommen. Du bist jetzt schon ein toter Mann, Ingegnere.«

De Luca schluckte mühsam, denn er musste den

Kopf in den Nacken legen, um Carnera anzusehen. Carnera hob einen Finger und zielte damit auf sein Gesicht.

»Ich hab dich gewarnt«, stieß er zwischen den Zähnen hervor. »Ich hab dich gewarnt.«

Francesca war allein in der Küche, und kaum hatte sie ihn erblickt, ließ sie das Messer, mit dem sie gerade das Huhn zerlegte, auf das Holzbrett sausen und teilte mit einem glatten Schnitt den Hühnerkopf vom gerupften Hals ab.

»Du bist ein Feigling«, stieß sie hervor.

De Luca setzte sich vor den Kamin, stützte die Ellbogen auf die Knie und den Kopf in die Hände. Dieser Geruch nach Fleisch und Blut drehte ihm den Magen um.

»Nein«, sagte er. »Ich bin kein Feigling, aber ich habe Angst, wahnsinnige Angst. Das ist etwas anderes.«

»Du kotzt mich an! Du bist ein Feigling, und du kotzt mich an!«

De Luca seufzte. »Na gut, dann bin ich eben ein Feigling, aber jetzt muss ich einen Weg finden, um meine Haut zu retten, und vielleicht weiß ich auch schon wie... Du hast mir da vorhin was erzählt...«

»Dir erzähl ich überhaupt nichts mehr!« Erneut ließ sie das Messer auf das Brett sausen, sodass De Luca erschrocken zusammenzuckte und instinktiv die Augen schloss.

»Hör zu, Francesca«, sagte er leise, »du kannst mich nennen, wie du willst, Feigling, Bastard, Faschist, Schwuchtel, aber ich habe da eine Idee im Kopf, und das ist im Moment das einzige, was mich interessiert. Du hast gesagt, dass Carnera ein richtiger Mann ist, weil er Narben vom Krieg hat. Wo sind denn diese Narben?«

Die Tedeschina runzelte die Stirn. Die Absurdität der Frage besänftigte sie, sie lehnte sich an den Tisch und sah ihn einen Augenblick lang an, das Messer in der Hand, ein Bein angewinkelt und den nackten Fuß hinter das Knie des anderen Beins geklemmt.

»Wieso?«

»Wo sind diese Narben?«

»Überall ... an der Schulter, auf dem Rücken ... er hat auch Schnitte am Bauch, von oben nach unten, von damals, als die Faschisten ihn in Bologna geschnappt hatten. Aber wieso ...?«

»Da ist noch etwas ... das ist mir plötzlich eingefallen, als du dir das Kopftuch umbinden wolltest, irgendeine Assoziation. Die Angst lässt mich intensiver nachdenken, wie man sieht. Erinnerst du dich noch an die Nacht, als wir ... als du zu mir gesagt hast, dass du keinem gehörst ...«

»Ich gehöre auch keinem«, wiederholte sie hart, und De Luca nickte und beeilte sich, schnell weiterzureden, bevor sie wieder anfing, ihn zu beschimpfen.

»Ja, ich weiß ... aber in dieser Nacht hast du gesagt, dass Carnera dir etwas geschenkt hat. Was hat er dir eigentlich geschenkt?« De Luca stand auf, sie tat einen Schritt zurück und lehnte sich an den Ausguss. Zum erstenmal wirkte ihr Blick verunsichert.

»Warum willst du das wissen?«, fragte sie. »Du machst mir Angst . . . Ich sag es dir nicht.«

De Luca lächelte. »Dann stimmt es also gar nicht, dass er dir etwas geschenkt hat. Carnera ist keiner, der Geschenke macht.«

»Er hat mir aber was geschenkt!«

»Wahrscheinlich nur eine Blume . . .«

»Nein! Einen Ring, mit einem blauen Stein, so groß . . . und ich hab ihn in den Fluss geworfen!«

De Luca schloss die Augen und atmete einmal tief durch, bis seine Lungen ganz leer wurden, sein verkrampfter Magen sich entspannte und die Übelkeit nachließ.

»Ich wusste es«, sagte er. »Danke, Francesca.«

Er drehte sich um und ging aus der Küche. Als er an der Tür war, rief sie ihm noch einmal »Feigling!« hinterher, aber er bemerkte es gar nicht. Und er bemerkte auch nicht, dass er gedankenverloren die Holzpantine in die Manteltasche gesteckt hatte.

»Es war Carnera. Das wussten wir beide, und zwar von Anfang an, nur dass wir alles getan haben, um es nicht zur Kenntnis zu nehmen. Aber er war es.«

De Luca stand mitten im Polizeibüro und zitterte fast vor Aufregung. Leonardi hingegen sah ihn ernst an, eine Augenbraue hochgezogen, die Arme auf den Schreibtisch gelegt, die Hände gefaltet wie in der Schule. De Luca wartete auf einen Kommentar, der jedoch ausblieb.

»Also hören Sie zu«, sagte er, hob den Daumen und schwenkte ihn durch die Luft. »Erstens: das Motorrad. Carnera benutzt es häufig, also könnte er und nicht Pietrino an dem bewussten Abend bei den Guerras aufgetaucht sein. Aber das wussten Sie ja längst, auch wenn Sie es mir nicht gesagt haben. Zweitens ...«, sein Zeigefinger schnellte in die Höhe und bildete ein V mit dem Daumen, »... als Carnera in Bologna von der Brigata Nera geschnappt wurde, hat er am eigenen Leib eine spezielle Vernehmungsmethode kennen gelernt und Delmo Guerra auf genau diesselbe Weise gefoltert, wie die Faschisten ihn.«

»Langsam, Ingegnere, langsam! Zwischen Carnera und den Faschisten gibt es einen gewaltigen Unterschied!«

De Luca nickte. »Ja, sicher ... ich meine ja nur, rein technisch gesehen. Wie auch immer ... Drittens: der Schmuck. Im Haus des Grafen findet Carnera den Schmuck, die Brosche und einen Saphirring, und steckt ihn ein ... Ich weiß schon, ich weiß genau, was Sie jetzt denken!« Leonardi schüttelte den Kopf, und De Luca ging mit ausgestreckten Armen auf ihn zu. »Carnera hätte niemals etwas für sich behalten, er ist ein Held und lebt spartanisch, aber, mein Gott, Leonardi, auch ein Held hat ein Herz! Er hat die Sachen für die Tedeschina eingesteckt, um ihr ein großes Geschenk zu machen, um ihr Herz ein bisschen zu erweichen! Sie werden mir ja wohl zustimmen, dass das Mädchen mit seiner Art einem Mann völlig den Kopf verdrehen kann ...«

Leonardi schüttelte noch immer den Kopf und hob die Hände, als wollte er sich die Ohren zuhalten.

»Das erklärt einzig und allein die Tatsache, dass er den Ring hatte, Ingegnere, aber alles andere noch lange nicht! Ich weiß genau, worauf Sie hinauswollen, das habe sogar ich mittlerweile kapiert ... Guerra hat das mit dem Schmuck mitbekommen, und Carnera hat ihm eines der beiden Schmuckstücke gegeben, damit er den Mund hält, und dann den richtigen Moment abgepasst, um ihn aus dem Weg zu räumen. Aber das ergibt doch keinen Sinn ...«

De Luca runzelte ärgerlich die Stirn und verschränkte die Arme vor der Brust.

»Sie vergessen immer wieder, wer Carnera ist. Wenn er gewollt hätte, hätte er das Haus des Grafen komplett für sich behalten können, keiner hätte auch nur ein Wort darüber verloren, im äußersten Fall hätte er ein bisschen an Ansehen eingebüßt. Aber das reicht noch lange nicht für eine Erpressung, nicht für Carnera. Wir brauchen ein anderes Motiv, Ingegnere.«

»Glauben Sie nicht, dass jetzt endlich der Moment gekommen ist, um ihn selbst danach zu fragen?«

»Was meinen Sie damit?«

»Ihn zu verhaften. Learco Padovani, Carnera genannt, ist in diesem Fall der Hauptverdächtige, also muss man ihn verhaften und verhören.«

Leonardi stand auf und schob den Stuhl zurück, der über den Boden schrappte. Er ging zum Fenster und sah hinaus, als würde die Unterhaltung ihn nicht mehr interessieren.

»Und wie macht man das?«, fragte er, nicht ganz bei der Sache.

»Mit einem ordentlichen Haftbefehl, anders als neulich im Schweinestall. Geben Sie mir vier Männer, und ich nehme die Sache in die Hand. Schließlich haben Sie die volle Unterstützung der politischen Autoritäten und die des Bürgermeisters ... Sie werden doch wohl vier Männer auftreiben können, oder?«

Leonardi hauchte die Fensterscheibe an, zeichnete mit dem Finger eine Linie und betrachtete sie, bis sie sich im Nu wieder auflöste.

»Eben war Savioli hier«, sagte er, und De Luca stockte der Atem. »Es war, als würde Bedeschi reden ... Wir sind alle Kameraden und Brüder, und die alten Geschichten soll man lieber ruhen lassen ... Eins habe ich immerhin aus ihm herausbekommen: Als er heute Morgen an der Mühle vorbeikam, hat irgendjemand mit einer Pistole zweimal auf die Mauer geschossen, die Kugeln sind haarscharf an seiner Nase vorbeigeflogen.«

»Na schön, na schön ...« De Lucas Stimme zitterte, und er legte sich eine Hand auf die Lippen, »aber vielleicht schaffen wir es trotzdem, vielleicht könnten wir versuchen ...«

»Ich werde nicht ganz allein losziehen und Carnera verhaften, Ingegnere, das kann ich nicht, und ich weiß auch gar nicht, ob ich das überhaupt will!«

»Na schön ...« De Luca ballte die Fäuste und schloss die Augen, um sich zu konzentrieren. Er stand immer noch mitten im Zimmer, wie festgewachsen. »Ich kann ja verstehen, dass Ihnen der Graf herzlich egal ist, ein Spion der Faschisten, na schön ... dasselbe gilt für Guerra, einen Dieb und

Wilderer ... aber die anderen? Brigadiere, was ist mit den anderen drei Menschen?«

Leonardi hob die Faust und versetzte dem Fensterrahmen einen schnellen Schlag, der die Scheibe zum Vibrieren brachte. »Reden Sie keinen Blödsinn, Ingegnere, ich bitte Sie!«, zischte er. »Die Alliierten haben Sant'Alberto zum erstenmal an einem Montag bombardiert, und da ist Markt. Es gab so viele Tote, dass wir sie in Schränken begraben mussten, weil es nicht mehr genug Särge gab, und nun? Sollen wir auch den Alliierten den Prozess machen? Erzählen Sie mir nichts von unschuldigen Opfern, Ingegnere, die Gerechtigkeit interessiert Sie doch überhaupt nicht, Sie wollen nur Ihre eigene Haut retten ... Carnera wird Sie umbringen, und das ist der einzige Grund, weshalb Sie ihn verhaften wollen.«

»Ja, nein ... ich weiß es nicht.«

De Luca biss die Zähne aufeinander, bis er es in seinem Mund knirschen hörte, dann kam endlich Bewegung in ihn, und er fegte mit dem Arm kurz entschlossen alles herunter, was auf dem Schreibtisch lag.

»Herrgottnochmal, Brigadiere!«, knurrte er, während Leonardi sich schlagartig umdrehte, »wir haben den Fall gelöst, wir haben den Mörder, wir haben's geschafft! Und Sie wollen die Sache einfach so fallen lassen? Das geht nicht, das können Sie nicht machen, Sie sind doch ein Polizist!«

»Ingegnere ...«

»Jetzt reicht's aber mit diesem Märchen vom Ingegnere!« De Luca brüllte so laut, dass seine Worte verzerrt im Raum widerhallten. »Ich bin kein Ingegnere! Ich bin ein Kriminalkommissar!« Er keuchte, sein Mund stand einen Moment lang offen, dann klappte er ihn zu. Er schluckte, schloss die Augen und fuhr seufzend mit der Hand über das Gesicht. »Ich war ein Kriminalkommissar«, murmelte er leise.

Leonardi warf einen Blick aus dem Fenster und gab einer Frau, die neugierig stehen geblieben war, mit einer ärgerlichen Geste zu verstehen, sie solle verschwinden. Er ging zu seinem Schreibtisch und setzte sich. Er zog eine Schublade auf, lehnte sich auf zwei Stuhlbeinen weit zurück, um tief nach hinten greifen zu können, und raschelte mit der Hand in einem Haufen Papier.

»Sie sind mir herzlich egal, Signor Morandi«, sagte er, »Morandi Giovanni.« Er warf De Luca den Personalausweis hin, der an seinem Bauch abprallte und offen zu Boden fiel.

»Nehmen Sie Ihre Papiere und gehen Sie, verdammt noch mal, wohin Sie wollen.«

Der Kirchenraub

Alberto Moravia

Was tut der Wolf, wenn seine Jungen hungrig sind und mit leeren Mägen jaulen und miteinander raufen? Was tut da der Wolf? Ich sage – der Wolf verlässt seine Höhle und sucht Nahrung; wobei er vielleicht ins Dorf hinuntersteigt und aus Verzweiflung in ein Haus eindringt. Die Bauern, die ihn dann erschlagen, haben Recht. Aber auch der Wolf hat Recht, in ihre Häuser einzudringen und sie zu beißen. Sie haben alle Recht. Keiner hat unrecht. Und dieses Recht gebietet den Tod.

In jenem Winter war ich wie ein Wolf. Und wie ein Wolf lebte ich nicht in einem Haus, sondern in einer Höhle am Fuß des Monte Mario, wo die verlassenen Steinbrüche sind. Dort gibt es viele Höhlen, aber die Eingänge sind dicht mit Brombeersträuchern zugewachsen. Nur zwei waren damals bewohnt – meine und die eines Alten, der teils bettelte, teils herumging und Lumpen sammelte. Sein Name lautete Puliti. Rußgeschwärzt hoben sich die Eingänge der beiden Höhlen von der gelben Felswand ab. Vor Pulitis Höhle lag stets ein Haufen Lumpen, in denen er herumwühlte. Vor der meinen stand ein leeres Benzinfass, das uns als Herd diente und an dem meine Frau kochte – barfüßig, das

Jüngste an der Brust und mit dem Fächer das Holzkohlenfeuer anfachend.

Die Höhle war drinnen sogar besser als ein gemauertes Zimmer. Sie war groß, trocken und sauber. Am entferntesten Ende lagen unsere Matratzen. Die übrigen Habseligkeiten hatten wir an Nägeln an der Wand aufgehängt. Während ich auf Arbeitssuche nach Rom ging, ließ ich immer die Familie in der Höhle zurück. Ich war Tagelöhner und fand hin und wieder eine Beschäftigung beim Ausheben von Fundamenten. Als aber jener Winter anbrach, von dem hier die Rede sein wird, waren – Gott weiß warum – immer weniger Fundamente auszuheben. Ich versuchte es mit allen möglichen anderen Arbeiten, doch dauerte so eine Beschäftigung meist nur kurze Zeit; und zuletzt stand ich gänzlich arbeitslos da.

Wenn ich am Abend heimkam, kauerte beim Licht der Öllampe meine Frau auf ihrer Matratze und schaute mich an und hielt dabei den Säugling an ihre Brust gedrückt. Auch die beiden größeren Kinder, die immer auf dem Boden spielten, schauten mich an. In diesen vier Augenpaaren stand der gleiche verhungerte Ausdruck. Mir war dann zu Mute wie einem Wolf mit einer Wolfsfamilie, und ich dachte: Wenn ich ihnen nichts mehr zu essen bringe, werden sie mich eines Tages anfallen und beißen!

Puliti, der Alte mit dem schönen, weißen Bart, der aussah wie ein Heiliger, aber nur den Mund zu öffnen brauchte, damit jeder sofort wusste, dass er ein Verbrecher war, sagte zu mir: »Was setzt ihr denn immerzu Kinder in die Welt? Um sie leiden zu lassen? Und du – weshalb wirst du denn nicht Stummelsammler? Etwas ist mit Zigarettenstummeln immer zu verdienen.«

Aber ich fühlte mich nicht dazu geeignet, herumzugehen und Stummel zu sammeln. Ich wollte mit meinen Armen arbeiten. Eines Abends sagte ich in meiner Verzweiflung zu meiner Frau: »Ich halte das nicht länger aus! Weißt du, was ich tun werde? Ich werde mich an eine Straßenecke stellen und den ersten, der des Weges kommt . . .«

Meine Frau fiel mir ins Wort: »Willst du ins Kittchen?«

Und ich: »Im Kittchen gibt's wenigstens was zu essen.«

Und sie: »Ja, für dich. Aber wir?«

Ich gestehe, dieser letzte Einwand gab den Ausschlag.

Es war Puliti, der mir den Gedanken mit der Kirche eingab. Er besuchte viele Kirchen, um dort zu betteln, und kannte sozusagen jede einzelne in- und auswendig. Er behauptete, ich brauchte mich nur abends in eine Kirche einschließen zu lassen, und wenn ich es geschickt anstellte, könnte ich am folgenden Morgen ausreißen, ohne gesehen zu werden.

Dann meinte er: »Sei aber vorsichtig! Die Pfaffen sind auch nicht auf den Kopf gefallen. Die wertvollen Sachen behalten sie im Kassenschrank, und das, was man in der Kirche sieht, ist oft wertloses Zeug.« Zuletzt erklärte er seine Bereitwilligkeit, den Verkauf der gestohlenen Sachen in die Hand zu nehmen, wenn ich sie erst einmal beiseite gebracht haben würde. Kurz und gut – er setzte mir einen Floh ins Ohr. Zuerst vergaß ich zwar die ganze Geschichte mehr oder weniger wieder und sprach auch nicht davon; aber man weiß ja, wie das so geht – die Gedanken springen gleich Flöhen dahin und dorthin; und wenn man am wenigsten darauf gefasst ist, beißen sie einen so, dass man vor Schreck aufspringt.

So biss mich also eines Tages der Floh, den mir Puliti ins Ohr gesetzt hatte, und ich sprach mit meiner Frau über die Angelegenheit. Nun muss man wissen, dass meine Frau fromm ist und in ihrem Heimatort sozusagen mehr in der Kirche als zu Hause war. Sie entgegnete demnach sofort: »Was? Bist du verrückt geworden?«

Ich hatte ihren Widerspruch vorausgesehen und antwortete: »Das wäre doch gar kein Diebstahl ... Wozu sind denn alle diese Sachen in den Kirchen da? Doch um Gutes zu tun ... und wir? Was werden wir tun, wenn wir uns etwas davon genommen haben? Gutes! Wem soll man denn Gutes tun, wenn nicht uns, die wir in solcher Not sind?«

Das schien ihr Eindruck zu machen, denn sie fragte: »Wie bist du überhaupt auf diesen Gedanken gekommen?«

Ich sagte: »Zerbrich dir darüber nicht den Kopf, sondern antworte mir. Steht etwa nicht in der Bibel, man solle den Hungrigen zu essen geben?«

»Das schon ...«

»Sind wir hungrig oder nicht?«

»Ja, hungrig ...«

»Schön. Wir tun also nur unsere Christenpflicht und ein gutes Werk.«

Mit einem Wort – ich redete so lange und ritt dermaßen auf der Religion herum, die ja ihr schwacher Punkt war, dass ich sie schließlich überzeugte.

Dann sagte ich: »Da ich nicht will, dass du allein zurückbleibst, wirst du mit mir kommen. So wirst du wenigstens auch eingesperrt und bekommst zu essen, wenn man uns entdeckt.«

»Und die Kinder?«

»Die Kinder lassen wir bei Puliti. Für das Weitere wird schon der Herrgott sorgen.«

Daraufhin besprachen wir die Sache mit Puliti. Er dachte meinen Plan durch, hieß ihn gut und sagte zuletzt, während er seinen weißen Bart glättete: »Domenico, hör auf mich alten Mann! Lass die silbernen Herzen in Ruhe, die sind weniger wert! Halte dich an die Juwelen!«

Wenn ich jetzt an Puliti, seinen Bart und den Ernst zurückdenke, mit dem er mir diese Ratschläge gab, möchte ich am liebsten lachen.

Am festgesetzten Tag ließen wir die Kinder bei Puliti und fuhren mit der Straßenbahn in die Stadt – wie zwei verhungerte Wölfe, die ins Dorf traben. Jeder, der uns sah, hätte uns für Wölfe halten können: meine Frau, klein und kräftig, alles Busen und Hüften, mit dem schwarzen Krepphaar, das ihren Kopf wie eine Flamme umstand, und ihrem entschlossenen Gesicht – ich, hundemager, das messerscharfe Gesicht von Bartstoppeln geschwärzt, ein Funkeln in den tief liegenden Augen.

Wir hatten uns eine alte Kirche in einer Seitenstraße des Corso ausgesucht, eine sehr große und dunkle Kirche, die auf allen Seiten von Häusern umgeben war. Sie hatte innen zwei Säulenreihen, und hinter jeder dieser beiden Säulenreihen befand sich ein schmales, finsteres Schiff mit einer Anzahl von Kapellen. Und dort gab es Schätze in großen Mengen. In Glasschränken hingen viele silberne und vergoldete Herzen; ich aber interessierte mich für einen kleineren Schrank, in dem zwischen einigen wertvollen Herzen ein Halsband aus Lapislazuli auf einem roten Samtkissen lag. Dieses Glasschränkchen stand in einer der Muttergottes geweihten Kapelle. Oben auf dem Altar erhob sich unter einem Baldachin die Statue der Madonna in Lebensgröße – ganz bemalt, den Kopf mit Glühlampen umgeben, und zu ihren Füßen befanden sich Blumenvasen und Kandelaber.

Als wir die Kirche betraten, war es bereits Abend. In einem unbewachten Augenblick versteckten wir uns hinter dem Altar der Kapelle, die jenes Halsband enthielt. Wir setzten uns auf die Stufen.

Etwas später begann der Sakristan die Runde durch die Kirche zu machen. Er schlurfte mit den Füßen und murmelte unablässig vor sich hin: »Es wird abgeschlossen . . .« Er kam aber nicht bis zu uns hinter den Altar, sondern beschränkte sich darauf, alle Lichter zu beiden Seiten des Altars zu löschen. Nur zwei rote Lämpchen ließ er brennen. Dann hörten wir ihn die Türen schließen, die Kirche ihrer ganzen Länge nach durchschreiten und nach der Sakristei hin verschwinden.

In dem engen Gang zwischen Altar und der Apsiswand umgab uns jetzt völliges Dunkel. Mir war fiebrig zu Mute, und ich flüsterte meiner Frau zu: »Los, machen wir rasch! Sprengen wir den Glasschrank auf!«

Ich hörte, wie sie antwortete: »Warte doch. Wir haben ja keine Eile!«

Dann sah ich sie aus unserem Versteck heraustreten. Sie schritt bis zur Mitte der Kapelle, machte dort im Halbdunkel eine Verneigung, schlug ein Kreuz, tat ein paar Schritte rückwärts und schlug nochmals ein Kreuz. Schließlich kniete sie in einem Winkel der Kapelle nieder und faltete die Hände zum Gebet. Was sie eigentlich betete, war mir nicht recht klar; aber ich begriff, dass sie nicht so ganz davon überzeugt war, eine gute Tat vorzuhaben, wie ich ihr das eingeredet hatte. Offenbar wollte sie sich so weit wie möglich vorsehen. Sie senkte den Kopf, sodass das Gesicht völlig unter der Menge ihrer schwarzen Haare verschwand, hob den Blick, und in dem rötlichen Licht konnte ich erkennen, wie sie die Lippen betend bewegte.

Ich trat auf sie zu und flüsterte beunruhigt: »Beten hättest du schließlich auch daheim können, nicht wahr?«

Grob gab sie mir zur Antwort: »Lass mich in Ruhe! Geh, sieh dir einstweilen die Kirche an – die ist ja groß genug! Musst du gerade hier herumstehen?«

»Willst du, dass ich den Glasschrank aufbreche, während du betest?«, fragte ich.

Unfreundlich gab sie zurück: »Ich will gar nichts.

Und das Stemmeisen wirst du vorläufig hier bei mir lassen!«

Ich gab ihr das Werkzeug, das mehr als ausreichend war, um das Schränkchen aufzusprengen, und entfernte mich.

Ich schlenderte in der Kirche umher und wusste nicht, was ich tun sollte. Diese Kirche im Halbdunkel mit ihren hohen, finsteren Wölbungen, die bei jedem Seufzen widerhallten, flößte mir Angst ein. Unheimlich war mir jetzt auch der gewaltige Hochaltar ganz hinten, der gerade nur ein wenig schimmerte. Die schwarzen geschlossenen Beichtstühle standen wie drohend in den Seitenschiffen. Auf den Zehenspitzen ging ich zwischen zwei leeren Bankreihen hindurch bis zum Portal hin; und dabei lief es mir kalt den Rücken hinunter, als verfolgte mich jemand. Ich versuchte das Portal zu öffnen, stellte fest, dass es wirklich verschlossen war, und kehrte wieder um.

Schließlich setzte ich mich in das linke Kirchenschiff vor ein Grabmal, das von einem roten Lämpchen erleuchtet wurde. Dieses in die Wand eingemauerte Grab bestand aus einer großen, schwarzen, glänzenden Marmorplatte und zwei Figuren – einem Skelett mit Sichel auf der einen und einer nackten, in ihr Haar gehüllten Frau auf der anderen Seite. Beide Figuren waren aus gelblichem, leuchtendem Marmor und sehr schön gearbeitet. Während ich sie mir besah, kam es mir in der Dunkelheit so vor, als bewegten sich die beiden Gestalten, als wollte die Frau vor dem Skelett fliehen, als suche das Skelett sie am Arm fest zu halten.

Um auf andere Gedanken zu kommen, rief ich mir die Höhle, die Kinder und Puliti ins Gedächtnis und sagte mir: Wenn man mich jetzt nochmals fragen würde, was ich zu tun beabsichtige – was würde ich antworten? Dass ich mich für dasselbe oder jedenfalls für etwas sehr Ähnliches entschlossen hätte! Mit einem Wort: Es war also nicht bloßer Zufall, dass ich mich jetzt in dieser Kirche befand, dass ich keine bessere Lösung gefunden hatte.

Während dieser Überlegung überfiel mich der Schlaf, und ich nickte ein. Es war ein schwerer, traumloser Schlaf, besiegelt von der kellerartigen Kälte, die in dieser Kirche herrschte. So schlief ich also tief und merkte nichts.

Plötzlich aber schüttelte mich jemand, und ich fragte benommen: »He, was soll das? Was fällt dir denn ein?« Da jedoch das Schütteln nicht aufhörte, öffnete ich schließlich die Augen und sah um mich herum eine Anzahl von Menschen: den Sakristan, der mich aus hervortretenden Augen anstarrte, den Pfarrer, einen alten Mann mit weißem, wirrem Haar und halb zugeknöpftem Talar, sowie ein paar Polizisten, zwischen denen meine Frau mit grabesfinsterem Gesicht stand.

Ohne mich zu bewegen, sagte ich: »Lasst uns in Ruhe! Wir sind Obdachlose und haben hier in der Kirche die Nacht verbracht!«

Da zeigte mir einer der Polizisten einen Gegenstand, den ich im ersten Augenblick, noch halb betäubt vor Müdigkeit, für einen Rosenkranz hielt. Es war aber das Halsband aus Lapislazuli.

»Und das?«, fragte der Polizist. »Braucht ihr das auch zum Schlafen?«

Kurz und gut, nach einem Wortwechsel nahmen sie meine Frau und mich in die Mitte und führten uns aus der Kirche.

Es war noch Nacht, aber die Dämmerung zog schon auf. Die Straßen lagen menschenleer da und glänzten vom Tau. Ohne ein Wort zu sprechen, schritten wir zwischen den Polizisten rasch und gesenkten Kopfes dahin. Als ich meine Frau ansah, wie sie da vor mir ging – stämmig und klein mit ihrem kurzen Rock und dem Krepphaar auf dem Kopf –, tat sie mir von Herzen Leid, und ich sagte zu einem Polizisten: »Wie traurig für sie und für die Kinder!«

Der Polizist fragte mich. »Wo sind die Kinder?«

Ich sagte es ihm, worauf er meinte: »Wie ist Ihnen denn nur so etwas eingefallen – Ihnen, einem Familienvater? Haben Sie denn nicht an Ihre Kinder gedacht?«

Ich antwortete: »Weil ich an die Kinder gedacht habe, deshalb hab ich es ja getan ...«

Auf dem Kommissariat empfing uns ein junger, blonder Mann hinter einem Schreibtisch mit dem Ausruf: »Kirchenräuber! Wie?«

Da schrie meine Frau plötzlich mit fürchterlicher Stimme: »Vor Gott schwöre ich – ich bin unschuldig!«

Ich kannte diese Stimme gar nicht an ihr und starrte sie offenen Mundes an.

Der Kommissar fragte: »Dann ist also Ihr Mann der Täter?«

»Auch der nicht!«

»Und wo haben Sie das Halsband her?«

»Die Muttergottes ist vom Altar heruntergestiegen und hat mir das Halsband gegeben«, erklärte meine Frau.

»Die Muttergottes? Und das Stemmeisen? Hat euch das auch die Muttergottes gegeben?«

Da hob meine Frau die rechte Hand und rief immer noch mit dieser sonderbaren Stimme: »Ich will auf der Stelle tot umfallen, wenn ich nicht die Wahrheit gesagt habe!«

Sie verhörten uns noch Gott weiß wie lange, aber ich erklärte ehrlich, nichts gesehen zu haben. Meine Frau dagegen blieb dabei, dass ihr die Madonna das Halsband geschenkt hätte.

Von Zeit zu Zeit brüllte sie: »Mensch, knie nieder angesichts dieses Wunders!«

Kurz und gut, sie machte den Eindruck einer Verrückten. Schließlich wurde sie abgeführt, während sie noch immer schrie und die Muttergottes anrief. Ich glaube, sie brachten sie in die Krankenabteilung.

Dann wollte der Kommissar von mir wissen, ob ich jemals Zeichen von Wahnsinn an meiner Frau bemerkt hätte.

Ich antwortete: »Schön wär's, wenn sie verrückt wäre!«

Dabei dachte ich, dass die Verrückten ja nicht leiden, weil sie die Welt so sehen, wie sie sie haben möchten. Aber ich dachte auch, dass meine Frau eigentlich die Wahrheit gesprochen hatte.

Und es tat mir Leid, nicht mit eigenen Augen gesehen zu haben, wie die Muttergottes vom Altar heruntergestiegen war, den Schrein geöffnet und meiner Frau das Halsband überreicht hatte.

In Grenznähe

Michelangelo Antonioni

Zu jener Zeit schlief ich sehr wenig, ich hatte mir angewöhnt, erst ins Bett zu gehen, wenn der Tag langsam aufzublenden begann. Im Morgengrauen ins Bett zu gehen, hat zumindest den Vorteil, dass man den Tag gut verbringt, nämlich mit Schlafen. Und kommt es darauf nicht an in Phasen der Erholung?

Ich war in Meran, um *Il processo di Maria Tarnowska* zu verdauen, eine Inszenierung mit Luchino Visconti. Vier aufreibende Monate in einem Hotelzimmer, in dem Luchino uns eingesperrt hielt. Guido Piovene, Antonio Pietrangeli und mich. In Meran hatte ich drei Freunde gefunden, mit ihnen schöpfte ich wieder neue Kraft, weil wir über nichts nachzudenken hatten. Die drei waren ein Mädchen aus Udine, sehr jung, mit Namen Sandra, eine vierundzwanzigjährige Deutsche, die von allen Grethe genannt wurde, aber gar nicht Grethe hieß, und ein amerikanischer Captain um die sechsunddreißig. Wir hatten nur äußerst wenig miteinander gemein, aber dieses Wenige war für uns sehr viel: das Bedürfnis, sich etwas für die Abende einfallen zu lassen, und das Gefühl der Verrohung, das uns befiel und uns benommen machte, wenn es auf die Morgenstunden zuging.

Was ich erzählen will, ist einer jener Abende. Er ist mir in Erinnerung geblieben wie ein Film, die Art von Film, wie ich sie immer machen wollte und nie konnte, nicht ein Ablauf von Fakten, sondern von Momenten, die die geheimen Spannungen in diesen Fakten anzeigen, so wie die Blüten die eines Baumes vor Augen führen. Ich erzähle diesen Abend, weil es ein von unsichtbaren Blicken kontrollierter Abend war. Kurz, eine nicht zum Ausdruck gekommene Tragödie. Die Personen einer Tragödie, die Orte, die Luft, die dort geatmet wird, sind manchmal fesselnder als die Tragödie selbst, ebenso die Momente, die ihr vorausgehen und ihr folgen, wenn die Handlung still steht und die Rede verstummt. Die tragische Tat bereitet mir Unbehagen. Sie ist anomal, exzessiv, schamlos. Sie sollte nie vor Zeugen begangen werden. In der Realität wie in der Fiktion schließt sie sich aus.

Wir sitzen zu viert in einem Jeep, der in Richtung Grenze fährt. Der Jeep fährt sehr schnell. Es ist Abend. Die Scheinwerfer beleuchten Häuser mit Holzbalkonen voller Geranien und hin und wieder ein Kreuz. Über lange Strecken ist die Straße steinig und staubig. Wo der Asphalt brüchig ist, sieht man die Steine, ein trockener Wind wirbelt den Staub auf und lässt ihn auf unsere Haare fallen. Der Captain fährt schweigend. Wir drei betrachten die Schatten, die die Scheinwerfer erzeugen. Die Ausgelassenheit, die eben noch herrschte, ist verflogen, erstickt in einem Schweigen, das unerklärlich wäre, wenn wir uns nicht der Grenze nähern und Grenzen immer ein wenig Respekt einflößen würden. Sie machen uns vorsichtig, besonders nachts.

Erst als der Jeep langsamer fährt und vor einem allein stehenden Haus anhält, schütteln wir uns. Die Eingangstür steht offen drinnen brennt grelles Licht.

»Gasthaus?«, fragt der Captain.

»Gasthaus, ja«, antwortet ein Mann, der in der Tür steht. Jung, blond, sehr jung. Selbst in einer Sprache, die ich nicht kenne, klingt seine Intonation falsch. Es ist eine Antwort, die überhaupt keine sein will.

Grethe ist mit einem Satz vom Jeep gesprungen. Sie hat einen dürren, biegsamen Körper. Man könnte meinen, sie brächte Stunden mit Gynmastik- oder Tanzübungen zu. Einen Tag, nachdem ich sie kennen gelernt hatte, glaubte ich, alles über sie zu wissen. Ich täuschte mich. Ich täuschte mich auch dann noch, als unsere Beziehungen intimer wurden. Wahrscheinlich täusche ich mich auch jetzt wieder, wenn ich sie so beschreibe.

Ich sehe, wie sie mit dem blonden Jungen einen Blick wechselt und sich dann umsieht. Es sind noch mehr Häuser da, aber in keinem brennt Licht. Sie betrachtet sie, als ob sie horche. In der Tür ist hinter dem jungen Burschen ein älterer Mann mit Schnurrbart erschienen, dick, riesig, das Gesicht auf immer von der Sonne verbrannt. Er sieht den Captain an, der Anstalten macht hineinzugehen, tritt aber keinen Zentimeter zur Seite.

»Gestatten Sie?«, sagt der Captain. Er hat einen starken Akzent und eine voll tönende Stimme. Die beiden rühren sich nicht. Der Captain sieht sie verblüfft an. Seine Fähigkeit über alles zu staunen, neutralisiert die Distanz, mit der er, als Amerikaner, uns betrachtet. Grethe tritt vor und sagt etwas auf Deutsch. Die beiden gehen zur Seite.

Kaum ist sie drinnen, fängt Sandra grundlos an zu lachen, während sie hier und da herumschnüffelt. Im Gehen wackelt sie auf den Beinen hin und her wie ein Kind, das sich bemerkbar machen will, stattdessen aber nur Ärger erregt. Der Blonde stellt sich mit einer gewissen Unduldsamkeit vor sie hin und weist auf einen kleinen Saal, den der Captain schon betreten hat. Sie hörte seine laute Stimme:

»Mangiare . . . essen.«

Eine gewollte Fröhlichkeit in seinem Tonfall ist nicht zu überhören, aber die Wirkung, die er erzielt, ist entgegengesetzt. Tatsächlich wird Grethe ernst. Heiterkeit steckt sie wenig an. Sie ist sehr schön, wenn sie ernst ist. Das passiert ihr häufig. Sie nimmt sich zurück, geht in sich oder kommt aus sich heraus, kurz, sie ist zerstreut und vermittelt dann den Eindruck, als sei sie nicht mehr bei dir, sondern in Gesellschaft eines anderen, der unsichtbar ist. Das erste Mal sah ich sie mit einem Blumenstrauß in der Hand, und sofort schenkte sie ihn mir. Ich wusste nicht, wohin damit, und sagte es ihr. Außerdem machte ich sie darauf aufmerksam, dass Gebirgsblumen nicht duften.

»Blumen sind schöner anzusehen als zu riechen«, entgegnet sie und wendet den Blick von mir ab. Einer ihrer seltsamen Zustände überkommt sie.

Heute fällt mir beim Schreiben ein Gedanke wieder

ein, der mir kam, während ich sie damals beobachtete. Ein Film vielleicht. Ein Gedanke, der aus dem Vorgefühl entstand, dass ich dieses Mädchen nicht mehr wiedersehen, dass sie aber in der Erinnerung auf irgendeine Weise mein Leben lang bei mir bleiben würde.

Ich weiß, dass dies kein spezifisch filmisches Thema ist, doch war ich schon immer besessen von dem Gedanken an einen Film über die Strömung, die eine Person einer anderen übermitteln kann, und die letztere eben durch Jahre hin mit sich zieht. Sie hat sie in dem Moment aufgenommen, hat sie gekostet und sich angepasst, das heißt, sie hat zugelassen, dass sie in ihren persönlichen Zustand einging, und im Lauf der Jahre löscht sie sie dann aus. Das ist das Absurde, dass sich niemand darum kümmert, die Gefühle zu bewahren, wir werfen alles weg und werden so nach und nach zum Produkt aller Begegnungen, die wir gehabt haben. Aber es ist ein Produkt, dessen Urheber verloren gegangen sind.

Der Raum, in dem wir Platz nehmen, hat Wände, die mit Naturholz verkleidet sind, Tische und Stühle ebenfalls aus Holz und einen Kachelofen mit einer Bank drumherum und einem Schlafplatz obendrauf. Es ist so typisch, dass man gehen möchte. Der Tiroler Stil passt nur zu den Tirolern. Der Captain indes scheint sich wohl zu fühlen. Er bestellt Würstel, Schinken, Speck, Bier und dunkles Brot. Der blonde junge Mann schreibt die Bestellung auf einen Zettel und verschwindet. Ich nähere mich Grethe, die sich halb zu mir umdreht und mir erklärt:

»Dies ist das Andreas-Hofer-Haus. Weißt du, wer Andreas Hofer ist?«

Ich weiß es. Ein Tiroler Patriot, der in Mantua auf eine Anzeige hin erschossen wurde. Noch eine Einzelheit weiß ich, nämlich dass der Denunziant Schraffl hieß und dass dies auch der Name des Gasthausbesitzers ist. Ich weiß aber nicht, ob er – der Dickwanst, der Besitzer – Nachfolger jenes auf so traurige Weise berühmt gewordenen Anderen ist. Aussehen tut er schon wie einer, den der Kummer, der das ganze Lokal wegen dieses Namens durchdringen muss, in Mitleidenschaft gezogen hat.

Das Haus ist gut durch die Jahre gekommen. Der Innenausstattung aus Holz entsprechen die hellen Außenwände, die mit den üblichen Geranien überfüllten Fensterbänke, das sehr schräge Dach, dessen Schwarz sich mit dem Schwarz des Himmels mischt.

In der Tür erscheint wieder der blonde junge Mann. Grethe geht ihm entgegen und wechselt ein paar Worte mit ihm. Der junge Mann setzt sich in Bewegung, Grethe hinterher und ich hinter ihr her. Er geht los und öffnet eine Tür. Wir betreten einen dunklen Raum. Ich höre das Anknipsen des Lichtschalters. Andreas Hofer steht da in einer Ecke mit einer Fahne in der Hand. Eine bemalte Holzfigur in Lebensgröße, so blank und glänzend, dass sie aussieht wie aus Wachs, und so, als Wachsfigur, sieht sie aus wie Andreas Hofer in Person. An den Wänden hängen verblichene Drucke: Hofer, wie er eine Rede hält, Hofer auf einer geheimen Versammlung, Hofer vor einem Pelleton napoleonischer Soldaten mit blauen Uniformen und langen, langen Gewehren in einem düsteren Kasernenhof, der an *La Grande Illusion* erinnert. (Eine Salve reichte nicht, um ihn zu töten, zwanzig waren erforderlich, und Hofer kommentierte: »Wie schlecht ihr schießt!«) In dem Raum steht auch ein Tisch, und auf dem Tisch liegt ein Buch, in das sich Besucher einzutragen pflegen. Grethe reicht mir mit der natürlichsten Geste den Stift und merkt nicht, dass ich ihn wieder zurücklege, ohne meinen Namen in das Buch zu schreiben. Es ist ein persönlicher Protest gegen den Blonden, der uns so viel Misstrauen entgegenbringt.

Unterdessen ist der junge Mann mit raschen Schritten zur Tür gegangen. Bevor er sie schließt, sehe ich undeutlich zwei Männer mit voll gepackten Rucksäcken vorbeigehen. Ein dritter, ohne Rucksack, folgt ihnen. Und während die Kleidung und das sonnengebräunte Gesicht des letzteren seine Herkunft aus dem Gebirge verraten, haben die beiden anderen die Blässe von Leuten aus der Stadt. Ich sehe durch das Fenterviereck, wie sie sich im Licht der Eingangsbeleuchtung entfernen, einen Moment stehen bleiben und dann im Dunkeln verschwinden. Hinter mir droht Andreas Hofer mit der Fahne in der Hand. Grethe steht neben mir. Ich bemerke bei ihr die gleiche leise Unruhe, die auch ich empfinde. Mehr um das Schweigen zu brechen als aus Neugier frage ich:

»Schmuggler?«

Der junge Mann hütet sich zu antworten und lässt einen Blick auf mich fallen, der an Unverschämtheit grenzt. Seine spöttische Miene, als habe er alle

Frechheit der Welt gepachtet, ist unerträglich, und ich sage zu Grethe:

»Hör mal, sag deinem Landsmann, dass der Captain Amerikaner ist und sich einen feuchten Dreck darum schert, was in diesem Lokal los ist, und dass auch ich . . .«

Sie unterbricht mich.

»Er versteht ausgezeichnet Italienisch.«

»Noch besser.«

Ich wollte noch sagen, dass auch ich nur bedingt an diesem unerlaubten Handel interessiert sei, er solle mich zusehen lassen, nur zusehen, falls er dann noch die Güte haben sollte, mir die Einzelheiten zu erläutern, umso besser. In Meran hätte ich von diesem Verkehr gehört, Verkehr von Waren und vielleicht auch Menschen, die vor anderen Menschen oder vor dem Gesetz fliehen. Aber ich sage nichts. Ich bin nicht einmal an einem Gespräch mit ihm interessiert.

Von außen drückt jemand gegen die Tür, der Blonde öffnet. Es ist Sandra.

»Diese Hütte wird an die hundert Jahre alt sein«, sagt sie ungeduldig, »aber das ist kein Grund, dass wir nochmal so lange auf das Essen warten müssen. Ich habe Hunger.«

Grethe lächelt endlich, und wir gehen alle in den Esssaal hinüber. Auf einem Tisch ist inzwischen Bier serviert worden. Der Captain füllt die Krüge, hebt seinen mit einer triumphierenden Geste und lässt ihn dann auf den Tisch fallen. Der Krug zerbricht nicht, aber das Bier spritzt nach allen Seiten. Der Captain sieht uns glücklich an, als habe er nur darauf gewartet, dass das Feiern endlich losgeht. Aber gar nichts geht los. Sandra nimmt eine Serviette und fängt an aufzuwischen. Mehrmals fährt sie mit dem nackten Arm an Grethe vorbei, und mit einer weiteren ihrer sehr natürlichen Gesten streichelt Grethe sie. Es ist eine instinktive, freundliche und gleichzeitig sinnliche Geste, von einer Sinnlichkeit, hinter der ein äußerst zartes Gefühl verborgen zu sein scheint, wie bei den drei Frauen von Bergmann in seinem wunderbaren *Schreien und Flüstern.* Eine Geste, die nicht einmal zu Ende geführt zu werden braucht, so diskret ist sie. Tatsächlich hat sie auch gar keine Zeit dazu. Ich weiß nicht, welche geheime Vorahnung Grethe dazu veranlasst, sie den Bruchteil einer Sekunde früher abzubrechen, bevor Töne, die von draußen kommen, auf den Tisch fallen, die Flaschen und Gläser klirren und uns alle zusammenzucken lassen. Das Anspringen eines Automotors oder mehrerer Motoren und eine Stimme oder mehrere Stimmen, die etwas brüllten, ich weiß nicht was – Stimmen. Ich weiß nur, dass sie merkwürdig emotionsgeladen sind.

Der Captain dreht sich um, um hinauszusehen. Anscheinend wartet er auf die Fortsetzung der Töne. Doch die Töne sind davongeschwebt, ohne eine Spur zu hinterlassen, und die Stille ist wieder so, wie eine gute Stille sein muss, voller leichter Geräusche wie dem Knarren des Holzes und dem Ticken des Uhrpendels. Auch ich betrachte das Schwarz im Fenster und habe nicht den Eindruck, dass es zu einer Gebirgsnacht gehört, tief und ruhig wie die Berge, eine feierliche alte Nacht. Eher soll es wohl wer weiß welche Bewegungen, Gesten, Ausdrücke, Gedanken verbergen, die zu sehen und zu verstehen wir kein Recht haben.

»Wie heißt dieser Ort?«, fragt der Captain.

Grethe antwortet.

»San Leonardo.«

»Mein Onkel heißt auch Leonardo«, sagt Sandra.

Grethe legt den Kopf zurück, wobei sie ihren Hals entblößt, und fragt den hinter ihr stehenden Blonden etwas. Der Blonde antwortet teilnahmslos, und sie übersetzt. (Warum spricht er denn nicht italienisch, wenn er es doch kann?)

»Wir sind dreißig Kilometer von der Grenze entfernt.«

»Dreißig Kilometer . . .«, fange ich an zu sagen, während ich denke: das ist weit zu Fuß. Als hätte sie verstanden, erklärte Grethe, dass sie in den Hütten Halt machen und dann dort hinübergehen, da gibt es keine Kontrollen.

Sandra fängt an, unartikulierte Gesten zu machen.

»Uff . . . aber warum?«

Sie unterbricht Gesten und Reden. Alle Augen sind auf sie gerichtet.

». . . warum reden wir über so etwas? Kommt der Schinken nun oder nicht?«

Zwei große Platten mit Schinken, Speck, Bier und dunklem Brot stehen wenige Augenblicke später auf dem Tisch. Das Bier ist herb, zwickt das Gehirn. Sandra schließt die Augen, kippt einen Schluck hinunter und legt eine Hand auf die Brust in Erwartung des Schluckaufs.

»Wie schön das aussieht, mit all dem Schaum . . .«

Sie taucht die Finger in den Krug, holt ein bisschen heraus, führt die Finger an die Lippen und lutscht sie mit einem Ausdruck von Ekel ab.

». . . aber ich mag es nicht.«

»Aber Wein magst du?«, sagt der Captain. Die Vorstellung, Bier mit Wein zu mischen, gefällt ihm. Er lacht. Er setzt alles daran, uns glauben zu machen, dass er sich noch nie im Leben so amüsiert hat. Aber er ist der einzige, der sich amüsiert. Er hebt das Glas und beobachtet gegen das Licht, wie die Bläschen sich schnell verflüchtigen, ein Zeichen, dass der Wein rein ist. Alle warten wir darauf, dass er auch dieses Glas fallen lässt, aber stattdessen gießt er es in einem Zug hinunter, schnalzt mit den Lippen, lässt den Blick in der Runde schweifen mit einem Lächeln, das gar nichts damit zu tun hat, aber die Banalität des folgenden Ausspruchs vorwegnimmt:

–»Kinder, so ist das Leben.«

Aus der Art, wie er es sagt, wird deutlich, dass er nicht auf den Wein anspielt, sondern darauf, dass wir hier und jetzt um diesen Tisch herumsitzen, mal mehr, mal weniger munter, während die anderen dort draußen in den Bergen sind . . .

Jetzt ist das Schweigen tiefer als vorher und hält längere Zeit an.

»Was denkst du?«

Es ist Grethes Stimme aus dem Off. Ich drehe mich um.

»Grethe«, beginne ich leise, »hör zu. Wir sind hier heute Abend nur Komparsen. Die Protagonisten sind die da.«

Ich zeige in Richtung Flur.

»Warum setzen wir unsere Unterhaltung nicht fort?«

»Welche Unterhaltung?«

»Die von vorhin im Jeep.«

Ich spiele heimlich auf ihr Bein an, das gegen meines gelehnt war. Es hatte keinerlei Druck von ihrer Seite gegeben, nur eine äußerst angenehme Wärme.

»Aber wir haben doch gar nicht den Mund aufgemacht.«

Sie lächelt in der Erwartung, dass ich fortfahre. Ich dagegen fange an, den Ofen zu betrachten, die blauen Arabesken der Majoliken, die an den Anschlussstellen abbrechen, sie überspringen wie eine Grenze, um dann auf der nächsten Kachel weiterzugehen. Mir wird plötzlich klar, dass auch ich Schmuggel treibe. Ich schmuggle ein Gefühl zu Grethe hinüber, das ich nicht habe. Aber tun wir nicht gerade das in unserem Leben täglich: bei jeder Gelegenheit irgendwelche Gefühle auffindbar machen?

Die Saaltür knarrt wieder, als sie geschlossen wird. Der blonde junge Mann hat sich von selbst zum Teufel geschert. Man hört Schritte auf der widerhallenden Holztreppe, erneut Getrampel und dann die gebieterische Stimme des Captain, der schreit:

»Open the door . . . aufmachen.«

Die Tür bleibt zu. Da springt der Captain auf. Er tut es, so möchte man meinen, wider Willen, als sei es nicht seine Art, so aufzuspringen. In drei Sekunden ist er im Flur. Dort sieht er sich jedoch dem Dicken gegenüber, der eine ärgerliche Geste macht, um ihn zurückzuscheuchen. Mit einer Beweglichkeit, die niemand ihm zugetraut hätte, schiebt der Captain ihn zur Seite und platziert sich mitten vor dem Eingang, entschlossen, dort zu bleiben, bezaubert von dem Anblick, der sich ihm bietet. Eine Frau kommt die Treppe herunter. Sie trägt ein grünes Tuch um den Kopf gebunden, dunkle Hosen und Nagelschuhe. Sie ist blass und sieht angespannt aus.

»Und wer ist die da?«, fragt der Captain.

Die beiden Österreicher tun so, als hätten sie nicht gehört. Der Captain steckt die Hände in die Taschen und verlagert das Körpergewicht auf einen Fuß, wie einer, der sich anschickt zu warten. Nicht darauf, dass die beiden ihm antworten, er weiß, dass sie das nicht tun werden. Aber dass es Veränderungen gibt, dass der Auftritt dieser neuen Person irgendwelche Folgen hat.

Die Frau ist auf der letzten Stufe stehen geblieben. Es ist offensichtlich, dass sie Eile hat hinauszukommen und dass dieser halb besoffene Mann, der zwischen ihr und der Tür steht, ein Hindernis darstellt, das sie nicht zu nehmen weiß. Sie ist nicht besorgt. Eher scheint sie zu denken, dass die Situation letztlich so ernst nicht sei. Aber sie könnte es werden, und eben deshalb zögert sie. Was dem Captain wahrscheinlich nicht glatt heruntergeht, ist gerade der nachsichtige Blick, den sie ihm zukommen lässt, und er reagiert darauf, so gut er kann, indem er alles savoir vivre zu Hilfe nimmt, das ihm zu Gebote steht. Er versinkt in einer Verbeugung und sagt:

»Eine Dame zum plaisir.«*

Aus seinem Munde klingt der Satz dermaßen verrückt, dass man nicht versteht, ob das, was ihn so lange zusammengeklappt hält, ein Ausdruck der Verehrung ist oder ein plumper Versuch der Verspottung oder aber ein instinktives Schamgefühl. Wie dem auch sei, es ist eine unbequeme Stellung, die schwer durchzuhalten ist. Ich tausche einen Blick mit Grethe. Es wäre an uns, ihm zu Hilfe zu kommen, oder an Sandra, die soeben auf der Türschwelle erschienen ist. Doch niemand von uns rührt sich. Sandra aus Zurückhaltung vor etwas, das ihr entgeht, Grethe und ich nicht, weil wir, ohne es auszusprechen, genau das wollen – dass der Captain hinfällt und so die Frau hinausgehen kann.

Als ihm klar wird, dass er hängen bleibt, wechselt der Captain im selben Moment die Taktik. Wie es bei Gewohnheitstrinkern vorkommt, richtet er sich auf, völlig Herr seiner selbst, dreht sich zu mir um und zwinkert mir zu, wobei er mit einem unmerklichen Zeichen des Kopfes auf die Frau deutet. Er zieht mich also direkt als Verbündeten heran und zwingt mich dadurch, die Situation gemeinsam mit ihm neu zu überdenken. Vor allem was die Frau betrifft. Seltsam, dass ich ihre Schönheit nicht früher bemerkt habe. Vielleicht ist es ihr Blick mit der Spur von Blässe unter den Augen, der ihrem Gesicht so viel Bedeutung verleiht. Und auch ihrer aufrechten Gestalt, die mich veranlasst, noch einmal anders

* Im Original in deutsch (A. d. Ü.)

über sie nachzudenken. Was ich nicht verstehe, ist, warum sie die Provokation des Captain duldet. Im Übrigen ist überhaupt nicht zu ergründen, was ihr durch den Kopf geht. Aus der Art und Weise, wie sie uns ansieht, glaube ich zu erkennen, dass alle Kräfte, denen sie den Kampf angesagt hat, heute Abend in uns vereinigt sind. Wir sind die Norm, wir sind das Gesetz, die Konformität und so weiter, bis hin zur Macht. Oder einfach Störenfriede. Sie dagegen ist für uns das Unvorhergesehene, die Abwechslung. Wir haben nur sie, um umserem Abend, wie man so sagt, einen Sinn zu geben. Wir können sie uns nicht entgehen lassen. Sicher war es das, was der Captain mir mit seinem Augenzwinkern bedeuten wollte.

Grethe kommt näher, sie bleibt hinter mir stehen. Ich fühle ihren Blick auf mir wie eine Aufforderung zum Eingreifen. Grethe ist Deutsche, und als Deutsche sieht sie mich an und durchdringt meinen Nacken. Ich hake den Captain unter und dränge ihn zum Esssaal hin. Er ist gefügig geworden, ich kann ihn Sandra anvertrauen. Als ich mich umdrehe, spricht die Frau mit Grethe. Auffällig ist ihre farblose Stimme, als bemühe sie sich, unbemerkt zu bleiben. Es ist ein kurzes Gespräch, seltsam vertraulich. Zum Abschied schütteln sie sich sogar beide Hände wie zwei alte Freundinnen.

Als die Frau gegangen ist, versammeln wir uns wieder alle um den Tisch. Aber es ist nicht mehr wie vorher. *Wir* sind nicht mehr wie vorher. Schinken, Speck und Wein schmecken nun anders. Ich frage Grethe, worüber sie mit der Frau gesprochen habe.

»Sie steckt in der Klemme«, antwortet sie ernst. Sie hat ein Gesicht, das anzusehen ich nie müde werde. Alles an ihr ist betrachtenswert. Der bloße Gedanke, sie könnte sich entfernen von dort, wo sie ist, nämlich aus meinem Blickfeld, ist mir unerträglich. Deshalb zucke ich zusammen, als sie (nach etwa einer halben Stunde) aufsteht.

»Lasst uns weggehen«, sagt sie.

Wir zahlen und gehen hinaus. Der Mann mit dem Schnurrbart begleitet uns zur Tür und bleibt neben dem jungen Blonden stehen, der wieder aufgetaucht ist mit einer Miene, als habe er sich nie wegbewegt. Der Captain mustert sie mit absichtlicher Frechheit.

»What's the matter ...«, fängt er an. Wir drängen ihn zum Jeep, und ich setze mich ans Steuer. Die beiden Österreicher sehen uns von der Schwelle aus nach, wortlos und unbeweglich. Sie stehen noch dort, als ich nach einem Wendemanöver den Wagen auf die Straße fahre. Ich bin sicher, sie haben die Lichter unserer Scheinwerfer verfolgt, wie sie über die Bäume gewandert und dann verschwunden sind.

Dass das Scheinwerferlicht eine Spur auf den Bäumen hinterlässt, wenn es sie abends anstrahlt, lernte ich einmal, als ich die meines Autos auf eine Eiche richtete, aus dem Wagen stieg und nachsehen ging. Die Rinde wimmelte von Ameisen, die in ihrer üblichen stupiden Emsigkeit hin und her liefen. Nur der von den Scheinwerfern angestrahlte Fleck war leer. Die Ameisen liefen um ihn herum, bis an seinen

Rand, aber niemals in ihn hinein. Und sie mieden ihn auch noch, als das Licht, nachdem ich die Scheinwerfer ausgeschaltete hatte, für meine Augen verschwunden war. Für ihre offensichtlich nicht.

Nachdem wir einige Kilometer gefahren sind, halten wir an. Der Captain hat Bäume voller Äpfel gesehen, oben auf der Böschung, die auf einer Seite der Straße entlangläuft, und möchte welche pflücken. Wir steigen schweigend einen Hang hinauf, aber es gelingt uns nicht, den Obstgarten zu erreichen, der hinter einer Macchia aus Lärchen verborgen bleibt. Wir kommen an eine Lichtung genau in dem Moment, als der Mond aufgeht und das Gras wieder seine grüne Farbe annimmt. Ein Kilo Blau ist blauer als ein halbes Kilo Blau, sagte Gauguin. Hier hat die Natur das Grün tonnenweise vergossen. Wir überqueren die Lichtung mehr aus dem Bedürfnis heraus, vorwärts zu gehen und irgendwo hinzukommen, als aus sonst einem Grund. Vor uns ein Waldstück, das ganz so aussieht, als sei es undurchdringlich. Wie gehen ein Stück daran entlang, bis wir eine Stelle erreichen, an der ein Weg hineinführt. In den biegen wir ein. Für einen Waldweg ein seltsam gerader, seltsam genauer Weg, unverrückbar wie die Menge der Bäume, die uns gleichgültig, wahrscheinlich feindselig ansehen. Das Mondlicht sickert durch die Zweige und lässt Licht- und Schattenzonen miteinander wechseln, und wir gehen vorwärts von Licht zu Schatten, immer auf der Hut keinen Lärm zu machen, wer weiß warum.

Nach kurzer Zeit verlassen der Captain und Sandra den Weg unter dem Vorwand, die Äpfel seien woanders. Grethe und ich gehen weiter. Wir wollen uns am Jeep wieder treffen.

Entfernte Schüsse hallen wider, ihr Echo läuft durch das Tal und hinterlässt in uns ein vages Gefühl von Beklemmung. Beklemmung, nicht Angst. Diese Schüsse gelten nicht uns. Wenn ich ein Gewehr hätte, würde auch ich schießen, um mich in den rätselhaften Verlauf dieser Nacht einzumischen. Auf einmal nimmt Grethe mich beim Arm und zeigt auf eine Stelle zwischen den Blättern. Wir gehen näher heran. Am Rande einer weiteren Lichtung, kleiner als die vorherige, stehen, vom Mond beleuchtet, zwei Gestalten, ein Mann und eine Frau. Ich mag Tageslicht lieber als Nachtlicht, das blendende Sonnenlicht lieber als Mondlicht, so zauberhaft das auch sein mag. Aber es kommt auch vor, dass eine Szene vom Mond beleuchtet wird, ohne deshalb idyllisch zu wirken. Es ist eine Szene, die mich an die Parkszene in *Blow-up* erinnern würde, wenn die Zeit die beiden Ereignisse nicht umgekehrt angeordnet hätte. *Blow-up* war damals noch längst nicht im Entstehen. Und auf jeden Fall wäre es eine mondlose Nacht gewesen, von einem Neonschild erhellt. Hier dagegen ist eine riesige goldene Scheibe erschienen. Es sieht aus, als habe sie sich herabgelassen statt aufzusteigen, um das zu beleuchten, was hier geschehen wird.

In einer Nacht wie dieser hatte während des letzten Krieges ein Mann in einem Abruzzendorf einen deutschen Soldaten getötet. Ich war mit zwei Freunden in einer Dachkammer versteckt und sah durch ein Loch auf den Platz hinunter. Leute flohen, andere strömten zu dem Haus hin, wo die Sache passiert war. Ich hätte einiges darum gegeben, hinaus zu können. Wir waren seit einem Monat dort eingesperrt, um der Deportation zu entgehen, und ich lag nachts viele Stunden wach. Ich sah den Mond an und versuchte zu verstehen, warum dieses Licht einen negativen Eindruck auf mich machte. Es hat etwas Leichenhaftes oder zumindest Geheimnisvolles und Beängstigendes, das Mondlicht. Wir wissen, dass die Oberfläche dieses Planeten weiß und gipsern ist und dass er, aus der Nähe gesehen, ein Bild vollkommener Trostlosigkeit bietet. Wir wissen auch, dass der Mond als Planet nicht selbst leuchtet, sondern nur Licht reflektiert. Was zu uns kommt, ist der Widerschein seiner Trostlosigkeit. Zwischen uns und die Welt schiebt sich ein bläulicher Staub, der die Kontraste verstärkt. Das Schwarz wird schwärzer, während das Weiß und die ganze Skala der Pastellfarben sich einander angleichen in einer einzigen erdfahlen Blässe. Unsere Gesichter werden immateriell, und die Dinge, die bei Tage veränderlich scheinen, so lebendig sind sie, erstarren in schmerzlicher Reglosigkeit.

Eine Alchemie, die durchaus ihre Wirkung auf die Menschen ausübt. Jene Nacht in dem Abruzzendorf muss den Mann, der tötete, verhext haben, wenn so wenig genügte, seine Eifersucht auszulösen: ein vager Versuch von Gewaltanwendung gegenüber seiner Freundin. Vielleicht hatte sie auch den Deutschen und sogar das Mädchen verzaubert. Sie hielten sich umarmt, als der Mann das Zimmer betrat. Die Maschinenpistole des Deutschen war gegen die Wand gelehnt. Der Mann hob sie auf, holte den Soldaten auf der Treppe ein und schoss ihm eine Garbe in den Kopf. Der Körper rollte hinunter bis an die Tür. Auf der anderen Seite der Tür erkannte man undeutlich den Platz im Schein jener *Grabesfackel* (Charles Fourier) des Mondes.

Die Frau in der Mitte der Lichtung ist dieselbe, die der Captain zurückzuhalten suchte. Den Mann kenne ich nicht. Schlank, selbstsicher, nach seinen Gesten zu urteilen. Kaum wahrnehmbar, hören wir ihre und nach einer Pause seine Stimme. Sie stehen rund dreißig Meter voneinander entfernt, aber reden miteinander in einem Ton, der im Theaterjargon Flüstern genannt wird, als stünden sie sich direkt gegenüber. In einem perfekten Timing wechseln ihre Stimmen einander ab, ohne sich je zu überlagern. Ich frage Grethe, ob sie mitbekommt, was sie sagen.

»Einige Wörter. Sie sprechen so leise.«

Kurz darauf vernehme ich ein anderes Wispern, das aus dem Takt fällt, eine Art Schluchzen. Ich sehe Grethe an, sie weint. Zum zweiten Mal an diesem Abend geht ihre Reaktion dem voraus, was einen Moment später geschieht. Ein Schuss. Er ist näher als die anderen, aber ich kann nicht behaupten, dass der Mann geschossen hat. Auch dieser Schuss zerfällt in der Luft der Talebene, und das Schweigen der Berge deckt einen Stein darüber.

Die Frau steht nicht mehr an ihrem Platz. Der Mann schon, aber er bewegt sich sofort. Er braucht sehr lange, bis er die freie Fläche überquert hat, und ebenso lange bleibt er stehen, um von der anderen Seite dorhin zu sehen, wo die Frau war, wo sie, leblos, vielleicht immer noch ist. Und dann zum Wald hin, auf die Stelle im Wald, wohin die Frau auch geflohen sein kann. Mir gehen beide Möglichkeiten durch den Kopf. Im Zweifel hätte ich wenigstens versuchen sollen, den Unbekannten einzuholen, ihn zu verfolgen. Warum habe ich es nicht getan? Warum bin ich stehen geblieben und habe auf die Lichtung gesehen, auch als es, nachdem der Mann verschwunden war, nichts mehr zu sehen gab?

Ich erinnere mich, dass ein Blitz in meinem Kopf eine Gewissheit aufleuchten ließ. Es gab keinen Grund auf der Welt, weswegen wir zu dieser Stunde an diesem Ort waren. Wir waren zwei überflüssige Zeugen, und instinktiv wehrte ich mich dagegen, indem ich stehen blieb.

Ich lege Grethe meinen Arm um die Taille ohne eine andere Absicht als die, sie zu trösten (aber worüber?), und bringe sie zum Jeep. Die anderen sitzen schon im Wagen. Sandra isst einen Apfel, als wäre es Morgen. Der Captain ist etwas angeschlagen, er hat einen trägen Blick und Augen wie Blätter im Wind (wo habe ich diesen Satz gelesen?). Wir fahren weiter. Grethes Knie berührt wieder meines, und diese Berührung gewährt mir eine so zärtliche Mitwisserschaft, dass ich keine Lust mehr habe, nach Hause zurückzukehren. Ich fahre einen U-förmigen Bogen und wechsle die Richtung. Die Straße beginnt abzufallen, und ich schalte den Motor aus. Ich schalte auch die Scheinwerfer ab. Jetzt gleiten wir im ungewissen Weiß der Straße in Richtung Grenze, und hören dabei in der Stille den Schotter, der leicht unter den Rädern knirscht.

Neujahr

Andrea Camilleri

Weihnachten verbrachte Montalbano mit Livia in Boccadasse, am siebenundzwanzigsten Dezember begaben sich beide zum Flughafen Colombo, der Commissario wollte nach Vigàta zurückfliegen, Livia Silvester mit ein paar Arbeitskollegen in Wien verbringen. Seine Freundin hatte ihn gedrängt, sie auf dem Kurztripp zu begleiten, aber Montalbano hatte sich geweigert: Er würde sich unter Livias Freunden fremd fühlen, doch lag der eigentliche Grund darin, dass ihm Festrituale ein Graus waren. Wenn er eine Silvesternacht mit dutzenden von Unbekannten in einem Hotelsaal hätte verbringen und bei dem großen Abendessen und dem Ball Fröhlichkeit hätte heucheln müssen, hätte er bestimmt Fieber bekommen. Doch Fieber bekam er auch so: Auf der Fahrt vom Flughafen Punta Ràisi nach Vigàta fühlte er, wie es in ihm hoch kroch. Zu Hause in Marinella maß er Temperatur: nur siebenunddreißig fünf, kein Grund zur Sorge. Er fuhr ins Kommissariat, um zu erfahren, was es Neues gab, er war eine Woche lang fort gewesen. Als er am Einunddreißigsten morgens ins Büro kam, sah Fazio ihn lange an.

»Dottore, was haben Sie?«

»Warum? Was soll ich haben?«

»Sie haben ein rotes Gesicht und glänzende Augen. Sie haben ja Fieber.«

Montalbano hielt noch eine halbe Stunde durch. Dann konnte er nicht mehr, er begriff nicht, was man zu ihm sagte, und wenn er vom Stuhl aufstand, drehte sich ihm der Kopf. Zu Hause traf er Adelina an, seine Haushälterin.

»Du brauchst mir nichts zu kochen. Ich hab keinen Hunger.«

»*Maria santissima!* Warum denn nicht?«, fragte Adelina alarmiert.

»Ich hab ein bisschen Fieber.«

»*Ci faccio una ministrina lèggia?* Soll ich Ihnen ein leichtes Süppchen kochen?«

Er maß Fieber: vierzig. Da war nichts zu wollen: Adelina befahl ihm, sofort ins Bett zu gehen, und Montalbano musste gehorchen. Die Haushälterin war es gewohnt, sich bei ihren Söhnen, die zwei echte Kriminelle waren, Respekt zu verschaffen; den jüngeren, der im Gefängnis saß, hatte der Commissario selbst verhaftet. Sie bettete ihn, steckte das Telefonkabel in die Steckdose neben dem Bett und teilte ihm die Diagnose mit:

»*Chista infruenza che corri, è. Ce l'avi mezzo paìsi.* Das ist die Grippe, die umgeht. Die halbe Stadt hat sie.«

Sie ging hinaus, kam mit einem Aspirin und einem Glas Wasser wieder, hob Montalbanos Kopf, ließ ihn die Tablette schlucken und schloss die Fensterläden.

»Was machst du denn da? Ich bin nicht müde.«

»Doch, Sie schlafen jetzt. Ich bin drüben in der Küche. Rufen Sie mich, wenn Sie was brauchen.«

Um fünf Uhr nachmittags erschien Mimì Augello mit einem Doktor, der Adelinas Diagnose nur bestätigen konnte und ein Antibiotikum verschrieb. Mimì holte es in der Apotheke, und als er zurück war, brachte er es nicht über sich, seinen Freund und Chef allein zu lassen.

»An Silvester krank und allein, das geht doch nicht!«

»Mimì, das ist wahres Glück«, sagte der Commissario franziskanisch.

Als er endlich seine Ruhe hatte, stand er auf, zog eine alte Hose und einen dicken Pullover an, ließ sich im Sessel nieder und sah fern. Prompt schlief er ein. Um neun Uhr abends wachte er auf, weil Fazio anrief, der sich nach ihm erkundigte. Montalbano wärmte Adelinas leichte Suppe auf und aß sie lustlos, er schmeckte einfach nichts. Eine Stunde lang schlurfte er in Pantoffeln herum, mal schlug er ein Buch auf, mal legte er es an einen anderen Platz. Um elf kam, zwischen zwei Nachrichtensendungen, Nicolò Zito vorbei; er war enttäuscht, denn der Commissario hätte den Beginn des neuen Jahres bei ihm zu Hause feiern sollen. Punkt zwölf, während die Glocken läuteten und die Knallerei losging, nahm Montalbano die zweite Tablette des Antibiotikums (»nicht vergessen: alle sechs Stunden eine Tablette!«) warf sie ins Klo, wie er es mit der ersten auch gemacht hatte. Um ein Uhr nachts klingelte das Telefon.

»Alles Gute, Liebling!«, sagte Livia aus Wien. »Ich bin jetzt erst durchgekommen.«

»Ich bin gerade erst heimgekommen«, log Montalbano.

»Wo warst du denn?«

»Bei Nicolò. Viel Vergnügen noch, Liebling. Ich schick dir einen Kuss.«

Er schlief erst morgens ein, stundenlang hatte er sich unruhig und verschwitzt im Bett gewälzt.

Um sieben läutete das Telefon.

»*Pronti, Dottori?* Sind Sie das selber?«

»Ja, Catarè, ich bin's selber. Was zum Teufel willst du denn um diese Uhrzeit?«

»*In prìmisi* alles Gute wünschen. Viel Glück und Wohlsein, Dottori. *In sicundis* wollte ich sagen, dass da ein Toter auf Durchreise ist.«

»Dann halte ihn nicht auf.«

Er war versucht aufzulegen, doch dann gewann sein Pflichtgefühl die Oberhand.

»Was heißt auf Durchreise?»

»Das heißt, dass er im Hotel Reginella gefunden worden ist, in dem Hotel hinter Marinella, wo Sie gar nicht weit weg wohnen.«

»Ja, gut, aber warum hast du gesagt, dass er ein Toter auf Durchreise ist?«

»Dottori, ist doch klar! Einer, der im Hotel ist, ist ganz bestimmt auf Durchreise.«

»Catarè, weißt du, dass ich Fieber habe?«

»*Sissi, dottori, le addimando pirdonanza. La frozza della bitùdine fu che mi fece tilifonare al lei.* Ich bitte um Verzeihung. Ich bin es gewöhnt, dass ich immer Sie anrufe. Jetzt ruf ich Dottori Augello an.«

Ab zehn kamen die Neujahrsanrufe, einer nach

dem anderen. Gegen Mittag tauchte unerwartet Adelina auf.

»Ich weiß schon, dass Feiertag ist, aber ich kann Sie doch nicht allein lassen, ich helf Ihnen.«

Sie machte sein Bett frisch und putzte das Bad.

»Jetzt koche ich Ihnen ein Süppchen, das ein bisschen kräftiger ist als das von gestern.«

Gegen eins klopfte Mimì Augello an die Tür.

»Wie geht's? Hast du die Tabletten genommen?«

»Selbstverständlich. Und sie tun mir wirklich gut. Heute Morgen hatte ich neununddreißig.«

Die Tabletten von sechs und von zwölf Uhr hatte dasselbe Schicksal ereilt wie die beiden ersten.

»Sag mal, Mimì, was ist denn diese Geschichte mit dem Touristen?«

»Mit welchem Touristen?«

»Der in dem Hotel hier in der Nähe war. Catarella hat mich heute früh angerufen.«

»Ach der!«

Montalbano sah seinem Vice in die Augen: Augello taugte nicht zum Schauspieler.

»Mimì, ich kenn dich doch. Du nutzt das aus.«

»Was denn?«

»Dass ich krank bin. Du willst mich von den Ermittlungen fern halten. Los, ich will alles wissen, und zwar haargenau. Wie ist er gestorben?«

»Er wurde erschossen. Aber er ist kein Tourist. Es ist der Mann von Signora Liotta, der Besitzerin des Hotels.«

Rosina Liotta war eine hübsche Dreißigjährige mit schelmischem Blick, und der Commissario kannte sie vom Sehen, aber von einem Ehemann hatte er nichts gewusst, er war vielmehr überzeugt gewesen, die junge Frau sei ledig oder verwitwet. Mimì Augello erklärte ihm die Lage. Als Rosina, die aus Catania stammte, sechzehn Jahre alt war, arbeitete sie als Zimmermädchen im Hotel Italia. Hier pflegte Commendatore Ignazio Catalisano aus Vigàta abzusteigen, wenn er geschäftlich in Catania zu tun hatte. Catalisano war ein einsamer Wolf, er hatte nie geheiratet und hatte nur einen Bruder, mit dem er keinen Kontakt pflegte. Die appetitliche Rosina, die sich zu diesem Anlass weiß und rein wie ein Osterlämmchen gab, rührte das Herz und alles Übrige des Wolfes, der damals schon weit über sechzig war. Das Resultat war, dass der Commendatore, nachdem er drei Jahre lang immer häufiger nach Catania gereist war, in seinem Bett im Hotel Italia einem Herzinfarkt erlag, einem Bett, aus dem, zu Tode erschrocken, Rosina heraussprang. Einige Zeit nach Catalisanos Tod wurde Rosina zu einem Notar in Vigàta bestellt. Sie war ein helles Mädchen, brachte die Ladung des Notars mit dem Tod des Geliebten in Verbindung, kündigte im Hotel und reiste, ohne den Eltern und Geschwistern ein Wort zu sagen, die sich im Übrigen einen Dreck um sie scherten, nach Vigàta. Dort erfuhr sie, dass der Commendatore, um Streit und eine eventuelle Anfechtung des Testaments zu vermeiden, alles seinem Bruder vermacht hatte, bis auf die Villa in Marinella und hundert Millionen Barkapital, die sie zum Dank bekam. Rosina kehrte nach Catania zurück und zog in eine bescheidene Pension. Das Geld aus der Erbschaft wurde auf den Rat des Notars hin auf eine Bank in Catania überwiesen. Als Rosina das erste Mal hinging, um sich ein Scheckheft ausstellen zu lassen, lernte sie den Kassierer Saverio Provenzano kennen, der zehn Jahre älter war als sie. Es war nicht Liebe auf den ersten Blick, der Kassierer gab ihr anfangs nur ein paar gute Ratschläge, wie sie das Geld anlegen sollte, und Rosina war ihm auf ihre Weise dankbar. Als die junge Frau fünfundzwanzig Jahre alt war, wollte sie, dass der Kassierer sie heiratete. Drei Jahre später kündigte Provenzano bei der Bank. Die beiden hatten beschlossen, mit seiner Abfindung und Rosinas Geld die dreistöckige Villa bei Marinella in ein kleines, aber feines Hotel zu verwandeln: eben das Reginella. Das Geschäft lief von Anfang an gut.

Die Einweihung des Hotels war noch kein Jahr her, als Provenzano von einem ehemaligen Bankkunden ein verlockendes Arbeitsangebot bekam. Er sollte als Repräsentant einer Import-Export-Firma nach Moskau gehen. Rosina wollte nicht, dass ihr Mann das Angebot annahm, und es gab Diskussionen, auch erbitterten Streit. Ihr Mann setzte sich durch. Drei Jahre lang hatte Provenzano in Moskau gearbeitet; er war während dieser Zeit etwa zehnmal nach Vigàta gekommen und hatte kein Neujahrsfest ausgelassen. Diesmal war er spät in Vigàta eingetroffen, erst am Silvestermorgen, weil die Fluglotsen gestreikt hatten.

An dieser Stelle unterbrach Mimì Augello seinen Bericht.

»Du bist blass und müde. Den Rest erzähle ich dir später.«

Er machte Anstalten aufzustehen. Montalbano packte ihn am Arm und zwang ihn, sich wieder hinzusetzen.

»Du rührst dich hier nicht vom Fleck.«

»Ein Dottore Panseca hatte das ganze Hotel gemietet, er verbringt Silvester mit seinen Freunden immer im Reginella. Aber Signora Rosina hatte ihrem Mann ein Zimmer frei gehalten, sie hatte ihn vorläufig in der 22 untergebracht, die ...«

»Stopp«, sagte der Commissario. »Wo schläft Signora Rosina normalerweise?«

»Sie hat ein Zimmer im Hotel.«

»Hat ihr Mann nicht bei ihr geschlafen?«

»Anscheinend nicht.«

»Was heißt ›anscheinend‹?«, fragte Montalbano gereizt.

»Hör zu, Salvo, ich konnte mit Signora Rosina noch kein halbes Wort wechseln. Als ich hinkam, hatte sie einen hysterischen Anfall. Dann ist der Arzt gekommen und hat ihr ein starkes Beruhigungsmittel gegeben. Ich gehe später nochmal hin und befrage sie.«

»Und woher weißt du die ganzen anderen Sachen?«

»Vom Personal. Und vor allem vom Portier, den sie noch aus ihrer Zeit als Zimmermädchen in Catania kennt und den sie mitgebracht hatte.«

»Weiter. Warum hast du gesagt, dass ihr Mann im Zimmer 22 nur vorläufig untergebracht war?«

»Auch das kann ich dir nicht sagen. Tatsache ist, dass Ingegnere Cocchiara und seine Frau, Gäste von Dottore Panseca, nachts um halb eins das Zimmer

28 frei machten, das ihnen zum Umziehen zur Verfügung gestanden hatte, und wegfuhren, weil sie noch mit anderen Freunden verabredet waren. Signora Rosina schickte sofort ein Zimmermädchen hin, es sollte das Zimmer, das vis-à-vis der Nummer 22 liegt, sauber machen und das Gepäck rübertragen. Gegen zwei Uhr sagte Provenzano, er sei müde von der Reise, verabschiedete sich von Panseca und den anderen Freunden und ging in sein Zimmer hinauf. Seine Frau blieb unten, es war schon vier Uhr durch, als alles vorbei war und sie schlafen ging. Heute Morgen um halb sieben ließ sich einer von Pansecas Gästen, der im Zimmer 20 untergebracht war, einen Kaffee bringen, weil er weg musste. Im Vorübergehen sah das Zimmermädchen, dass die Tür der 22 halb offen stand. Das kam ihr nicht geheuer vor, und ...«

»Halt, Mimì du irrst dich! Du verwechselst die 22 mit der 28!«

»Keineswegs! Man hat Provenzano erschossen im Zimmer 22 gefunden, wo er eigentlich nichts verloren hatte. Sein ganzes Gepäck war ja in der 28! Vielleicht hat er sich geirrt, er war müde und hat den Zimmertausch wahrscheinlich vergessen ...«

»Womit wurde er erschossen?«

»Mit einem Karabiner. Er wurde mitten in die Stirn getroffen. Weißt du, gegenüber von dem Hotel wird, natürlich illegal, ein großes Gebäude errichtet. Der Schuss kam von dort. Und kein Mensch hat den Knall gehört, Pansecas Gäste haben zu viel Lärm gemacht.«

»Was sagt Pasquano über den Zeitpunkt des Todes?«

»Du kennst unseren Gerichtsmediziner doch. Der sagt keinen Ton, wenn er nicht hundertprozentig sicher ist. Jedenfalls meint er, da das Fenster sperrangelweit offen stand und es kalt ist, dass Provenzano möglicherweise gegen zwei Uhr morgens umgebracht wurde. Meiner Meinung nach wurde er in dem Augenblick erschossen, als er das Licht einschaltete, er war gar nicht mehr dazu gekommen, die Tür zu schließen.«

»Was hatte er an?«

»Der Tote?«

»Nein, Dottore Pasquano.«

»Salvo, du bist wirklich blöd, wenn du's drauf anlegst! Der Tote trug Hemd und Hose, sein Jackett ... .«

Er verstummte und sah Montalbano kleinlaut an.

»Er kann sich nicht im Zimmer geirrt haben, wir haben sein Jackett ja in der 28 gefunden!«

»Und das Gepäck in der 28, wie sah das aus?«

»Er hatte alles ordentlich in den Schrank geräumt.«

»War das Licht im Bad an?«

»Ja.«

Montalbano dachte ein paar Sekunden lang nach.

»Mimì«, sagte er dann, »sobald du wieder in Reginella bist, redest du zuerst mit dem Zimmermädchen, es soll alles, was Provenzano gehört, in die 22 bringen und dann wieder in die 28 rübertragen.«

»Wozu denn?«

»Nur so, zum Zeitvertreib«, erwiderte Montalbano grob, »und dann rufst du mich an und berichtest mir. Die Zimmer 22 und 28 sind doch versiegelt, oder?«

Mimì hatte nicht nur dafür gesorgt, dass die versiegelt wurden, sondern auch Gallo und Galluzzo zur Bewachung dagelassen.

Kaum war Augello gegangen, nahm Montalbano zwei Aspirin, trank eine Tasse fast kochend heißen Wein, in die er noch ein Glas Whisky gegossen hatte, holte zwei dicke Wolldecken aus dem Schrank, legte sie sich aufs Bett, schlüpfte darunter und zog sie sich über den Kopf. Er hatte beschlossen, sich das Fieber innerhalb weniger Stunden auszutreiben, der Gedanke, Mimì Augella käme auf eigene Faust in den Ermittlungen voran, war ihm unerträglich, er fand, dass er ungerecht behandelt wurde.

Als er vom Klingeln des Telefons aufwachte, triefte er vor Schweiß, er kam sich vor, als liege er unter einem Laken, das in warmes Wasser getaucht worden war. Vorsichtig langte er mit einem Arm hinaus und nahm den Hörer ab.

»Salvo? Das Zimmermädchen hat es so gemacht, wie du gesagt hast. Also, in der 22 hatte Provenzano nur einen Koffer aufgemacht. Er hat sich umgezogen. Aber vorher war er ins Bad gegangen, hatte sich gewaschen und rasiert. Als das Zimmermädchen die Koffer in die 28 trug, hat es auch die Sachen mitgenommen, die Provenzano für seine Toilette gebraucht und auf der Ablage am Waschbecken liegen gelassen hatte. Und da kommt dem Zimmermädchen etwas merkwürdig vor.«

»Was denn?«

»Das Zimmermädchen sagt, dass auf der Ablage auch ein Päckchen lag, das in Papier gewickelt und mit Klebeband verschlossen war. Sie ist sicher, dass sie das Päckchen in die 28 mitgenommen und dort auch auf die Ablage am Waschbecken gelegt hat.«

»Und was stimmt daran nicht?«

»Na ja, es ist nirgends zu finden. Es ist nicht in der 28. Weder auf der Ablage des Waschbeckens – und das Zimmermädchen schwört hoch und heilig, dass sie das Päckchen hingelegt hat – noch sonst irgendwo. Ich habe die 28 dreimal durchsuchen lassen.«

»Hast du mit Signora Rosina gesprochen?«

»Ja, ich habe mir auch den Grund für den Zimmertausch erklären lassen. Provenzano hatte ein so empfindliches Gehör, dass es ihn richtig krank machte. Sie schliefen getrennt, denn die Signora brauchte nur ein bisschen lauter zu atmen, da wachte Provenzano schon auf und konnte nicht mehr einschlafen. Im Zimmer 22, dessen Fenster nach vorn rausgeht, wäre Provenzano von den Stimmen der Leute, die die ganze Nacht im Hotel ein- und ausgingen, und vom Lärm der ankommenden und abfahrenden Autos sicher dauernd gestört worden. Die 28 ist viel ruhiger, weil das Zimmer nach hinten rausgeht.«

»Hast du dort noch zu tun?«

»Ja.«

»Tu mir einen Gefallen, Mimì, und ruf mich dann

an. Frag im Hotel, ob Provenzano gestern Nachmittag nach Vigàta gefahren ist.«

Während er auf den Anruf wartete, maß er Temperatur. Sechsunddreißig sieben. Geschafft. Er schob die Decken weg, stellte die Füße auf den Boden, und alles um ihn herum drehte sich Schwindel erregend.

»*Pronto*, Salvo? Ja, gegen fünf Uhr nachmittags hat er sich von seiner Frau den Wagen geben lassen, hat aber nicht gesagt, wohin er wollte. Die Signora sagt, er sei keine zwei Stunden später wieder zurückgewesen. Wie fühlst du dich, Salvo?«

»Hundeelend, Mimì. Halt mich ja auf dem Laufenden!«

»Sei unbesorgt. Gib Acht auf dich!«

Montalbano stand vorsichtig auf. Erste Maßnahme: ein halbes Glas Whisky pur trinken. Zweite Maßnahme: die Packung Antibiotika in den Müll werfen. Er nahm sie in die Hand und war wie gelähmt, er fühlte im Kopf, wie sein Hirn die Rädchen auf Höchstgeschwindigkeit rotieren ließ.

»Fazio? Hier ist Montalbano.«

»Commissario, wie geht's Ihnen? Brauchen Sie was?«

»Ich will innerhalb von fünf Minuten wissen, welche Apotheken gestern offen hatten. Wenn die heute nicht dienstbereit sind, brauche ich die Telefonnummern der Apotheker zu Hause.«

Er ging ins Bad, er roch nach Schweiß, wusch sich sorgfältig und fühlte sich sogleich besser.

»Hier ist Fazio, Dottore. Gestern hatten zwei Apotheken Dienst, die Dimora und die Sucato. Die Dimora hat auch heute offen, die Sucato ist geschlossen, aber ich habe die Privatnummer des Apothekers.«

Montalbano rief zuerst die Dimora an und war gleich an der richtigen Adresse.

»Natürlich kannte ich den armen Provenzano, Commissario! Er hat gestern Ohropax und ein starkes Schlafmittel bei uns gekauft, das man nur auf Rezept bekommt.«

»Und wer hat ihm das Rezept ausgestellt?«

Apotheker Dimora zögerte, und als er sich zu einer Antwort durchgerungen hatte, redete er um den heißen Brei herum.

»Wissen Sie, Commissario, ich und der selige Provenzano waren in der Zeit, als er in Vigàta lebte, enge Freunde geworden. Es verging kein Tag...«

»Ich verstehe«, fiel Montalbano ihm ins Wort, »er hatte kein Rezept.«

»Kriege ich jetzt Probleme?«

»Das weiß ich ehrlich gesagt noch nicht.«

Das Portal des Reginella stand halb offen, am linken Türflügel ein auffälliges großes schwarzes Band mit der Aufschrift »Wegen Trauerfall geschlossen«. Als der Commissario eintrat, traf er keine Menschenseele an, er ging auf einen kleinen Salon zu, aus dem gedämpfte Stimmen zu hören waren. Mimì Augello, der mit einem hoch gewachsenen, geschniegelten Vierzigjährigen sprach, fiel aus allen Wolken, als er ihn sah.

»*Gesù!* Was machst du denn hier? Spinnst du? Du bist doch krank!«

Montalbano sagte nichts, aber er warf seinem Vice einen Blick zu, der das bedeutete, was er bedeutete.

»Das ist Gaspare Arnone, der Portier des Hotels.«

Montalbano musterte ihn. Aus irgendeinem Grund hatte er sich einen alten und etwas ungepflegten Mann vorgestellt.

»Ich habe gehört, dass Sie Signora Rosina Provenzano schon lange kennen.«

»Schon ewig«, sagte Arnone lächelnd und entblößte ein Gebiss wie das eines amerikanischen Schauspielers. »Sie war sechzehn Jahre alt, ich sechsundzwanzig. Wir arbeiteten im selben Hotel in Catania. Dann hat die Signora ihr Glück gemacht und hatte die Güte, mich nachzuholen.«

»Ich muss mit dir reden«, sagte Montalbano zu Mimì.

Der Portier verbeugte sich und ging hinaus.

»Du bist totenbleich«, sagte Augello. »Findest du das in Ordnung? Du kannst ernsthaft krank werden!«

»Es geht um etwas wirklich Ernstes, Mimì. Ich hatte eine Idee, und sie ist bereits bestätigt. Weißt du, was in dem unauffälligen Päckchen war? Wachs für die Ohren und ein Schlafmittel.«

»Woher weißt du das?«

»Das geht dich nichts an. Und das heißt nur eines: Provenzano kommt in das Zimmer 28 und packt seine Koffer aus, dann geht er ins Bad und sieht, dass das Päckchen nicht da ist. Er kommt ohne nicht aus. Wenn er sich die Wachsstöpsel nicht in die Ohren stecken und kein Schlafmittel nehmen kann, kann er bei dem Radau im Hotel die ganze Nacht nicht schlafen. Er glaubt, das Zimmermädchen hätte das Päckchen in der 22 vergessen. Er geht rüber, schaltet das Licht ein, und ehe er einen Muckser tun kann, ist er schon erschossen.«

»Das Fenster stand offen«, fügte Mimì hinzu. »Das Zimmermädchen hatte es zum Lüften offen gelassen.«

»Eine Frage«, fuhr Montalbano fort. »Wo hast du den Schlüssel vom Zimmer 22 gefunden?«

»Er lag auf dem Boden, neben dem Toten.«

»Hat Signora Rosina irgendeine Vorstellung, warum man ihren Mann umgebracht hat?«

»Ja. Sie sagt, er habe schon beim letzten Mal, als er in Vigàta war, gesagt, dass er sich Sorgen mache.«

»Worüber?«

»Man hat ihn in Moskau bedroht. Anscheinend ist er, sagt die Signora, der russischen Mafia in die Quere gekommen.«

»So ein Quatsch! Wenn die russische Mafia ihn umbringen wollte, warum sollte sie das dann hier erledigen? Nein, Mimì, jemand, der wusste, dass Provenzano in einem anderen Zimmer schlafen wollte, hat ihn in die Falle gelockt. Das Zimmermädchen hat das Päckchen ganz bestimmt in die 28 gebracht, aber von dort hat es jemand verschwinden lassen, um Provenzano dazu zu bringen, in die 22 zu gehen. Dann hat dieser Jemand keine Gelegenheit und keine Zeit mehr gehabt, das Päckchen wieder an seinen Platz zu legen. Am Fehlen des Päckchens sehen wir, dass es als Köder gedient hat. Du verstehst doch was von Frauen, Mimì, wie ist Signora Rosina denn?«

»Gar nicht übel«, sagte Mimì Augello, »obwohl sie in Trauer ist, trägt sie ihren Busen wie eine Dünenlandschaft vor sich her. Glaubst du, sie hat was damit zu tun?«

»Keine Ahnung«, antwortete der Commissario. »Ihr Mann hat sie eigentlich wenig gestört, er ist ja bloß zwei- oder dreimal im Jahr und nur für ein paar Tage nach Vigàta gekommen: So einen praktischen Ehemann bringt man doch nicht um.«

»Du schwitzt. Übertreib's nicht, Salvo, fahr nach Hause. Ich hätte dich doch besuchen und dir alles erzählen können. Es war nicht nötig, dass du dich so verausgabst.«

»Das sagst du. Hatte Provenzano Unterlagen bei sich?«

»Ja, in einer Mappe.«

»Hast du sie dir angesehen?«

»Ich hatte noch keine Zeit.«

»Hol sie. Und tu mir einen Gefallen, frag den Portier, ob ich ein Glas Whisky haben kann.«

Montalbano war so schwach, dass er sich fühlte, als hätte er schon zu viele Gläser Whisky getrunken. Aber er war nicht wirr im Kopf, ganz im Gegenteil.

Der elegante Portier erschien mit einem leeren Glas und einer noch nicht angebrochenen Flasche, die er öffnete.

»Bitte, bedienen Sie sich. Brauchen Sie sonst noch etwas?«

»Ja, eine Auskunft. Hatten Sie gestern Nacht Dienst?«

»Natürlich. Das Hotel war voll, und dann waren

ja auch noch die Gäste von Dottore Panseca zum Abendessen da.«

»Sagen Sie mir genau, wie der Transport der persönlichen Gegenstände Provenzanos von der 22 in die 28 vor sich gegangen ist.«

»Kein Problem, Commissario. Zwischen halb eins und eins verließen Ingegnere Cocchiara und seine Frau die 28. Sie gaben mir den Schlüssel zurück, den ich an seinen Platz hängte. Ich wies das Zimmermädchen an, das Zimmer fertig zu machen und das Gepäck des Chefs von der 22 in die 28 zu bringen.«

»Haben Sie dem Mädchen den Schlüssel gegeben?«

Der Portier lächelte mit dreihundert Zähnen und sah aus wie ein Lampengeschäft in Murano, in dem auf einen Schlag alle Lichter angegangen waren.

»Die Zimmermädchen haben einen Generalschlüssel. Eine halbe Stunde später sagte mir Pina, das Zimmermädchen, es sei alles fertig. Ich ging in den Saal und sagte dem Chef, dass er sich jederzeit zurückziehen könne. Er war müde von der Reise. Ich brachte ihm auch noch den Schlüssel für die 28.«

»Und haben Sie ihm auch den Schlüssel für die 22 gegeben?«

Gaspare Arnone war einen Moment lang irritiert.

»Ich verstehe nicht.«

»Mein Freund, was gibt's da zu verstehen? Provenzano wurde tot in der 22 gefunden, der Schlüssel lag neben ihm. Sie haben vor einer Minute gesagt, Sie hätten den Schlüssel an seinen Platz gehängt, als Ingegnere Cocchiara das Hotel verließ. Meine Frage ist also mehr als logisch.«

»Mich hat er nicht darum gebeten«, sagte der Portier nach einer Pause.

»Aber sagten Sie nicht, Sie hätten die ganze Nacht Dienst gehabt?«

»Schon, aber das bedeutet nicht, dass ich die ganze Zeit hinter der Theke stramm stehe. Wissen Sie, die Gäste brauchen oft etwas. Da kann es schon vorkommen, dass man mal fünf Minuten nicht da ist.«

»Ich verstehe. Aber wer hat ihm dann den Schlüssel für die 22 gegeben?«

»Niemand. Er hat ihn sich selbst genommen. Er wusste, wo die Schlüssel hängen: Sie sind ja weithin sichtbar. Und er war der Chef.«

Mimì Augello kam mit einer Mappe voller Unterlagen herein. Der Portier zog sich zurück. Montalbano füllte sein Glas nochmal mit Whisky. Sie teilten die Unterlagen in zwei Stapel, jeder nahm sich einen vor und begann zu lesen. Alles Geschäftsbriefe, Rechnungen, Bilanzen. Montalbano wurde schon ganz schläfrig, als Mimì Augello sagte:

»*Talia ccà*. Da, sieh mal.«

Er reichte ihm einen Brief. Er war von der »Italian Export-Import« in Moskau an Saverio Provenzano adressiert und unterzeichnet von Dottore Arturo Guidotti, dem Generaldirektor der Firma. Darin stand, wie und warum die Firma, angesichts des wiederholten Drängens und der genannten stichhaltigen Gründe, die Kündigung des Mitarbeiters Saverio Provenzano schweren Herzens akzeptiere, die am fünfzehnten Februar folgenden Jahres in Kraft treten sollte.

Frohgemut trank Montalbano das dritte Glas.

»Komm, wir reden mit Signora Rosina.«

Er taumelte, als er aufstand, und Mimì stützte ihn.

Der Portier erklärte am Telefon gerade jemandem, dass das Hotel keine Gäste aufnehmen könne.

Montalbano wartete, dass er wieder auflegte, und lächelte ihn an.

Gaspare Arnone lächelte zurück. Der Commissario sagte nichts. Auch Gaspare Arnone machte den Mund nicht auf. Sie sahen sich an und lächelten. Mimì Augello war die Situation sichtlich peinlich.

»Gehen wir?«, fragte er Montalbano.

Der Commissario antwortete nicht.

»Signora Rosina hat Sie ins Reginella geholt, als Provenzano schon in Russland war, nicht wahr?«

»Ja. Sie brauchte jemanden, dem sie vertrauen konnte.«

»Danke«, sagte Montalbano.

Sein Schwips machte ihn artig und förmlich.

»Eine Frage noch. In den Zimmern gibt es keine Klingel, um das Zimmermädchen zu rufen, nicht wahr?«

»Nein. Die Gäste müssen hier am Empfang anrufen, wenn sie etwas brauchen.«

»Danke«, sagte Montalbano nochmal und brachte sogar eine kleine Verbeugung zu Stande.

Das kleine Apartment der Chefin des Reginella lag im zweiten Stock. Auf dem ersten Treppenabsatz wurden die Beine des Commissario weich wie Ricotta. Er ließ sich auf einer Stufe nieder, und Augello setzte sich neben ihn.

»Kann ich vielleicht erfahren, was dir durch den Kopf geht?«

»Ich sag's dir. Signora Rosina und der Portier haben sich zusammengetan und Provenzano umgebracht.«

»Welche Beweise hast du denn dafür?«

»Keine. Die findest du. Ich sag dir nur, wie das vor sich gegangen ist. Vor vierzehn Jahren sind Rosina und der Portier Gaspare in dem Hotel in Catania, in dem beide arbeiteten, ab und zu miteinander ins Bett gegangen. Du verstehst, ihr Liebhaber ist schon ziemlich alt, da braucht sie manchmal was Erfrischendes. Gut. Als Rosinas Mann nach Russland geht, erinnert sie sich an ihren Freund aus Catania und stellt ihn bei sich ein. Die Geschichte zwischen den beiden fängt wieder an. Aber sie wird intensiver, es ist Liebe, Leidenschaft, nenn es, wie du willst. Die Situation ist ganz entspannt, der Ehemann ist ja nie da. Aber dann tritt eine Änderung ein. Provenzano schreibt seiner Frau, oder er ruft sie an, dass er Moskau satt hat. Er hat gekündigt. Er will über Neujahr nach Vigàta kommen, dann nach Moskau fliegen, um die Geschäfte zu übergeben, und Ende Februar endgültig zurückzukehren. Das Pärchen verliert den Kopf und beschließt, ihn umzubringen. Der Plan hängt an einem seidenen Faden, aber wenn er funktioniert, ist er perfekt. Bevor er Provenzano Bescheid sagt, das die 28 fertig ist, geht der Portier in das Zimmer hinauf und nimmt das Päckchen mit dem Schlafmittel an sich. Dass Provenzano in der Apotheke war, hat der Portier wahrscheinlich von seiner Geliebten erfahren, die uns anlügt, als sie sagt, sie wüsste nicht, wozu ihr Mann ihren Wagen gebraucht habe.

Und als Provenzano schlafen gehen will, stellt er fest, dass das Päckchen nicht da ist. Er ruft am Empfang an, aber da geht niemand ans Telefon, weil der Portier schon in dem Neubau gegenüber auf der Lauer liegt und darauf wartet, dass Provenzano ihm in die Schusslinie kommt. Da Provenzano nicht mal das Zimmermädchen rufen kann, beschließt er, sich selbst zu bemühen. Er geht runter an den Empfang, holt sich den Schlüssel für die 22, geht wieder nach oben, öffnet die Tür des Zimmers, um das Päckchen zu holen, schaltet das Licht an, und der Portier schießt und trifft. Aber er hat einen Fehler gemacht: Er hätte das Päckchen unter allen Umständen wieder in die 28 zurückbringen müssen. Gehen wir?«

Auf den fünfzehn Stufen, die in den zweiten Stock führten, schwankte der Commissario von links nach rechts und umgekehrt. Mimì hielt ihn mit einer Hand unter der Achsel fest. Sie blieben vor einer Tür stehen, und Augello klopfte taktvoll.

»Wer ist da?«

»Augello, Signora.«

»Kommen Sie herein, es ist offen.«

Mimì ließ seinem Chef den Vortritt. Dieser öffnete die Tür und blieb auf der Schwelle stehen, die Hand auf dem Türknauf.

»Guten Tag allerseits!«, rief er fröhlich.

Die frisch gebackene Witwe sah ihn irritiert an. Allerseits? Sie war doch allein im Zimmer, außerdem machte dieser Mann einen betrunkenen Eindruck.

»Was wollen Sie?«

»Ich habe eine ganz einfache Frage. Wussten Sie, dass Ihr Mann bei der Firma gekündigt hatte, um endgültig in Vigàta zu bleiben?«

Signora Rosina saß auf dem Bett, ein Taschentuch in der Hand, und antwortete nicht sofort. Anscheinend überlegte sie hin und her. Aber ihrem Dekolleté war es anzusehen, dass irgendein Bösewicht mit roter Hand über ihre makellos weiße Dünenlandschaft fuhr.

»Nein.«

»Falsch!«, frohlockte Montalbano.

Mike Bongiorno hätte das nicht besser gemacht.

»Nimm Sie fest«, sagte der Commissario nun zu Augello.

»Nein! Nein!«, rief Signora Rosina und sprang vom Bett auf. »Ich habe nichts damit zu tun! Ich schwörs! Gaspare war es, der . . .«

Sie unterbrach sich und stieß einen so unerwarteten, spitzen Schrei aus, dass die Fensterscheiben leise klirrten. Montalbano drang dieser Schrei in die Ohren, schwirrte zweimal um sein Hirn, flog in den Hals hinab, sauste ihm in den Bauch und landete in den Füßen.

»Nimm den Portier auch fest«, brachte er noch heraus, dann fiel er ohnmächtig mit dem Gesicht nach vorn auf den Boden.

Fazio brachte ihn nach Hause, zog ihn aus, legte ihn ins Bett und maß seine Temperatur. Über vierzig.

»Ich bleibe heute Nacht hier«, sagte Fazio, »ich leg mich aufs Sofa.« Der Commissario sank in tiefen Schlaf. Gegen acht Uhr morgens öffnete er die Augen und fühlte sich schon besser. Fazio stand mit Kaffee an seinem Bett.

»Heute Nacht hat Dottore Augello angerufen, er wollte wissen, wie es Ihnen geht. Ich soll Ihnen ausrichten, dass es genauso war, wie Sie sich das gedacht haben. Die beiden haben gestanden, er hat Augello sogar gezeigt, wo er das Präzisionsgewehr versteckt hatte.«

»Warum hast du mich nicht geweckt?«

»Soll das ein Witz sein? Sie haben geschlafen wie ein Engel!«

Rache in Napoli

Peppe Lanzetta

Als La Rossa erfuhr, dass sie Marco umgebracht hatten, erstarrte sie zu Stein. Sie hielt den Telefonhörer fest, hatte nicht die Kraft aufzulegen.

Giulia, die ihr die Nachricht überbrachte, konnte es fühlen: Da war Leere, Eiseskälte, die aus dem Hörer strömte und sie umfing, zudeckte.

Dann ein Klagelaut, heftig, endlos.

Giulia beeilte sich, zu La Rossa zu kommen, und fand sie auf einem Sofa, hingeschmissen, wachsbleich im Gesicht, die Augen vom Weinen rot verquollen, zitternd, als hätte sie einen epileptischen Anfall.

Giulia streichelte sie, versuchte ihr all den Mut und die Zuneingung zu geben, zu der sie fähig war, kochte Kamillentee, legte sie aufs Bett. Umsonst.

La Rossa war wie besesssen, wiederholte immer wieder nur das eine: »Wer war es? Ich will wissen, wer das war.«

»Es bringt nichts, das zu wissen, Marco lebt ja doch nicht mehr«, antwortete Giulia, und dann fing auch sie zu weinen an, sie, die bis zu diesem Zeitpunkt alle Kraft aufgewandt hatte, um der Freundin beizustehen. Dann brach sie zusammen, schloss weinend La Rossa in ihre Arme, umschlang Gesicht, Haare, Augen, Tränen, Rotz, Wut, Gift, Angst und Verzweiflung.

»Marco gehörte mir, auch wenn wir nicht mehr zusammen waren. Marco gehörte mir, sie hätten ihn nicht anrühren dürfen, nicht Marco ...«, sagte La Rossa immer wieder, und zerstört, erschüttert, von allen enttäuscht zusammensinkend, nahm sie Giulias Hand fest in ihre Hand.

Mammabella erschien in der Tür und schaute ins Zimmer, wortlos, aber mit einem Blick, der mehr als alle Worte sagte. Und Giulia antwortete ihr mit einem Blick, der Mammabella aufforderte, sie allein zu lassen.

Marco war umgebracht worden, weil er fünf Millionen Lire eingesteckt hatte, die nicht ihm gehört hatten. Er war gewarnt worden. Und trotzdem: ein Griff, eine Drogengeschichte. Es war Abend, als sie ihn kaltmachten, vor aller Augen, vor der Bar des Viertels, zwei Killer, von einem schnellen Motorrad herunter. Keiner sah, keiner hörte, keiner redete.

La Rossa erfuhr, dass die Motorradkiller, die Marco umgelegt hatten, nicht aus ihrem oder einem der umliegenden Viertel kamen.

»Bezahlte Leute«, hatte ihr jemand zugeflüstert, als sie mit ihren Ermittlungen begann, wirr und verzweifelt wie sie war. Sie wusste nicht, ob Marco in den zwei Monaten, in denen sie nicht mehr beisammen waren, neue Freundschaften geschlossen hatte, aber sie vermutete es, sie kannte Marco, wenn ihm etwas gegen den Strich ging, verzog er sich woandershin, und er hatte sich schon oft verzogen.

Sie begann zu telefonieren und nahm sich einen nach dem anderen die Leute aus der Clique vor, die sie mit Marco kennen gelernt hate. Entschlossen, beharrlich, schonungslos und verrückt. Enzuccio, Mario der Sachte, der Afrikaner, der Nibelunge und La Mericana, alle zeigten sie Bedauern für den unglücklichen Marcuccio, wie sie ihn in der Clique nannten, alle erklärten sie La Rossa ihre Solidarität, alle bestätigten, dass die Typen von auswärts gekommen waren, keiner im Viertel hätte Marcuccio je ein Haar gekrümmt.

Sie zog aus der Einzimmerwohnung im Spanischen Viertel aus, brachte ihr ganzes Zeug wieder nach Hause zur Mutter, die jetzt genauso wenig dazu sagte wie damals, als sie ausgezogen war. Während sie ihre T-Shirts, Jeans und Bücher einräumte, bemerkte sie, dass ihre Mutter sie beobachtete. Sie ging zu ihr hin und sagte: »Hier, nimm, das sind hunderttausend Lire, ich brauche das Telefon.«

Mammabella sah sie zärtlich an. Sie hätte gerne gesagt, das auch ihr Marcos Tod Leid getan hatte, aber sie fand keine Worte und sagte nur: »Annare', pass auf, was du tust.«

Und sie nahm die hunderttausend Lire und steckte sie ihr in die Tasche zurück. La Rossa senkte den Blick, umarmte die Mutter und begann zu schluchzen.

Das Brautpaar würde die Feier für Verwandte und

Freunde in einem Restaurant in Pozzuoli veranstalten.

Die Gäste mit den südamerikanischen Gesichtern hatten die Kirche am Rondell von Capodimonte verlassen und machten sich über die Stadtautobahn auf den Weg, jetzt schon schwitzend und bereits in Vorfreude auf Linguine agli scampi e gamberoni. Sie hatten Fünfziger-Jahre-Blicke und Fünfziger-Jahre-Gesichter, trugen neue Kleider, die an ihnen alt, verblichen, traurig und grau wirkten, weiße Socken, die ein Faustschlag in den Magen waren und sich bereits gelb gerieben hatten an den neuen braunen Schuhen, meistens Mokassins, und meuternde Füße, die an die frische Luft wollten. Aber man ist hier ja auf einer Hochzeit, und da sieht das nicht gut aus.

Die dicken Tanten, voller Speck und abzubüßender Fettleibigkeit, wedelten stolz mit ihren Fächern und fragten sich eifrig, wie viel die andere wohl in den Briefumschlag für das Brautpaar gesteckt haben könnte. Die Hitze ließ das Fleisch an den neuen Kleidern kleben, und die dürren Tanten lachten zwischen den Zähnen über das Untier, das die fetten Tanten zwischen den Schenkeln plagte. Was wollt ihr denn mit dem Fächer, hörte man sie murmeln, da braucht es, wenn schon, eine Wasserspritze. Dicke Tanten gab es in der Verwandschaft des Bräutigams jede Menge, riesige Knöchel auf noch riesigeren, geschwollenen Füßen, die aus den Schuhen quollen, und fast immer hatten die dicken Tanten ein Paar Pantoffeln in der Handtasche, das sie herausholen würden, sobald der Fuß reklamierte, und Hoppla! Luft!, bitte vielmals um Verzeihung, aber so ein geschwollener Fuß ist wirklich nicht zu ertragen, ahh!, was für eine Erleichterung.

Zu dem Zeitpunkt hatten es sich längst schon alle bequem gemacht, die Männer ohne Jackett und mit gelockerten Krawatten, die Frauen in den Pantoffeln, die Kinder liefen und tobten zwischen den Tischen und dem Garten hin und her, die verschmitzten Aushilfskellner achteten immer weniger auf die Form und konnten es kaum erwarten, Feierabend zu machen und die Trinkgelder aufzuteilen. Eine Hochzeitsfeier eben.

Margherita war acht Jahre lang verlobt gewesen, dann hatte man sich getrennt, weshalb sie nicht lange überlegte und zuschlug, als sich die Gelegenheit bot, einen gewissen Antonio zu heiraten, eine zwielichtige Gestalt, Gangstereien, Schutzgeldgeschichten, kurz einer, der bis zum Hals drinsteckte. Sie war inzwischen dreißig Jahre alt, er fünfunddreißig, und man hatte über sie geredet und die Dinge gesagt, die gesagt werden, wenn eine sich nach acht Jahren von ihrem Verlobten trennt, so ist das eben im Viertel, runterschlucken oder untergehen, und wenn dir an diesem Punkt ein Tunichtgut seinen Antrag macht, und unter Berücksichtigung all dieser Punkte, was tust du dann? Du akzeptierst oder haust ab. Und Margherita akzeptierte.

Die Hochzeit wurde mit großem Pomp ausgerichtet. Vorgespielter Luxus, übertriebener Kitsch, reine Geldverschwendung, das Restaurant berühmt für seinen frischen Fisch, die Kirche bis obenhin geschmückt, die Sängerin eigens fürs Ave maria bestellt, und ein Orchester sollte das pharaonische Hochzeitsmahl etwas auflockern. Man hatte an alles gedacht. Zum Auftakt marschierten an die dreißig Kellner mit Körben voller Fisch auf und führten ihn, sich zwischen den Tischen hindurchschlängelnd, den Geladenen vor.

Die waren zahlreich, hundertfünfzig, vielleicht hundertachtzig, eine Unmenge jedenfalls, ohne die Kinder mitzuzählen, die, schon gekleidet wie die Großen, schon verschmitzt wie die Großen, zum Zuschauen und Mitspielen verdammt waren, arme Wichte, diese kleinen Großen.

Das Menü sah unzählige Gänge vor und Champagner, Wein von den Castelli, Wein aus Ischia, Wein aus Sizilien, verschiedenste Antipasti, Braten und Salat für den, der keinen Fisch mochte, Goldbrassen und Zahnbrassen vom Grill, Doraden, Langusten. Eine ganz gewöhnliche Pastafagioli con le cozze hätte die Feierlichkeiten beschließen sollen, nach alledem, nach Konfekt, Kuchen und Bonbonnieren. Hätte sollen. Aber die Pastafagioli con le cozze wurde nicht aufgetragen. Weil die Hochzeit nicht zu ihrem Ende kam, jedenfalls nicht zu ihrem geplanten Ende. Aber das hatte niemand im Voraus wissen können oder auch nur ahnen.

Nur Antonio vielleicht, der den ganzen Tag über unruhig gewesen war und sich immer wieder argwöhnisch umsah.

Zur Pasta mit Bohnen und Muscheln kam es deshalb nicht mehr, weil La Rossa in Erfahrung gebracht hatte, dass Antonio einer der beiden Motorradkiller war, die Marco umgebracht hatten. Und sie hatte auch gehört, dass dieser Antonio in zwei Tagen heiraten würde. La Rossa überlegte nicht lange, gnadenlos organisierte sie ihren Plan für Marco, um ihn zu rächen, weil sie wusste, dass Marco, auch wenn er wirklich an fremdes Geld gegangen war, es auf jeden Fall zurückgegeben hätte, weil Marco, seinem Zustand zum Trotz, jemand geblieben war, dem man vertrauen konnte, und sie wusste, fühlte, wollte, dass sie ihm vertrauen konnte, um jeden Preis, vor allem jetzt, wo Marco nicht mehr lebte.

Zwei Killer, als Kellner verkleidet und denen, die an den Tischen des Hochzeitsmahles servierten, zum Verwechseln ähnlich, brachten in einer Schüssel, die eine heiß dampfende Pastafagioli mit den untergemischten Cozze hätte enthalten sollen, den Tod herein.

Zehn Schüsse, über den ganzen Körper verteilt, und dann die Flucht, während die Gäste in Angst und Panik schrien, verstört, ungläubig, bestürzt.

Die Braut stand wie betäubt da, über und über mit dem Blut ihres Ehemannes bespritzt. Dann riss sie sich mit einem befreienden Schrei das Brautkleid vom Körper und flüchtete, an Tischen vorbei, die schon verwüstet waren von den verschiedenen Gängen, von Schweiß, Tomatensoße, hektischen Kellnern und den Kindern, von den Flüchtenden beiseite gestoßene und umgeworfene Tische, dazwischen Flaschen am Boden und Wasser und Wein, vermischt mit dem Blut Antonios, den sie wie einen Trottel an seinem Hochzeitstag umgelegt hatten, ohne dass er von der Pastafagioli, die ihm so sehr schmeckte, auch nur hatte kosten können. Amen.

Amen, Antonio, wieso zum Teufel hast du geheiratet, wenn dir eh schon klar war, dass du kein gutes Ende nehmen würdest? Hast du es nur getan, um der armen Margherita noch mehr Ärger und Verdruss zu machen nach der Enttäuschung mit ihrer geplatzten Verlobung?

Arme Margherita, Witwe noch bevor es losging, schon Witwe und noch nicht einmal einen Tag, höchstens ein paar Stunden verheiratet, mit einem Mann, den du nicht geliebt und trotzdem geheiratet hast, weil die Dinge nun einmal so gelaufen sind, und die versuch jetzt wieder in den Griff zu kriegen, die beschissenen Dinge, nur wo anfangen, und erklär das einmal irgendjemandem, es wird dir keiner glauben, »die Braut hat ganz sicher was gewusst«, werden sie sagen, arme, dumme Margherita, Himmel!, unter all den Scheißmännern musstest du dir unbedingt diesen kleinen, dämlichen Gauner aussuchen? Vielleicht hättest du wirklich besser nicht geheiratet, wo findest du jetzt noch einen, der dich will, jetzt, wo du bereits als verheiratet giltst, auch wenn du Antonio kein einziges Mal in deinem Bett gehabt hast und das Hochzeitskonfekt im Restaurant geblieben ist, zusammen mit dem Kleid für deine Hochzeitsreise, die Krokodillederschuhe mit der passenden Tasche dazu, und all diese Scheißzeremonien heidnischer Bräuche, die man christlich nennt, hast du über dich ergehen lassen, befolgen, vorbereiten müssen, nur um die zufriedenzustellen, die dich um jeden

Preis verheiraten wollten. Es wäre sehr viel besser gewesen, dir einen zu nehmen, der dir gefällt und ihn dann wegzuschmeißen, und dann den nächsten, und dann noch einen, herumhuren, geschwängert werden, abtreiben, bumsen, vögeln, masturbieren, genießen, vorspielen, und sich wieder einen aussuchen, sehr viel besser wäre das gewesen, als vor einem zu kriechen, der dich sitzenließ, bevor es losging, dumme Margherita, beschissene Witwe eines Motorradkillers aus der Vorstadt, das Gott dich behüte.

Maremare. MeerMeer. Salziges Meer. Meer, du kommst überall in mich hinein, auch wenn ich nicht bade, auch wenn ich nicht in dich hineinsteige, auch wenn ich dich nur ansehe, von hier aus, wo ich sitze, das Gesicht in der Hand aufgestützt. Und dich ansehe.

Meer, alle kommen zu dir, besuchen dich, grüßen dich, baden sich in dir, geben dir Lächeln, Liebe, Lippen, Spucke, Speichel, Sperma, Jugend, Langhaar, Kurzhaar, Schamhaar, blond, braun, rot, Pickel, Hautausschläge, und sie holen sich dein Salz auf ihre Haut, deine Frische, deine Algen, rote Augen, deine Kolibakterien und deinen Sand, und duschen sich, bevor sie ins Auto steigen, legen sich dort ihre modischen Badeanzüge zurecht, Einteiler, Bikinis, Monokinis, Shorts, Slips, Bermudas, Tangas, ziehen sie sich von ihren Hüften, die angefressen sind von Wasser, Schweiß und Salz, duschen ihre schwieligen Füße, kontrollieren ihre Fersen, bevor sie sie herzeigen, legen sich in die Sonne und lassen sich küssen, ficken, berühren, beißen bis zur höchsten Lust, MeerMeer.

Meer der Kids auf den Mofas, Meer der Pärchen auf den Vespas, er mit bunt gemusterten Shorts und braungebrannten Schenkeln im Fahrtwind, sie im schwarzen Einteiler und dem billigen Sonntuch darüber klammert sich an ihn, wer weiß, ob sie sich heute schon geliebt haben oder ob sie es abends tun werden, nach der Diskothek oder nach einer Spritztour nach Sperlonga, und wie viele wie sie, ihnen gleich, ähnlich, schön und von der Augustsonne geküsst, nachmittags versteckt vor der Schwüle und der gleißenden, niederschlagenden Sonne, planen sie den Abend mit Freunden, mit der Clique, alleine, geküsst von den Duschen und den Feuchtigkeitscremes, dem Haarbalsam und den vielen Shampoos, die Milliarden und Abermilliarden Haare waschen, damit sie schön glänzen und berührt, gestreichelt, geküsst werden können, und für das Salz bleibt immer noch Zeit, morgen vielleicht.

Meer der Autoschlangen, der geöffneten Seitenfester, der Füße auf dem Armaturenbrett, der Zigaretten, und wie viel rauchst du schon wieder, der Stereoanlagen mit Luca Carboni, der feuchten Handtücher, und wenn wir nach Hause kommen, hängen wir sie auf, Meer der Ferienhäuser, alle gleich, klein, irgendwie zuende gebaut, stundenlang ohne Wasser, mit dem Schuhchaos hinterm Eingang, alten Schränken, und immer irgendjemand, der dich besuchen kommt, ist gut, komm, das machen wir schon irgendwie, eventuell schlafen wir auf dem Boden, wer kann schon schlafen bei der

Hitze, die Knochen ausstrecken höchstens, ein paar Stunden vielleicht und dann schon wieder auf, zu einem weiteren Marathon, einem weiteren Tag voller Meer und Sonne, Freunde, Algida-Eis und Snacks, kaltem Mineralwasser und kübelweise Fanta und Coca-Cola.

Meer der Granita al Limone, des Pfefferminz- und Mandelmilchsirups, des Eistees, der Zedratlimonaden von Tassoni, der Ventilatoren, die sich wie irr drehen, der Duschen, die dich für zehn Minuten erfrischen, und dann bist du wieder nass und verschwitzt und Unterhemden und Hemden kleben an dir, Sommermeer und Eis mit Sahne, mit Kaffee, mit Brandy, Meer der Motorschiffe, der Tragflügelboote, der Kähne und Schaluppen, die auf dem Waser liegen wie alte, herrenlose und verschwitzte Holzpantoffeln, alte Nutten, die sich vom Wasser umspülen lassen, nicht richtig sauber, aber auf alle Fälle kühl, auf alle Fälle Wasser dieses Sommers, der uns zusetzt, martert, den Atem nimmt.

Meer des schwarzen Sandes, Meer, das nach Eisen schmeckt, Meer, das schon nicht mehr wie Meer aussieht, Meer der armen Leute, der Frauen mit dem Untier zwischen den Schenkeln, der fetten, aneinander reibenden Schenkel und Krampfadern und der Badeanzüge, die nicht wissen, was Krizia oder Versace ist, Meer der Sonnenschirme voller Klamotten und der Kühlschränke, die Eisschränke genannt werden und Pfirsiche, Melonen und Ängste kühlen und was ist das für eine Scheißhitze, ist ja nur schwül, im Fernsehen haben sie's auch gesagt, das muss man trinken, trinken, trinken. Und literweise eisschrankkalter Wein, Wein in den aufgeblähten Magen, Wein, der nach Zirrhose riecht, sei's drum, wir müssen ja nicht auf irgendeinen Laufsteg, oder? Hol den Kleinen zurück, der ist ans Wasser gegangen, der hat erst vor kurzem gegessen, lauf, schnapp dir deinen Bruder...

Meer, so bist du eine Tortur, hier serviert dir niemand einen Aperitif, es gibt keine exklusiven Buchten und keine Kellner, die dir den Bellini an den Rand des Swimmingpools oder zu einem Liegestuhl bringen, neben dir ein Stapel Zeitungen und Zeitschriften, und du blätterst dich durch ein Schöner-Wohnen-Magazin, *Le case più belle del mondo...*

Verdammt, wie viele sind da in der Kabine, zwölf vielleicht, fünfzehn... Unterhosen und Leibchen überall verstreut, und Kindersocken, Schäufelchen und Sandeimer, die Auszieherei der schlauchbootdicken Weiber, die seit einem halben Leben keinen Badeanzug mehr tragen, nur riesige Sonnenumhänge aus tapetenähnlichem Stoff, Unweiber, die nicht einmal mehr wissen, was es heißt, eine Frau zu sein, nur Kinder und Menstruationen, so vergeht ein Leben.

Meer von Castelvolturno am zehnten August, weit weg von den Nobelstränden Budelli oder Baia Sardinia, von Arzachena oder Cavallo, Portofino oder Capalbio, für dich wird der Sommer nicht mehr lang dauern, bis kurz nach Ferragosto, dann werden dich deine erschöpften und gerösteten, fettsüchtigen und zirrhotischen Badegäste verlassen, einfach stehen lassen und zu ihren Nöten und ihrem Überleben, ihren Melanzane-Aufläufen und gegrillten Peperoni zurückkehren, und sie werden nie erfahren, dass die eleganten Grand Hotels in den exklusiven Badeorten ihren Gästen jeden Samstag prunkvolle Buffets anrichten, man muss nur auswählen und bestellen, aber sei's drum, mein Meer von Castelvolturno, manchmal ist ein auf den Punkt gegrillter Peperone oder ein richtig gut gemachter Melanzane-Auflauf mehr wert als jede Nobelküste, jedes noch so grandiose Buffet, jede Zahnbrasse al burronero.

Deine Badegäste werden dir die alte Jukebox vom Vorjahr zurücklassen, sie lassen dir das Schweigen derer zurück, die sich nichts mehr zu sagen haben und die nur essen, um sich die Zeit zu vertreiben, und dann isst er, trinkt er, besäuft sich, ärgert sich, streitet, schlägt die Frau, die Kinder, stellt sich sinnlose Fragen, wird verschlossen, traurig, einsam, verloren, überflüssig.

Mein Meer, du lässt dich anschauen ohne je etwas zu sagen und ohne Antworten zu geben, du ermahnst nicht und bestrafst nicht, wenn du reden könntest, würde ich dich fragen, wo mein Marco jetzt ist, ich würde dich fragen, ob ich gut oder schlecht daran getan habe, ihn so zu rächen, ich bin so durcheinander und entnervt, dass ich nur still und allein hier sitzen will, um auf Wellen und Brandung zu schauen, auf die Herzmuschelschalen und die Fußspuren an der Wasserlinie, das Nichts am Horizont und das Nichts, das mich umgibt.

Der heißeste Ferragosto, an den La Rossa sich erinnern konnte, brennender noch als ihre Gedanken, glühend und sengend, ringsum Trostlosigkeit, Schweigen, lange, erstickende Hundstage.

Ferragosto.

Auf der Suche nach sich selbst, einer Ursache, einem Grund, streifte La Rossa durch die Stadt. Inzwischen hatte sie erfahren, dass nicht einmal die Rache ihr Ruhe gebracht hatte. Sie hatte eine elende Wut im Bauch wegen Marcos Tod, und nach Antonios Ermordung fühlte sie sich nur noch leerer. War ein eigenartiges Gefühl, sie als Mörderin, wenn auch durch die Hand anderer, sie, die für sechshunderttausend Lire den Tod gekauft hatte und dazu auch noch Angst und Verzweiflung. Sechshunderttausend Lire hatte sie den Killern gegeben, fast ihre gesamten Ersparnisse, es blieb ihr nur mehr wenig bis nichts.

Um etwas Kühle zu finden, ging La Rossa Richtung Piazza Cavour und dort in die U-Bahn-Station hinunter. Menschenleer. Düster. Es roch nach Zügen, Gummi, Gleisen. Und wie in einem Lied von Claudio Baglioni stand sie da, wartete auf die U-Bahn und sah auf eine stehen gebliebene Uhr, und *ein Poster, das einer schon bekritzelt hat, sagt: Komm nach Tunesien, da gibt es ein Meer aus Samt und eine Palme und du träumst davon, abzuhauen . . .und weit, weit weg . . .*

Sie sah sich eine kaum mehr an der Wand klebende Reklame an, aus einer Flasche Bacardi wurde in ein kühles, eisgefülltes Glas eingeschenkt, ihre Gedanken waren gleich bei Spider, wer weiß, wo sie jetzt waren, er und seine aufgedrehten Freunde von der Band, er und seine Gitarre, er und seine mächtigen Joints, er und sein alleingeliebter Bacardi on the rocks. Sie hätten sich im August in Rimini wieder sehen sollen, was war inzwischen alles geschehen, erklär das mal einem, und wo denn anfangen damit, besser man lässt es sein, armer Spider, war sicher nach Rimini hinaufgefahren, um seine La Rossa wiederzusehen, und sie stand hier, in diesem U-Bahn-Geruch, allein vor einem Plakat, das zu Trinken, Durstkillen, Besäufnis, Delirium und Vergessen einlud. Sie wäre der Einladung gern gefolgt, aber sie schaffte es nicht, sie war mit ihren Gedanken immer nur bei der einen Sache ... *und weit, weit weg.*

Zwei sonderbare Typen tauchten am Bahnsteig auf, sie sah sich um und sprang im letzten Augenblick in den Zug Richtung Campi Flegrei, wo sie nichts zu tun und niemanden zu besuchen hatte, sprang nur, um wegzukommen von den beiden Typen und dem Ekel erregenden Geruch.

Im 167er-Viertel war Ferragosto noch heißer, noch unerträglicher. Wer es nicht geschafft hatte, ein Ferienhaus in Mondragone, Baia Verde oder Domitia zu mieten, wer es nicht geschafft hatte, nach Ischia oder Castelvolturno zu fahren, der saß noch hier, und es waren viele. Tagsüber fehlte es beinahe an allem, die Geschäfte waren geschlossen. Vereinzelt luden arme Nachzügler Liegestühle, Körbe mit Maccharoni-Aufläufen, Kinderbälle und Fußbälle ins Auto und brachten die Kinder an die stinkenden Strände von Licola oder Ischitella, Treffpunkt zum Beispiel Lido Costasmeralda, der Versuch eines sorglosen Tages. Lido Costasmeralda, du hast so gar nichts von der wirklichen Costasmeralda, weder die Küste noch das Smaragdgrün. Dich gibt es nur, um die Verdammten träumen zu lassen, die Verlorenen, Verzweifelten, die einfach nicht mehr können und die Augen schließen und davon träumen, dass sie fliegen. Ohne je nach Olbia zu kommen, nach Roma-Fiumicino, ohne Checkin, ohne Koffer, nur fettige Strandtaschen und Körbe voller Thermoskannen und Melonenscheiben. Und die, die sich verfahren und am falschen Strand landen, werden auch noch verspottet: »Wo seid ihr denn hingefahren? Wir haben eine halbe Stunde lang auf euch gewartet ...«

»Was heißt das, auf uns gewartet ...? Wo ist denn diese Costasmeralda? Am Ende sind wir dann zur Conchiglia d'Oro gefahren.«

Und an den nie zu Ende gehenden Abenden, zwölfter oder dreizehnter Stock, Mücken und auf den Balkon gezerrte Stühle, riecht Ferragosto nach Luft, die man nicht bekommt, nach zusätzlich schweißtreibenden Bieren und Stücken feuerroter Wassermelonen, und nachts um zwei sind sie alle immer noch da und biwakieren, die alten, fetten Nachbarinnen, die nicht schlafen gehen wollen, oder besser gesagt, die Angst haben vor dem Schlafengehen, weil sie Angst haben, nicht mehr aufzuwachen, weil einem hier die Luft fehlt, man kann nicht atmen, und wer von ihnen Atembeschwerden hat, vermeidet es sogar zu reden, wedelt sich mit dem Fächer zu, badet die Füße in einer Schüssel Wasser, sitzt da und hört zu. Und zwischendurch der Stoßseufzer der Woche: »Mammamia, was für eine Hitze, man kriegt keine Luft . . .«

»Möchten Sie einen Mandelmilchsaft, einen Pfefferminzsaft? Der erfrischt.«

»Hören Sie, ich habe den Bauch voller Minzsaft, Mandelmilch, Bier . . . und dabei dürfte ich das ganze Zeug nicht einmal trinken, weil ich zuckerkrank bin . . . aber es ist viel zu heiß, man bekommt keine Luft . . . Nur ganz, ganz wenig von dem Mandelmilchsaft, ich bitte Sie, nachher müssen wir ja noch Pizza essen, Assuntina hat Geburtstag, Geburtstag und Namenstag, Pizza, Bier und sizilianische Cannoli.«

»Und dann reden Sie von Diabetes . . .«

»Naja, gut, aber das eine Mal, alle heiligen Zeiten . . .«

»Ja, das eine Mal . . . Bei all den Geburtstagen, Taufen, Namenstagen, Erstkommunionen, Hochzeiten und Totenschmäusen sind wir immer nur am Essen, und das ist dann alles auch noch süßes Zeug, ich bitte Sie, was soll man da tun?«

»Das wird heute schon wieder eine Nacht ohne Schlaf . . .«

»Wie will man da schlafen . . .? Wach bin ich gewesen, die ganze Nacht, hinaus auf den Balkon, herein vom Balkon, und dann hab ich so gegen vier ein nasses Tuch genommen und es mir auf den Kopf und auf die Schultern gelegt und es ein wenig genossen . . .«

»Nächstes Jahr fahre ich mit meiner Tochter nach Scalea, die mietet sich da jedes Jahr ein Haus, sie will mich mitnehmen, aber ich bin nie mitgefahren, nächstes Jahr fahr ich aber, hier hält man's ja nicht aus.«

»Sie glückliche, Sie denken schon ans nächste Jahr, und ich weiß nicht einmal, ob ich morgen früh aufwachen werde, ich bekomme einfach keine Luft ... Was meinen Sie, soll ich mir eine Sauerstoff-Flasche bringen lassen?«

»Meine liebe Signora, jetzt machen Sie's aber dramatisch, so eine Sauerstoff-Flasche bringt Unglück. Was soll man also tun ... Jetzt rufe ich meinen Sohn, der soll uns nach Camaldoli hinauffahren ...«

»Um diese Uhrzeit?«

»Na und, da können Sie wenigstens atmen.«

La Rossa kam nach Hause und traf auf dem Balkon ihrer Mutter fünf oder sechs Frauen, die tratschten und schnaubten, jammerten und seufzten. Frauen, die einen Stock höher gegangen waren, um etwas mehr Luft zu bekommen, ihrer Mutter Gesellschaft zu leisten und zu warten, dass die große Hitze vorbeiging. Sie wich ihnen allen mit einem kurzen »Buona sera« aus, schloss sich in ihr Zimmer ein und griff sich das Telefon.

»Hallo, Giulia?«

»Du hast mich rein zufällig erwischt, wir sind heute Nachmittag von Ischia zurückgekommen, und morgen fahre ich mit meinem Vater nach Roccaraso ... Was ist los, Anna, wie geht's?«

»Wunderbar.«

»Erzähl.«

»Da gibt's nichts, gar nichts, Hitze und Stumpfsinn.«

»Hast du dich etwas beruhigt?«

»Nennen wir es so . . .«

»Schön, dich zu hören . . . Gerade heute habe ich an dich gedacht . . . Wer weiß, wohin sie gegangen sein wird, habe ich mich gefragt.«

»Und hier bin ich . . . Giulia, hör zu, ich wollte dich um einen Gefallen bitten . . . Kannst du mir für eine Weile dein Auto leihen, für eine Woche?«

»Aber sicher! Du hättest mich auch früher fragen können, es stand die ganze Zeit nur da, während ich auf Ischia war.«

»Weißt du, bei dieser Scheißhitze geht es mir auf den Geist, allein herumzulaufen . . . Vielleicht fahre ich zum Baden irgendwohin oder dreh ein paar Runden.«

»Hättest du Lust, nach Roccaraso zu kommen?«

»Nein, danke, Giulia, die Berge deprimieren mich noch mehr.«

»Wie du willst . . . Das Auto steht auf jeden Fall hier, komm vorbei und hol dir die Schlüssel.«

Das Napoli der Reichen war verlassen. Piazza dei Martiri, Via dei Mille, Via Filangieri, der Corso, Via Tasso, der Vomero – menschenleer. Alle in Ferien, alle am Vögeln, Genießen, Baden, Essen, Lachen, Fressen.

Die wenigen offenen Apotheken der Stadt waren von Drogenabhängigen überlaufen.

La Rossa kurvte in Giulias blauem Dyane durch die Gassen und betrachtete die Leere, die von den Ferien feiernden Napolitanern hinterlassen worden war, sie fuhr durch die Stadt der Reichen und dachte einen Augenblick lang daran, wie schön und anders diese Stadt hätte sein können ohne den Gestank der reichen Stutzer und degenerierten Adeligen mit dem weichen R des Palazzo Calabritto oder der Riviera di Chiaia, ohne die Neureichen auf den Hängen des Vomero, ohne die herz- und gnadenlosen Kontoritter der oberen Zehntausend. Nur ein Traum. Sie liebte die ausgefransten und verunstalteten Vorstädte, das wurde ihr immer dann noch klarer, wenn sie sich wie jetzt in Straßen wagte, die nicht die ihren waren. Sie, Tochter von Barra und Ponticelli, Sanbiovanni und Secondigliano, Volla und Sanpietro al Patierno, hatte das schmutzige Grau im Blut, die verblassten und verbeulten Schilder der Autoelektrikwerkstätten, den Gestank der Reifenlager, die kaputten Straßen ohne Polizisten, die toten Ampeln, das Abgelegene; das alles lag ihr im Blut. Und am Herzen.

In der Gegend des Edenlandia-Vergnügungsparks nahm sie einen Anhalter mit. Schwarz gelockt, um die achtzehn, schön und schmutzig, schwitzend und strahlend. Er wollte nach Bagnoli. La Rossa hatte die Beifahrertür schon geöffnet, bevor er noch »Bagnoli« sagen konnte, sie hätte ihn überallhin gefahren, jetzt, wo sie ihn aus der Nähe sah. Ein Traum von einem Jungen, sicher verhurt und durchtrieben. Er schmiss sich dermaßen breit in den Sitz, dass seine mächtigen Schenkel beinahe an die Knüppelschaltung des Dyane stießen. Keine zweihundert Meter weiter hatte la Rossa ihre Hand schon auf seinem Hosenschlitz, und der Hurensohn war bereits auf Halbgas. Bei den Terme di Agnano hatte sie ihn auf Vollgas. Als der Typ sein Ding herausholte, stellte sie fest, dass es etwas versifft, aber schön war, so schön, dass es sich lohnte.

Beim Pferderennplatz bog sie in einen Weg ein und begann ohne Umschweife zu lutschen. Zur Halbzeit zog sie ihm die Hosen unter die Knie und massierte seine Eier. Saugeil war er geworden, und schob sie zur Seite, legte die Sitze flach, zerriss ihr buchstäblich den Slip und stieß ihr sein Ding in die inzwischen fetznasse feuerrote Vorstadtfotze.

La Rossa verlor förmlich den Kopf wegen diesem Giuseppe, Bäckergehilfe in einem Betrieb auf dem Viale Campi Flegrei. Sie ließ ihn bei Tagesanbruch aus dem Auto und stellte jetzt bei Licht fest, dass er einen kaputten Schneidezahn, tiefglänzendes Haar, märchenhaft geschnittene Augen und Schweißfüße hatte. Aber einen Schwanz wie den seinen hatte La Rossa noch nie gesehen. Sie ließ sich seine Telefonnummer geben und fuhr los, ans Meer, ein frühmorgendliches Bad am Lido Pola unterhalb von Nisdia, um den Schweiß und das Sperma Giuseppes loszuwerden, von dem keiner wusste, ob er denn wirklich Giuseppe hieß, die Nummer jedenfalls, die er ihr gegeben hatte, gab es gar nicht und so musste La Rossa eine weitere Schlappe einstecken, vielleicht war es auch nur eine halbe Schlappe, immerhin hatte sie zum Teil ja bekommen, was sie wollte; sicher, noch ein paar Nächte mit Giuseppe hätte sie durchaus verkraftet.

Sie legte eine Kassette mit den Dire Straits ein und fuhr heim.

Ihr Ferragosto war inzwischen fast vorbei.

Seit Marco umgebracht worden war, hatte La Rossa sich immer geweigert, zum Friedhof zu gehen. »Marco ist in mir«, sagte sie, »ich will ihn anderswo nicht sehen.«

An diesem Dienstag wachte sie in aller Herrgottsfrühe auf und beschloss, noch bevor sie richtig denken konnte, zu Marcos Grab zu gehen. Sie kaufte Rosen von einer höchst merkwürdigen Farbe, nicht rot, nicht violett, irgendetwas dazwischen.

An diesem Tag gegen Ende August waren nur wenige Leute auf dem Friedhof, sie verloren sich zwischen Urnengräbern, Blumenständern und Kandelabern. Die meisten anderen waren noch am Meer, nützten es aus, dass das Wetter noch hielt. Morgens um neun war es bereits mörderisch heiß.

An dem kleinen Platz vor Marcos Grab standen außer La Rossa – zwei Leute und beteten. Zwei andere kamen dazu, sie waren schwarz gekleidet, und sie waren jung. Sie blieben vor einem Grab direkt gegenüber dem von Marco stehen. La Rossa steckte die Rosen zurecht, füllte Wasser in die Blumenvasen. Dann begann sie, Marco zu betrachten, der vom Grabfoto herab sein ausgekochtes Lächeln in die Welt schickte. Andere Zeiten. Anderes Glück. Sie erinnerte sich gut an dieses Glück, La Rossa, und sie senkte den Kopf. Als sie wieder aufsah, war sie mit den beiden jungen Leuten vom Grab gegenüber allein. Hatten merkwürdige Gesichter, die zwei, und ein merkwürdiges Lächeln für jemanden, der Trauer trägt. La Rossa wollte gerade gehen, als sie regelrecht geblockt wurde von den beiden, die wie der Blitz über sie herfielen, den Mund zuhielten und hinter eine Kapelle zerrten, wo man sie nicht sehen konnte. Sie stopften ihr ein Taschentuch in den Mund, verknoteten es hinten, und machten sich einer nach dem anderen über sie her.

La Rossa hatte anfangs noch versucht, sich loszureißen und zu schreien, jetzt lag sie schlaff wie ein leerer Sack am Boden. Während die beiden sie vergewaltigten, stieg ihr feuriges Rot in die weit aufgerissenen Augen, die Augen eines Menschen, der es nicht ertrug, auch noch diese Schändung, auch noch diese Gewalttat erdulden zu müssen. Aber sie musste sie trotzdem über sich ergehen lassen.

Die Demütigung dauerte eine Viertelstunde, dann verdrückten sich die beiden durch eine kleine Tür in der Mauer, die zu einem wild durcheinander geworfenen Berg von alten Blumen, Girlanden, Gestecken, Kränzen und Sträußen führte, das ganze Zeug so tot wie die Toten ringsum.

Eine Stunde später fand sie der Friedhofswärter, genau dort und genau so, wie die beiden sie liegen gelassen hatten. Bevor er sie zum Ausgang führte, gab er ihr ein paar Plastiksäcke, weil ihr Sommerkleid unbrauchbar geworden war und nichts mehr bedeckte, ihre Blöße nicht und ihre Scham nicht.

Ein Einsatzwagen der Polizei nahm La Rossa mit. Hundertmal musste sie wiederholen, dass sie ihre Angreifer nicht kannte, sie nie gesehen hatte, »sie waren jung und schwarz gekleidet, sie standen am Grab gegenüber«, und an anderes erinnerte sie sich nicht mehr.

Aber eines sagte La Rossa nicht: Dass sie verstanden hatte, dass es eine Warnung gewesen war. Irgendjemand wusste offenbar inzwischen, dass sie den Auftrag gegeben hatte, Antonio umzubringen.

Im Krankenhaus wurde sie versorgt, man gab ihr ein starkes Beruhigungsmittel.

»Ich spüre einen Druck, hier, unter dem Bauch«, sagte La Rossa immer wieder, und fuhr sich dauernd über den Unterleib.

»Das ist gleich vorbei«, sagte die Krankenschwester kühl und distanziert. Und zu einer Nonne, die zuschaute, sagte sie: »So geht das hier die ganze Zeit, wissen Sie, wie viel solcher Fälle wir jeden Tag sehen? Man kommt mit dem Zählen schon gar nicht mehr nach ... Es ist die Droge, die Droge ... Sie hat alles zerstört ... Männer und Frauen ...!«

»Hallo, Giulia? Ich bin's, ich ruf dich an, weil ich dir das Auto zurückgeben will.«

»Woher rufst du denn an, aus dem Jenseits?«

»Ich bringe es dir in einer halben Stunde vorbei.«

Giulias Zuhause war ein richtiges Haus. Auch wenn es in La Rossas Viertel stand, aber es gehörte einer Genossenschaft, und die Gebäude standen abseits von den übrigen 167er-Blöcken, elektronisch abgesichert, mit Beeten, Blumen, Gärten und viel Grün, schön ausgestattet, richtige Häuser eben.

Giulias Eltern hingen wie Giulia sehr an La Rossa, sie hatten sie zusammen mit der Tochter aufwachsen gesehen und ihre Einstellung zu ihr, trotz allem, was man inzwischen zu hören bekommen hatte, nie geändert.

Als La Rossa in Giulias Wohnung auftauchte, sagte ihr Gesicht schon genug, und Giulia beeilte sich, ihre Eltern aus dem Zimmer zu schicken, um mit ihr allein zu sein.

»Hast du eine Zigarette?«, fragte La Rossa und ließ sich totenschwer in den Ledersessel fallen, der umgeben war von Plüschtieren, Teddybären und kleinen Schlümpfen, Erinnerungen an eine entfernte Kindheit, die immer noch zu nah war.

»Was ist passiert?«, fragte Giulia.

»Ich blick nicht mehr durch, mir geht's schlecht, Giulia, richtig schlecht, ich komme aus dieser Geschichte nicht mehr raus.«

»Komm, entspann dich.«

»Ich halte es nicht mehr aus, ich muss mit jemandem reden, ich halte es nicht mehr aus mit diesem Ding im Magen, es drückt mich, bedrückt mich, es ekelt mich an, ich würde am liebsten kotzen ... Ich habe mich eigenhändig in die Scheiße gearbeitet, aber ich hab's aus Liebe getan, für Marco, um ihn zu rächen ... Giulia, ich glaube, sie wollen mich aus dem Weg schaffen.«

»Was erzählst du da für einen Blödsinn?«

»Ich habe einen Mann töten lassen. Er hieß Antonio. Ich habe ihn an seinem Hochzeitstag umbringen lassen.«

»Du?«

La Rossa sah ins Leere, ihre Haare waren zerzaust, schmierig, verschwitzt, der Rauch der Zigarette rötete ihr die Augen und legte sich aufs Haar, vermischte sich mit dem Schweiß, der auf ihr Gesicht rann.

»Er hat Marco umgebracht, er und noch einer. Ich habe es erfahren und keinen Frieden mehr gehabt.«

»O Gott!«

»Gestern sind mir zwei von denen auf den Friedhof gefolgt, sie haben mich festgenagelt, Bastarde, mich mitten unter den Toten zu vögeln, alle beide, sie haben mich fast zerrissen, ich hab einen Haufen Blut verloren. Das waren welche von denen, ich weiß es, die gehören zu denen ... Ich weiß nicht mehr, was ich tun soll!«

Giulia hatte es die Sprache verschlagen. Sie ging zum Balkon, öffnete die Läden, und ein Luftzug ergriff ihr Haar. Von der Höhe ihres Balkons herab schaute sie eine Weile auf die Stadt, diese gottverdammte Stadt, die dabei war, ihr die liebste Freundin wegzunehmen. Als sie sich umdrehte, hatte sie die Augen voller Tränen.

»Denk nicht mehr dran, es ist vorbei, denk nicht dran. Was ist, willst du ein Bad nehmen, dich duschen, das wird dich beruhigen.«

Die schwüle Hitze wollte und wollte nicht nachlassen, es waren lange Tage und sie waren alle gleich. La Rossa wusste nicht mehr, ob es der sechsundzwanzigste, siebenundzwanzigste oder achtundzwanzigste August war. Inzwischen gingen die Tage über sie hinweg, einer nach dem anderen, und es gab keine Samstage und keine Sonntage mehr.

Über die Autoren

Michelangelo Antonioni: *1912 in Ferrara, Regisseur und Autor, Filme: »Die rote Wüste«, »Chronik einer Liebe«, »Blow Up«, »Zabriskie Point«, Buchveröffentlichungen: »Bowling am Tiber«

Andrea Camilleri: *1925 in Porto Empedocle (Agrigent, Sizilien), lebt als Theaterregisseur und Autor in Rom. Buchveröffentlichungen: »Der unschickliche Antrag«, »Die Form des Wassers«, »Der Hund aus Terracotta«, »Der Dieb der süßen Dinge« u.a.

Giancarlo de Cataldo: Lebt als Richter in Taranto. Ist der Verfasser viel beachteter Reportagen über Süditalien und die italienischen Gefängnisse. Überdies auch als Autor von Kriminalromanen hervorgetreten.

Nino Filastò: *1938 in Florenz, Rechtsanwalt, Theaterregisseur, Kunstkenner und Autor von Kriminalromanen um die Figur des Rechtsanwalts Corrade Scalzi, Veröffentlichungen: »Der Irrtum des Dottore Gambassi«, »Alptraum mit Signora«, »Die Nacht der schwarzen Rosen«

Carmen Iarrera: Journalistin, Drehbuchautorin und Verfasserin zahlreicher Kriminalromane. Mitglied der »International Association of Crime Writers« und der »Sisters in Crime«

Peppe Lanzetta: *1956 in Neapel, wo er heute noch lebt. Texter für diverse italienische »Cantautori«, Kabarettist, Schauspieler und Autor von Theaterstücken und Erzählungen, »Roter Himmel über Napoli« ist sein erster Roman.

Carlo Lucarelli: *1960 in Parma, ist einer der erfolgreichsten jüngeren italienischen Autoren. Werke: »Freie Hand für De Luca«, »Der grüne Leguan«, »Der trübe Sommer«

Luigi Malerba: *1927 in Berceto bei Parma, Autor von Romanen und Kurzgeschichten, u.a. »Der Protagonist«, »Das griechische Feuer«, »Die nackten Masken«, »Taschenabenteuer«

Alberto Moravia (Pseudonym von Alberto Pincherle): *1907 in Rom, †1990 ebenda, Journalist, Romancier und Autor zahlreicher Kurzgeschichten, Werke: »Die Gleichgültigen«, »Die Römerin«, »Der Konformist«, u.v.a.m.

Pier Paolo Pasolini: *1922 in Bologna, †(ermordet) 1975 in Ostia bei Rom, Regisseur, Journalist und Autor, Werke u.a. »Ragazzi di vita«, »Vita violenta«

Giorgio Scerbanenco: *1911 in Kiew (Ukraine),

†1969 in Mailand, Autor von zahlreichen Kriminalromanen und Unterhaltungsromanen, u.a. »Venere privata«, »Traditori di titti«, »I milanesi ammazzano il sabato«

Leonardo Sciascia: *1921 in Racalmuto (Agrigent, Sizilien), †1989 in Palermo, Romancier und Essayist, Werke: »Der Tag der Eule«, »Candido oder ein Traum in Sizilien«, »Der Ritter und der Tod«, »Das Verschwinden des Ettore Majorana«

Mario Soldati: *1906 in Turin, Literaturwissenschaftler, Theater- und Drehbuchautor und Romancier, Werke: »Die Geschichten des Kriminalkommissars«, »Die amerikanische Braut«, »Briefe aus Capri« u.a.

Sebastiano Vassalli: *1941 in Genua, Romancier, Veröffentlichungen: »Die Hexe von Novara«, »Das Gold der Welt«, »Der Schwan« u.a.

Federico Zeri: *1921 in Rom, †1998 in Mentana. Kunsthistoriker, Kunstsammler und Mitglied der Académie Française, Journalist und Autor zahlreicher Artikel und Bücher zur Kunstgeschichte, sowohl für ein Fachpublikum wie auch populärwissenschaftlichen Zuschnitts.

Quellenverzeichnis

Michelangelo Antonioni: »In Grenznähe«, aus: Michelangelo Antonioni BOWLING AM TIBER (Quel bowling sul tevere), Copyright © 1985 bei Verlag Klaus Wagenbach, Berlin. Aus dem Italienischen übersetzt von Sigrid Vagt.

Andrea Camilleri: »Neujahr«, aus: Andrea Camilleri DAS PARADIES DER KLEINEN SÜNDER (Un mese con Montalbano), Copyright © 1998 by Arnoldo Mondadori SpA, Copyright © 2001 für die deutschsprachige Ausgabe Verlagsgruppe Lübbe GmbH & Co. KG, Bergisch Gladbach. Aus dem Italienischen übersetzt von Christiane v. Bechtolsheim.

Giancarlo de Cataldo: »Cassandra« (Cassandra), aus: Giancarlo De Cataldo TENERI ASSASSINI, Copyright © Giulio Einaudi Editore, Torino, Copyright © 2001 der deutschen Übersetzung beim Scherz Verlag, Bern, München, Wien. Aus dem Italienischen übersetzt von Ingrid Ickler.

Nino Filastò: »Neumond«, aus: Nino Filastò ALPTRAUM MIT SIGNORA (Incubo di signora), Copy-

of Giorgio Scerbancenco. Scherz Verlag, Bern, München, Wien. Aus dem Italienischen übersetzt von Heinz Kausträter & Klaus Prost.

Leonardo Sciascia: »Ein einfacher Fall« (Una storia semplice), Copyright © 1990 by Paul Zsolnay Verlag, Wien. Aus dem Italienischen übersetzt von Peter O. Chotjewitz.

Mario Soldati: »Flocks Ende«, aus: Mario Soldati DIE GESCHICHTEN DES KRIMINALKOMMISSARS (I racconti del Maresciallo), Copyright © by Mario Soldati, Walter Verlag, Olten. Aus dem Italienischen übersetzt von Catherine Rückert.

Sebastiano Vassalli: »Von Sciara nach Palermo«, aus: Sebastiano Vassalli DER SCHWAN (Il cigno), Copyright © 1996 by Piper Verlag GmbH, München. Aus dem Italienischen übersetzt von Ragni Maria Gschwend.

Federico Zeri/Carmen Iarrera: »Die Fälscher«, aus: Federico Zeri/Carmen Iarrera DIE FÄLSCHER (Mai con i quadri), Copyright © 1998 by Claassen Verlag, München. Aus dem Italienischen übersetzt von Cornelia Panzacchi.

* Titel des Herausgebers

Wir danken den genannten Rechtsinhabern für die Genehmigung zum Abdruck der Auszüge aus den obengenannten Werken. In jenen Fällen, in denen es nicht möglich war, den Rechtsinhaber resp. Rechtsnachfolger zu eruieren, konnte ausnahmsweise keine Nachdruckerlaubnis eingeholt werden. Honoraransprüche der Autoren oder ihrer Erben bleiben gewahrt.